HEYNE BÜCHER

Das Buch

Der erste Band der großen Hirschvolk-Trilogie: Ein Blick in das magische Herz Neuseelands, Jahrhunderte nach dem Zusammenbruch unserer heutigen Zivilisation.

Seit sich die Ältesten erinnern können, lebt das Hirschvolk friedlich zusammen. Die Stammesmitglieder unterwerfen sich bereitwillig den oft harten Riten und Regeln und vertrauen auf die Macht ihres Gottes Ka Balu.

Gemäß eines alten Brauchs machen sich eines Tages fünf Jungen auf, um in einer gemeinsamen, langen Wanderung ihre körperlichen und seelischen Stärken zu entdecken und so zu einer verschworenen Clan-Bruderschaft zusammenzuwachsen, die als überlebenswichtig für den ganzen Stamm gilt. Doch der junge Tama, der sich stets den Gesetzen der Alten widersetzt hat, verweigert dieses Initiationsritual. Er verläßt die Gruppe und bricht mit seinem Freund Rua auf, um fernab der Brüder die unbekannte Welt zu entdecken. Dabei stoßen sie auf die Spuren einer längst vergangenen Kultur ...

Der Autor

Peter Hooper ist es mit der Hirschvolk-Trilogie gelungen, die geheimnisvolle Welt der Wälder Neuseelands greifbar zu machen. Er hat vorher bereits einen Gedichtband und ein Buch mit Kurzgeschichten veröffentlicht. Peter Hooper lebt und arbeitet an der Westküste in der Nähe von Greymouth.

Die beiden weiteren Bände der Hirschvolk-Trilogie sind ebenfalls im Wilhelm Heyne Verlag erschienen: »Fremde Brüder« (01/10140) und »Die Chronik der Väter« (01/10141).

PETER HOOPER

DAS HIRSCHVOLK

Die Berge des Morgens

Roman

Aus dem Englischen
von Helga Schenk

Deutsche Erstausgabe

WILHELM HEYNE VERLAG
MÜNCHEN

HEYNE ALLGEMEINE REIHE
Nr. 01/10139

Titel der Originalausgabe
A SONG IN THE FOREST

1. Teil der Trilogie
»The Time And The Forest«

Umwelthinweis:
Dieses Buch wurde auf
chlor- und säurefreiem Papier gedruckt.

Redaktion: Redaktionsbüro Dr. Andreas Gößling

Printed in France 1997
Umschlagillustration: Thomas Thiemeyer, Stuttgart
Umschlaggestaltung: Atelier Ingrid Schütz, München
Satz: Buch-Werkstatt GmbH, Bad Aibling
Druck und Bindung: Brodard & Taupin

ISBN 3-453-11985-1

Inhalt

ERSTER TEIL
Die Berge des Morgens
Seite 9

ZWEITER TEIL
Der Käfig und die Sterne
Seite 195

DRITTER TEIL
Der weiße Hirsch
Seite 261

Für Neil und seine Freunde

Erster Teil

DIE BERGE DES MORGENS

1

Die Arme um die Beine geschlungen und das Kinn auf den Knien, beobachtete Tama eine Libelle, die in der Sonne glänzte. Eine Locke seiner dunklen Haare war ihm in die Stirn gefallen, und seine geraden Augenbrauen waren in stiller Konzentration zusammengekniffen. Mit seinem dunklen tiefgrünen Augen ließ er die Libelle nicht einen Moment los, aber auch seine übrigen Sinne waren hellwach. Von unten drang das leise Rauschen des Meeres, das sich in trägen Wellen am Strand brach, zu ihm herauf; weiter oben am Hügel stimmte ein grauer Teichrohrsänger sein Lied an.

Plötzlich war die Libelle mit einem raschelnden Schwirren davongeflogen. Tama ließ sich entspannt zurücksinken, streckte sich und blieb mit hinter dem Kopf verschränkten Händen auf dem Boden liegen. Er dachte an seine Freunde, die sich weiter oben am Hügel schwitzend durch den Busch kämpften, in der Hoffnung, einen Hirsch zu überraschen, dessen Spuren sie im sandigen Bachbett entdeckt hatten. Sie ärgerten sich sicher darüber, daß er wegen seines kaputten Sandalenriemens so weit zurückgeblieben war, und würden ihm vielleicht nichts von dem gebratenen Fleisch abgeben wollen. Warum bin ich nur anders als die anderen Jungen? dachte er. Ke Rala tötet ein Tier schnell, und Rua achtet immer darauf, daß er es sofort tötet und nicht nur verwundet. Aber wenn ich ein Tier töten soll, verpatze ich immer alles und verursache nur unnötiges Leiden. Ich werde nie einen guten Jäger abgeben. Ich werde einfach das sein müssen, was ich bin: Tama, ein schlechter Jäger, aber ein Dichter guter Lieder.

Er stand auf, streckte sich, hob seinen Bogen mit den Zehen auf, hing ihn sich über die Schulter und ging leichten Herzens den Hügel hinab, vorsichtig darauf bedacht, seinen Knöchel, den er sich vor zwei Tagen verstaucht hatte, nicht wieder anzuschlagen.

Während er durch die windzerzausten Flachslilien und die dürren Sträucher glitt, blies ihm die Meeresbrise die Haare in einer weichen Welle aus der Stirn, und die Sonne schien warm auf seine Dolchhand. Das weite Meer glitzerte vor ihm, als wimmele es darin von silbernen Fischen, wie sie die Jungen auf ihrer Reise schon mehrmals in Bächen und Lagunen mit dem Netz gefangen hatten. Und so sollte es auch sein, im Mond des silbernen Fisches, der Zeit, in der Erde und Wasser zu neuem Leben erwachten und wieder Glück und Überfluß verhießen, in der die Angst vor Kälte und Hunger die Gedanken von Tamas Volke nicht länger trübte.

In jenen ersten Tagen des wiederkehrenden Frühlings hatte sich Tama zusammen mit den vier Gefährten seines Geburtsclans aufgemacht auf die Reise vom Knaben zum Mann. Sie waren zwar nicht genau gleich alt, doch zur selben Jahreszeit, nämlich am Anfang des Frühjahrs, geboren, und das machte ihre geistige Zusammengehörigkeit aus. So hatte es der Alte Weise erklärt, als er mit ihnen über die Bedeutung der Reise gesprochen hatte. Er hatte sie auch daran erinnert, daß sie sich als Angehörige des gleichen Geburtsclans das ganze Leben lang gegenseitig besondere Verpflichtungen schuldig seien.

Er hatte ihnen weiter erklärt, daß sie ihr Zuhause für zwei, vielleicht sogar drei Monate verlassen und in Richtung der Mittagssonne wandern oder der Sonne den Rücken zukehren und sich in Richtung der Wintersterne ins kältere Land hineinbegeben müßten, bis sie zu dem Ort kämen, an dem große Klippen aus dem Meer ragten und kein Mensch weiter könne. Manchmal wies der Alte Weise eine Gruppe von Jungen auch an, einem Floß ins Landesinnere zu den atemberaubenden Bergen am Anfang der Welt zu folgen, dem Sitz von Ka Balu, dem Großen Hirsch, dem Himmelskönig. Während Tama wegen seines verletzten Knöchels behutsam weiterging, dachte er, daß er und seine Freunde Glück gehabt hätten, daß sie in Richtung der Sonne in eine Landschaft von Küstenhügeln gesandt worden waren, die von kurzen, schnell dahinfließenden Bächen durchzogen wurde, entlang von Stränden und Lagunen, in denen es von Fischen nur so wimmelte.

Tama blieb abrupt stehen und lauschte aufmerksam. Von irgendwoher weiter unten im Tal auf seiner Bergseite hatte er ein paar geträllerte Töne eines Vogels gehört – da war es wieder! Eine Reihe von kurzen Pfiffen, gefolgt von einem langen, abfallenden Ton. Er lauschte regungslos, lächelte vor sich hin und versuchte, die Richtung auszumachen, aus der das Zwitschern kam. Er hatte schon seit Tagen darauf gewartet, endlich das Lied des »Wanderers in weite Fernen«, des glänzenden Kuckucks, wieder zu hören, das unverhofft zu vernehmen war, sobald der Frühling anbrach, und wieder verschwand, wenn Frost und Kälte langsam in die Herbstnächte krochen. Aber wohin der Kuckuck verschwand, das wußte niemand – vielleicht in einen ewigen Sommer jenseits der Berge des Morgens. Den ersten Kuckucksruf des Frühlings ganz allein zu hören verhieß eine lange Reise, und den Vogel zu Gesicht zu bekommen, war alles, was sich ein Herz nur wünschen konnte. Tama war nicht ganz sicher, was sich sein Herz wünschte, wollte den Vogel aber auf jeden Fall sehen und ein Dankgebet für die Rückkehr des Frühlings sprechen.

Er sah sich sorgfältig um und entdeckte die Stelle, wo der Bergrücken, dem er folgte, in der Nähe des Lagers der Jungen zum Strand hin abfiel. Das schattige Tal, in dem der Kuckuck rief, endete in einem kleinen Sumpf, der nicht weit von ihrem Lager an eine kleine Lagune angrenzte. Tama folgte dem abfallenden Hügel bis in das Tal. Schon nach kurzer Zeit hatte er die Meeresbrise und die Sonne hinter sich gelassen, und die Luft wurde kühler und feuchter. Beim Hinunterklettern blieb er mehrmals stehen, bis er den Kuckucksruf wieder hörte; dann gelangte er in einen Wald mit höheren Bäumen, wo das Licht wegen der Blätter gebrochen einfiel und eine Zwielicht-Atmosphäre herrschte. Er machte halt, da ihm ein wenig unheimlich geworden war. Die Stille der gebogenen Farnwedel und hohen Baumstämme war weniger freundlich als der großzügige Sonnenschein auf dem Bergrücken. Fast war er schon entschlossen, den Hügel wieder hinaufzuklettern, da rief der Kuckuck von neuem, dieses Mal ganz in der Nähe, nur ein bißchen unterhalb von Tamas Dolchseite.

Er folgte dem Ufer eines kleinen Baches, der sich das Tal hinunterschlängelte, immer auf der Hut vor Steinen und Wurzeln, über die er mit seinem verletzten Knöchel leicht hätte stolpern können. Der Kuckuck rief wieder, diesmal noch näher, aber jenseits des Baches. Vorsichtig ging Tama dem Gesang nach und bewegte sich mit höchster Aufmerksamkeit durch die Blätter und Äste des Unterholzes, um so wenig Geräusche wie möglich zu machen. Wieder waren von weiter unten am Bach die kurzen Triller und der lange, nach unten abfallende Abschlußton zu hören.

Nicht weit vor ihm schimmerte Sonnenlicht auf einer glatten, dunklen Fläche. Im gleichen Moment roch Tama Wasser, aber es war nicht der frische Duft des dahinplätschernden Baches, sondern der bedrohliche Geruch eines tiefen, stillen Wassers direkt vor ihm. Bäume, die sich über einen Tümpel bogen, ließen immer einen üblen Geruch entstehen, und von stehendem Wasser ging eine ganz besondere Todesstimmung aus. In einem Anflug kalter Angst sträubten sich die Nackenhaare des Jungen, und sein Herz klopfte wild gegen seine Brust. Er fürchtete sich vor tiefem Wasser, und er hatte allen Grund dazu. Die Tragödie, die ihm seine Eltern entrissen hatte, hatte eine schreckliche, unbeherrschbare Angst vor tiefem Wasser bei ihm hinterlassen.

Plötzlich spürte er erneut, wie das zerbrechliche Kanu in dem tosenden Fluß herumgewirbelt wurde, sah seinen Vater verbissen mit dem Paddel in die hochschwappenden Wellen stechen, spürte die Wärme der Arme seiner Mutter, die ihn eng umschlungen hielt, erlitt wieder den Schock, als sie unvermittelt ins Wasser geschleudert wurden und die eisige Dunkelheit ihm Sicht und Atem raubte und gegen sein Herz drängte. Die Erinnerung trieb ihm kalten Schweiß auf die Haut, so daß er sich fast in Panik vom Anblick des Tümpels losriß und durch die Bäume nach vorne in Richtung Strand stolperte.

Als Tama schließlich aus dem Busch heraus war, drehte er sich um, um zu sehen, ob man den Teich von hier aus immer noch erkennen konnte, und blieb vor Überraschung wie angewurzelt stehen. Der Tümpel endete nur einen Steinwurf entfernt, aber nicht, wie Tama erwartet hatte, einfach, indem er sich im Sumpf verlief. Da war ein Sumpf hinter dem Tümpel, doch er war durch eine eingebrochene Mauer abgetrennt, eine dicht überwucherte, aber immer noch erstaunlich gerade Steinmauer, die ungefähr mannshoch aus dem Wasser emporragte. Hinter dem dunklen Tümpel zog sich das Tal zum Busch hoch; darunter erstreckte sich der Sumpf bis zu den Sanddünen, nicht viel mehr als einen Steinwurf entfernt. Tama hatte so etwas noch nie gesehen. Er ging langsam darauf zu, kniete sich vorsichtig hin und berührte den Stein. In der Nähe des Ufers war die Steinmauer mit Moos und Kletterpflanzen überwachsen, aber weiter draußen hatten die Wasser der Flut sie von Bewuchs freigehalten. Obwohl sie zum Teil eingestürzt war, konnte man erkennen, daß sie aus großen glatten, quadratisch behauenen Steinblöcken erbaut worden war. Das mußten Menschen gemacht haben. Aber niemand in seinem Volk hatte je von einer solchen Mauer gesprochen, und um sein Zuhause herum hatte er auch noch nie ein ähnliches Bauwerk gesehen. Aber wer hatte dann diese Mauer erbaut, die sich quer durch das Tal zog und breit genug war, daß an der Stelle, wo sie nicht beschädigt war, zwei Männer nebeneinanderher gehen konnten? Und wozu hatte sie gedient? Sie mußte vor ewigen Zeiten erbaut und schon seit langem dem Verfall überlassen worden sein. Aber weshalb nur? Und was war mit den Erbauern geschehen?

Während Tama neben diesem unbekannten Bauwerk längst vergessener Handwerker stand, überkam ihn eine neue Angst, ein Gefühl, als beobachteten ihn unsichtbare Geister, als hingen die Trauergeister der toten Maurer über ihrem zerfallenen Triumph.

Ernüchtert und verwirrt umging Tama den Sumpf und

kletterte die niedrige Sanddüne hinauf, von wo aus er mit Erleichterung nicht weit entfernt am Strand ihren Lagerplatz von letzter Nacht erblickte. Der weiche, warme Sand verlangsamte seinen Schritt, dem Rhythmus seiner Gedanken folgend. Eine bleierne Schwere lastete auf seinem Gemüt, so daß er glücklich war, als er die Äste erreichte, die gegen den schützenden Felsen unter dem gelbblühenden Baum gestützt waren, wo er letzte Nacht mit seinen Gefährten geschlafen hatte. Als er spürte, daß die Steine auf dem über das Feuer gehäuften Torf noch warm waren, wußte er, daß noch Glut darunter war, die sich schnell wieder zu einem Feuer zum Braten des erlegten Wildes entfachen ließe, das die Jungen mitbringen würden. Der Gedanke daran erfüllte ihn mit Wärme, mit einem guten Gefühl, das die kalte, seltsame Schwere seiner Entdeckung von ihm nahm. Plötzlich fiel ihm ein, daß er den Kuckuck, nachdem er den Tümpel entdeckt hatte, nicht mehr gesehen oder gehört hatte.

Bis Tama genügend Holz für den Abend gesammelt und ein vergnügt loderndes Feuer entfacht hatte, stand die Sonne bereits tief, und das Treibholz auf dem abkühlenden Sand warf lange Schatten. Während er gearbeitet hatte, hatte er immer wieder den Hügel hinaufgeblickt, aber es war schon fast dunkel als er endlich die anderen den Hang herunterkommen sah. Er bemerkte gleich, daß sie keinen toten Hirsch trugen, sondern daß Hora ein dunklen Körper über die Schulter hing, den Tama als Opossum erkannte. Die Jungen schleppten sich müde und wortlos den Strand entlang zum Feuer. Keiner grüßte Tama, doch Hora warf ihm das Opossum verächtlich vor die Füße. Er wußte, daß Tama nicht gern Tiere häutete und meist alles verpatzte. Aber Tama durfte sich nicht beklagen. Es war das Vorrecht des Jägers, das Fleisch nicht selbst zubereiten zu müssen, wenn es andere im Lager gab, die nicht an der Jagd teilgenommen hatten.

Die Jäger streckten sich am Feuer aus. Ihre Gesichter wirkten im roten Schein des Feuers abgemagert und wild. Ihre langen Haare waren verfilzt und zerzaust, die Haut voller neuer Kratzer, die Beine übersät von weißen Hautflecken verheilter Narben, und ein Geruch von altem, abgestandenem Schweiß umgab sie. Die gelungene Flucht des Hirsches, dem sie heute nachgestellt hatten, konnte einen oder zwei Tage Hunger bedeuten, es sei denn, das Wetter morgen wäre zum Angeln günstig. Doch die dunklen Wolken, die vom Westen heraufzogen, verhießen eher Regen. Das würde ein Anschwellen der Flüsse und Bäche bedeuten und ihre Rückkehr weiter verzögern. Ke Rala hatte gesagt, daß sie in etwa vier bis fünf Tagen zu Hause ankommen müßten, sofern nicht mehr Zeit für die Nahrungssuche nötig sei. Verhungern würden sie nie, solange sie sich bei Ebbe in den Felsenbecken mit Muscheln und im Fluß mit Aalen versorgen konnten, doch die Aussicht auf frisches Wild hatte in ihnen die Hoffnung auf ein herrliches Festessen geweckt, für das ein Opossum nur ein magerer Ersatz war.

Tama hockte im Licht des Feuerscheins, biß die Zähne zusammen und zog seinen Dolch aus der Scheide. Er haßte sich selbst für seine Empfindlichkeit, aber er konnte einfach nichts dagegen machen. Immer wenn er in das Fleisch irgendeines Tieres schneiden mußte, wurde ihm übel, doch er wußte, daß jeder seinen Teil zur Fleischversorgung seines Volkes beizutragen hatte. Der Hauptzweck der ganzen Reise war es, die Jungen abzuhärten, ihre Fertigkeiten auf die Besorgung von Nahrung auszurichten und gegenseitiges Vertrauen und Teilen zu lernen. Tama schnitt langsam den Bauch des Opossums auf, darauf bedacht, die Blase oder die Eingeweide nicht zu verletzen. Dabei überlegte er sich, ob er den Jungen etwas von der Mauer erzählen sollte, die sich über den Bach zog. Er könnte sie ihnen am nächsten Tag zeigen. Doch irgend etwas in ihm sträubte sich dagegen. Er konnte nicht verstehen, weshalb. Vielleicht weil es kein glücklicher Ort zu sein schien? Spukten dort traurige Geister herum, die etwas gegen Eindringlinge hatten? Natürlich würde er dem Alten Weisen davon erzählen. Ihm erzählte man alles. Jeder Junge würde von seinen Erfahrungen auf der Reise berichten müssen; er würde einer Prüfung unterzogen und gefragt werden, was er auf der Reise gelernt habe.

Tama war so in seine Träume vertieft, daß er seiner Aufgabe nur geringe Aufmerksamkeit widmete. Plötzlicher Gestank verriet ihm, daß er den Darm erwischt hatte.

»O nein!« rief er. »Ich habe einfach kein Geschick für diese Dinge. Was soll ich nur machen?«

Hora stellte sich knurrend über ihn. Er war muskulös und breitschultrig und schrie Tama ärgerlich an, als er sah, was der mit dem Tier angerichtet hatte. Er schüttelte seine wirren roten Haare und versetzte Tama einen Stoß, der ihn zu Boden streckte.

»Schaut euch das an!« wütete er. »Seht nur, was dieser kleine Tollpatsch jetzt wieder angestellt hat. Er hat nicht genug Mumm in den Knochen, um mit uns auf die Jagd zu gegen, belegt unser Jagdglück mit einem Fluch, und jetzt besudelt er auch noch alles mit Scheiße. Man sollte ihn zwingen, das zu essen!«

»Hör auf, Hora«, sagte Ke Rala ruhig. »Mach eben du weiter. Tama muß noch viel lernen.«

»Er hat auf dieser Reise überhaupt nichts gelernt. Was kann er schon, außer Lieder zu singen und Geschichten zu erzählen? Wartet nur, bis die alten Männer ihn in die Finger bekommen. Die werden ihn schwer rannehmen. Du wirst schlimmer aussehen als dieses Opossum, wenn sie dich eingeweiht haben. Die schneiden dir Hautfetzen weg.«

»Tun sie nicht!«

Tamas Stimme war beinahe ein Schluchzen, voll Wut und Angst.

»Doch, doch, mein Lieber, sie machen das mit allen von uns. Warum denkst du wohl, haben sie uns auf diese Reise geschickt? Um uns abzuhärten für die schwere Prüfung, du kleiner Angsthase. Die kriegen dich schon klein, und dann schneiden sie dir die Haut von deinem Ding, und wenn du auch nur den kleinsten Muckser von dir gibst, schneiden sie dir auch noch die Eier weg!«

»Das werden sie nicht tun, nicht wahr, Ke Rala?«

»Man spricht nicht über diese Dinge. Sie gehören dem Dunklen Wissen an. Hora redet wirres Zeug.«

Hora brummte, über das Tier gebeugt, vor sich hin, daß er mehr über Einführungsriten wisse als Ke Rala, denn er erinnere sich an das, was ihm sein Bruder erzählt habe.

Ke Rala stand auf und ging zu ihm hinüber.

»Es reicht«, sagte er mit ruhiger Stimme. »Wir gehorchen den Lehren des Alten Weisen. Wir dürfen nicht vor dem Tag der Weihe über diese Dinge reden.«

Einen Augenblick lang schien die Spannung zwischen den beiden Jungen so stark, daß eine Prügelei drohte. Obwohl Hora kleiner war als Ke Rala, hatte er einen großen Brustkorb und war stark, doch der Häuptlingssohn trug seine Autorität nicht nur in seiner stolzen Haltung zur Schau, sondern auch in seiner Größe und seinen längeren Armen. Doch Hora beklagte sich nicht länger und machte sich mürrisch an die Arbeit.

Tama spürte die Übelkeit in sich aufsteigen und wandte sich ab. Er fühlte sich verängstigt, als er langsam aus dem Feuerschein trat, ein paar Schritte neben dem winzigen Bächlein, das um den Felsen herumfloß. Er bückte sich, wusch seine Hände darin, rieb sie mit Sand ab und wusch sie dann nochmals. Weiter weg vom Feuer spürte er die Kälte der nächtlichen Brise auf seiner Haut. Im aufkommenden Wind brachen sich die Wellen am Strand unter Donnern und Zischen, und die vom Meer heraufziehenden Wolken schoben sich vor die Sterne. Es würde noch vor Tagesanbruch zu regnen beginnen.

Das Geräusch von herannahenden Schritten ließ ihn herumfahren, doch es war nur Rua. Der große Junge kniete sich neben ihn und legte einen Arm um Tamas magere Schultern.

»Denk dir nichts wegen Hora. Er hat schon immer eine rauhe Sprache gehabt.«

»Aber stimmt es denn, was er sagt? Wenn wir zurückkommen, werden sie dann, ich meine, sind wir dann wirklich schon dran, so bald schon?«

»Ich glaube, es wird immer beim nächsten Vollmond gemacht, nachdem die Jungen von ihrer Langen Wanderung zurückgekommen sind.«

Ruas Stimme war freundlich, so beruhigend wie sein starker Arm, den er um die Schultern seines Freundes gelegt hatte, doch Tama war noch nicht zufrieden.

»Aber was er über die alten Männer gesagt hat, daß sie mir etwas wegschneiden werden, das ist doch nicht wahr, oder Rua? Ich würde sie nie an mich heranlassen.«

»Aber du mußt das doch wissen. Du hast doch schon gesehen, wie sie die älteren Jungen zur Weihe mit ins Männerhaus genommen haben.«

»Ja, schon, aber ich wußte nicht genau ...«

»Mach dir keine Sorgen. Uns passiert schon nichts. Hora hat eine harte Sprache, aber du mußt keine Angst vor ihm haben.«

»Ich werde sie nicht an mich heranlassen.«

»Komm mit zurück ans Feuer. Du kannst etwas von meinem gebratenen Fleisch haben.«

Allmählich entspannten sich die Jungen in der Wärme des Feuers und der Flachsumhänge, die sie sich zum Schutz gegen den von Osten kommenden Wind um die Schultern gelegt hatten. Nachdem sie die Fleischstückchen des gebratenen Opossums aufgegessen hatten, spürten sie, wie sich langsam wieder ein bißchen körperliches Wohlbefinden einstellte, auch wenn das Mahl zur Befriedigung eines gesunden Appetits etwas spärlich gewesen war. Tula packte seine Flöte aus und grinste, als Hora abfällig brummte. Er probierte ein paar Töne aus und spielte dann die betörend schöne Melodie des Wandererliedes, das alle Jungen lernten, bevor sie zur Langen Wanderung in das erste Jahr ihrer Männlichkeit aufbrachen. Die Musik schwebte mit dem Rauch des Feuers über dem dumpfen Geräusch der Brandung, schwoll an und verlor sich in der weiten Höhle der Nacht. Einsamkeit schwangen darin mit und Mut und eine ergreifende Huldigung an die Schönheit der Unschuld, die schon so früh den harten Erfahrungen des Erwachsenenlebens weichen mußte. Die Jungen starrten ins glühende Herz des Feuers und hingen ihren eigenen Gedanken nach, doch alle spürten in dieser uralten Melodie etwas von dem Bedürfnis des Volkes, sich gegenseitig Liebe und Trost zu spenden in ihrem schweren Los zwischen den unbekannten Bergen und der weiten Einsamkeit des Meeres.

Die Musik heiterte Tamas dunkle Stimmung auf und ließ seine Ängste verfliegen. Er fühlte sich immer noch nicht bereit, den Jungen etwas von seiner Entdeckung zu erzählen, aber er wollte seine Schwäche wiedergutmachen. Er schaute den hochfliegenden Funken nach und sah, wie sich der Feuerschein in den Blüten des Kowhai-Baumes spiegelte, der über den Felsüberhang herunterhing. Vor dem dunklen Hintergrund schien jede goldene Blüte lebendig zu sein. Tama spürte die Gabe der Worte in sich aufsteigen.

»Ich werde ein Lied singen«, sagte er, »wenn Tula mir den Rhythmus vorgibt.«

Mit einem vergnügten Funkeln in den blauen Augen setzte Tula die Flöte an die Lippen und spielte drei weiche Töne. Tama sang mit einer Stimme, die noch rein und ungebrochen war. Die Worte flossen aus ihm und verbanden sich zu einem Lied, und er fühlte sich, wie immer, wenn die Gabe über ihn kam, leicht und stark und gut, denn nur darin fand er die vollkommene Erfüllung.

In der Nacht, in der kalten Frühlingsnacht,
blicke ich durch die Zweige des Kowhai-Baums nach
oben
und sehe nur die Himmelsfische in ihrem hellen Glanz
in der Finsternis treiben.
Ein Schwarm gelber Fische, die auf der Flucht
innehalten,
schwebt im schwarzen Schatten des Baumes.
Tausend goldene Münder verspotten mich.
Sanft verfluche ich sie,
denn ich habe kein Netz mitgebracht.

Hora grinste wieder etwas freundlicher. »Das könntest du sein, der sein Netz zu Hause vergessen hat.«

»Morgen werde ich vor dem Aufbruch versuchen, einige

silbrige Fische mit dem Netz zu fangen«, sagte Rua. »Die Flut ist kurz nach Tagesanbruch genau richtig.«

Bei ihren Gesprächen ging es oft ums Essen. Ihr Lob galt den Fähigkeiten, die der Nahrungsbeschaffung dienten. Sie fingen an, darüber zu diskutieren, woran es wohl gelegen haben mochte, daß sie die Fährte des Hirsches am Nachmittag verloren hatten, und kamen zu dem Schluß, daß er umgekehrt und einem Tal gefolgt sein mußte, das zum Strand hinunterführte. Je mehr sie diese Möglichkeit in Betracht zogen, desto sicherer waren sie, daß das die richtige Erklärung war. Sie hatten unterhalb des Steilhangs oben auf dem Hügel, wo er hätte vorbeikommen müssen, wenn er soweit gekommen wäre, keine Spur mehr von ihm gesehen.

»Ich bin sicher«, sagte Ke Rala. »Und falls es nicht die ganze Nacht hindurch schüttet, werde ich morgen vor Tagesanbruch aufstehen und mein Glück bei den Grasniederungen weiter unten hinter der Kuppe versuchen. Vielleicht ist mir das Glück ja hold. Tama, sing mir ein Jagdlied, eins, das meine Pfeile direkt ins Ziel trägt. Und dann sollten wir, glaube ich, schlafen, solange uns noch warm ist.«

Einen Moment lang verschlug es Tama die Sprache. Es war eine Ehre, vom Häuptlingssohn gebeten zu werden, ein Zauberlied für ihn zu singen und damit in die Schärfe des Auges und die Kraft des Armes des Jägers miteinbezogen zu werden. Schüchtern wandte er sich an Tula.

»Gib mir bitte den Rhythmus vor, Tula, und hilf mir, die Pfeile Ke Ralas mit Federn zu schmücken, die sie direkt ins Herz seiner Beute tragen.«

Er hielt inne und wartete ruhig auf den Moment, in dem die Gabe der Worte seine Zunge lösen würde. Es war, als zöge sich ein Teil seiner selbst aus dem Kreis des Feuers zurück und ginge in der nächtlichen Dunkelheit auf Wanderschaft in eine Einsamkeit, in der die anderen ihn nicht erreichen konnten, in der die Kraft ihn ganz plötzlich überkam. Er erhob seine kräftige Stimme und sang:

Die Asche des Feuers ist kalt,
mein Bauch ist hungrig,
mein Herz ist begierig,
der Wind der Dämmerung hat sich noch nicht
    erhoben,
die großen Bäume stehen reglos und träumen.

Ihre Blätter haben keine Stimme,
aber ich kann die Sterne durch sie sprechen hören,
die Sterne rufen meinen Geist.
Ekka ist auf dem Sternenpfad,
ich muß aufstehen und gehen.

Mit meiner Wasserflasche spüle ich meinen Mund,
ich strecke mich, ich bin ein Pfeil im Bogen.
Gebückt umarme ich meine Knie,
mein Körper ist warm und gut zu mir.
Ich stehe auf, ich bin ein Mann,
ich schüttle meinen Bauch und lache.

Sandalen kleiden meine Füße,
mein Bogen hängt über meiner Schulter,
meine Pfeile und mein Messer ruhen an meiner Hüfte.
Ich bin erfüllt von Licht.
In der Dunkelheit vor dem Morgengrauen
mache ich mich auf meinen Weg.

Ich bin Ke Rala, der Jäger,
ich bin ein Schatten unter Schatten,
wenn die Hirschkuh zum Trinken kommt,
verliere ich meinen Pfeil.
Noch bevor der Wind der Dämmerung durch den
    Wald weht,
bin ich leichtfüßig auf dem Weg.

»Ai-jeee! Was für ein gutes Lied. Es wird mir Glück bringen. Laßt uns jetzt das Feuer sichern und schlafen.«

Ke Rala lächelte Tama zu, der vor lauter Glück kein Wort herausbrachte. Die Jungen schoben die Glut zusammen, legten kleine grüne Zweige darauf und dann Grassoden und Steine. Die Glut würde so bis zum Morgen schwelen, die grünen Zweige würden langsam verbrennen, ohne Rauch zu entwickeln, der sie während der Nacht stört. Im Windschatten des Felsens eng zusammengerollt, geschützt von herabhängenden Zweigen, die sie mit Farnwedeln bedeckt hatten, um wenigstens den schlimmsten Regen abzuhalten, glitten die Jungen langsam vom Wachzustand ins Reich der Träume hinüber. Bevor sein Körper der Erschöpfung vollends nachgab, dachte Tama noch einmal mit Dankbarkeit an Ke Ralas Stärke und Freundlichkeit und Ruas Treue; mit ihrem sanften Atem auf beiden Seiten fühlte er sich vor allen Gefahren sicher. Doch als er die Augen schloß, sah er nicht die Gesichter seiner Freunde vor sich, sondern die unergründlichen Tiefen eines dunklen Tümpels, eines durch die zerbrochenen Steine einer uralten Mauer aufgestauten Baches. Er riß die Augen wieder auf, starrte in das Gewirr des Blätterdachs über ihm, rief sich dann aber entschlossen in Erinnerung, daß er sicher und wohlbehütet war; er seufzte, drehte sich mit dem Gesicht zu Ke Rala und sank erschöpft in einen traumlosen Schlaf.

In der Nacht fiel nur wenig Regen. Ke Rala war kurz vor Morgengrauen auf und glitt wie ein Schatten durch das nasse Gras. Ein paar Schritte vom Fuße des Hügels entfernt äste friedlich eine Hirschkuh. Ke Rala streckte sie mit seinem ersten Pfeil nieder.

Später sagte er zu Tama: »Der Zauber deines Liedes hat mir Glück gebracht. Ich glaube, wir sollten dir einen neuen Namen geben. Du bist nicht nur Tama-der-alleine-wandert, sondern auch Tama-der-Hirschsänger.«

»Und vielleicht wirst du sogar eines Tages erwachsen werden«, grummelte Hora und lachte nur, als Tama Sand nach ihm kickte.

2

Vier Tage später erreichten die Jungen das Ufer des Großen Flusses, dem letzten und breitesten Wasserlauf, den sie vor der Ankunft in ihrem Dorf überqueren mußten. Auf ihrer Hinreise hatten sie fast einen ganzen Tag darauf verwandt, Blütenstiele der Flachslilie zu sammeln, sie in etwa auf ihre eigene Körpergröße zu kappen und zu Bündeln zusammenzuschnüren, die dem Umfang ihrer Körper entsprachen. Sechs solcher Bündel wurden dann nebeneinander zusammengezurrt und mit einer flachen Plattform aus noch mehr Blütenstengeln im rechten Winkel dazu bedeckt. Das Ergebnis war ein leichtes, aber nahezu unversenkbares Floß, das hoch aus dem Wasser ragte. Unter dem Gewicht seiner Passagiere versank es fast bis zur Plattform im Wasser. Sollte es gegen einen Stein oder Felsen stoßen oder vom Wildwasser herumgewirbelt werden, konnte es schlimmstenfalls umkippen, aber es würde weiterschwimmen, so daß die Jungen eine Chance hätten, es wieder unter Kontrolle zu bringen, solange sie sich nur daran festklammerten.

Tama war über die Überfahrt nicht glücklich gewesen und hatte sich, starr vor Angst, an den Tauen aus Flachs festgeklammert, während Ke Rala und Hora beherzt mit ihren Paddeln in das aufgewühlte Wasser stachen. Wie schnell sie sich dem vertrauten Ufer entfernt hatten, wie weit ihr Ziel noch entfernt zu sein schien, und wie gierig das braune dahinbrausende Wasser war, sie in die Tiefen hinabzuziehen. Da die Jungen sich an die Tragödie erinnerten, bei der Tamas Eltern umgekommen waren, hatten sie Tama in die Mitte des Floßes gesetzt, während sie außen herum saßen, um das Floß im Gleichgewicht zu halten.

Jetzt waren die fünf Jungen auf der Heimreise, und als sie aus dem Busch heraus zum steinigen Flußufer traten, sahen sie, daß der Fluß sich kaum verändert hatte; er hatte nach dem zweitägigen Nieselregen vielleicht etwas mehr Wasser und war etwas schlammiger, aber dies bedeutete kaum mehr Gefahr. Sie saßen und standen an dem schmalen Ufer. Tula hockte mit den Füßen im Wasser und versuchte vergeblich, die silbrigen Fische zu entdecken. Sie hatten es nicht eilig, den Fluß zu überqueren. Sie hatten eine lange Reise hinter sich, viele Schwierigkeiten überwunden und Gefahren überstanden und in guten und schlechten Zeiten alles miteinander geteilt, wie es ihnen beigebracht worden war. Sie hatten ihr Zuhause in Hochstimmung und gespannter Erwartung verlassen und geprahlt, was sie alles vollbringen würden. Fast drei Monate später kamen sie jetzt zurück, ein wenig größer, ein wenig dünner, ihre weiche Haut von Sonne, Wind und Regen gegerbt. Jetzt, wo es daran ging, die letzten Gefahren gemeinsam zu überstehen, waren sie ganz ruhig. Da sie ausgewählt worden waren, diese Reise gemeinsam zu unternehmen, würden sie ihr ganzes Leben lang eng miteinander verbunden sein und die Verpflichtung tragen, sich gegenseitig in schwierigen Situationen zu helfen wie Brüder. Doch da sie bald durch die Weihe in den Kreis der Männer aufgenommen werden würden, würden auch Verantwortung, Rivalität und Eifersucht ihre Gemeinschaft bedrohen und in ihr brüderliches Verhältnis einbrechen. Vielleicht würden sie nie mehr eine so enge und nahezu vollkommene Kameradschaft erleben – eine Gemeinschaft, geprägt von Vertrauen und Treue, auf die man sich in der großen fremden Einsamkeit der Welt hundertprozentig verlassen konnte.

Sie beobachteten den Fluß, der auf dem Weg zu seinem Tod im Meer an ihnen vorüberfloß, und warteten darauf, daß Ke Rala seine Gedanken darlegen würde. Eine Traurigkeit lastete auf Tamas Geist, nicht schwer, aber doch wie ein leichter Schatten. Trotz seiner Ängste, trotz der zeitweiligen wütenden Auseinandersetzungen mit Hora hatte er diese vergangenen Wochen und Tage des freien Umherwanderns in einem unbekannten Land geliebt. Er würde nie die langen, klaren Linien der Meeresstrände im ersten Morgenlicht vergessen, wenn die Sonne über die Hügel kroch und der erste Glockenvogel seinen morgendlichen Lobgesang im Walde anstimmte. Ohne Erwachsene, die sie hätten überwachen können, konnten sich die Jungen allein mit der Welt messen und lernen, wie man tötet und kocht und sich so sauber wie nötig hält, wie man die Bedürfnisse des Körpers befriedigt, seine Reaktionen verbessert und den Instinkt schärft.

Und nun war das alles fast vorüber. Sie konnten es sich zwar immer wieder in Erinnerung rufen, aber ganz würde sich die Stimmung nie mehr einfangen lassen. Auf der anderen Seite des Flusses, nur ein kleines Stückchen durch den Wald, standen die Häuser des Hirschvolks, wo sie Pflichten und Aufgaben und eine schmerzhafte Prüfung erwarteten. Es war Vormittag, und vor die Sonne, die hoch über dem Wald stand, hatten sich Wolken geschoben; noch vor Sonnenuntergang würden sie zu Hause sein.

Ke Rala erhob sich, blickte nacheinander jedem seiner Gefährten, die im Kreis um ihn herumstanden, direkt in die Augen und hielt so die Aufmerksamkeit aller gefangen, während er sprach.

»Bevor wir zum Floß gehen, müssen wir Ka Balu danken und ihn bitten, uns auf dem letzten Abschnitt unserer Reise zu beschützen.«

Er bückte sich und holte unter einem angespülten Baumstamm am Flußufer ein bißchen Erde hervor, das er zwischen den Handflächen zu einer schwammigen Kugel rollte. Vorsichtig spuckte er darauf und streckte dann seine Hand aus, damit auch die anderen Jungen draufspucken konnten. Dann knetete Ke Rala den Speichel in die Kugel aus Erde und streckte seine Hände nach vorne.

»Hora.«

Der Angesprochene trat vor und hielt seine linke Hand unter die seines Führers und seine Dolchhand darüber.

»Rua.«

Rua legte seine Hände über und unter die von Hora. Dann folgten Tula und Tama. Ke Rala begann mit dem Gebet.

»Höre uns, Ka Balu, du Himmelskönig …«

»Höre uns, Ka Balu, du Himmelskönig ...«, wiederholten die Jungen.

»... Weißer Hirsch, Beschützer des Volkes ...«

»... Weißer Hirsch, Beschützer des Volkes ...«

»... Wir danken dir, daß du in den vergangenen Tagen über uns gewacht und uns beschützt hast ...«

Die Jungen wiederholten die Worte mit ernster Stimme.

»... Wir werden deiner Liebe und deines Schutzes ewiglich gedenken, o Herr des Waldes ...«

Die Jungen sahen gebannt auf ihre Hände, die alle das Symbol des lebendigen Fleisches umschlossen, und ihre Stimmen gingen auf und ab wie die Wellen des Flusses.

»... Wir weihen die Jahre unseres Lebens dem Dienst an dir und bitten dich, uns sicher über das tiefe Wasser zurück zum Dorf unseres Volkes zu führen, das unser Kommen erwartet. Wir preisen dich in alle Ewigkeit, o Ka Balu, Weißer Hirsch, Herr des Waldes, Himmelskönig, Herrscher über die Berge des Morgens.«

Einen Augenblick lang herrschte Stille, dann lösten die Jungen ihr Geflecht von Händen unter Lachen und Schwatzen auf.

»Das müßte ihm eigentlich reichen«, lachte Tula. »Jetzt können wir nach dem Floß suchen.« Sie bewegten sich flußaufwärts. Bevor Ke Rala sich zu ihnen gesellte, legte er die Kugel aus Erde vorsichtig in den Lederbeutel an seiner Hüfte. Man konnte über die Götter lachen, aber man durfte nicht vergessen, ihnen in Form von Dankgebeten, Lobpreisungen und Rituale Respekt zu zollen.

Sie fanden das Floß schnell. Es war unbeschädigt, denn sie hatten es an einem Baum oberhalb der Flutlinie festgebunden. Es lag perfekt im Wasser, leicht und stark zugleich. Bevor sie sich an die Überfahrt machten, diskutierten sie die vermutliche Strömungsgeschwindigkeit, und da sie wußten, wo sie am anderen Ufer ungefähr landen wollten – nämlich auf einer kleinen, spitz zulaufenden Sandbank – berechneten sie sorgfältig die Zeit, die sie unter Berücksichtigung der starken Strömung zum Hinüberpaddeln brauchen würden.

Ke Rala erklärte, daß sie erst noch weiter flußaufwärts gehen müßten, und wählte schließlich eine ruhige, flache Stelle, von wo sie ablegen konnten. Sie überprüften noch einmal sorgfältig ihre Sachen. Die Pfeile und Bögen wurden am Floß festgezurrt, und sie kamen überein, daß jeder von ihnen sich mit einem Lederriemen am Floß festbinden sollte, damit er, falls er über Bord ginge, nicht weggespült werden konnte.

Beim Abstoßen schickte Tama, der wieder in der Mitte des Floßes saß, ein ganz persönliches Stoßgebet zu Ka Balu. Es hieß, der Weiße Hirsch sei ein guter Schwimmer, deshalb würde er sie hoffentlich auch dieses Mal sicher ans andere Ufer bringen.

Bald hatten sie das flache Wasser hinter sich gelassen. Das tiefe Wasser ergriff sie, und eine Welle schwappte über ihre Waden. Das Floß schien plötzlich von einem eigenen Willen beherrscht zu sein und wirbelte sie in einem wild schaukelnden, schwindelerregenden Tanz vorwärts. Zuerst schien es, als könnten die starken Arme und stabilen Paddel nichts dagegen ausrichten, doch allmählich gelang es ihnen, das Gefährt, trotz Atemlosigkeit auf das andere Ufer hinzulenken. Es war so gut wie unmöglich, das Floß richtig zu steuern, und Tama blickte deshalb manchmal auf den Wald, den sie eben verlassen hatten, manchmal flußaufwärts in eine dunkle Schlucht oder flußabwärts auf das anstürmende Meer. Langsam schienen die Umrisse der Sandbank größer und klarer zu werden. Die Strömung ließ nach, und die Wasseroberfläche wurde ruhiger, bis das Floß schließlich sanft auf den grauen Sand der Landzunge auflief, und Hora sich in das hüfthohe Wasser gleiten ließ, um sie an Land zu ziehen.

Nachdem sie wieder festen Boden unter den Füßen hatten, fühlte sich Tama so erleichtert und glücklich, als habe er das Floß ganz allein sicher ans andere Ufer gesteuert, aber er erinnerte sich auch daran, Ka Balu zu danken.

Sie hoben das Floß aus dem Wasser, trugen es an eine Stelle, wo die Flut nicht hinreichte, und lehnten es gegen einen Baum. Auch wenn sie es selbst vielleicht nicht mehr benutzen würden, könnte es wenigstens ein oder zwei Monde lang anderen dienen, obwohl Jäger, die den Fluß überqueren wollten, in der Regel lieber ihr eigenes Gefährt bauten.

Nachdem sie also die letzte Gefahr wohlbehalten überstanden hatten, teilten sich die Jungen das übrige Wild und den Fisch, sammelten dann ruhig ihre Sachen zusammen und liefen im Gänsemarsch hinter Ke Rala in den Busch. Sie folgten einem schmalen, aber ausgetretenen Pfad, der von Tier und Mensch benutzt wurde und vom Großen Fluß zum Dorf des Hirschvolks führte. Es war gegen Nachmittag, als der Waldweg schließlich in eine Lichtung mündete, von der aus man eine Gruppe von Häusern inmitten von grünen und braunen Feldern überschauen konnte. Am Küstenstreifen zogen sich drei niedrig bewaldete Terrassen entlang und hoben die Landschaft an, als könnte eines Tages irgendein Riese aus dem Meer steigen und sie als Schwelle zu einer neuen Welt benutzen. Die oberste Terrasse, über die die Jungen gekommen waren, war noch völlig mit Wald bewachsen, die mittlere teilweise zum Anlegen von Gärten kahlgeschlagen und die tiefste, auf der sich die Häuser des Hirschvolks befanden, zum größten Teil gerodet und bestellt. Unterhalb dieser Terrasse blieb nur noch ein kleines Stückchen bis zum Strand.

Die Jungen standen ganz still, als schauten sie auf eine Szene aus einem anderen Leben, und bemerkten ein oder zwei Veränderungen. Die Felder, die bei ihrem Aufbruch noch brachgelegen hatten, waren nun von dünnen, ordentlichen Reihen mit Frühgemüse überzogen, zwischen denen drei oder vier Personen in gebückter Haltung arbeiteten. Das verwitterte Graubraun und Silber der Holzhäuser wirkte gemütlich und beruhigend, und einige Rauchschwaden aus den gedrungenen Tonkaminen zeigten, daß in manchen Häusern bereits das Abendessen vorbereitet wurde.

Die Häuser waren nicht regelmäßig angeordnet, sondern standen einzeln oder in Gruppen zusammen, manchmal wegen der geschützten Lage und um die Vorteile des Geländes auszunutzen, manchmal damit der Besitzer eine bestimmte Aussicht genießen konnte. Am Ufer der Lagune lagen zwei

Boote auf dem Trockenen, neben denen drei Kinder im Wasser hockten und angelten. Es war ein friedliches Bild, ohne die Fremdheit und Einsamkeit, ohne die Herausforderung und die Gefahr, an die sich die Jungen auf ihrer Reise gewöhnt hatten. Doch in dieser ruhigen Ordnung lauerte, zumindest für Tama, eine leise Bedrohung. Alle hatten das Gefühl, als greife irgendeine Kraft von den Häusern zu ihnen herauf, zerstöre die Einheit, in der sie sich so wohl gefühlt hatten, und zerre an jedem einzelnen, um ihn auf seinen persönlichen Weg zu schicken. Sie schauten sich fast verlegen an, kratzten sich am Bein oder schlugen nach einer Sandfliege und warteten darauf, daß Ke Rala sprach.

»Tja«, sagte er mit einem Seufzer, »nun ist es vorbei. Wir müssen hinuntergehen.«

Schweigend trabten sie den Pfad zu den Gärten hinab.

Schon bald hatte man sie entdeckt. Eine Frau, die in den langen Kartoffelreihen Unkraut gejätet hatte, hatte sich aufgerichtet, um ihren steifen Rücken zu strecken, und rief ihren Gefährten aufgeregt etwas zu. Die Feldarbeiter sahen den näher kommenden Jungen gebannt entgegen, dann drehte sich eine Frau um und rannte zu den Häusern. Als die Jungen schließlich bei dem Feld ankamen, auf dem die anderen gearbeitet hatten, waren schon aus mehreren Häusern Leute herausgelaufen, die schweigend zur oberen Terrasse hochstarrten. Ein paar Kinder rannten schreiend umher, doch von den Erwachsenen kam kein Wort der Begrüßung. Auch die Jungen machten keinerlei Anstalten, ihre Angehörigen zu grüßen. Das war das Ritual, das von den Jungen, die von der Langen Wanderung zurückkamen, immer eingehalten wurde. Ihre erste Pflicht war es, zu dem Haus unter dem Rata-Baum zu gehen, in dem der Alte Weise alleine lebte und das etwas abseits von den übrigen Häusern am anderen Ende des Dorfes stand, um ihm Bericht zu erstatten. Bevor dies nicht geschehen war, war es ihnen weder gestattet, mit ihren Angehörigen zu reden, noch durften diese sie ansprechen. Als die müden, von der Reise gezeichneten Gestalten durch das Dorf liefen, ging jedoch trotzdem ein

Raunen durch die Reihen der Frauen und Männer, und so manches Kind versuchte beim Anblick eines Bruders einen Freudenschrei zu unterdrücken, indem es sich die Hand vor den Mund hielt. Die fünf Jungen liefen mit gesenkten Blick durch das Dorf, doch Tama konnte sich ein- oder zweimal ein nervöses Lächeln nicht verkneifen, und als sie am Haus von Tulas Eltern vorübergingen, blickte Tula auf und verfiel in ein breites Grinsen.

Beim Haus unter dem Rata-Baum angekommen, hockten sie sich vor die Tür, ohne ein Wort zu sprechen. Es stand ihnen nicht an, den Alten Weisen zu rufen. Sie mußten darauf warten, von ihm hereingerufen zu werden. Fast so lange, wie eine Amsel bei Sonnenuntergang singt, hockten sie schweigend auf dem feuchten, sandigen Boden vor seiner Tür. Ke Rala war der einzige, der ruhig und ohne Angst zu sein schien. Hora blickte finster drein, weil er so lange warten mußte. Rua schien vor sich hin zu dösen, Tama kaute an seiner Unterlippe, und Tula schaute immer wieder zu Ke Rala hin.

»Ke Rala.«

Als er die tiefe Stimme aus der Hütte hörte, sprang Ke Rala auf. Er legte seinen Bogen, seinen Köcher mit den Pfeilen und seinen Dolch beiseite, zog seine Sandalen aus und ging barfuß durch die offene Tür hinein. Die wartenden Jungen konnten die Stimme des alten Mannes und die Stimme ihres Gefährten im Rhythmus von Frage und Antwort hören, aber nicht verstehen, was gesagt wurde. Doch es dauerte nicht so lange, wie sie gedacht hatten. Schon bald tauchte Ke Rala wieder auf, nahm seine Sachen, lächelte seinen Freunden glücklich zu und schritt eiligen Schrittes den Pfad zu seinem Haus hinunter. Ohne zu wissen, warum, brannten Tama plötzlich Tränen in den Augen, und als er zu Tula hinübersah, merkte er, daß auch der beinahe weinte. Dann wurde Horas Namen gerufen; Rua folgte, der den beiden letzten Jungen zuversichtlich zublinzelte, als er herauskam. Dann war es an Tama, dem das Herz bis zum Halse schlug, in das Haus hineinzugehen.

Nach dem trüben, aber diffusen Licht der äußeren Welt ließ die Düsterkeit im Inneren des Hauses Tama erschauern. Auf der anderen Seite des Zimmers neben dem Kamin saß der Alte Weise an einem Tisch. Der Junge blieb stehen und grüßte den Mann wortlos, indem er seine Handflächen nach oben hielt und darauf wartete, daß der Alte Weise zuerst sprechen würde. Er war dafür bekannt, daß er die Besucher manchmal lange warten ließ, bevor er zu sprechen anfing, aber er war im allgemeinen freundlich zu den Jungen, die gerade von ihrer Langen Wanderung zurückgekehrt waren.

»Ich grüße dich, Tama, Pflegesohn von Rini und Edda. Ich sehe, daß Ka Balu auf deiner Reise mit dir war.«

»Sein Geist wachte stets über uns, o Vater.«

Nachdem die rituelle Begrüßung vorüber war, bat der Alte Weise den Jungen näher zu kommen. »Laß mich dich anschauen, Junge. Du bist ja immer noch so dünn wie eine Gerte.«

Tama stand jetzt nahe bei dem Tisch und konnte den sauren Körpergeruch des alten Mannes riechen, der es mit der persönlichen Reinlichkeit nicht genau genug nahm, um dem empfindlichen Geruchssinn eines Jungen zu gefallen, der lange nicht mehr den abgestandenen Geruch eines geschlossenen, dunklen Raums gerochen hatte. Im Sitzen wirkte der Alte Weise noch gebrechlicher als im Stehen, doch die dunklen Augen strahlten Lebendigkeit und eine unwiderstehliche Vitalität aus, und die welke Hand, die Tamas Handgelenk umfaßt hielt, hatte einen festen Griff. Ein Anflug von Übelkeit und Bauchgrimmen überkam Tama, als die dunklen Augen tief in die seinen einzudringen versuchten. Er war dem Alten Weisen noch nie zuvor so nahe gewesen. Man besuchte ihn nur, wenn man von ihm eingeladen wurde, und er entfernte sich nie weit von seinem Haus. Doch dann erinnerte sich Tama, wie freundlich der Vater des Hirschvolks vor dem Aufbruch zu ihrer Langen Wanderung zu ihm und seinen Freunden gesprochen hatte, und er erwiderte den Blick des Alten so furchtlos, wie er nur konnte.

Der Alte Weise ließ Tamas Handgelenk los, murmelte etwas, das Tama nicht verstand, und fragte ihn dann über die Reise aus. Hatte er Ka Balu für erlegte Beute, entfachtes Feuer und geschützte Lagerplätze auch genügend gedankt? War er im Umgang mit dem Bogen, im Häuten von erlegtem Wild und im Kochen geschickter geworden? Tama mußte zugeben, daß er durch seinen Widerwillen gegen das Töten beim Jagen immer noch viele Situationen verpatzte; er fürchtete zwar, dafür gerügt zu werden, wollte aber auch nicht lügen und hob seinen Blick, um sich der Herausforderung der dunklen Augen zu stellen.

»Es ist noch Zeit. Manchen gibt Ka Balu starke Muskeln und ein furchtloses Herz, anderen – andere Gaben.«

Der alte Mann war eine Minute lang still, während Tama seine Zehen auf dem sandigen Boden anzog und wünschte, er könnte aus dieser Atmosphäre abgestandenen Rauchs entfliehen.

»Tama, du wußtest, daß der Zweck deiner Reise nicht allein darin bestand, deinen Körper zu stählen, sondern mehr noch darin deinen Geist auf seinem Weg in die Mannheit und für das ganze weitere Leben vorzubereiten. Dein Körper ist dünn, aber sauber und stark. Du bist ein guter Junge. Du hast Freunde, aber keine Geschwister. Deine Pflegeeltern waren immer gut zu dir und haben dich gut erzogen, aber sie sind alt, und den Alten fällt der Umgang mit den jungen Leuten nicht immer leicht. Hab keine Angst vor mir. Wenn ich dir irgendwie helfen kann, komm ruhig und bitte mich darum. In der Schönheit deiner Augen sehe ich die Sanftheit der Sternenblumen, die im Frühling die Bäume des Waldes schmücken, und die langen Strände, die sich im Nebel der Meeresgischt verlieren; ich sehe darin das Schilf, das sich über sein eigenes Spiegelbild im glatten Wasser des Teiches neigt; ich sehe auch, daß dein Geist umwölkt ist von einem Nebel, der den Blick auf die Gipfel in der Ferne verschleiert. Ich kenne die Finsternis, die dich beim Anblick von Wildwasser überfällt, doch ich glaube, daß dein Wesen noch vielen anderen Eingebungen folgt, die dich deinen ganz eigenen Weg gehen lassen, der sich manchmal von dem der anderen Jungen unterscheidet. Wenn ich dir dabei helfen kann, dich selbst besser kennenzulernen, dann komm ruhig zu mir.«

Tama war überrascht und ein bißchen verlegen. Regungslos blieb er stehen und schaute auf den Tisch. Was konnte er dem alten Mann von seiner Liebe zu Vögeln und anderen Tieren, zu Bäumen und Blumen, von dem warmen Sand unter seinen Füßen und dem Geheimnis der Sterne über seinem Kopf erzählen? Der Alte Weise war der Vater seines Volkes und wußte doch bestimmt, was im Herzen eines Jungen vor sich ging. Da erinnerte er sich plötzlich, daß es doch etwas gab, was er erzählen konnte, etwas, was ihn beunruhigt hatte.

»Eine Sache, Vater, habe ich gesehen, die mich beunruhigt. Sie war von einer Finsternis des Geistes umgeben, die mich immer noch überschattet. Ich folgte dem Ruf eines Kukkucks in ein kleines Tal, in dem ein Bach zum Meer hinfloß. Plötzlich kam ich zu einem Tümpel, der sehr dunkel und tief war – du weißt, daß ich das nicht mag. Ich kämpfte mich durch den Busch zum Strand hinunter, und dort sah ich …«

Tama hielt kurz inne und versuchte, sich die Szene vor seinem geistigen Auge lebhaft vorzustellen.

»… eine Mauer aus riesigen Steinblöcken, die höher war als ein Mensch, sich quer durch das ganze Tal zog und das Wasser des Tümpels wie ein Damm zurückhielt. Moos und Kletterpflanzen wuchsen darauf, und in den Spalten wurzelten Fuchsien und Flachs. Die Mauer war zum größten Teil eingebrochen, doch zwei Männer hätten gut nebeneinander darauf laufen können. Nicht einmal in meinen kühnsten Träumen hätte ich mir vorgestellt, daß es so etwas geben könnte. Die Mauer muß sehr alt sein, und die Männer, die diese großen Blöcke herausgehauen und zusammengesetzt haben, müssen über ein großes Können verfügt haben. Wer hat sie gebaut, Vater, und wozu diente sie?«

Die dunklen Augen blickten unbeirrt in Tamas Augen.

»Was haben die anderen Jungen zu der Mauer gesagt?«

»Ich hab ihnen nichts davon erzählt.«

»Warum nicht?«

»Ich weiß nicht, Vater, ich war beunruhigt. Als ich am Rande des Wassers stand und die Mauer vor mir betrachtete, spürte ich die Gegenwart von Geistern, die mich beobachteten und eine Art von Traurigkeit verbreiteten, als ob die Erbauer über ihre zerstörte Mauer trauerten.«

Eine Hand, so kühl wie die Wurzel eines Baumes, ergriff Tamas Handgelenk.

»Und du hast den anderen Jungen nichts davon erzählt?«

»Nein.«

»Kein Sterbenswörtchen? Und hast auch keine Andeutung gemacht oder ihnen irgendein Zeichen gegeben?«

»Nein, Vater.«

»Und sie haben sie auch nicht von selber entdeckt?«

»Nein.«

»Wie kannst du so sicher sein?«

»Ich glaube, sie hätten darüber geredet.«

»Du hast nichts davon erzählt, weshalb sollten sie es tun?«

Tama versuchte, seinen Arm wieder frei zu bekommen, doch der alte Mann hielt in fest.

»Weil ich denke, ich ... manchmal ...«

»Sag schon.«

»Manchmal denke ich, daß ich die ... anderen Leute flüchtig sehen kann und ihre Gedanken kenne.«

»Welche anderen Leute?«

»Die, die bereits den Weißen Hirsch gesehen haben, o Vater, und bereits in das Land hinter den Bergen des Morgens hinübergegangen sind.«

»Wirklich?«

»Ja. Ich glaube, ich habe die Erbauer der Mauer flüchtig zu sehen bekommen und ihre Traurigkeit gespürt.«

»Du hast nichts gesehen und nichts gespürt.«

Tama schaute verwirrt in das alte Gesicht, das sein ganzes Blickfeld auszufüllen und immer größer und bedrohlicher zu werden schien.

»Du hast nichts gesehen und nichts gehört. Da ist keine Mauer. Es gibt keine Mauer. Du bist ein Träumer. Du vergißt deinen Traum sofort. Hast du verstanden? Du wirst niemandem etwas von diesem Traum erzählen.«

»Aber Vater ...«

Die dunklen riesigen Augen waren Seen, und Tama versuchte verzweifelt, nicht hineinzufallen. »Laß mich los, Vater, bitte.«

»Du hast nichts gesehen und nichts zu erzählen.«

Langsam wurde Tama wütend. »Aber ich hab's doch gesehen. Da war der Tümpel und auch die Mauer.«

Der alte Mann stand auf. Sein Gesicht verzog sich zu einer Grimasse, als er den völlig verängstigten Jungen zu sich herzog. Mit seiner freien Hand versetzte er Tama einen harten Schlag auf die Seite des Kopfes.

»Da war keine Mauer. Da war keine Mauer. Da war keine Mauer. Da war keine Mauer – los, sag es mir nach! Sag es! Sag es! Da war keine Mauer.«

Zitternd blickte Tama nach oben in die Augen des Alten, die seinen Geist mit einem Schwächegefühl überschwemmten, gegen das er sich nicht erwehren konnte.

»Aber, Vater, ich habe die Mauer gesehen ...«

Ein zweiter Schlag streckte ihn zu Boden, vor die Füße des Alten, während sein Arm weiterhin in einem schmerzenden Griff nach oben gehalten wurde.

»Da war keine Mauer. Sag es.«

Ein Schluchzer erstickte Tamas Stimme.

»Sag es. Da war keine Mauer.«

Mit angsterfüllten Augen hob Tama den Kopf. Er sah die erhobene Faust, die bereits zum nächsten Schlag ausholte. Der Schmerz in seinem Handgelenk war unerträglich.

»Da ... war ... keine Mauer.«

Seine Stimme war so leise, daß sie kaum vernehmbar war. Doch der alte Mann löste seinen eisernen Griff sofort, und half Tama auf und setzte ihn auf einen Hocker.

»Hab keine Angst mehr. Jetzt ist alles vorbei. Du wirst nie mit irgend jemandem über diese Angelegenheit sprechen. Dein Geist ist wieder rein. Schau mich an.«

Konnten diese freundliche Stimme, diese sanften Augen

demselben Mann gehören, der Tama eben noch geschlagen hatte?

»Atme ruhig und tief durch. Atme lange und langsam, damit dein Körper sich beruhigen kann. Jetzt ist alles wieder gut. Du brauchst keine Angst mehr zu haben.«

Der Alte Weise legte seine Hand auf den Kopf des Jungen, der jetzt nicht mehr so stark zitterte. Er seufzte, wischte sich die Tränen von den Wangen und blickte nach oben. Jetzt lächelte er schon fast wieder.

»Steh auf, Tama.«

Der Junge tat, wie ihm geheißen, und der Alte Weise legte beide Hände auf seine Schultern, blickte ihm einen Moment lang ruhig in die Augen, klopfte ihm dann beschwichtigend auf die Schulter und verabschiedete sich mit dem rituellen Abschiedsgruß.

»Geh in Frieden, mein Sohn.«

Tama trat auf die nackte braune Erde hinaus, wo noch der feierlich gestimmte und etwas verwirrte Tula hockte. Tula atmete erleichtert auf, als Tama ihm zulächelte. Dann marschierte Tama steten Schrittes in Richtung seines Elternhauses davon.

An der Eingangstür wartete schon seine Pflegemutter auf ihn, die sanften, traurigen braunen Augen tränenfeucht vor Freude. Sie nahm Tamas Kopf zwischen ihre Hände und berührte seine Stirn mit der ihren. Er konnte einen kleinen Schmerzensschrei nicht unterdrücken, als sie mit einer Handfläche aus Versehen an die Beule kam, die der Schlag hinterlassen hatte.

»Was hast du, mein Sohn? Bist du krank? Hast du dich verletzt?«

»Ach, es ist nichts Schlimmes. Ich bin heute morgen mit meinem Kopf gegen einen Ast gerannt.«

»Komm herein, komm herein. Die Zeit war so lang ohne dich.«

Tama folgte seiner Pflegemutter ins Haus. Infolge eines Beinbruchs in ihrer Kindheit war Rini auf einem Bein lahm und konnte sich nur durch unbeholfenes Hinken vorwärtsbewegen. Viele der Frauen nannten sie einfach die »Lahme«.

»Edda, er ist da«, rief sie.

Die langsam schlurfenden Schritte von Tamas Pflegevater waren aus dem winzigen Schlafzimmer zu hören, das direkt an die Küche angrenzte. Jetzt stand er im Türrahmen, ein großer Mann ohne ein Leuchten in den abgestumpften blauen Augen und dem ausdruckslosen Gesicht.

»Tama«, sagte er mit der üblichen schweren Betonung und wie immer ohne zu lächeln. Er war ein ernster Mann mit langsamen Bewegungen und manchmal etwas schwer von Begriff, doch er war immer freundlich zu Tama gewesen, wenn auch immer ein wenig distanziert. Tama fiel es schwer, sich vorzustellen, daß Edda einmal jung gewesen war.

Rini werkelte herum, redete mal mit Tama und mal mit sich selbst und bereitete nebenher das Essen für den Jungen, denn sie war überzeugt, daß er von dem Moment an, als er ihr Haus verlassen hatte, nur noch gehungert hatte. Rini hatte weder etwas gegen Tradition noch gegen die Erlasse des Alten Weisen, aber sie und einige andere Mütter hielten die Entsendung der Jungen in die Wildnis, wo sie lernen sollten, allein für sich zu sorgen, für eine alberne und gefährliche Sitte. Was würden sie ohne Mütter essen? Wie sollten sie kochen?

Tama bemühte sich, die Riesenportion, die sie vor ihn hingestellt hatte, zu verschlingen. Die Jungen hatten auf ihrer Reise zwar sicherlich nicht gehungert, aber sie hatten sich angewöhnt, wenig zu essen, so daß er sich nach Rinis Willkommensmahl aufgedunsen und schläfrig fühlte. Eddas Fragen verloren sich bald in seinem üblichen Schweigen. Er saß mit den Händen auf den Knien neben dem Feuer, starrte in die lodernden Flammen und legte ab und zu Holz nach. Da es sich für Frauen nicht ziemte, viele Fragen über die Erfahrungen der Jungen auf ihrer Langen Wanderung zu stellen, fing auch Rini bald an, gedankenlos vor sich hin zu brabbeln, statt ernsthaft zu reden. In der Hitze des Feuers nickte auch sie bald ein.

Draußen war es inzwischen dunkel geworden. Kein anderes Haus stand so nahe, daß man Stimmen hören konnte. Die Melancholie der anbrandenden und zurückfließenden Wellen des Meeres erfüllte die Nacht und ließ in Tama das Gefühl entstehen, er wäre einsam und verlassen in einer weiten, öden Welt. Die beiden alten Leute, die neben ihm dösten, konnten ihm keinen Trost spenden. Die Angst vor der Wut des Alten Weisen kam erneut mit Eiseskälte über ihn, und sein Kopf schmerzte vor lauter Überlegen, weshalb seine Geschichte von der Mauer quer über den Tümpel bei dem alten Mann eine so grausame Wut ausgelöst hatte.

Irgendwann in der Nacht war seine Decke aus Opossumfell weggerutscht. Er wachte frierend auf und wollte sich gegen die warmen Körper seiner Freunde kuscheln, doch neben ihm war nur eine dunkle Leere. Er seufzte leise vor Enttäuschung. Tama versuchte, im Schlaf den muffigen Geruch des geschlossenen Hauses zu vergessen und sich in die Erinnerung an das leise Rascheln der Blätter im Nachtwind hineinfallen zu lassen, der die Wolken in ihrem ewigen, lautlosen Wirbeln über den leuchtenden Sternenteppich treibt, welcher über die Menschen Wache hält.

3

Den ganzen nächsten Tag lag eine erwartungsvolle Stimmung über dem Dorf, das vom geschäftigen Treiben seiner Bewohner erfüllt war, die Vorbereitungen für das traditionelle Fest zur Feier der wohlbehaltenen Rückkehr der Jungen von ihrer Langen Wanderung trafen. Tama genoß das Gefühl, wichtig zu sein, während er sich zu seinen Gefährten gesellte. Gemeinsam zogen sie erhobenen Hauptes von Haus zu Haus und erzählten immer wieder von neuem wie sie in jenen langsam wärmer werdenden Tagen des anbrechenden Frühlings Flüsse überquert, Hügel erklommen, Täler erforscht, gejagt und gefischt hatten, gerannt und geschwommen waren. Niemand sprach über die Müdigkeit, die sie manchmal überfallen hatte, oder über die unappetitlichen, schlecht gekochten Mahlzeiten und die kleinen Streitereien, die die Harmonie ihrer Gemeinschaft bisweilen gestört hatten. Die Frauen lächelten ihnen zu und boten ihnen Fischbällchen an, und die Männer verführten sie zum Trinken aus der Holzschüssel mit dem Wurzelbier, dem zur Aromatisierung Blütenblätter des gelben Ginsters zugesetzt waren. Die Jungen knabberten hier und nippten da und erzählten und lachten alle auf einmal, während die älteren Jungen nachsichtig lächelten oder sie zur Prahlerei anspornten. Auch die Mädchen lächelten und preßten als Zeichen ihrer Gunst die Duftsäckchen zwischen ihre Brüsten, besonders wenn Ke Rala redete. Lange vor dem offiziellen Beginn des Festes bei Sonnenuntergang hatten die Jungen bereits weitaus mehr gegessen und getrunken als üblich, so daß sogar Tama und Ke Rala, die ansonsten ruhig und zurückhaltend waren, mit geröteten Wangen lauthals erzählten. Horas Aufschneiderei kannte keine Grenzen, und Tulas Ausgelassenheit, während er seine Künste im Feuermachen vorführte – setzte fast das Haus seiner Cousine in Brand. Nur Rua lächelte und lachte zwar viel, redete aber im übrigen kaum mehr als sonst auch und genoß es, sich still im Ruhm der Geschichten seiner Gefährten zu sonnen. Die kleineren Kinder folgten den fünf Helden, wo immer diese hinstolzierten, und bettelten ständig um neue Geschichten oder standen mit dem Finger im Mund und vor Staunen weit aufgerissenen Augen da, während Hora wieder und wieder einen mythischen Hirsch mit einem einzigen Pfeil seines mächtigen Bogens erlegte.

Als die Sonne schließlich hinter den hoch aufgetürmten Kumuluswolken am westlichen Horizont unterging, blies ein leichter Südwind den Rauch der Küchenfeuer zu den Hügeln hin, ein Zeichen für eine klare, kühle Nacht. Die Männer hatten fast den ganzen Tag in Erwartung der schweren Aufgaben, die sie am Abend erwarteten – nämlich Essen, Trinken und Tanzen – herumgefaulenzt und schlenderten jetzt allmählich zum Strand hinunter, wo die Frauen seit dem Vormittag mit der Vorbereitung der Speisen in den vier großen Kochgruben beschäftigt waren, die für solche besonderen Anlässe benutzt wurden. Sie gingen jetzt kurz nach Hause, um ihr Haar zu richten, es einzuölen und zu wohlriechenden Haarknoten einzurollen, die sie dann mit Blumen, Muscheln und hölzernen Kämmen schmückten – ein langwieriges Unterfangen, wenn man keine geschickte Tochter oder eine alte Großmutter hatte, die dabei behilflich war.

Die Männer hatten für den feierlichen Anlaß ihre besten Umhänge und Tuniken angezogen und sich neue Flachssandalen gefertigt, obwohl sie diese später, beim Tanzen, wieder ausziehen würden. Die meisten der kurzen, ärmellosen Tuniken waren aus Flachs und mit schwarzen und roten Mustern bedruckt, doch manche Männer hatten auch die wärmeren Hemden aus Opossumhäuten angezogen, die besonders von den älteren Frauen bevorzugt wurden; ein oder zwei Männer trugen stolz ihre Festtagskleidung aus Hirschfell zur Schau und ernteten dafür neidische Blicke. Alle hatten den traditionellen Flachsrock an. Manche Röcke waren mit einem Besatz aus Opossumschwänzen verziert, andere mit bunten, reich bestickten Bordüren. Als Ke Ralas Vater, der Häuptling des Hirschvolks, in seinem bodenlangen, mit silbernen Sternen übersäten Hirschfellumhang – einem Muster, das nur seine Familie benutzen durfte – in die Runde trat, ging ein anerkennendes Raunen durch die Reihen der Männer und Jungen, die um die Wärme abstrahlenden Kochgruben herumhockten. Da Nala wurde als ein Mann der Stärke und Weisheit sehr geschätzt und besaß nach dem Alten Weisen am meisten Wissen und spirituelle Autorität. Seinen Dolcharm, der bei einem Sturz von einem Baum vor drei Jahren zerschmettert worden war, hielt er unter seinem Umhang versteckt; würdevoll neigte er sein Haupt in Erwiderung der Grüße und nahm seinen Platz unter den Männern ein. Die Männer hockten gemütlich in kleinen Gruppen zusammen, rauchten ihre langen Pfeifen und tauschten Erinnerungen an ihre eigene Jugendzeit vor der Männerweihe aus, die noch ohne die Verantwortung gewesen war, welche das Erwachsensein mit sich brachte. Die fünf Jungen, zu deren Ehren das Fest veranstaltet wurde, standen ein bißchen abseits von den Männern und waren jetzt stiller als den ganzen Tag über. Die Bedeutung des Anlasses schüchterte sie ein.

Langsam verblaßte das Abendrot, und das Blau des Nachthimmels wurde immer dunkler, während der Abendstern wie eine wunderschöne Muschel mit brennendem Kiefernadelöl am Firmament leuchtete. Die Frauen waren sich bewußt, daß man nur noch auf sie wartete, und schlenderten gemeinsam von den Häusern, die jetzt im Dunkeln lagen, herunter. Mit ihren hochaufgetürmten Haaren und den meist bodenlangen Umhängen aus Opossumhäuten sahen sie ungeheuer groß und völlig verändert aus, so daß viele Kinder ihre Mütter, die plötzlich zu wunderschönen Fremden geworden waren, voller Erstaunen anstarrten. Dann ließen sich die Chefköchinnen im Kreis um eine der Kochgruben am Ende der Reihe nieder, die ein bißchen kleiner war als die übrigen drei. Das war das Zeichen für vier junge Männer, mit langen Gabeln nach vorne zu treten, um die Zweige, Grassoden und Blätterschichten beiseite zuschieben, die das Essen bedeckten, das auf den heißen Steinen unten in der Grube dampfte. Als das leckere Aroma von gedünstetem Fisch und Seegras den Gästen um die Nase strich, fingen sie spontan an zu lachen und zu reden. Vorsichtig wurden die dampfenden Körbe von den jungen Männern aus der Grube gehoben und an Mädchen übergeben, die den Inhalt in kleinere Portionen aufteilten und auf flache gewobene Teller legten. Diese brachte man zu den fünf Jungen hinüber, die bei dem Bankett heute als erste bedient wurden. Jeder Junge hob seinen Teller mit beiden Händen einen Augenblick lang in stiller Darbringung und Dankbarkeit zu Ka Balu empor, bevor er ihn zu seinen Eltern trug. Tama, der vor Rini und Edda niederkniete und ihnen zum Beweis seiner Achtung als Sohn von dem Essen anbot, dachte dabei, wie nervös seine Mutter aussah und wie steif und feierlich sein Vater. Er wünschte sich, sie wären etwas fröhlicher und unbeschwerter – wie zum Beispiel Ruas Eltern. Er schämte sich ein bißchen für seine respektlosen Gedanken bei einem so feierlichen Ritual, ging dann aber zurück zu seinen Gefährten, um sich das weiche, weiße Fleisch der Meeresfische schmecken zu lassen. Als die Jungen sich über das Essen hermachten, durften auch alle anderen Gäste mit dem Essen beginnen, und bald war die Nacht erfüllt von einem fröhlichen Gewirr aus Unterhaltung, Lachen und Bewegung. Als schließlich alle Gäste mit dem ersten Gang versorgt waren, öffneten die Frauen, die für die ganze Gemeinschaft gekocht hatten, die vierte Kochgrube, in der sie als vorausschauende Köchinnen genug von den feinsten Happen für sich selbst zurückbehalten hatten.

Niemand ging leer aus, niemandem wurde etwas von der Vielfalt vorenthalten.

Außer dem schmackhaften Fleisch der Meeresfische gab es noch Spießchen mit Süßwasseraal-Stückchen, Fischmehlkuchen aus den kleinen silbrigen Fischchen, die jedes Jahr zu Frühlingsanfang die Bäche und Flüsse hinaufschwärmten, gewürzte Enten und Tauben, die in einer Hülle aus Ton gebacken wurden und so zart waren, daß sie schon bei der kleinsten Berührung zerfielen, ausgehöhlte Kürbisse, die man mit einem Eintopf aus blubberndem Opossumfleisch und frischem Rhabarber gefüllt hatte, in Kartoffeln gebackene Eier und Farnwurzel-Honigkuchen, die vor allem die kleineren Kinder in großen Mengen verzehrten, wenn man sie nur ließ. Um das alles hinunterzuspülen, wurden prall gefüllte Lederflaschen mit Wurzelbier herumgereicht. Lange Reihen von verkorkten Kürbissen mit Wurzelbier standen bereit, die nur darauf warteten, angebrochen zu werden. Die einzige Enttäuschung war, daß kein Wild zur Feier des Tages erlegt worden war, doch keiner war so taktlos, das zu erwähnen. Gewöhnlich hielt man Wild bei einer Vorweihefeier für besonders angebracht, da es die Männlichkeit von Ka Balu symbolisierte, dem Himmelskönig, dem Röhrenden. Vor allem die Jungen, die dabei waren, junge Männer zu werden, wünschten sich eine solche Männlichkeit. Doch da nun einmal kein Wild erlegt worden war, sollte das Fehlen auch nicht erwähnt werden. Ka Balu sorgte für alles Nötige; er wußte, worum es ging, wenn er den Jägern Wild vorenthielt.

Unter den Mädchen, die die Gäste bedienten, war auch Ruas jüngere Schwester Mariti, ein kräftiges Mädchen mit braunen Haaren und braunen Augen, die so alt war wie Tama. Es kam ihm jetzt seltsam vor, daß er sich bei seinem Aufbruch zur Langen Wanderung nicht einmal die Mühe gemacht hatte, sich von Mariti zu verabschieden, einer Spielkameradin, der er und Rua in der Vergangenheit jahrelang nur mit herablassender Toleranz begegnet waren. Mariti hatte sich zu einem hübschen Mädchen mit langem, glänzend braunem Haar und einem geheimnisvollen Duft gemausert, und sie hatte eine Art, Tama lange Seitenblicke zuzuwerfen, die ihn auf eigenartige Weise verwirrten. Jedes Mal, wenn sie sich vor ihn hinkniete, um ihm noch einen Korb mit verführerischen Leckerbissen hinzuhalten, warf sie ihm immer wieder diese Blicke zu und lächelte ihn an, ganz ohne die freche Art, die früher für sie typisch war. Es drängte ihn nahezu unwiderstehlich danach, die langen braunen Haare zu berühren, die ihr über die Schultern fielen.

Statt dessen sagte er: »Ja, Mariti, ich möchte etwas von dem Aal. Denkst du, du wirst Aal jemals so zart dünsten können wie deine Mutter?«

»Ich habe meiner Mutter bei den Vorbereitungen für das heutige Fest geholfen. Ich bin kein kleines Kind mehr.«

Mariti warf den Kopf kokett zurück und ging zum nächsten Gast weiter. Tama drehte sich zu Rua um, zog fragend die Augenbrauen hoch, und beide prusteten vor Lachen los.

»Du wirst dich in acht nehmen müssen«, sagte Rua. »Mariti nimmt sich selbst jetzt sehr wichtig. Sie hat mir heute morgen erklärt, daß eine junge Frau ihre Aufgaben im Haushalt gewissenhaft erledigen muß und nicht mit Kindern herumspielen kann. Sie hat sich verändert, während wir weg waren. Aber sie mag dich immer noch.«

»Mich!« schrie Tama ein bißchen zu laut. »Die Mädchen schauen doch nicht mir nach, sondern Ke Rala.«

Ke Rala, der ganz in der Nähe saß und sich wie ein Fisch im Wasser fühlte, drehte sich um, als er seinen Namen hörte, und winkte den anderen zu. Dann beugte er sich über die Körbe voller Essensreste, wischte sich mit einem Büschel trockenem Gras das Fett von den Fingern und tippte Tama aufs Knie.

»Komm«, drängte er, »wir haben den ganzen Tag nur gegessen. Wie wär's mit ein oder zwei Runden Blindringen, um ein bißchen Energie loszuwerden, sonst kommen wir nie mehr auf die Beine.«

»Aber du weißt doch, daß du mich darin jederzeit schlagen kannst«, protestierte Tama lachend.

»Ich wäre da nicht so sicher. Du kannst fest genug zuschlagen, um mich zu entwaffnen, wenn es dir gelingt, mir den ersten Schlag zu versetzen.«

Im Sand wurde eine Fläche freigemacht, und die beiden Jungen entledigten sich ihrer Kleidung bis auf ihren kurzen Rock. Dann verband man ihnen die Augen und drückte jedem einen langen trockenen Flachsstengel in die Hand. Das Spiel verlangte, daß sie einander finden und dann versuchen mußten, dem anderen, wenn möglich, einen Schlag zu versetzen und sich dann zurückzuziehen oder sich zu ducken, bevor der Gegner zurückschlagen konnte. Doch es ging dabei auch darum, daß ein Spieler den anderen entwaffnen und zu Boden ringen sollte, so daß beide, auch wenn ihre Flachsstengel verlorengegangen oder kaputt waren, noch die Chance hatten, den anderen durch ihre Kraft oder Geschicklichkeit im Körperkontakt zu besiegen.

Tama wußte, daß er für Ke Rala kein ebenbürtiger Gegner im Ringen war, aber vielleicht konnte er ihm ja ein paar Schläge versetzen, bevor er geschnappt wurde.

Die Jungen standen sich in etwa zehn Schritten Entfernung in gebückter Haltung gegenüber und fingen an, sich wie Krebse herumzubewegen und dabei auf jedes kleinste Geräusch zu achten. Die Zuschauer waren mucksmäuschenstill, da ein wichtiger Teil der Geschicklichkeit im aufmerksamen Lauschen bestand, in der Hoffnung, den Gegner von hinten anfallen zu können. Doch die Stille der Menge hielt meist nur solange an, bis der erste Schlag mit lautem Krachen sein Ziel fand und das Opfer empfindlich traf, ohne es jedoch zu verletzen. Die Flachsstengel vom vergangenen Sommer waren stabil, aber nicht schwer, und konnten mit einem gekonnten Hieb leicht zerbrochen werden. Tama tastete sich mit leichtfüßigen Bewegungen mit seinem Stock nach vorne, doch dann roch er den Schweiß der Zuschauer auf seiner linken Seite und bewegte sich vorsichtig wieder zurück in die offene Arena. Das erste Gelächter in der Menge brach los, als Ke Rala eine Bewegung vor sich zu spüren glaubte und wild auf den Sand einschlug, während ein spitzbübischer vierjähriger Junge vor Vergnügen aufjauchzte und schnell zu den schützenden Beinen der Erwachsenen zurückfloh. Tama war drei Schritte in Richtung des Aufruhrs gehüpft und flog fast selbst auf den Bauch, als er den Waden Ke Ralas einen kräftigen Schlag versetzte. Er rollte schnell zur Seite und konnte so dem Gegenschlag gerade noch ausweichen. Dann sprang er wieder auf die Füße, erfreut über sein schlaues Manöver. Mit einem Lachen, das sich mehr nach Lust als nach Schmerz anhörte, schnellte Ke Rala herum und tastete sich mit weit geöffneten Armen und Beinen quer über den Kampfplatz. Die Jungen gingen in einem Schritt Entfernung aneinander vorbei und schlugen dabei zum Vergnügen der Menge beherzt ins Leere. Doch plötzlich sprangen beide gleichzeitig herum, und Ke Ralas Schlag wirbelte Tamas Stecken hoch in die Luft, ohne ihn jedoch zu zerbrechen. Ke Ralas eigener Stock war dabei allerdings weit unten abgebrochen. Er warf ihn zur Seite und tastete nun mit leeren Händen nach Tama, dessen rascher Atem ihn verriet. Eine starke Hand streifte ihn und packte dann seine Schulter auf der Dolchseite. Im nächsten Moment wurde er auch schon von Ke Ralas Armen umschlungen. Vergeblich versuchte er, den größeren Jungen in den Schwitzkasten zu nehmen und mit dem Knöchel hinter Ke Ralas Knie zu gelangen. Er spürte, wie er vom Boden hochgehoben wurde und dann zurückfiel. Im Nu saß Ke Rala auf seinem Rücken, lachte und hielt seine Arme hinter seinen Kopf im Sand fest. Einen Moment lang blieben sie in dieser Stellung des Siegers und Besiegten, dann löste Ke Rala seine und Tamas Augenbinde, drückte ihn jedoch immer noch mit den Schenkeln nach unten. Sie lächelten einander zu, dann half Ke Rala Tama auf und umarmte ihn kurz, bevor er sich voller Freude über seinen Sieg der Menge zuwandte und rief: »Los! Wer fordert Ke Rala als Nächster heraus?«

Rua und Hora forderten den Sieger nacheinander heraus, doch auch sie wurden beide im Ringen besiegt, obwohl Hora viel länger Widerstand leistete als Rua, so daß die Zuschauer mit angehaltenem Atem die beiden ineinander verhakten Körper beobachteten, die sich mächtig anstrengten und einander lange Zeit nicht ins Wanken brachten, bis eine falsch eingeschätzte Bewegung von Hora, mit der er seine Haltung verlagern wollte, ihn schließlich aus dem Gleichgewicht und zu Fall brachte. Danach kam ein vierter Herausforderer, ein junger Mann, der ein Jahr älter war als Ke Rala. Bei diesem Kampf feuerte Tama seinen Freund durch Schreie an und wurde davon so mitgerissen, daß er den Arm seines Nachbarn schnappte und mit aller Kraft drückte.

»He, Tama, du tust mir weh!« schrie Mariti auf.

»Oh, Mariti – es tut mir leid. Ke Rala! Ke Rala!«

Er sprang vor Aufregung auf und ab, während Mariti ebenfalls Ke Rala anfeuerte, aber genauso oft zur Seite schielte, um einen Blick auf das vor Erregung gerötete Gesicht und die glänzenden Augen des schreienden Jungen neben sich zu werfen. Als Ke Rala besiegt wurde, drückte sie zum Trost Tamas Arm.

Das Spiel zog andere Aktivitäten nach sich. Einige der Jungen gingen nach dem Blindringen zu einem schnellen Froschhüpfspiel über, und während dieses noch im Gange war, bereitete sich eine Gruppe von Männern bereits auf den Hirschtanz vor, eine lebhafte Darstellung der Hirschjagd und gleichzeitig ein Tanz zu Ehren Ka Balus und eine Demonstration der Geschicklichkeit der Jäger. Dieser Tanz war immer sehr beliebt, und manchmal tanzte sogar das ganze Dorf mit, denn er veranschaulichte die endlose Suche der Menschen nach Nahrung im Wald, mit seinen schroffen Felsen, wilden Flüssen, von Geistern bewohnten Gipfeln und murmelnden Ufern.

Während die Tänzer in ihrer Verkleidung aus Hirschfellen und Geweihen die Rolle von Jäger und Gejagtem nachahmten, stampfte die Menge den Rhythmus zur Erzählung, die von Toma, einem vollendeten Flötenspieler und Sänger, vorgetragen wurde. Mal äste der Hirsch, mal blieb er regungslos stehen und lauschte, dann sprang er vor Angst wieder schnell davon und floh vor dem Jäger, doch der Jäger verfolgte ihn unbarmherzig bis zum Höhepunkt der Jagd, dem Tod des Tieres. Das Stampfen der Füße von Männern, Frauen und Kinder wurde etwas gedämpfter, als Toma von dem Kummer des Jägers darüber sang, daß er ein so edles Leben ausgelöscht hatte, und Ka Balu um Verzeihung bat, daß man töten mußte, um zu essen und sich zu kleiden. Während die Funken der Feuer von der Meeresbrise getragen nach oben stoben und hinter dem Strand die Brandung ihr trauriges monotones Lied sang, stöhnten die Dorfbewohner voller Mitgefühl mit dem Jäger, der sich mit der schweren Last des Wildes auf dem Rücken auf seine lange Heimreise machte. Ai-jeee! dachte Tama, was für eine tolle Sache es wäre, das Volk beim Hirschtanz anzuführen, bei einem solchen Anlaß als Sänger ausgewählt zu werden und sie dazu zu bringen, im Einklang mit dem Rhythmus zu stöhnen, zu schreien, zu klatschen und zu lachen!

Als die singenden Jäger schließlich in Sichtweite der Häuser kamen, schrien die Menschen vor Freude auf und fingen unter der Leitung eines Anführers an, in einem langen, webenden Schreittanz den Sieg zu feiern. Alle machten mit: Angeführt von Da Nala, der mit würdiger, gemäßigter Freude tanzte, stampften Männer, Frauen, verheiratete Paare, Jungen, Mädchen und Kinder in einem großen Kreis im Sand um die erschöpften Jäger herum. Als Tama Maritis Hand ergriff und sie zum Tanz führte, wurde er sich plötzlich schmerzlich seiner alten Eltern bewußt, die ein bißchen abseits saßen. Rinis lahmes Bein hinderte sie daran mitzumachen, und Edda hätte sie nie allein zurückgelassen. Alles Leben, aller Sinn und alle Freude konzentrierten sich in dem pulsierenden Kreis von Menschen, während ein paar Kranke und Alte außerhalb in der Dunkelheit saßen.

Während Tama auf dem Sand hüpfte und herumsprang, im Rhythmus zu der wilden Flötenmelodie von Toma in die Hände klatschte und bis zum Heiserwerden Loblieder auf Ka Balu sang, spürte er seinen schwitzenden Körper in einem wilden Sinnestaumel herumwirbeln, als sei er von einem anderen, ihm fremden Willen besessen. Ganz tief in seinem Geist löste sich ein Teil von ihm ab und beobachtete ihn, und was er sah, gefiel ihm nicht. Einem Teil seines Geistes würde Gewalt angetan, gäbe er sich dem Rhythmus des Tanzes vollkommen hin. Er spürte die Gefahr ziemlich klar, als ob Ka Balu selbst ihn gewarnt hätte. Tama bewegte sich an den Rand des Gedränges, verlangsamte seine Schritte und trat aus dem Kreis hinaus. Die übrigen Tänzer stampften schlurfend weiter und schenkten dem Ausgeschiedenen, sei es nun aus Erschöpfung oder aus freiem Willen, keinerlei Beachtung. Manche tanzten mit aufgerissenen Augen und heraushängender

Zunge, manche mit zur Schau gestellter sexueller Ekstase, wieder andere mit schleppenden Gliedern wie Gefangene, die über das erträgliche Maß hinaus gefoltert worden waren.

Mariti war schon länger ausgeschieden und verschwunden. Die kühle Meeresbrise ließ Tama frösteln und eilig nach seiner Tunika und seinem Umhang suchen. Plötzlich fühlte er sich erschöpft, einsam und traurig. Er hatte schon früher solche Tänze gesehen, doch heute abend hatte er zum ersten Mal die Bedrohung seiner Seele durch die Menge gespürt; sich in dem blinden Rhythmus zu verlieren würde bedeuten, innerlich zu sterben. Das ist nichts für mich, dachte er. Ich bin Tama, der Sänger der Wahrheit, ich suche Ka Balu auf einem anderen Weg.

Viele von denen, die zu tanzen aufgehört hatten, griffen nach den Kürbissen mit Wurzelbier, um ihren Durst zu stillen; manche lagen schon schnarchend auf dem Sand. Um die Feuer saßen noch kleine Gruppen und unterhielten sich, lutschten an irgend etwas Eßbarem herum oder starrten denen nach, die immer noch tanzend herumtorkelten. Tama saß allein, gegen einen Baumstamm gekauert. Er wollte noch nicht nach Hause gehen, sondern lieber seine Freunde finden und ein bißchen kameradschaftliche Wärme spüren, die er über die Schwelle des Schlafes hinüberretten konnte.

Durch einen Schlag auf den Schenkel wurde er hart aus seinem Dämmerzustand gerissen. Er machte die Augen auf und erblickte auf dem Sand neben sich ein Paar feste, hornige Füße und starke, krumme Beine. Schäumend vor Wut stützte sich Tama auf einen Ellbogen und starrte in Horas grinsendes Gesicht.

»War wohl ein bißchen viel für dich, was? Sind wir ein bißchen schläfrig geworden?«

»Hau ab. Laß mich in Ruhe.«

Doch Hora hockte sich neben ihn hin. Die Mischung aus Bier- und Schweißgeruch ließ Tama den Kopf abwenden.

»Hör mal zu, Tama. Ich will dir helfen. Mariti mag dich, aber mich würdigt sie keines Blickes. Ich möchte, daß du mit ihr redest und ihr sagst, daß ich – na ja, du weißt schon ...«

Hora lachte leise.

»Nein, ich weiß nicht, was du meinst«, erwiderte Tama kühl.

»Na ja, sag ihr, daß ich mit ihr gehen will. Mach schon, sie hört bestimmt auf dich. Komm, wir gehen sie jetzt suchen.«

Tama stand auf.

»Hau ab. Ich werde dir nicht helfen, Mariti zu finden. Sie mag dich sowieso nicht.«

»Woher weißt du das?«

»Na, hast du doch selbst gesagt.«

»Wirst du mir helfen?«

»Nein.«

Hora lachte, dann versetzte er Tama einen harten Schlag in die Kniekehle, fing ihn beim Fallen auf und rollte sich auf ihn. Sein Gewicht nagelte Tama am Boden fest, und Hora fing an, ihn auf Lippen und Wangen zu küssen, obwohl sich Tama verzweifelt wehrte.

»Das und das und das werde ich mit Mariti machen! Und ich werde es so machen, daß es ihr auch gefällt.«

Im nächsten Moment wurde Hora von einer Hand zur Seite gerissen, Tama kämpfte sich los und sah Rua über ihnen stehen. Hora sprang auf und grinste.

»Mach dir keine Sorgen, Rua, wir haben nur Spaß gemacht. Ich bin sowieso müde. Ich gehe jetzt heim.«

Er schlenderte pfeifend weg. Rua wandte sich nun Tama zu.

»Hat er dir weh getan?«

»Nein. Ich hasse ihn, Rua. Weshalb versucht er nur immer, mir angst zu machen?«

»Er ist nur ein Großmaul. Du brauchst keine Angst vor ihm zu haben.«

»Rua, wo ist Mariti?«

»Ich glaube, sie ist irgendwo mit ein paar anderen Mädchen. Warum?«

Tama erzählte ihm von Horas Absichten. Rua blickte finster und machte dann schnell kehrt. Tama folgte ihm. Nach kurzer Zeit hatten sie Mariti entdeckt, die zusammen mit ein paar anderen Mädchen gebrauchte Körbe und anderen Abfall einsammelte und ins Feuer warf. Sie forderten die Jungen auf, ihnen zu helfen. Das taten sie auch, ohne ein Wörtchen über den Grund für ihre überstürzte Ankunft verlauten zu lassen. Ein paar Regentropfen klatschten ins Feuer, und der Wind blies kalt vom Meer her.

»Kommt«, sagte Rua, »ich glaube, wir haben für diese Nacht genug gehabt. Gehen wir heim.«

Niemand widersprach. Mit dem Wind im Rücken und getrieben von Regenschauern, eilten sie rasch den Hügel hinauf. Tama merkte, daß Mariti neben ihm ging, aber als er sie ansah, lächelte sie nicht, sondern blickte kalt in die andere Richtung und hängte sich dann bei einem anderen Mädchen ein. Tief enttäuscht fiel Tama hinter die anderen zurück und fragte sich, was Mariti wohl von ihm erwartet hatte, aber er war zu müde, um den Gedanken weiterzuverfolgen. Er bog zum Haus seiner Eltern ab und murmelte nur ein verschlafenes »Friede« auf Ruas Gruß. Zu Hause schob er den Türriegel zur Seite und schlüpfte in die kühle Dunkelheit. Er tastete nach den Fellen auf seinem Eckbett, wickelte sich darin ein, seufzte und war fast sofort eingeschlafen.

4

Zwei Tage später rief der Alte Weise die Jungen zu sich. Es war ein schöner Morgen, kühl und wolkig. Tama hockte mit seinen Freunden auf dem Sand vor der Haustür des alten Mannes. Er konnte in der Ferne weit unten an der Küste einen weißen Gipfel mit einem ausgebrochenen Zacken an der Spitze erkennen; dort, unerreichbar für die Menschen, wohnten die Götter. Es war der Ort, an dem sich Erde und Himmel trafen, wo Wesen wohnten, die weder ganz der Erde noch ganz der Luft angehörten und so unnahbar und geheimnisvoll waren, daß die Menschen des Hirschvolks nur selten über sie redeten. Sie konnten die Gebote von Ka Balu, dem Gott des Waldes, verstehen, doch ihre Gedanken versagten bei dem Versuch, das Wesen von Dingen zu erfassen, die durch eine undurchdringliche Wildnis und riesige weiße Mauern von ihnen getrennt waren. Für Tama aber waren die Schneemassen mit ihrer eisigen Reinheit schön, obwohl auch er Angst davor hatte.

Nachdem der Alte Weise die Jungen eine Weile vor der Tür hatte hocken lassen, kam er aus dem Haus und ließ sich auf einem Streifen Fell nieder, den er vor die Tür gelegt hatte. Er war in seinen Redeumhang gehüllt, den er nur zu den besonderen Anlässen trug, wenn er unterrichtete. Sein magerer Körper wirkte elastisch und stark wie eine zähe Kletterpflanze, die sich kaum knicken, geschweige denn zerreißen läßt. Tatsächlich wurde er von den jüngeren Buben, die noch keine Angst vor der Männerweihe hatten, manchmal auch respektlos »alter Knöterich« genannt. Tama war sich der Kraft, die von seiner Gegenwart ausging, äußerst bewußt und brachte es nicht fertig, den beunruhigenden Augen zu begegnen, sondern hielt seinen Blick weiter starr auf den Boden zwischen seinen Beinen gerichtet.

»Seid gegrüßt, meine Söhne. Ich sehe, daß Ka Balu mit euch ist.«

»Sein Geist ist stets unser Hüter, o Vater.«

Dann begann der Alte Weise mit seiner Rede und malte dabei mit einem Stock Muster in den Sand. Er zeichnete ein verschlungenes System aus Linien, Vierecken und Kreisen und schien sich mehr darauf zu konzentrieren als auf das, was er sagte. Dann wischte er plötzlich mit ein oder zwei raschen Bewegungen alles weg und blickte die Jungen an, um sicherzugehen, daß sie ihm auch zuhörten. Tama wurde von der Rede langsam immer mehr mitgerissen, und nach einer Weile traute er sich sogar, in diese dunklen, unwiderstehlichen Augen zu blicken. Trotzdem empfand er es als Erleichterung, gleich darauf einer Möwe zuzusehen, die im Gleitflug die Küste entlangschwebte, oder sich vorzustellen, sich mit den hohen Kiefern zu wiegen, wenn der Wind in ihren herabhängenden Ästen spielte.

Die ganze Zeit lauschte er jedoch aufmerksam den Worten des Alten Weisen.

»Am Anfang war der Wind, ein einziger großer Wind, der durch die Leere des Nichts blies. Die Sterne hatten am Himmel noch keine Wurzeln geschlagen, und die Erde war noch nicht aus den Tiefen des Meeres heraufgerufen worden, kein Licht war da, weder Sonne noch Mond. Nur dieser Wind, der in endloser Sehnsucht um sich selbst wirbelte, und aus dieser Sehnsucht nach Leben wurde Ka Balu geboren. Ein einziger, hell leuchtender Stern wuchs in der Dunkelheit, und der Wind wirbelte um ihn herum und heulte und überschlug sich vor Freude. Sein Freudentaumel war so mitreißend, daß die Tiefen des Ozeans mit ihm flossen, sich im Rhythmus des rastlosen Meeres zu heben und zu senken. Und der Geist von Ka Balu, dem Himmelskönig, der in dem ersten leuchtenden Stern lebte, tauchte in einem Blitzstrahl hinab in die Wasser des Meeres, zerbrach den Meeresgrund und zog das trockene Land aus dem Bauch des Ozeans herauf.

Ka Balu schritt auf dem Land auf und ab, kletterte auf die glänzenden Gipfel, stieg in die tiefen Täler hinab, aber er verlor sich in einem Traum gestaltloser Wünsche, bis der

Stern seines Wesens sich teilte und von sich selbst eine weiße Sonne und ein Scheibchen Mond abbrach. Danach gab es für Ka Balu Tag und Nacht, die Jahreszeiten begannen, und mehr Sterne wuchsen am Himmel. Auf der Erde wuchsen allerlei Arten von Pflanzen und Bäumen, und Vögel nisteten darin. In den Flüssen und Seen schwammen Fische, und die Erde wimmelte nur so von Leben, allein der Mensch war noch nicht da. Ka Balu sah, daß einer nötig war, der alles beherrschte und Loblieder zu Ehren von Ka Balu, dem Himmelskönig, sang.

Deshalb griff er eine Handvoll feuchter Erde aus dem Grund und vermischte sie mit seinem Speichel, um sie anzuwärmen und zu befeuchten. Dann legte er sich auf die Seite und ergoß die Milch seiner Lenden über die Kugel, die anschwoll und zu wachsen begann, bis der erste Mensch in den Armen Ka Balus Gestalt annahm. Damit er nicht unter derselben Einsamkeit wie sein Gott leiden müsse, schuf ihm Ka Balu eine Gefährtin, die ihm Kinder gebären und die Erde bevölkern sollte. Der Wald sollte ihr Zuhause sein, Früchte und Beeren ihre Nahrung, doch sollten sie keinen Vogel, keinen Fisch und kein anderes Tier töten. Das war Ka Balus Gebot, sich an den Früchten der Erde zu ergötzen und sich aneinander zu erfreuen, und lange Zeit gehorchten sie den Geboten ihres Gottes.«

Die Jungen hörten aufmerksam zu, obwohl sie die Geschichte von den ersten Menschen schon oft gehört hatten, aber sie wußten, daß sie dieses Mal nur der Vorbote für neue Enthüllungen war. Für Tama war es immer gut zu wissen, daß das Leben vom Himmel auf die Erde herabgekommen war und daß ein Jäger nach einem Leben im Wald auf dem Weißen Hirsch den steilen Pfad in den ewigen Wald der Sternenvögel emporritt. Und wie immer, wenn er den Alten Weisen davon erzählen hörte, wie die Menschen dann allmählich selbstsüchtig, neidisch und zerstörerisch wurden, wie sie die Gebote der Götter brachen und dafür bestraft wurden, empfand er Traurigkeit über ihre Torheit und ihren Ungehorsam.

»Und als Ka Balu und alle Götter die Niedertracht der Menschen nicht länger ertragen konnten, rissen sie die Sonne vom Himmel, um die Erde zu zerstören. Die Bäume des Waldes gingen in Flammen auf und verbrannten zu Asche, die Vögel fielen gebraten aus der raucherfüllten Luft, die Fische kochten in den Flüssen. Viele Männer und Frauen starben an diesem schrecklichen Tag des Zornes, andere erlagen den Krankheiten, die folgten, und nur ganz wenige überlebten und fanden auf den Pfaden der Unschuld ihren Weg zurück zu dem einzigen Wissen, das zählt, dem Wissen um die Liebe und die Güte von Ka Balu. Über die versengte Erde und aus der Asche des Waldes wanderten sie dem Sonnenuntergang entgegen, zu den großen Bergen, vor denen sie sich immer gefürchtet hatten. Und in ihrer Not und Pein fanden sie im Sand eines Flußtales die Spuren eines großen Hirsches und folgten ihnen flußaufwärts im Vertrauen auf die Gnade der Götter. Während die Tage verstrichen und sie bei Nacht in rauhen Unterschlüpfen neben dem fließenden Wasser schliefen, wurde ihnen immer deutlicher bewußt, daß es ein Gott war, der sie aus dieser schrecklichen Wüste in ein neues Land führte. Erst nach einer langen und anstrengenden Reise, bei der manche in den tiefen Schluchten den Tod fanden und andere vor Hunger starben, gelangten sie über die Berge zu einem Land mit hohen Wäldern und rauschenden Flüssen, so kühl und süß für ihren Durst und ihre Pein. Und bevor er sie verließ, sprach Ka Balu in der Nacht zu ihnen und sagte, sie sollten das erste Lebewesen, das sie am nächsten Tag erblicken würden, töten und essen und ihn in dessen Gestalt verehren. In der Morgendämmerung erblickten sie am Rande einer Lichtung einen großen weißen Hirsch, der sie mit kummervollen Augen anstarrte, als sie ihre Bogen spannten und die Pfeile in sein Herz schossen.

So geschah es also, meine Söhne, daß unsere Väter vor vielen Generationen in dieses Land kamen, in dem wir seither in Frieden und Achtung vor den Geboten Ka Balus, unserem Retters, des Vaters des Waldes, des Himmelskönigs, gelebt haben. Denkt immer daran, und seid ihm dafür dankbar, wenn ihr euch jetzt darauf vorbereitet, ihm als Jäger und Männer zu dienen. Ihr habt in Erinnerung an eure Vorfahren eine Reise gemacht und müßt jetzt lernen, Schmerz zu ertragen, wie sie es getan haben, und euren Willen dem Willen Ka Balus zu unterstellen. Bald werdet ihr keine untätigen Jungen mehr sein, sondern Ka Balus Männer, im Geist und im Körper.«

Tama erschauerte. Wieder spürte er, wie es ihm vor Angst vor der unbekannten Prüfung, die ihm bevorstand, eiskalt den Rücken hinunterlief, und immer wieder tauchten die Bilder von Horas Obszönitäten schmerzlich vor seinen Augen auf. Er warf einen Seitenblick auf Ke Rala und gewann im selben Moment seine Sicherheit zurück. Bestimmt würde sich dieser ruhige, stolze Kopf nie vor etwas Unwürdigem beugen. Er spitzte wieder die Ohren, als der Alte Weise fortfuhr.

»Bereits in wenigen Tagen, noch vor dem nächsten Vollmond, werdet ihr ins Langhaus der Männer gebracht, wo euch dann gesagt wird, was von euch erwartet wird. Etwas von dem Dunklen Wissen, das jeder Junge lernen muß, bevor er Ka Balu aufrichtigen Herzens dienen kann, wird an euch weitergegeben werden. Von dem Zeitpunkt an, wo ihr ins Langhaus kommt, bis zum Vollmond nach eurer Weihe werdet ihr eure Eltern nicht mehr sehen und dürft mit niemandem außer dem Mann sprechen, der euch für diese Zeit zum Gefährten gegeben wird. Ihr müßt alles tun, was er euch sagt, ihr müßt ihm in allen Dingen gehorchen.«

Bevor der Alte Weise die Jungen gehen ließ, sagte er ihnen noch die Namen der Männer, die als ihre Führer ausgewählt worden waren, mit denen sie auch die Nacht vor der Männerweihe allein im Busch verbringen mußten, in Hingabe an Ka Balu. Zu Tamas Entsetzen war er Nara zugeteilt worden, einem Halbbruder seines Vaters, einem Mann, den er nicht besonders mochte und dem er auch nicht traute. Nara war ein großer dünner Kerl von etwa vierzig Jahren mit fahlem Gesicht und gelbbraunen Augen, der sich mit finsterem Blick durchs Leben faulenzte, launisch war und nur mit den Lippen lächelte, aber nicht mit den Augen. Mit einem Gefühl von kalter Angst im Nacken machte sich Tama mit seinen Kameraden auf den Nachhauseweg. Alle waren angesichts der Bedeutung der schweren Prüfung, die ihnen bevorstand, ganz kleinlaut und bedrückt.

Am Abend des folgenden Tages wurden die Jungen zu einer Versammlung ins Langhaus gerufen. Das Langhaus lag etwas abseits von den anderen Häusern weiter unten an einem schattigen Pfad, der zu einer Lichtung führte, so daß man es erst sehen konnte, wenn man fast davorstand. Frauen und Mädchen durften diesen Pfad nicht betreten. Die Abgeschiedenheit des Langhauses und sein düsteres Aussehen paßten zu den Gerüchten, die sich um seinen Namen rankten. Es war drei- bis viermal so groß wie ein normales Haus und in einem schäbigen Zustand mit verrottenden Balken, die zum Teil schon ganz grün vor Feuchtigkeit waren.

Man wies die Jungen an, sich auf einen quergelegten Baumstamm in der Nähe der Tür zu setzen. Tama schaute sich neugierig um. Er war noch nie zuvor in diesem Gebäude gewesen. Alle Männer des Dorfes waren anwesend; etwa achtzig ohne den Alten Weisen, dessen Präsenz aber allgegenwärtig war. Einige von den jüngeren Männern, bei denen die Erinnerung an die eigene Weihe noch frisch war, grinsten den Jungen freundlich zu, aber die älteren Männer, die nach Altersgruppen von der Tür bis zum anderen Ende auf beiden Seiten des Raumes saßen, lächelten nicht, sondern ignorierten die Jungen einfach und unterhielten sich miteinander oder starrten sie forschend an. Auf dem Boden lagen nur wenige Felle, und die waren bereits von den alten Männern in Beschlag genommen worden. An den Wänden hingen ein paar alte Hirschfelle, und ein paar kleine hölzerne Statuen Ka Balus blickten vom Dachgebälk auf die Versammlung herunter. Ein offener Kamin am anderen Ende des Raums, der nicht angezündet worden war, verstärkte noch das Gefühl von Ungemütlichkeit. Das Langhaus war zugig, kalt und roch muffig. Tama fühlte sich hundeelend.

Während die Männer darauf warteten, daß Da Nala die

Versammlung für eröffnet erklärte, schaute Tama zu seinen Freunden, um vielleicht bei ihnen ein Wort des Trostes und der Beruhigung zu finden. Doch Ke Rala machte ein ungewöhnlich finsteres Gesicht, hatte die Stirn leicht in Falten gezogen und starrte ins Leere. Rua deutete ein Lächeln an, aber es war nicht überzeugend und half Tama auch nicht weiter; sogar Tulas schalkhafte Fröhlichkeit war wie weggeblasen. Nur Hora täuschte Unbeschwertheit vor und pfiff leise vor sich hin.

Die Männer verstummten, als sich Da Nala am anderen Ende des Raums erhob. Irgend jemand klopfte eine Pfeife gegen einen Stein. Draußen im Busch schrie eine Ruru-Eule. Im Langhaus war es fast dunkel, und das erste, was Da Nala machte, war denn auch, einen Diener zu bitten, die wenigen ölgefüllten Muscheln anzuzünden, die in regelmäßigen Abständen entlang der Wände standen. Zuerst rauchten sie und stanken, doch bald brannten sie mit heller Flamme, die in der Zugluft im Raum flackerte. Da Nala wandte sich nun der Versammlung zu und begann mit ruhiger Stimme zu sprechen. Sofort trat respektvolles und aufmerksames Schweigen ein.

Er wandte sich zuerst an die Männer und ignorierte die Gegenwart der Jungen völlig, doch das gehörte sich so nach den Traditionen, die das Leben des Hirschvolks bestimmten; die Älteren mußten geachtet und bevorzugt behandelt werden, die Jüngeren abwarten, bis sie an der Reihe waren. Da Nala erinnerte die Männer an ihr feierliches Versprechen gegenüber Ka Balu in der Nacht ihrer Weihe, an ihre Abhängigkeit von seinem Willen und seiner Führung bei der Jagd, an ihre Pflicht, ihren Söhnen den Teil des Dunklen Wissens weiterzugeben, der ihnen selbst vertraut war. Dann wandte er sich den Jungen zu und sprach sie an.

»Ihr habt meine Worte vernommen, werdende junge Männer. Der weise Vater des Volkes hat euch die Bedeutung dieses Ereignisses erklärt. Ihr müßt genau zuhören, was euch heute nacht und in den kommenden Tagen alles erzählt werden wird, müßt es lernen und fest in eurem Gedächtnis verankern.

Bis zu diesem Zeitpunkt habt ihr das Leben von Kindern geführt und geglaubt, daß Glück und Sonnenschein alles sei, was im Leben zählt, und der Tag ein einziges langes Spiel. Ihr hattet nur wenige Aufgaben zu erfüllen – Unkrautjäten, das Jagen von Opossums, die die Früchte unserer Felder wegfressen, Pfeilspitzen herstellen und die Pfeile mit Federn versehen – und einige wenige Kenntnisse über solche Frauenarbeiten zu lernen wie Weben, Kochen und kleine Kinder versorgen. Wir sind ein Volk und es ist gut, daß die Männer manchmal die Frauen bei ihrer Arbeit unterstützen.

Doch diese Tage sind nun gezählt. Sie sind wie Stöcke den Großen Fluß hinuntergeschwommen. Ihr habt den Fluß überquert und das Land auf der anderen Seite erkundet, ihr habt allein auf eure Kraft, euren Verstand, euren Willen und die Gnade Ka Balus gestellt gelebt, ihr habt die wichtigsten Bedürfnisse des Menschen kennengelernt, die Notwendigkeit gemeinsamer Arbeit und ihren Lohn. Ihr seid nun bereit für den nächsten Schritt auf dem Weg zum Mann. In jedem von euch sammelt sich die Milch Ka Balus, und damit ist der Fortbestand des kostbaren Samens unseres Volkes gesichert. In der Kraft seiner Brunst verströmt der Große Hirsch seinen Samen im Überfluß, so daß nicht nur die Hirschkühe, sondern die ganze Schöpfung erneut von seinem Geist erfüllt werden. Jeder von euch muß täglich danach streben, seinen Körper zu stärken, ihn sauber und geschmeidig zu halten für den Dienst an Ka Balu. Das heißt vor allem, seinen Samen nicht wild in die Gegend zu spritzen, sondern ihn als die Kraft seines Geistes in sich zu schätzen. Wie die Flamme im Öl der Lampe schläft, bis der Mensch ihr Licht braucht, so schläft der Geist Ka Balus im Samen des Mannes, bis der Wunsch eines Mannes nach einer Frau die Flamme eines neuen Lebens entfacht. Doch die Erschaffung eines neuen Lebens ist eine Kraft, die mit äußerster Sorgfalt zu verwenden ist, die Vereinigung mit einer Frau etwas, das man nicht auf die leichte Schulter nehmen sollte. Wir können nicht zulassen, daß junge Männer genauso einfach Kinder zeugen wie sie Pfeile mit Federn versehen. Wenn der Bogen, der den

Pfeil ins Ziel schickt, zu oft gespannt würde, hätten wir zu viele Mäuler zu stopfen. Kinder sind der Sonnenschein unseres Herzens, aber sie dürfen nur kommen, wenn sie auch gewollt sind, und nicht wie die Schwärme des silbernen Fisches in der Frühlingsflut. Deshalb müßt ihr Jungen das Geheimnis lernen, wie wir uns mit unseren Frauen vereinigen, wie wir ihnen und uns selbst das Vergnügen bereiten können, das in unserer Macht liegt, die Gabe der Liebe, in der wir die Güte Ka Balus erfahren. Doch wir dürfen uns nur so dem Vergnügen hingeben, wie es die Lehren des Weisen vorschreiben, damit keine Kinder kommen, bevor wir sie aus dem Schlaf in der Dunkelheit vor ihrer Geburt zu uns rufen.«

Einige der jüngeren Männer, die neben den Jungen saßen, grinsten ihnen vielsagend zu, als Da Nala mit seinem Vortrag fortfuhr und den Jungen von der Operation erzählte, die an ihnen vorgenommen und bei der die Vorhaut des Penis beschnitten werde, »damit«, wie er sagte, »die größere Freude Ka Balus sie erfüllen könne«.

Doch die Nacht vorher müßten sie in Begleitung des ihnen zugeteilten Führers im Busch verbringen und ohne Klage und im Vertrauen auf die Güte Ka Balus alles ertragen, was ihnen zustoße. Was dies sei, könne er nicht sagen. Nur Ka Balu kenne seinen eigenen Willen.

Wieder lief es Tama vor Angst eiskalt den Rücken hinunter, und sein Magen krampfte sich zusammen. Er blickte die Reihe der sitzenden Männer entlang und sah, daß Nara ihn beobachtete. Das Flackern einer Öllampe verzerrte dessen übliches mißgünstiges Hohngrinsen zu einer feindseligen Grimasse. Als Tama sich vorstellte, mit Nara als einzigem Begleiter eine Nacht im Busch verbringen zu müssen, stieg Panik in ihm hoch und raubte ihm den Atem. Irgendwie, schwor er sich, würde er dies verhindern. Er konnte sich nicht vorstellen, daß Ka Balu etwas von ihm verlangte, das er als falsch empfand. Es mußte auch noch einen anderen Weg geben, dem Herrn des Waldes sein Leben zu verschreiben.

Da Nala erklärte den Jungen ihre Pflichten als Neugeweihte. Sie müßten den Männern, die ihnen als Lehrer zugeteilt worden waren, wie es der Brauch verlangte, ein Jahr lang dienen. Sie hätten ihnen vor allem bei ihrer Arbeit in den Gemeinschaftsgärten an die Hand zu gehen, bei der Pflege der Waffen und Werkzeuge und bei der Jagd. Obwohl sie weiterhin bei ihren Eltern wohnen würden, müßten sie jederzeit bereit sein, dem Ruf ihres Lehrers zu folgen, wenn dieser etwas von ihnen wolle. Während der Wintermonate hingegen erwarte der Alte Weise von ihnen, daß sie fast den ganzen Tag und einen Teil des Abends seinen Unterricht über Geschichte, Sitten und Gebräuche, Glaube und Wissen des Hirschvolks besuchten. Und diejenigen, die sich als besonders begabte Schüler herausstellten, würden den Unterricht fortsetzen dürfen. Denn die Menschen waren von Geburt nicht alle gleich. Manchen wurde Muskelkraft und ein scharfes Auge für die Jagd mitgegeben, anderen die Geschicklichkeit im Umgang mit Holz und Stein, wieder anderen Verständnis für das Wachstum der Pflanzen und ein paar wenigen der Wunsch, tiefer in das Dunkle Wissen einzudringen. Es wäre die Pflicht des Lehrers, den Schüler in den sexuellen Praktiken des Volkes zu unterweisen, ihm genau zu erklären, was einem Geweihten erlaubt sei, wie er sich in den kommenden Jahren auf die Ehe vorzubereiten habe und wie seine Begierden den Zwecken Ka Balus am besten dienen könnten.

Tama hörte dies alles mit wachsender Furcht. Er war sich beim Eintreten in das Langhaus nicht bewußt gewesen, daß er möglicherweise schon heute nacht mit Nara nach Hause gehen mußte; er hatte gehofft, daß irgendwie noch Zeit wäre, das Unvermeidliche hinauszuzögern, doch jetzt merkte er, daß es zu spät war. Es wurde von ihm erwartet, daß er schon heute mit Nara ging. Er mußte bis zu jener Nacht bei ihm und seiner Frau leben, in der er nach Ka Balu Ausschau halten würde und die sich vielleicht infolge schlechten Wetters oder der unvorhersehbaren Anweisungen des Alten Weisen immer weiter hinausschieben könnte. Wut gegen seine Pflegeeltern und gegen seine Freunde Ke Rala und Rua stieg in ihm auf und ließ zornige Tränen in seine Augen schießen. Wieso hatte ihm niemand gesagt, daß seine Freiheit heute nacht ein Ende nahm? Vielleicht konnte man das Ganze ja noch irgendwie hinauszögern. Er wandte sich Ke Rala zu und flüsterte:

»Müssen wir schon heute nacht mit unserem Lehrer mitgehen? Kann das nicht noch ein bißchen warten? Ich möchte erst noch einmal nach Hause.«

Ke Rala blickte auf das gequälte Gesicht und in die finster blickenden Augen des jüngeren Freundes. Er drückte Tamas Knie mit seiner warmen Hand.

»So ist es Sitte, Tama. Du hast nur Angst vor dem Unbekannten. All diese Männer wurden einmal geweiht, und sie haben dadurch keinen Schaden erlitten. Hab keine Angst, dir passiert schon nichts.«

»Ich will aber nicht mit Nara mitgehen. Lieber mit irgend jemand anderem. Kann ich nicht mit dir mitgehen?«

Da Nala hatte sie beim Namen gerufen. Es war an der Zeit für das Ritual des Hand-auf-Hand-Legens und der Übergabe des Schülers an den Lehrer. Er sah zu, wie Ke Rala nach vorne ging und seine Hände auf die von Tara legte, einem starken Kerl mit fröhlichem Gesicht, der außerdem ein geschickter Jäger war. Das erinnerte Tama an die Danksagungszeremonie für Ka Balu, die Ke Rala abgehalten hatte, bevor sie den Großen Fluß zum letztenmal überquert hatten, doch jener Morgen schien schon so lange zurückzuliegen, daß er womöglich gar nicht wirklich existiert hatte.

Als sein Name aufgerufen wurde, trat Tama langsam in den Kreis der murmelnden Männer, deren Schatten im Licht der flackernden Flammen drohend auf ihn einzustürzen schienen, während der Wind durch die Ritzen in der Wand pfiff. Es kostete ihn einige Überwindung, seine Hände zwischen die trockenen, schwieligen Hände von Nara zu legen. Er konnte seinem Lehrer nicht in die Augen sehen, während Da Nala beiden einschärfte, ihre Aufgaben als Dienst an Ka Balu anzusehen. Stocksteif, mit einer Abneigung, die an Haß grenzte, stand Tama später neben Nara und hörte wie im Traum dieselben Worte, die ihm gesagt worden waren und nun für Tula gesprochen wurden. Da Nala und die Lehrer der Jungen unterhielten sich noch über verschiedene Dinge, während die übrigen Männer sich bereits auf den Heimweg machten und hauptsächlich über das Fest am Abend der Weihezeremonie redeten, auf das sie sich schon alle freuten.

Ein grober Schlag auf die Schulter weckte Tama aus seinem tranceähnlichen Zustand der Erstarrung.

»Komm mit.«

Einen Moment lang zuckte der Körper des Jungen in einem wilden Impuls, einfach davonzurennen. Er warf noch einen flehenden Blick auf die entschwindenden Rücken seiner Freunde und schaute dann zum erstenmal in Naras Gesicht. In dem flüchtigen Licht der Lampen wirkte Naras finsterer, nervöser Blick keineswegs beruhigend. Er sah Tama mit ebensoviel Abneigung an wie Tama ihn. In diesem Augenblick wurde Tama plötzlich klar, daß es für Nara keineswegs eine Ehre war, darum gebeten zu werden, die Ausbildung eines Jungen zu übernehmen, der bisher keinerlei Geschicklichkeit bei der Jagd an den Tag gelegt hatte. Ihm fiel wieder ein, was die Leute über Naras Gemeinheit und Faulheit erzählten, und er verstand jetzt, weshalb er ausgerechnet diesem Mann zugeteilt worden war, der zuvor noch nie einen Novizen zur Ausbildung hatte: Niemand anderes wollte ihn. Er war Tama, der Versager beim Bogenschießen, Tama, der Schüchterne, Tama, das Waisenkind. Doch in diesem Moment der Scham, während er im Gesicht Naras vergeblich nach Trost suchte, wurde sein Geist plötzlich von einer erstaunlichen Sicherheit überströmt, einer absoluten Überzeugung, daß alles gut werden würde, wenn er sich selbst nur treu bliebe. Er erinnerte sich, wie eine ähnliche Ruhe in seinen Geist eingekehrt war, als der Alte Weise ihm aufgeholfen hatte, nachdem er ihm einen Schlag verpaßt hatte, der ihm auf den Boden geworfen hatte. Es ist Ka Balu, dachte er in stillem Erstaunen. Der Geist Ka Balus ist mit mir. Er versteht mich.

Ohne weiteres Zögern folgte er Nara aus dem Langhaus und den feuchten Pfad hinunter. Keiner von beiden sagte etwas. Als sie zu Naras Haus kamen und hineingingen, grunzte der etwas und deutete auf ein paar Felle in der Ecke des Zimmers, wo sich Tama leise hinlegte. Er war sich seiner Umgebung nur halb bewußt, denn sein Geist war immer noch erfüllt von dem Hoffnungsschimmer, daß ihm irgendwie geholfen würde, das Ganze durchzustehen.

Ein harter Tritt in die Seite weckte ihn. Verwirrt und verärgert schlug Tama die Augen auf und sah Nara gemein auf sich herabgrinsen.

»He du, steh auf. Das Feuer muß angemacht werden.«

Nur mit Mühe schluckte Tama eine wütende Bemerkung hinunter. Er preßte die Lippen zusammen und runzelte mißbilligend die Stirn, während er die Opossumfelle zur Seite schob und sich aufsetzte. Es war nicht früh, denn er hörte draußen schon Stimmen, aber Nara hatte verschlafen, und seine Frau und die beiden Kinder lagen noch zusammengekuschelt unter ihren Decken. Sie waren wach und sagten zwar nichts, beobachteten Tama aber, wie er den Kamin von Asche reinigte und trockene Blätter und kleine Zweige aufhäufte. Die meisten Dorfbewohner ließen ihre Feuer über Nacht weiterglühen, doch Nara hatte seines entweder absichtlich oder aus Unachtsamkeit ausgehen lassen. Als Tama den Feuerstock zwischen seinen Handflächen zwirbelte, spürte er, daß ihn die vier beobachteten und abschätzten. Aber sie sprachen noch immer nicht. Das warme, tröstende Gefühl, das Tama am Abend vorher auf unerklärliche Weise mit Frieden erfüllt hatte, war wie weggeblasen. Es gab nur noch die Wirklichkeit des kalten Herdes und die Anstrengung, das Holzstückchen mit genügend Energie und Geschwindigkeit zu zwirbeln, um einen Funken von der sich drehenden Spitze in die trocken Blätter hüpfen zu lassen. Normalerweise machte Tama gern Feuer, doch Nara hatte nicht darauf geachtet, seinen Brennstoff trocken genug zu halten, und obwohl Tama durch die Anstrengung bald selbst warm wurde, konnte er der Spitze des Feuerstocks nicht viel mehr als ein bißchen Rauch abringen. Nara beobachtete ihn mit verächtlicher Zufriedenheit.

»Wann hat Tama, die Schnecke, das wohl endlich geschafft?«

»Ich brauche mehr trockenes Holz.«

»Du erwartest hoffentlich nicht, daß ich es dir bringe, oder? Draußen ist ein ganzer Haufen.«

Es war eine Erleichterung, eine Weile draußen an der frischen Luft zu sein. Eine weiche Wolkenmasse glitt langsam über den Himmel wie der Schaum einer Welle, die den Sand hochleckte. Eine sanfte Brise strich Tama durchs Haar, während er in dem Holzhaufen nach einem festen, trockenen Stock zum Zwirbeln suchte. Drei Kinder, die in der Nähe mit Kieselsteinen spielten, hatten ihr Spiel unterbrochen und starrten ihn verwundert an, und fragten sich, was er wohl in Naras Haus zu suchen habe. Er lächelte ihnen zu, doch sie lächelten nicht zurück.

»Wie lange brauchst du denn noch, du alter Langweiler?«

Nara stand in der Tür und rückte kaum genügend zur Seite, daß Tama mit dem Holz hereinkam, um es auf den Herd zu legen. Er schaute Tama mit kritischem Schweigen zu, wie dieser noch einmal – diesmal mit Erfolg – versuchte, eine Flamme zu entfachen und das Feuer in Gang zu bringen. Danach schickte Nara ihn hinaus, um in den Flaschenkürbissen frisches Wasser zu holen, und befahl ihm dann, beim Backen der Kartoffelkuchen zuzusehen, die Naras Frau vorbereitet hatte. Als die Kuchen fertig waren, setzte sich die Familie zum Frühstück hin, doch sie saßen nicht auf Hokkern um einen Tisch wie die meisten Dorfbewohner, sondern hockten mit der Schüssel zwischen den Knien auf dem Boden, wie es früher üblich gewesen war. Tama hatten sie nichts zu essen angeboten, und er blieb unglücklich neben dem Feuer hocken, zu stolz, um Essen zu bitten, aber erfüllt von einem wachsenden Groll, der sich zu dem Entschluß verfestigte, Naras geringschätzige Behandlung nicht einen Moment länger zu ertragen als nötig. Als die Familie ihr schweigsames Mahl beendet hatte, bei dem die beiden Kinder den Jungen, der da zusammengekauert am Herd saß, nicht einen Moment aus den Augen gelassen hatten, bot Naras Frau Tama mit schüchterner Freundlichkeit ein Stück von dem kalten Kartoffelkuchen an. Er nahm ihn mit einem leise gemurmelten »Danke«, doch entweder hatte Nara das nicht gehört oder aber beschlossen, es falsch zu verstehen, denn er erhob sich von seinem Platz, packte Tama wütend an der Schulter und schlug ihm den Kartoffelkuchen aus der Hand.

»Wenn du noch einmal so unverschämt zu meiner Frau bist, hau' ich dir den Kopf ab! Hast du verstanden? Steh auf!«

Tama rappelte sich auf und schaute Nara in die Augen, doch seine Lippen bebten.

»Heb sofort den Kuchen auf und iß ihn.«

Tama tat, wie ihm geheißen, wischte den Schmutz von dem Kartoffelkuchen ab und aß ihn langsam, wobei er jeden Bissen hinunterwürgen mußte. Die anderen sahen ihm dabei zu, als wäre er ein seltsames wildes Tier. Kaum hatte er etwas Wasser getrunken, wurde er angewiesen, Nara auf den Kartoffelacker zu begleiten. Dort angekommen, wurde er zur Arbeit in Naras Abschnitt verdonnert, der von Unkraut übersät war. Obwohl der Kartoffelacker eigentlich Gemeineigentum des ganzen Dorfes war und die Ernte mehr oder weniger gleichmäßig zwischen den Familien aufgeteilt wurde, war jeder Haushalt für die Pflege eines bestimmten Abschnitts des Ackers zuständig. Zu oft hatte Nara den Spott seiner Nachbarn über sein unkrautüberwuchertes Stück Land hinnehmen müssen, und er hatte nun eine Gelegenheit gefunden, seine eigene Faulheit durch Tamas Arbeit wettzumachen. Sobald er sah, daß der Junge sich ans Werk gemacht hatte, ging er wieder nach Hause, was für Tama eher eine Erleichterung war. Da bemerkte Tama zu seinem Ärger, daß bisher noch keiner seiner Kameraden zum Arbeiten auf den Acker geschickt worden war, und er gelangte zu der Überzeugung, daß Nara sich nicht so verhielt, wie Da Nala und der Alte Weise es eigentlich beabsichtigt hatten, sondern ihn nur ausnützte. Die Arbeit an sich machte ihm nichts aus, sondern nur, daß er Nara zugeteilt worden war. Er wußte, daß er mit Nara als Führer nie die nötigen Schritte zur Vorbereitung auf seine Aufnahme in den Kreis der Männer lernen konnte. Er richtete sich auf, um seinen schmerzenden Rücken ein bißchen auszuruhen, und sah hinüber zu dem dunklen Wald am Ende des Kartoffelackers. Der Himmel hing in einer kühlen, aufgewühlten Wolkenmasse darüber, die langsam zu den Bergen zog, und er spürte, wie eine Idee in seinem Kopf Form annahm, die eher von außen als von innen zu kommen schien. Es war so einfach. Er wunderte sich, warum er nicht schon früher darauf gekommen war.

Er würde das Dorf verlassen. Er würde weglaufen und sich im Wald verstecken, bis die Weihefeier vorbei wäre. Sie wurde nur einmal im Jahr abgehalten und manchmal nicht einmal das, wenn es nur ein oder zwei Jungen im entsprechenden Alter gab. Damit würde er ein Jahr gewinnen und sich langsam darauf vorbereiten können. Da Nala würde sicher verstehen, daß Nara als Lehrer keine gute Wahl gewesen war, und ihn nächstes Jahr einem anderen Mann zuteilen. Natürlich, es war alles ganz einfach. Er würde sich im Wald Ka Balu anvertrauen, der ihm am Abend zuvor im Langhaus eine Weile mit der Stärke seines Geistes beigestanden hatte. Ka Balu würde ihn nicht bestrafen, er würde ihn verstehen.

Tama machte sich wieder ans Unkrautjäten, und während er in gleichmäßigem Tempo weiterarbeitete, legte er sich den wunderbaren Plan in seinem Kopf in allen Einzelheiten zurecht. Nachdem Nara kontrolliert hatte, wie weit Tama schon gekommen war, brummte er nur widerwillig eine Zustimmung und nahm Tama dann mit nach Hause, wo er verhedderte Angelschnüre und Angelhaken zu entwirren hatte. Ein- oder zweimal an diesem langen Arbeitstag erblickte Tama seine Freunde. Rua ging mit seinem Lehrer an ihm vorbei und wurde rot vor Wut, als er Tama mit der verhedderten Schnur kämpfen sah, doch es gehörte sich nicht, etwas zu sagen, bevor der Führer stehengeblieben war, und so lief er weiter. Tränen stiegen Tama in die Augen und tropften dann auf seine Hände. Bald würde es Nacht sein, und die Dunkelheit würde seine Scham verhüllen. Sein Plan stand fest.

Nach Einbruch der Dunkelheit, als das Abendessen vorüber war, saßen Nara und seine Frau noch eine Weile am langsam verglühenden Feuer, während Tama unter seinen Fellen in der Ecke zu schlafen vorgab. Noch lange, nachdem sich alle hingelegt hatten, lauschte Tama auf die leisen Geräusche der Bewegungen und des Atems auf der anderen Seite des Raums, denn er hatte Angst, seine Absicht könnte im letzten Moment noch entdeckt werden. Als er es nicht mehr länger aushielt, setzte er sich auf, schob die warmen Felle zur Seite, erhob sich lautlos und schlich auf Zehenspitzen zur Tür. Ai-jeee! Hoffentlich quietschte sie nicht! Er würde dann einfach sagen, er müsse zum Wasserlassen hinaus, aber die Gelegenheit zur Flucht wäre damit für diese Nacht verspielt. Ganz vorsichtig schob er den Riegel beiseite und öffnete die Tür langsam, bis ein fahler Lichtstrahl hereinfiel. Schon war er hinausgeschlüpft und schloß, mehr vor Aufregung als vor Kälte zitternd, die Tür mit der Hand am Riegel leise hinter sich. So einfach!

Fast wollte er lachen. Dann machte er sich leichten Herzens auf, um der zweiten Herausforderung ins Auge zu sehen, nämlich sich unbemerkt in das Haus seiner Eltern zu schleichen und seinen Bogen, seine Pfeile, sein Messer, seine Wasserflasche und seinen Regenumhang zu holen.

Wie ein Dieb stahl er sich in sein eigenes Haus, dankbar dafür, daß Rini und Edda immer in ihrem eigenen Zimmer schliefen, wo sie ihn beim Zusammensuchen seiner Siebensachen nicht hören würden. Mit der Hand berührte er zufällig seine Opossumfelltunika an der Wand über dem Bett. Einer Eingebung des Augenblicks folgend, nahm er sie herunter. Was noch? Ein Stück Lederbändel könnte vielleicht noch nützlich sein. Am Rande des Feuers, das für den Morgen zusammengeschoben war, glühte noch ein bißchen Glut.

Ein Lichtschein fiel auf den irdenen Topf, in dem Rini immer ihre Fischbällchen aufbewahrte. Er hob den Deckel, langte mit der Hand hinein und nahm einen heraus. Der leckere Geruch ließ ihm das Wasser im Mund zusammenlaufen und erinnerte ihn daran, daß er den ganzen Tag über wenig gegessen hatte. Also holte er noch ein Bällchen heraus. Plötzlich liefen ihm Tränen über die Wangen, weil er nicht hierbleiben, in seinem eigenen Bett schlafen und sich am nächsten Morgen an Rinis gutem Essen satt essen konnte. Wie ein Schatten unter Schatten schlüpfte er wieder hinaus. Leise schloß er die Türe – die Türe zu seiner Kindheit.

5

Ein kühler Nachtwind blies Tama ins Gesicht, während er, gierig die Fischbällchen verschlingend, zum Strand hinuntereilte. Er hatte den Köcher mit den Pfeilen über die eine, den Bogen über die andere Schulter geworfen und die Wasserflasche mit einem Band um die Hüften gebunden. Ein wolkenverhangener Mond verbreitete ein diffuses, silbernes Licht auf dem Sand. Tama ließ das schlafende Dorf hinter sich, und lief, das rastlose Meer auf seiner Dolchseite, rasch in Richtung des Landes der fernen Schneeberge davon. Er wußte weder, wo er einen Unterschlupf finden sollte, noch wie er ganz allein im Wald zurechtkommen würde, aber er hatte das Gefühl, daß alles, was ihm zustoßen könnte, auf jeden Fall weniger schlimm sein würde als Naras Tyrannei. Wenn sie am Morgen seine Flucht bemerkten, wäre er schon weit die Küste hinunter und tief in die dunklen Wälder des Landesinneren vorgedrungen, die das Land vom Meer bis hinauf zu den Bergen des Morgens bedeckten.

Er erinnerte sich daran, daß bald die Flut einsetzen würde, und hielt sich an den festen Sand direkt über den anbrandenden Wellen mit den weißen Schaumkronen, die seine Spuren bald auslöschen würden. Niemand würde wissen, in welche Richtung er gegangen war. Sie würden annehmen, daß er sich wieder in Richtung des Großen Flusses und des Landes aufgemacht hätte, das er mit seinen Freunden auf der Langen Wanderung durchstreift hatte, nicht aber in die andere Richtung. Er hatte keine Angst. Die Leute redeten immer über die Geister im Busch, über die Seelen der Toten, die wieder unterwegs waren, über die verschiedenen Gestalten, die Ka Balu annehmen konnte, doch Tamas Liebe für die Welt der Natur, für ihre Lebewesen ließ keinen Raum für Angst – außer der einen großen vor dem tiefen Wasser. Was würde er nur machen, wenn er einen Fluß überqueren müßte? Er verdrängte den Gedanken schnell wieder und schritt entschlossen mit großen Schritten weiter über den kalten Sand und den Kies unterhalb der großen Mauer aus angeschwemmtem Treibholz, die häufig den Blick auf den schweigenden Wald dahinter verdeckte.

So ging er steten Schrittes weiter, während sich seine Gedanken, eingeschläfert vom gleichmäßigen Rhythmus, in einer ruhigen Leere verloren. Tama hatte das Gefühl, er könnte tagelang so weitergehen. Von Zeit zu Zeit verlagerte er das Gewicht des Bogens auf seiner Dolchseite etwas oder überprüfte, wenn er gestolpert war, ob das Messer und die Wasserflasche noch an seiner Hüfte hingen. Einmal hielt er kurz an, um aus einem kleinen Bach zu trinken, der sich im Sand verlief. Dann bahnte er sich patschend seinen Weg hindurch und trottete weiter. Während der Mond hinter den Wolken langsam westwärts glitt, trieb ihn die Flut allmählich immer weiter den Strand hinauf, wo der Sand tiefer und weicher war, ihm in die Sandalen lief und so sein Tempo verlangsamte. Als das erste Licht der Morgendämmerung die Ränder der Wolken im Osten in einen roten Strahlenkranz hüllte, fing er an, die riesige Wand aus Treibholz nach einer Lücke abzusuchen, durch die er hindurchklettern und in den schützenden Wald eintauchen konnte.

Der ganze östliche Himmel war nun von flammendrot gefärbten Wolken überzogen. Obwohl die Intensität der Farbe bald nachließ und es so schien, als würde die Dunkelheit wieder eine Weile die Oberhand über den Himmelsraum gewinnen, merkte Tama, daß es nun bald Tag werden würde. Plötzlich kam es ihm so vor, als wäre die ganze Küste voll von Augen, Stimmen und Schritten, die ihn verfolgten. Ängstlich überblickte er den scheinbar unüberwindlichen Treibholzhaufen, der sich den Strand entlangzog. Es war gefährlich, über diese vom Meer angespülten, riesigen ausgebleichten Bäume, Wurzeln und Äste zu klettern. Sie waren zwar nicht unüberwindlich, aber bei einem Sturz konnte man sich schwer verletzen. Er trottete immer weiter, kam jetzt aber langsamer voran, und der Marsch war anstrengender, da er bei jedem Schritt tief in den weichen Sand einsank. Als das graue Morgenlicht und die Kälte unter einer hoch aufgetürmten Wolkendecke schließlich den Blick auf den ganzen Strand und das Meer freigaben, kam er zu einer Senke, in der vor kurzem Wasser geflossen sein mußte. Ein Bach hatte sich seinen Weg durch das Treibholz zu seinem alten Bett gebahnt. Obwohl das flache Bachbett voller Äste war, hatte es einen Weg durch die Mauer aus Treibholz geschaffen. Tama kletterte in die feuchte, sandige Senke hinunter, kehrte dem Meer den Rücken und tastete sich vorsichtig flußaufwärts. Bald war das Bachufer dicht gesäumt von Wänden aus Flachs und Toi-Toi-Gras, hinter denen sich die hohen Bäume des Waldes erhoben. Während ihn die Biegungen des sich verengenden Bachbetts immer weiter in den Busch hineinführten, fühlte er sich im Schutz der dichtstehenden Pflanzen und Bäume um ihn herum sicherer als an dem exponierten Strand.

Doch Tama war müde, viel müder, als er gedacht hatte. Die ganze Nacht hatte er ein forsches Tempo vorgelegt und nicht einmal gerastet, doch mit der Morgendämmerung machte sich die Erschöpfung bemerkbar. Obwohl er sicher etwas gegessen hätte, wenn man ihm etwas angeboten hätte, war er noch nicht hungrig genug, um sich um seinen Magen Gedanken zu machen. Er hatte Tauben am Waldrand gesehen und zweifelte nicht daran, daß er notfalls mit dem Pfeil eine herunterholen könnte. Er trank ein bißchen Wasser und beschloß, eine Weile auszuruhen. Also krabbelte er aus der feuchten Schlucht und fand auch bald eine bequeme, trockene Stelle am Bachufer im Schutz eines Baumes. Er wollte sich nur kurz ausruhen und seine Flucht dann fortsetzen. Nachdem er sich, den Kopf auf den Händen, zusammengerollt hatte, schlief er fast im selben Moment ein.

Die Zeit verging. Die Morgensonne hinter den Wolken erreichte langsam ihren höchsten Stand, sank dann am westlichen Himmel wieder herab. Vom Meer her wehte eine leichte Brise die Schlucht herauf. Ein paar Blätter fielen auf Tamas Wange. Eine Fliege lief schnell voll dem dunklen Haar über seinem Ohr zu seinem Augenwinkel, und er bemerkte die Störung im Schlaf und wischte sie weg. Sanft atmend schlief er weiter. Die langen Augenwimpern und die warme Farbe seiner weichen Wangen waren die eines Kindes, die schlammverspritzten Beine mit feinem Flaum die eines Jungen an der Schwelle zum Mann.

Erst als er im Schatten der Bäume zu frösteln begann, bewegte er sich und erwachte schließlich. Er rieb sich die Augen und setzte sich auf. Zuerst wußte er nicht so recht, was eigentlich los war, aber dann sprang er plötzlich entsetzt auf.

»Ai-jeee!« murmelte er ärgerlich. »Tama ist ein Dummkopf. Er hat den ganzen Tag geschlafen.«

Eine Welle der Enttäuschung überkam ihn, weil er fast den ganzen ersten Tag verschlafen hatte, und er spürte auch einen Anflug von Furcht, denn möglicherweise hatte er dadurch seinen Verfolgern genügend Zeit gegeben, ihn einzuholen. Jetzt lauschte er, konnte aber kein verdächtiges Geräusch ausmachen. Da waren nur die zarten Stimmen des Waldes zu hören, mit denen er vertraut war, das Atmen der großen Bäume, die ihre Wipfel im Winde wiegten, das Knirschen von zwei Ästen, die gegeneinander rieben, das leise Summen der Insekten. Alles um ihn herum schien sicher zu sein. Nach einem atemlosen Moment der Erregung entspannte er sich, atmete langsam wieder normal und wandte sich dann der unmittelbaren Notwendigkeit zu, mit der er als nächstes konfrontiert war – Essen. Letzte Nacht auf seinem Weg vom Strand hatte er das Problem genau durchdacht. Wenn er bis zum nächsten Vollmond im Wald versteckt bliebe, hätte er für dieses Jahr die Weihe erfolgreich umgangen und könnte – sollte es ihm zu schwer fallen, sich allein durchzuschlagen – wieder nach Hause gehen und die Bestrafung, die sich die alten Männer wahrscheinlich für ihn ausdenken würden, so tapfer wie möglich ertragen. Aber es war eine große Herausforderung, hier draußen bis zum nächsten Vollmond alleine zurechtzukommen.

Ein Großteil der Nahrung der Dorfbewohner stammte von der Küste: Fische aus den Flußmündungen, die den Gezeiten genauso ausgesetzt waren wie Süßwasserlagunen und Flüsse; Algen und salatähnliches Seegras, außerdem Beeren, Blätter und Wurzeln von Pflanzen, die in unmittelbarer Nähe des Ufers wuchsen. Nichts von all dem und nichts aus den Gärten der Dorfbewohner stand zur Verfügung, doch der Wald würde ihn mit Vögeln und Flußaalen versorgen. Allerdings wußte er nicht, welche Art von Nahrung es weiter im Landesinneren geben würde. In dieser Zeit des Frühlings war der Wintervorrat an Beeren bereits erschöpft – Tama hoffte, daß sich wenigstens die Tauben schön fett daran gefressen hatten – aber es gab junge Blätter und zarte Sprossen, von denen er wußte, daß sie eßbar waren. Er würde einfach die Vögel beobachten. Was sie essen konnten, konnte er auch essen.

So hob er also seine Pfeile und seinen Bogen auf, prüfte, ob das Messer noch an seiner Hüfte hing und merkte dann, daß seine Wasserflasche fast leer war und erst einmal gefüllt werden mußte, bevor er irgend etwas anderes in Angriff nehmen konnte. Bevor er jedoch wegging, berührte er mit seinen Händen erst noch die rauhe Rinde des Baumes, in dessen Schatten er geschlafen hatte, und sagte leise:

»Danke, Baum. Tama hat gut geschlafen und ist jetzt wieder gestärkt.«

Danach kletterte er wieder in die Schlucht hinunter. Beim ersten Rinnsal sauberen Wassers hielt er an, füllte seine Flasche und krabbelte dann wieder zum Ufer hoch.

Er beschloß, am baumbewachsenen Ufer entlangzugehen und dem Verlauf der Schlucht zu folgen, denn von dort aus konnte er leichter nach Tauben in den Baumkronen Ausschau halten als von dem mit Gestrüpp überwucherten Bachbett. Am Rande des Busches lebten genügend Vögel, doch er erinnerte sich, daß er mit seinen Kameraden auf der Langen Wanderung die Erfahrung gemacht hatte, daß es tief ihm Herzen des Busches nur wenige gab, die leicht aufzuspüren waren. Kiwis zählte er nicht mit, da das Hirschvolk sie eigentlich nicht aß, wobei die Jungen sie auch manchmal in Fallen fingen und kochten. Allerdings war das Fleisch zäh und faserig. Ob es in diesem Teil des Landes viele Weka-Rallen gab, wußte Tama nicht, aber er machte sich nicht viel aus ihnen. Nichts war besser als eine schöne dicke Taube, die sich an Beeren fettgefressen hatte. Beim bloßen Gedanken daran lief ihm bereits das Wasser in Munde zusammen, und er tätschelte seinen leeren Magen, um dessen Knurren zu beruhigen.

»Bald, Bauch. Ein bißchen mußt du noch warten. Tama füllt dich bald.«

Viele Tuis und Glockenvögel kamen zum Rande des Busches, um sich am Nektar der Fuchsien, späten Clematis und frühen Makomakoblüten gütlich zu tun. Tama hatte wenig Kowhai-Bäume in der Schlucht gesehen, und die Blütendolden der meisten waren von den gierigen Tuis völlig verwüstet worden, deren Piesacken und Geschrei Tama gar nicht leiden konnte. Da war ihm der strahlend helle Gesang des Glockenvogels schon lieber, der wie ein grünes Feuer durch die Zweige schoß. Kleinere Vögel in großer Zahl zischten quer über die Schlucht, und Fächerschwänze stoben zwischen Insekten umher, die über dem Blätterdach des Waldes ihren Sonnentanz vollführten; der graue Teichrohrsänger trillerte irgendwo weiter vorne in seinem Versteck die sanften Töne, die Tama so liebte. Doch kein Junge in seinem Alter mit etwas Selbstachtung würde diese kleinen Vögel töten, um sie zu essen, obwohl sie häufig bei den ersten Schußversuchen der jüngeren Kinder einem Pfeil zum Opfer fielen.

Als die Sonne im Wald hinter ihm unterging und Tama schon fürchtete, er müsse heute ohne Abendessen auskommen, entdeckte er plötzlich die cremefarbene Brust einer Taube auf einem sonnenbeschienenen Ast, die sich scharf gegen den dunklen Hintergrund abzeichnete. Es war eine perfekte Gelegenheit für einen Schuß. Der Vogel sah ihn zwar, blieb jedoch in aller Seelenruhe, die schon an Dummheit grenzte, sitzen. Tamas Hand hielt die Bogensehne zitternd, als er den Bogen hob und den Pfeil bis zum Ohr nach hinten zog. Er wartete und atmete ruhig durch, bis diese kleine innere Stimme ihm das Zeichen geben würde: »Jetzt!« Kein

Lüftchen wehte. Die Taube sah den Jungen mit glänzenden Augen schräg an und fiel dann mit einem schwachen Schrei und zerrissener Brust nach hinten in das sinnlose Flügelschlagen des Todes.

Die Jägersitte des Schweigens völlig außer acht lassend, sprang Tama nach vorne und stieß einen lauten Freudenschrei aus. Der Hunger war heute stärker als seine Empfindlichkeit, und so drehte er dem flatternden Vogel, dessen weiße Brust blutüberströmt war, schnell den Hals herum. Er schnitt den Pfeil heraus, wischte ihn an Blättern sauber und steckte ihn voller Dankbarkeit, daß er ihn nicht verloren hatte, wieder zu den anderen in seinen Köcher. Es dauerte lange, gute Pfeile zu machen. Als nächstes war es wichtig, einen Platz zum Feuermachen zu finden. Schon bald entdeckte er auf der hohen Böschung oberhalb der Schlucht eine offene Stelle, an der das Wild die Steine des Waldbodens freigelegt hatte. Er hob eine Grube aus und legte Steine hinein – zwar nicht die flachen Steine, die er gerne gehabt hätte, aber die besten, die er finden konnte. Bald hatte er sich einen Feuerstock zurechtgeschnitzt. Trockene Blätter und kleine Zweige lagen in Reichweite, und zu seiner Freude brannte der kleine Reisighaufen schnell.

»Ka Balu ist mit mir«, flüsterte er glücklich.

Das Rupfen und Ausnehmen der Taube war eine langwierigere und schmutzigere Aufgabe. Er vergaß dabei nicht, nach dem Feuer zu sehen. Trotzdem dauerte es länger als erwartet, bis die Steine heiß waren, denn das Brennholz verbrannte allzu schnell mit heißer Flamme zu feiner Asche. Tama suchte mehr Brennholz und fand einen umgestürzten Baum, doch das harte Holz ließ sich nur schwer brechen. Als die Taube endlich in der Grube garte, war die Sonne längst untergegangen, und Tama erkannte, daß er vor Mondaufgang bestimmt nicht essen konnte. Er rutschte den Hang hinunter in eine Senke und suchte nach einem Wasserloch, in dem er sich waschen könnte, denn seit er weggelaufen war, hatte er noch keine Gelegenheit dazu gehabt. Doch das Beste, was er finden konnte, war ein tröpfelndes Rinnsal, das gerade ausreichte für ein paar Handvoll Wasser, um Hände, Arme, Gesicht und Brust zu säubern. Tama beschloß, die Beine erst einmal zu vernachlässigen, bis er sich später ausgiebiger waschen konnte. Als er versuchte, seine verfilzten Haare mit den Fingern zu entwirren, bedauerte er, daß er seinen kurzen Holzkamm nicht mitgenommen hatte. Für die meisten Jungen war ein Kamm ein ebenso wichtiges Symbol der Männlichkeit wie ein Dolch oder ein Bogen. Er nahm sich vor, einen anzufertigen, sobald er Zeit dazu fände.

Als die Dämmerung schließlich hereinbrach, hielt Tama es vor Ungeduld und Hunger kaum mehr aus und hockte sich über die Feuergrube, als wollte er die gegarte Taube ausbrüten. Dann verbrachte er noch etwas Zeit damit, sich zwischen den Wurzeln eines kräftigen Baumes am Rande der Lichtung aus Zweigen und Farnblättern ein Lager zu bauen. Als er auch damit fertig war, kannte sein Hunger kein Erbarmen mehr, und er kratzte die Erde und Blätter beiseite, bis ihm ein so köstlicher Duft nach Gebratenem in die Nase stieg, daß ihm das Wasser im Munde zusammenlief. Er verbrannte sich die Finger, als er das Fleisch von den zarten Knochen riß. Hätte ihm seine Mutter eine halbrohe Taube angeboten, hätte er sie sicher mit höflicher Verachtung zurückgewiesen, doch jetzt war er Tama, der wilde Junge, der sich im riesigen Wald ganz allein durchschlug.

»Ai-jeee! Ist das gut«, murmelte er mit fettverschmiertem Kinn und triefenden Fingern. »Aber wie klein du bist, kleine Weißbrust. Ich könnte vier von deiner Sorte verspeisen.«

In dem zitternden Feuerschein nagte er die Knochen bis auf die letzte Faser ab. Eine leise Brise bewegte die Blätter über ihm. Die Vögel hatten sich zum Schlafen auf die Bäume zurückgezogen, und eine wachsame Stille erfüllte die Dunkelheit. Tama wickelte seine Tunika aus Opossumfell auseinander und hängte sie sich um die Schultern, um in der Nacht nicht zu frieren. Dann kuschelte er sich auf seinem Farnbett zusammen und deckte sich mit seinem Regenumhang aus Flachs zu. Erfüllt von einer wohligen Wärme im Bauch lag er noch eine Weile wach. Dabei wurde ihm seine Einsamkeit bewußt, und etwas Angst stieg in ihm hoch. Das war schon etwas anderes, als das Schlafen im Freien mit seinen Kameraden auf der Langen Wanderung. Er sehnte sich danach, die Hand ausstrecken und jemanden berühren zu können. Sogar Hora wäre jetzt besser als nichts, ging es ihm schmerzlich durch den Kopf. Ein Gefühl, nicht verstanden, nicht gewollt zu sein, ließ ihm kurz ungeweinte Tränen in die Augen schießen, doch dann erinnerte er sich an die unbekannte Prüfung, vor der er geflohen war, und das erhärtete seinen Beschluß, sich versteckt zu halten, bis die diesjährige Feier vorbei war. Was wohl seine Pflegeeltern von ihm dachten? Er konnte es sich nur schwer vorstellen. Rini würde verletzt und bestürzt sein. Und Edda würde wie immer nichts dazu sagen. Ob ihm wohl irgend jemand gefolgt war? Vielleicht näherten sie sich ja bereits diesem Ort? Mit wachsamen Augen und Ohren lag er ganz still da, doch die Nacht enthüllte nichts. Endlich schlief er ein.

Kurz nach Mitternacht wachte Tama auf, weil er sich irgendwie unbehaglich fühlte. Seine Ohren machten plötzlich ein neues Geräusch aus, das rhythmische Seufzen des Windes in den Baumwipfeln, das alarmierende Prasseln von Regentropfen neben seinem Kopf. Er schreckte zurück, als seine warme Hand eine feuchte Stelle auf dem Fell seiner Opossumtunika berührte. Schnell wickelte er sich noch fester in seinen Regenumhang, doch dabei lief ihm ein Schwall Regenwasser am Hals hinunter. In diesem Augenblick ließ ihn eine ungeheure Einsamkeit zu einem winzigen, verletzlichen Wesen in dem regengepeitschten Wald zusammenschrumpfen, und Tama wünschte sich von ganzem Herzen, wieder zu Hause auf seinem trockenen Lager beim Herd zu liegen, sicher und wohlbehütet unter dem Dach seiner Eltern. Er fühlte sich elend, doch noch mehr fürchtete er die Unannehmlichkeiten und die Entscheidungen, die der Morgen bringen würde. So klein wie möglich zusammengerollt, kuschelte er sich in die Wärme seines dünnen Körpers und glitt unruhig, halb wachend, halb träumend, an der Grenze zum Schlaf entlang. Die Nacht schien endlos, und als sie schließlich doch irgendwann dem Tagesanbruch wich, und Tama die tropfenden Äste über sich und die nassen, glänzenden Flecken auf den Baumstämmen sah, hatte er nicht die geringste Lust, sich zu rühren.

Er hatte nichts zu essen, was er sich hätte zubereiten können, und zweifelte schwer daran, daß er überhaupt ein Feuer anzünden könnte. Er wußte zwar, daß er eigentlich sein feuchtes und triefendes Lager verlassen müßte, aber da er nicht wußte, wo er einen trockeneren Lagerplatz finden sollte, schwankte er unschlüssig und elend hin und her und war schon kurz davor, sich geschlagen zu geben und ins Dorf zurückzukehren. Doch als er sich vorstellte, wie Hora sich über ihn lustig machen würde, welche Strafe der Alte Weise ihm wohl auferlegen würde und wie beschämt oder gar feindselig ihm seine Freunde und Eltern begegnen würden, nahm er all seinen Mut zusammen, packte seine Sachen und trat aus seinem Unterschlupf hinaus in den grauen, trostlosen Morgen.

Es regnete nicht stark, aber unablässig, und weit und breit war keine Auflockerung der Wolken zu sehen, die von einem leichten Seewind über den Himmel getrieben wurden. Durch das Blätterdach des Waldes drang der Regen unterschiedlich stark herein. Er sammelte sich in Blattachseln, spritzte von Zweigen zu großen Ästen, rann in plötzlichen Bächen aus irgendwelchen Löchern, wenn die Bäume vom Wind geschüttelt wurden. Der scharfe Geruch nach feuchten, vermodernden Pflanzen erfüllte die Luft. Tama holte tief Atem, streckte seine Arme in die Höhe und gähnte, kehrte dann resigniert dem schwachen Geräusch der abrollenden Brandung den Rücken und schritt tiefer in den Wald hinein. Er strich durch das nasse Unterholz und merkte bald, daß sein Regenumhang nicht genügend Schutz bot, denn seine Opossumfelltunika klebte ihm bald vor Nässe auf der Haut. Doch seine Anstrengungen hielten ihn warm, und er wußte, daß ihm nichts passieren konnte, solange er sich nur bewegte.

Bald darauf hatte er die Schlucht aus den Augen und damit auch seine Orientierung verloren, entweder weil er versehentlich in die falsche Richtung abgebogen war oder weil sie zu Ende war. Ein Versuch, den Weg zurück zu finden, stellte sich bald als vergeblich heraus. Nachdem Tama die Vegetation um sich herum, insbesondere die auf den Baumstämmen wachsenden Farne und Flechten genau untersucht hatte, konnte er die Richtung ungefähr ausmachen. Von der kälteren, bemoosteren Seite der Baumstämme auf seiner Dolchseite abgewandt, lief er immer geradeaus weiter in der Zuversicht, daß er sich landeinwärts in Richtung der Berge bewegen müßte. Und sobald die Sonne herauskommen würde, könnte er die Richtung ja überprüfen.

Doch der Morgen verging, ohne daß der Regen nachließ oder die grauen Wolken, die über die Baumkronen dahinzogen, irgendwo aufrissen. Tama stillte seinen Durst ohne größere Schwierigkeiten mit Wasser, das sich in den Vertiefungen der Blätter angesammelt hatte, und seinen Hunger konnte er durch das Knabbern von ein oder zwei neuen Pflanzentrieben und das Pflücken von ein paar letzten Winterbeeren, die zwar verschrumpelt und normalerweise nichts für einen gesunden Appetit waren, wenigstens etwas im Zaum halten. Außer den gelegentlichen, freundlichen Fächerschwänzen, die, von Tama aufgeschreckt, hinter Insekten herjagten, sah er weder Vögel noch Hirsche noch Opossums. Auch wenn diese am Tag nicht aktiv waren, war es keineswegs eine Seltenheit, ein fettes, pelziges Opossum beim Schlafen in einer Astgabelung zu überraschen, doch heute hielt Ka Balu alle Lebewesen vor ihm versteckt. Wahrscheinlich möchte er, daß ich umkehre, dachte Tama traurig.

Etwa gegen Mittag rastete er, immer noch vergeblich hoffend, daß die Wolken endlich aufrissen, doch der Regen prasselte und peitschte weiter in pausenlosen Schauern herunter. Er kauerte sich unter dem ungenügenden Schutz seines Regenumhangs zusammen und lauschte den Myriaden von Wassergeräuschen um sich herum. Sein Körper wurde bald kälter, und Tama begann zu frieren. Er konnte sich nicht vorstellen, daß es irgendwo im Wald auch nur einen trockenen Fleck geben sollte.

»He Tama, du mußt wieder einen Unterschlupf finden, bevor es dunkel wird, sonst wirst du noch vor Anbruch des Morgens vor Fieber zittern«, sagte er laut zu sich selbst, und seine Stimme, die ihm unbeantwortet in den Ohren klang, verstärkte noch das Gefühl der Einsamkeit. Mit einem leisen Wimmern stand er auf, ein einziger warmer Funke menschlichen Lebens in der kalten grünen Düsterkeit einer unbekannten Welt.

Der Nachmittag neigte sich seinem Ende zu, ohne daß der Regen nachgelassen oder sich ein einziger Sonnenstrahl gezeigt hätte. Obwohl Tama häufig prüfte, ob er auch in die richtige Richtung ging, wußte er, daß er nur langsam vorwärtskam. Später am Tage war plötzlich durch den Wind und Regen hindurch ein neues Geräusch zu hören – das dumpfe Tosen eines Flusses, der durch ein enges Tal rauschte. In der Hoffnung, daß er dort auf einen Pfad stieße, hielt er vorsichtig auf dieses Ziel zu. Müde, zerkratzt, hungrig und mit blauen Flecken übersät, erreichte er kurz vor Einbruch der Dunkelheit eine Anhöhe, unter der das Tosen des Flusses lauter zu werden schien, doch da die Nacht schnell hereinbrach, hatte er Angst weiterzugehen. Durch eine Lücke im dichten Blätterdach konnte er die über ihn hinweggleitenden Wolkenmassen sehen, die in einem ähnlich wilden Aufruhr zu sein schienen wie der Fluß unter ihm. Dann sah er einen umgestürzten Baum, dessen Wurzeln aus dem steinigen Ufer herausgerissen worden waren und dadurch ein Art kleine Höhle geschaffen hatten, über die triefende Farne herunterhingen. Er kroch hinein und merkte, daß sie sogar einen ziemlich guten Schutz gegen den Regen boten, denn der sandige und steinige Untergrund war fast trocken, allerdings als Schlafplatz ziemlich hart und unbequem. Es war zu naß, um Farn zu sammeln, und Tama hatte nichts zu essen. Ohne weitere Umstände rollte er sich erschöpft wie ein Opossum auf dem kalten Boden zusammen und schlief sofort ein.

Als er seine Augen wieder aufschlug und einen Moment lang hellwach, aber bewegungslos dalag, sah er, wie sich die riesigen, abgebrochenen Wurzeln des umgestürzten Baumes vor einem Fetzen klaren Himmels abzeichneten. Da Tama auf seinem unbequemen Bett alles weh tat, reckte er sich und stand auf. Er war ungeheuer erleichtert, daß es nicht mehr regnete. Der umgestürzte Baum, unter dem er geschlafen hatte, hatte eine Schneise in den Waldrand geschlagen und gab den Blick auf ein Stückchen Himmel und die dunkle Flanke eines Hügels frei, die im frühen Morgenlicht noch nicht klar zu erkennen war. Vorsichtig, um nicht ausgerechnet die nassesten Pflanzen zu streifen, bahnte er sich einen Weg in dieser Schneise. Unter ihm fiel der Boden steil in das nebelverhangene Tal ab, aus dem sich bewaldete Gipfel zu einem Himmel von jener bleichen, jungfräulichen Reinheit erhoben, die dem Sonnenaufgang vorausging, der hinter den Bergen bereits begonnen hatte. Das spärliche Gestrüpp, das den Abhang zu seinen Füßen bedeckte, ließ Tama vermuten, daß es hier irgendwann in den vergangenen Jahren einen Erdrutsch gegeben hatte, der nun mit jungen grünen Bäumen, Farnen und Gräsern überwachsen war. Nach der düsteren Stimmung im Busch ließ die weite, offene Sicht jetzt Heiterkeit bei ihm aufkommen. Vielleicht war er ja auch vom Hunger etwas benommen, auf jeden Fall spürte Tama, als er in das nebelverhangene Tal hinabsah, auf den unsichtbaren Fluß lauschte und die klare kalte Luft des frühen Morgens einsog, neuen Mut und eine Ehrfurcht, die im Gleichklang mit der aufgehenden Sonne in ihm aufstieg.

Aus dem bewaldeten Tal unter ihm, mit seinen Baumwipfeln, die über die weiße Linie des Nebels hinausragten, erscholl das Gezwitscher einer großen Menge von Vögeln. Tama konnte den Fluß immer noch nicht sehen, seinen Verlauf aber ungefähr ausmachen. Wenn seine Vermutung richtig war, mußte er hinter einem Berg hervorkommen und zwischen hohen, schroffen Felsen hindurch ins Tal fließen. Der Rand des Berges erstrahlte nun in flammendem Licht. Die Bäume auf der weit entfernten Kuppe leuchteten grüngolden auf, und die Nebelschwaden gerieten in Bewegung, als ein leichter Wind durch das Tal wehte. Inzwischen hatten die

Sonnenstrahlen auch die Blätter über Tamas Kopf in ihr gleißendes Licht getaucht. Ganz geblendet davon, fing eine helle Flamme in ihm zu jubeln an. Er streckte seine Arme gen Himmel und sang eine der vielen Variationen einer uralten Hymne des Hirschvolks an die aufgehende Sonne:

Ai-jeee! Nun ist es wieder Morgen geworden,
das Licht kehrt zu uns zurück,
das Licht leuchtet auf uns,
das Licht leuchtet in uns.
Ka Balu, wir preisen dich,
Herr des Nachtwaldes,
Herr des Tagwaldes,
Er führt uns zurück
aus dem dunklen Land der Träume.
Zu den stillen Wassern
führt Er uns.
Ka Balu macht meine Seele ganz.
Ai-jeee!

Die Wärme der ersten Sonnenstrahlen auf seiner Stirn, seinen Wangen und seinem Hals fühlte sich an wie die Wärme einer zart streichelnden Hand. In seinem geschwächten Zustand zu Tränen gerührt, versuchte der Junge einen Schluchzer zu unterdrücken. Dann senkte er die Arme, wischte sich die Tränen von den Wimpern und beobachtete still den Lichtstrahl, der über den Berg einfiel und unruhige Bewegung in die Nebel brachte, die wie Gespenster aufstiegen, sich allmählich auflösten und den Blick dann auf die wilde Schönheit des Tales und die glitzernden Windungen des Flusses freigaben. Unterhalb der scharf abfallenden Böschung erstreckte sich eine grasbewachsene Niederung, auf der die Tautropfen in grünsilbrigem Licht aufblitzten. Mitten darin ästen drei Hirsche.

Vor Schreck blieb Tama stehen. Doch nur einen Augenblick lang. Der Geschmack von gebratenem Wild wurde in seiner Erinnerung so lebendig, daß sich sein Magen vor

Hunger zusammenkrampfte und ihm das Wasser im Munde zusammenlief. Im nächsten Moment waren seine Sinne hellwach, und er schlich mit geschultertem Bogen und Köcher bereits geschwind, aber lautlos den Hang hinunter, wobei er sich so weit wie möglich innerhalb des Schutzes der Büsche bewegte. Er war starr vor Angst, die Hirsche könnten sich davonmachen, bevor er nahe genug an sie herangekommen war.

Es war nicht einfach, sie im Auge zu behalten, während der Nebel sich lichtete und er um Felsen und nasse Bäume herumkletterte und glitschigen Stellen auszuweichen versuchte; Tama war noch nie zuvor beim Jagen so konzentriert gewesen. Aber auch noch nie zuvor, nicht einmal auf der Langen Wanderung, war er so hungrig gewesen. Zum erstenmal verstand er jetzt den Wunsch zu töten, um etwas zu essen zu haben. Die drei Hirschkühe waren immer noch da und ästen im hohen Gras. Zwei blickten von ihm weg, eine stand mit der Seite zu ihm, ein einfaches Ziel, wenn er nur erst einmal nahe genug herangekommen wäre. Nach Luft schnappend und mit zittrigen Beinen kletterte, rutschte, tastete und kämpfte sich Tama den Hang hinunter und versuchte verzweifelt, in Schußweite zu gelangen, bevor die Hirsche sich davonmachen konnten – immer in der Furcht, er könnte sie durch eine ungeschickte Bewegung unversehens verjagen. Glücklicherweise blies der Wind talabwärts in seine Richtung.

Endlich war es so weit. Tama spähte durch die grünen Blätter und sah, daß es nicht klug wäre, noch näher heranzugehen. Die Hirschkuh, die am nächsten stand, war nicht sehr viel mehr als einen Steinwurf entfernt. Er bemühte sich, seinen Atem und das Zittern seiner Hände unter Kontrolle zu bekommen, legte einen Pfeil in den Bogen, zielte mit angespannter Präzision, zog die Sehne zurück und hielt einen Moment inne, bis sein Geist von der lebenswichtigen inneren Ruhe erfüllt wurde. Dann schwirrte die Sehne, die Hirschkuh machte einen Satz in die Luft, fiel auf ihre Vorderbeine, rappelte sich wieder auf, rannte, sprang, taumelte, Tama immer hinter ihr her.

Er stolperte in ein Sumpfloch am Ausläufer des Erdrutsches, sprang wieder auf und schleppte sich vorwärts. Er konnte keinen Hirsch mehr sehen. Der Nebel hing über seinem Kopf, aber die Grasebene war frei davon. Das harte, nasse Büschelgras und das süße Grün kürzerer Gräser flog an ihm vorbei, und er hätte heulen können. Sie konnte nicht davongekommen sein. Er wußte, daß er sie getroffen hatte, wahrscheinlich in der Lunge. Er blieb kurz stehen, seine Brust hob und senkte sich, sein Ausdruck war angespannt und wild. Jetzt hielt er den Atem an und lauschte: Waldgeräusche, gedämpftes Rauschen des Flusses und ... War da nicht noch ein anderes Geräusch? Ein Grunzen, ein dumpfes Aufschlagen? Er sprang nach vorne. In einer Grasmulde fand er sie. Sie lag auf einer Seite und kickte mit den Beinen, um wieder aufzustehen. Blut lief an ihrer Flanke herunter. Geschockt sah Tama ihre angsterfüllten Augen, den Schaum vor ihrem Mund, den Pfeil, der bei jeder Anstrengung vibrierte. Er hatte ihren Bauch durchbohrt, ein mißratener Schuß, der eine schmerzhafte Wunde verursacht und nur langsam zum Tode führt. Tama zog zitternd seinen Dolch. Sie sah ihn kommen, versuchte krampfhaft hochzukommen, fiel dann auf ihre Wunde, gab ein hustendes Grunzen des Schmerzes von sich und blieb ruhig liegen. Der Schweiß stand glänzend auf ihren bebenden Flanken. Voller Angst und Entsetzen stürzte sich Tama auf ihren Kopf, stieß sich dabei an der Brust und stach ihr in die Gurgel. Und noch einmal. Und ein drittesmal. Das hellrote Blut sprudelte ins Gras, und beim Atmen spritzte rosa Schaum aus ihren Nasenlöchern. Langsam wurde ihr Kampf schwächer. Tama ließ sie los, stand auf und spürte plötzlich, wie sich der ganze Wald um ihn zu drehen und der Fluß in seinen Ohren zu rauschen begann. Er setzte sich hin, ließ den Kopf zwischen die Beine hängen und wartete, bis das Schwächegefühl vorüber war.

Ein kläglicher Kinderschrei ließ ihn aufschrecken. Er richtete seinen Kopf ruckartig auf und schaute verblüfft nach vorne. Am Rande der Mulde stand ein weißgeflecktes

Hirschkalb mit großen Ohren und langen staksigen Beinen, schnupperte den Todesgeruch und fing über seiner toten Mutter erbärmlich zu weinen an.

Sein unsicherer Stand, das Zittern seines dünnen Körpers und das grenzenlose Entsetzen in seinen dunklen Augen hatten eine verheerende Wirkung auf Tama und dessen von Natur aus sanftes Wesen. Er konnte die Schluchzer kaum unterdrücken. Er stand auf, lief in Richtung des Hirschkalbs, doch es sprang, immer noch jämmerlich weinend, davon. Was konnte er tun? Er haßte den Gedanken, das mutterlose Kalb verhungern zu lassen, aber er konnte es weder mitnehmen, noch brachte er es übers Herz, es ebenfalls zu töten. Obwohl er es immer noch in dem hohen Gras schreien hörte, kehrte er schweren Herzens wieder in die Mulde zurück, um sich der komplizierten und langwierigen Aufgabe des Häutens und Zerlegens des Hirsches zuzuwenden. Er mußte die Fleischstücke so abschneiden, daß er sie portionsweise zum Fluß tragen konnte, wo er sie braten würde.

Als er so dastand, über den leblosen Körper des Tieres, das er soeben getötet hatte, gebeugt, schmutzig, hungrig, blutverschmiert und ohne große Lust, sich an die nächste Aufgabe zu machen, in der er sowieso nicht besonders geschickt war, spürte Tama trotz seiner Erschöpfung die ersten Anflüge einer neuen Selbstsicherheit. Am heutigen Tag würde er genügend zu essen haben, ein Feuer, um sich zu wärmen, und Wasser zum Waschen. Er würde bei Einbruch der Dämmerung an einer geschützten Stelle am Fluß schlafen, mit Holz, Feuer und Fleisch in seiner Reichweite. Sollte ihn irgendein Tier angreifen, so könnte er schießen oder mit dem Dolch zustechen. Er war sich jetzt sicher, daß er mit allem, was ihm bis zum nächsten Vollmond hier im Wald mit seinen eigenen Gesetzen zustoßen könnte, fertig werden und alleine überleben würde.

6

Getrieben von einer leichten Brise, schlugen die Wellen sanft auf den Sand der kleinen Bucht. Der See glitzerte im spätmorgendlichen Sonnenschein, das Vogelgezwitscher klang aus dem Wald vom steil ansteigenden Seeufer zwar entfernt, doch klar herüber. Die Blätter in den Baumgipfeln raschelten leise im Wind, und das angenehme Geräusch machte Tamas Seelenfrieden noch vollkommener.

Er saß mit gekreuzten Beinen auf einem flachen Felsen neben einer ordentlich gedeckten Hütte aus Zweigen, die unter einen Felsüberhang hineingebaut war, um dessen natürlichen Schutz auszunutzen. Er war dabei, sich eine neue Angelschnur aus Flachsfasern zu machen – den Haken hatte er sich aus einem Knochenstückchen geschnitzt. Seit er vor fast einem Mond an den See gekommen war, hatte er schon mehrere Aale gefangen, doch mit den fetten Forellen, die er im tiefen Wasser gesehen hatte, war ihm bisher wenig Glück beschieden. Obwohl ein Fisch eine willkommene Ergänzung für seine Speisekarte gewesen wäre, wußte er, daß die Forelle im Gegensatz zu den köstlichen Salzwasserfischen ziemlich fade schmecken würde. Er hatte nicht gedacht, daß ihm der Mangel an Meeresfrüchten und -fischen soviel ausmachen würde.

Seit seinem Weggang aus dem Dorf hatte der Mond zu und dann wieder abgenommen; jetzt verschwand er allmählich ganz. Eigentlich war es keine lange Zeit, aber für Tama schienen die Tage vor seiner Flucht schon eine Ewigkeit zurückzuliegen. Er dachte nur selten an seine Eltern, eher noch an seine Freunde, aber überhaupt nicht daran, wieder nach Hause zurückzukehren. Nach den Ängsten und Schwierigkeiten der ersten paar Tage hatte er gemerkt, daß seine Geschicklichkeit im Umgang mit Fallen für Opossums und Wekas sowie im Abschießen von Vögeln und nun auch die

Aussicht auf Fischfang mehr als ausreichend waren, um ihn mit einem guten, gesunden Vorrat an Nahrung zu versorgen. Allerdings hatte er bis jetzt kein Wild mehr erlegt. Er verbrachte den ganzen Tag mit der Suche und Zubereitung von Nahrung, mit Fallenstellen, Ersetzen von verlorengegangenen Pfeilen und mit Ausbesserungsarbeiten an seiner Hütte, um sie fester gegen Wind und Regen abzudichten. Er fühlte sich glücklich, zuversichtlich, voller Leben, und alle seine Sinne waren für die Zeichen und Geräusche des Waldes geschärft. Die wilde Natur umgab in nicht nur, sie war auch in ihm, und ihre Vitalität und Schönheit leuchteten aus seinen glänzenden Augen und zeigten sich bei jedem seiner Schritte. Auf der Langen Wanderung hatte er sich hauptsächlich auf die Fertigkeiten seiner Gefährten verlassen, aber jetzt, da er alleine und ausschließlich auf seine eigenen Waffen und Fähigkeiten angewiesen war, spürte er, daß seine Sinne denen eines wilden Tieres ähnlich wurden. Der Wald bot ihm dieselben Bedingungen wie der Tierwelt. Ein Mensch hatte in der Wildnis keine Vorrechte.

Vorsichtig schnitzte Tama den Widerhaken des Angelhakens und achtete darauf, daß er stabil war. War der Knochen einmal fein zugespitzt, konnte er durch unvorsichtigen Druck leicht splittern, und die Arbeit eines halben Morgens wäre zunichte. Vor lauter Konzentration hatte er seine Stirn in Falten geworfen, was seinem Gesicht einen ungewöhnlich strengen Ausdruck verlieh, doch war dies mehr darauf zurückzuführen, daß er ganz bei der Sache war, als auf eine innere Anspannung. Er fühlte sich glücklich in der Schönheit der Umgebung und seinem körperlichen Wohlbefinden und war sicher, daß er an diesem See in aller Zufriedenheit ewig so weiterleben könnte. Gewiß, der Gedanke, den Weg zurückgehen zu müssen, den er gekommen war, war nicht besonders anziehend, vor allem wenn er daran dachte, daß er dann wieder in die Tiefen des schweigenden Busches eindringen und durch den Ort der Verbrannten Steine zurückfinden müßte.

Am zweiten Tag, nachdem er die Hirschkuh erlegt hatte, war er weiter flußaufwärts gegangen und zu schwarzen

Baumstümpfen in einem riesigen Gebiet abgebrannten Waldes gekommen. Bei dem Waldbrand, der etwa zwei bis drei Jahre zurückliegen mußte, waren gewaltige Haufen aus Steinblöcken freigelegt worden, offensichtlich von Menschenhand aufgeschichtet und höher als Häuser. Manche waren so spitz wie ein steiler Hügel, andere mit einer flachen Kuppe. Viele Steine waren von Baumstämmen verschoben worden, und die Täler zwischen den Erhebungen waren mit Gestrüpp und Kletterpflanzen überwuchert, doch die Regelmäßigkeit und Symmetrie der Haufen waren eindeutig menschlichen und nicht natürlichen Ursprungs. Ein abgebrannter Wald ist immer ein trauriger Anblick, doch dieses Zeugnis früherer menschlicher Aktivität unter der Asche hatte Tama mit einem Gefühl unbeschreiblicher Einsamkeit und Trauer erfüllt. Er hatte sich nur kurz dort aufgehalten und diesen Ort dann so schnell wie möglich umgangen, aber die Entdeckung hatte ihn trotzdem innerlich stark aufgewühlt. Sie hatte dasselbe unangenehme Gefühl der Gegenwart fremder, unsichtbarer Geister bei ihm hervorgerufen wie damals bei dem Tümpel mit der Steinmauer auf der Langen Wanderung. Bei dem Gedanken an diese beiden Erfahrungen lief ihm ein eiskalter Schauer den Rücken hinunter, als hätten sich plötzlich Wolken vor die warme Sonne geschoben. Vielleicht würde er irgendwann einmal eine Erklärung dafür finden, aber jetzt schob er diese Erfahrungen erst einmal als unerklärlich beiseite und wandte sich wieder den unmittelbaren, praktischen Erfordernissen zu.

Er ging in seine Hütte, trank ein bißchen Wasser und begann, vorsichtig mehr Flachsfasern von seinem Vorrat abzuwickeln. Er hörte ein leises Rascheln im Farn, vermutlich von einem Weka – doch dann folgte ein dumpfer Schlag, der unmöglich von einem Vogel stammen konnte, eher so klang, als sei etwas von dem kleinen Abhang hinter seiner Hütte heruntergeplumpst. Tamas Herz klopfte wild gegen seine Brust. Er stand mit dem Rücken zur Tür. Ohne es zu wollen, blickte er schnell mit dem Kopf über die Schulter und unterdrückte einen Aufschrei. Im Sonnenlicht, klar erkennbar durch die Ritzen zwischen den Ästen der Hütte, erkannte er den Fuß eines Menschen.

Dann verdunkelte sich die sonnenbeschienene Türöffnung durch eine Gestalt, die sich duckte und aus etwa einer Armlänge Entfernung in Tamas Gesicht starrte.

»Tama!«

Einen Augenblick lang konnte er nicht antworten. Nach so vielen Tagen ohne eine menschliche Stimme seinen Namen zu hören, ließ ihn verstummen. Doch der erste Schreck wich bald der Freude, denn der Eindringling war kein anderer als Rua. Tama taumelte hinaus, doch plötzlich überkam ihm ein Gefühl der Scheu, gefolgt von einem raschen Verdacht.

»Bist du allein?«

»Ja. Es ist sonst niemand da. O Tama, ich bin ja so froh, daß ich dich gefunden habe!«

Rua legte Tama seine Hände fest auf die Schultern, und Tamas Mißtrauen schmolz dahin. Er schlang seine Arme um Ruas Hals und seine Beine um Ruas Hüfte, wie er es als kleiner Junge immer gemacht hatte, und küßte Rua dabei leidenschaftlich. Rua lachte nur und kämpfte, um sein Gleichgewicht zu halten. Sie setzten sich, einer die Arme um des anderen Schulter, und fingen beide gleichzeitig an zu reden und Fragen zu stellen, dann lachten sie wieder und berührten sich vor Freude, daß sie wieder zusammen waren.

»Wie hast du mich gefunden, Rua? Bist du mir sofort gefolgt? Und was hat der Alte Weise gesagt, nachdem er entdeckt hat, daß ich weg bin? Wird er mich bestrafen?«

»Eins nach dem andern, kleiner Bruder! Ich wollte dich sofort suchen gehen, als wir gemerkt hatten, daß du abgehauen warst, aber sie haben mich nicht gelassen. Der Alte Weise sagte, er wisse, wieso du dich versteckst – wie er das genau gemeint hat, weiß ich auch nicht. Auf jeden Fall ließ er uns nicht nach dir suchen, obwohl wir Brüder der Langen Wanderung sind, bis wir geweiht und gereinigt waren. Ich hatte Angst, dir würde etwas zustoßen, du könntest dich verletzen, verirren oder fürchten, aber der Alte Weise sagte, dir ginge es gut. Wie konnte er das nur wissen?«

»Das weiß ich auch nicht, aber ich glaube, er kann es wirklich. Ich hatte manchmal ein bißchen Angst, und manchmal habe ich mich im Busch verirrt, aber im großen und ganzen ging es mir gut, wirklich. Wie hast du mich gefunden?«

»Ich habe meinem Lehrer keine Ruhe gelassen und ihn immer wieder gedrängt, er solle doch den Alten Weisen bitten, mich gehen zu lassen. Ich habe sogar damit gedroht, auch wegzulaufen, wenn sie mich nicht gehen ließen, und dann müßten sie uns beide suchen. Alle Jungen wollten mitkommen – Ke Rala, Hora und Tula –, aber der Alte Weise weigerte sich, uns alle gehen zu lassen.«

»Wie lange hast du mich denn gesucht?«

Rua streckte die Finger beider Hände aus.

»Ich glaube, so viele Tage. Zuerst ging ich zurück zum Großen Fluß, weil ich dachte, du seist vielleicht wieder zu den Stränden gelaufen, an denen wir bei unserer Langen Wanderung waren, auch wenn ich nicht glauben konnte, daß du den Fluß allein überquert hast. Dann suchte ich die Küste entlang hinunter in Richtung der Berge ab und hielt mich erst einmal in Sichtweite des Meeres. Am dritten Tag schließlich fand ich die Spuren eines Lagers und einer Kochgrube am Ufer einer Schlucht, die vom Strand heraufführte …«

Tama schrie: »Das muß dort gewesen sein, wo ich in der ersten Nacht nach meiner Flucht übernachtet habe. Ich briet eine Taube. Sie war scheußlich, wirklich, noch halbroh, aber ich war so hungrig, daß ich sie einfach aufgegessen habe.«

Rua schaute seinen Freund liebevoll an.

»Du siehst noch ziemlich gut aus, Tama. Du mußt beim Jagen Glück gehabt haben.«

»Ich habe einen Hirsch erlegt! Na ja, es war eine Hirschkuh, und der Schuß war auch nicht gerade besonders gut. Außerdem war da noch ein Hirschkalb. Rua, das arme kleine Ding. Ich weiß nicht, was aus ihm geworden ist.«

»Ach, Tama mit dem weichen Herz, du änderst dich nie.«

»Aber wenigstens habe ich gelernt, ein Tier zu töten,

wenn es unbedingt nötig ist, ohne allzu zimperlich dabei zu sein. Wenn ich auch sicher bin, daß ich nie Freude am Töten haben werde wie Hora zum Beispiel.«

»Ich glaube, er gibt nur an und tut so, als gefalle es ihm, um zu zeigen, daß er vor nichts Angst hat. Bei der Weihe hat er sich genauso benommen, hat einfach so getan, als würde er überhaupt keine Schmerzen empfinden.«

»Rua, war es – sehr schlimm?«

»Nein, nicht wirklich, da passiert nicht viel.«

»Erzähl mir, wie es war.«

»Ich darf eigentlich nichts erzählen. Wir mußten einen Eid der Verschwiegenheit leisten.«

Tama war enttäuscht. »Aber wir gehören dem selben Clan an. Mir kannst du es doch erzählen.«

»Nein, ich darf nicht. Du wirst es schon selber eines Tages rausfinden.«

»Rua, was werden sie mit mir machen, wenn ich zurückgehe? Muß ich die Weihe ganz allein durchstehen?«

»Nein, du mußt bis nächstes Jahr warten. Du weißt doch, daß die Zeremonie nur einmal im Jahr abgehalten wird.«

»Heißt das, daß ich einem neuen Clan zugeordnet werde und nicht mehr zu euch gehöre?«

»Ich glaube nicht. Ausschlaggebend ist doch die Jahreszeit, in der wir geboren wurden. Du und ich sind im Mond der Zurückkehrenden Sternenvögel geboren. Sie wachen über uns, immer und ewig. Sie haben mich zu dir geführt. Wir können nicht einfach einem anderen Clan angehören.«

Rua hatte immer noch seinen Arm um die Schulter seines Freundes gelegt und drückte ihn fest. Eine Weile blieben sie ganz ruhig so sitzen und genossen diesen Zustand, daß es einen Freund gab, der einen mehr als nur körperlich liebte und verstand. Ruas nächste Worte versetzten Tama in leisen Aufruhr.

»Was für ein schöner Ort. Es tut dir sicher leid, von hier wegzugehen, oder?«

»Weggehen? O nein, aber jetzt doch noch nicht. Wir müssen doch nicht gleich zurückgehen, oder?«

»Na ja, ich habe gesagt, ich bringe dich zurück. Alle warten, daß ich mit dir zurückkomme. Ich glaube nicht, daß du bestraft wirst.«

»Aber Rua, aber – ich will nicht zurück, gar nicht! Ich meine, noch nicht. Laß uns noch ein bißchen zusammenbleiben und gemeinsam die Berge erkunden. Ach bitte, Rua, sag ja, sag, daß du mit mir mitgehst! Es wäre einfach wunderbar, zusammen weiterzugehen. Nur eine kleine Weile! Ein oder zwei Monde. Das Wetter wird schon besser, und es wird wärmer. So eine Chance haben wir nie wieder, einfach zu ... einfach zu ...«

»Einfach zu was?«

»Na, einfach zu leben.«

In Ruas nachdenkliche graue Augen trat ein gequälter Ausdruck. Es war nicht seine Art, sich mit jemandem zu streiten oder Bedenken anzumelden, sondern vielmehr denen, die er liebte, mit besonnener Freude zu dienen. Und Tama war immer wie eine jüngerer Bruder für ihn gewesen. Doch auch wenn er Tama einen Gefallen tun wollte, beunruhigte ihn der Gedanke, länger als nötig im Wald zu bleiben. Er hatte seinen Freund gesucht und gefunden. Jetzt war es Zeit, nach Hause zurückzukehren, denn das war das einzig Richtige.

Als Tama merkte, daß Rua besorgt war, drängte er nicht weiter, sondern änderte sein Vorgehen. »Überleg es dir in Ruhe, Rua. Laß uns wenigstens heute noch hierbleiben. Ich möchte dir den See zeigen. Vielleicht hast du ja mehr Glück beim Forellenfangen als ich. Du darfst meine neue Angelschnur mit dem neuen Haken als erster benutzen. Los, komm.«

Er stand auf und zog seinen Freund an der Hand. Rua gab lachend nach und ließ sich hochziehen. Dann rannten sie zusammen zum Wasser hinunter.

Den Rest des Tages verbrachten sie mit Angeln und Baden in dem kühlen, klaren Wasser des Sees, der mit seinem nur langsam abfallenden Kieselgrund so ruhig und gefahrlos war, daß Tama keine Angst hatte. Allerdings achtete er sehr darauf, nicht allzuweit ins Tiefe zu geraten. Als sich die Sonne langsam zum Wald hinneigte, kochten die Jungen Forelle und Aal auf den heißen Steinen eines Feuers am Seeufer. Die Sandfliegen waren lästig, aber während Tama genüßlich das heiße Fleisch verzehrte und beobachtete, wie das Wasser des Sees das Feuer des Sonnenuntergangs verschlang, schaute er den zufrieden neben ihm mampfenden Rua an und spürte, daß er noch nie so glücklich gewesen war. Als es dunkel wurde, deckten sie das Feuer sorgfältig ab, bevor sie sich nebeneinander im Schutz der schmalen Hütte hinlegten. Sie unterhielten sich noch eine Weile und glitten dann in einen ruhigen Schlaf hinüber. Rua hatte dabei seinen Arm beschützend um seinen Freund gelegt, als wollte er ihn daran hindern, noch eine zweites Mal wegzulaufen.

Tama erwachte später als gewöhnlich durch das Knarren und Ächzen der Bäume im Wind, dessen kalter Hauch in die Hütte drang. Ganz vorsichtig, um Rua nicht zu wecken, kroch er nach draußen und war froh, als er noch ein bißchen rote Glut unter den Grassoden fand, mit denen sie das Feuer abgedeckt hatten. Bald wärmten ihn fröhlich knisternde Flammen, die er jedoch wegen des Windes kleiner als üblich hielt, wenn auch heiß genug, um die Reste des Aals darauf zu braten. So war er wenigstens sicher, daß Rua den Tag nicht hungrig begann, und vielleicht würde das ja helfen, ihn von seinem Vorhaben zu überzeugen, noch ein bis zwei Monde im Wald zu verbringen und erst dann ins Dorf zurückzukehren.

Als sie später am Feuer hockten und den Aal aßen, wollte keiner als erster die Frage, die sie trennte, ansprechen. In der geselligen Stille des frühen Morgens war das Ringen zwischen den beiden jungen Überzeugungen deutlich zu spüren. Tama wußte, daß Rua ihn nicht mit Gewalt zu ihrem Volk zurückschleppen konnte, aber was, wenn Rua allein zurückging, um Hilfe zu holen? Die Vorstellung, als Gefangener zurückgebracht zu werden, bedrückte ihn. Noch ein oder zwei Monde länger ohne Verpflichtungen und Zwänge leben zu wollen, schien kein besonders schweres Verbrechen für einen Jungen, der bald schon, als erwachsener Mann, noch stärker in seinen Freiheiten eingeschränkt wäre und der sowieso bei seiner Rückkehr eine Strafe zu erwarten hatte, egal wie lange er weg gewesen war. Und Rua könnte sein längeres Wegbleiben damit rechtfertigen, daß er alles versucht hatte, um Tama endlich zurückzubringen, wie es schließlich seine Pflicht war. Tama, der der Schlauere von beiden war, wartete deshalb den rechten Augenblick ab, während der Wind in den Baumwipfeln umherwirbelte und Rua mit unnötiger Gewalt auf die stechenden Sandfliegen einschlug. Irgendwann hielt er die Spannung nicht mehr aus, stand auf, gähnte, streckte sich mit übertriebenem Getue und tätschelte seinen dicken Bauch.

»Tja, wir brauchen mehr als dieses Stückchen Aal, um satt zu werden, bevor der Tag zu Ende geht. Was machen wir also?«

Die Unentschlossenheit in seinem Tonfall, das übliche sanfte Ausweichen, um nur ja nichts Verletzendes zu sagen, rührte Tama plötzlich zu einer spielerischen, zärtlichen Geste. Er langte mit beiden Händen nach vorn, packte Ruas Knöchel, kniete vor den Freund hin und neigte seinen Kopf vor Rua im Ritual eines Kinderspiels.

»Wisse, o Herr und Meister, daß euer unwürdiger Sklave eure Begleitung und euren Schutz auf seiner Reise zu den Bergen des Morgens wünscht. Wir sind Freunde, seit wir kleine Kinder waren, und sind jetzt auf der Langen Wanderung zu Clanbrüdern geworden. Da ich bei meiner Rückkehr den Zorn des Alten Weisen sowieso über mich ergehen lassen muß, so lasse mich wenigstens noch eine kleine Weile an der Freiheit des Waldes erfreuen. Bleibe bei mir, o Meister, nur einen Mond oder vielleicht auch zwei, bevor wir zurückgehen und uns dem Willen des Volkes unterwerfen. Es ist eine mutige und großartige Sache, ganz allein auf unsere eigene Kraft und unseren eigenen Geist gestellt zu sein. Ka Balu ist nicht böse mit mir.«

Er blickte hoch, und seine Augen glänzten vor Mut und ungeweinten Tränen. Rua bückte sich und hockte sich neben ihn. Dann nahm er Tamas Gesicht in beide Hände.

»Kleiner Bruder, jetzt hör mal Rua zu. Du weißt, daß er dich nicht verlassen wird, denn er liebt dich. Er hat dich endlich gefunden und will dich jetzt nicht gleich wieder verlieren. Manchmal glaube ich, daß du anders bist als wir anderen. Da ist etwas in dir, daß ganz allein bleiben will. Doch dein Herz ist voll von sanfter Liebe. Ich werde bei dir bleiben, einen Mond, vielleicht auch zwei, aber da sind noch die, die mich lieben und Angst um mich haben. Es wäre falsch, sie denken zu lassen, daß uns etwas Schlimmes zugestoßen ist. Als Neugeweihter habe ich Pflichten gegenüber meinem Lehrer Manga. Das weißt du. Dränge mich nicht zu sehr. Wenn jetzt ich nachgebe, mußt auch du bald nachgeben.«

Tama legte seine Hände auf Ruas Knie.

»Du bist gut zu mir«, sagte er einfach. »Du verstehst mich. Ich glaube auch, daß ich anders bin als die anderen Jungen. Da ist etwas, was ich noch herausfinden muß, etwas, das ich tun muß, aber ich weiß nicht, was es ist. Vielleicht hilft mir diese Zeit im Wald, es zu erkennen. Dann gehen wir zusammen heim.«

Er setzte sein strahlendstes Lächeln auf, gab Rua einen freundschaftlichen Schubs, und im nächsten Moment hielten sie sich schon umarmt, lachten und fingen an zu ringen, was wie üblich damit endete, daß Rua, der Stärkere, rücklings auf dem besiegten Gegner zu sitzen kam und Tamas Hände über dessen Kopf hob als Zeichen seines Sieges.

An diesem Abend schlugen sie eine neues Lager etwas weiter oberhalb des Seeufers auf, weiter weg von den Verfolgern, die Tama immer noch fürchtete, und etwas näher an den Schneegipfeln und dem Sonnenaufgang.

7

Ein Tag folgte dem anderen, während Tama und Rua langsam landeinwärts durch die Flußtäler in das Herz der Berge vordrangen. In breiten Strahlen fiel die Sonne durch das Blätterdach des Waldes und weckte die Jungen. Ein neuer Tag voller Herausforderungen lag vor ihnen, deren Bewältigung freilich nicht immer ohne Schnitte und Prellungen abging. Sie wuschen sich in glasklaren blaugrünen Gebirgsbächen, in denen Enten schwammen und Reiher ohne Angst vor den Eindringlingen herumwateten. Ihr früheres Leben schien bereits so weit entfernt wie halbentschwundene Träume.

Tamas Interesse für die Pflanzen- und Tierwelt war grenzenlos. Er war jetzt dankbar, daß Rini ihm etwas von ihrem beträchtlichen Wissen über Kräuter und eßbare Pflanzen beigebracht hatte; wenigstens darin übertraf er Rua. So sorgte er dafür, daß ihre Speisekarte, die hauptsächlich aus Vögeln und Fischen bestand, etwas bunter wurde. Da die Jungen sich immer an Bäche hielten und den tiefen Busch vermieden, wurden sie ständig von Vögeln begleitet, die sich gerne am Bachufer aufhielten, weil es dort viele Insekten gab, die von den blühenden und beerenbehangenen Büschen und kleinen Bäumen angezogen wurden, welche im Licht und in der Hitze der Sonne besser gediehen als in der höhlenartigen Dunkelheit des tiefen Waldes. Zu Ruas Erheiterung war Tama inzwischen immer überzeugter davon, daß Vögel nicht einfach nur sangen, sondern sich in Wirklichkeit singend miteinander unterhielten.

»Als nächstes wirst du mir dann noch weismachen wollen, daß sie lernen müssen, ihren Stammbaum herunterzusingen und die Sternengeschichte herzusagen, und sich erzählen, wo es die besten Sandfliegen gibt.«

»Es würde mich nicht wundern, wenn sie sich beschrieben, wo es Nahrungsquellen gibt, oder gar, wie weit entfernt und in welcher Richtung sie zu finden sind.«

»Ha! Dann frag doch einfach mal die nächste Taube, wo ihre Freunde sind, bevor du sie in zwei Hälften zerfetzt.«

Während Rua mit dem Schnitzen einer kleinen hölzernen Flöte beschäftigt war, schlenderte Tama zum Ufer eines Baches, in dem zahlreich runde Felsblöcke lagen. Bachabwärts hatte er eine gute Aussicht auf die weiten Flußniederungen. Er lehnte sich gegen einen warmen Felsen und versuchte, einen bestimmten Vogel unter der Vogelschar in seiner Hörweite auszumachen und sich darauf zu konzentrieren.

»Kleines Ding, kleines Ding, hier bin ich, hier bin ich. Komm schon bald, komm schon bald.«

Dann erregte eine andere Amsel weiter oben im Tal seine Aufmerksamkeit, und er hörte, wie das Paar jetzt anfing, sich gegenseitig Töne zuzusingen, wobei jede der anderen aufmerksam zuhörte und erst das Ende eines Liedes abwartete, bevor sie selbst antwortete.

Tama lag mit den Händen unter dem Kopf auf dem Rükken und war vollkommen zufrieden. Durch das Blätterdach hindurch sah er eine Möwe ruhig am blauen Himmel dahingleiten. Die Jungen waren überrascht gewesen, so weit im Landesinneren Möwen zu finden, aber da waren sie. Sie suchten sich ihren Weg die Flußtäler herauf und warfen dem Echo der Berge ihre eigenen traurigen Meeresschreie entgegen.

»Quaa! Quaa! Iii-a!«

Die große Möwe zog am Himmel ihre Kreise und drehte ihren Kopf, um auf den am Bachufer ausgestreckten Tama herabzuspähen. Er folgte ihr mit seinem Blick, als sie herumschwenkte und den Bach hinunter zu den Flußniederungen hinabsegelte, wieder einen Kreis zog und ihren schrillen Schrei über etwas erschallen ließ, daß sich weit unterhalb bewegte. Es waren drei winzige menschliche Gestalten.

Tamas Kopfhaut fing zu prickeln an, und sein Herz klopfte bis zum Hals. Männer! Und sie kamen über die Flußniederungen auf ihn zu. Sie waren zu weit weg, als daß er sie hätte erkennen können, aber es mußten Jäger aus dem Dorf sein, die geschickt worden waren, um ihn aufzustöbern. Einen Moment lang konnte er vor lauter Schreck nicht atmen. Dann kam er wieder zu sich und faßte – wie immer in schwierigen Augenblicken – rasch einen klaren, vernünftigen Gedanken. Überzeugt, daß man ihn nicht sehen konnte, zog er sich rasch weiter ins Unterholz zurück und versuchte zu schätzen, wie lange es wohl noch dauern würde, bis die Männer die Lichtung erreicht hätten, wo er und Rua ihr Lager aufgeschlagen hatten. Er rannte zurück zu Rua, der ihm in der Annahme, seine Schnelligkeit sei nur ein Ausdruck von Begeisterung, zurief: »Hör dir das mal an. Ich glaube, jetzt ist sie gestimmt.«

»Halt! Nicht spielen!«

»Was ist los?«

»Männer! Drei Männer kommen über die Ebene! Sie kommen hierher! Sie werden hier sein, bevor du auch nur ein paar Töne gespielt hast.«

»Möchtest du nicht mit ihnen zurückgehen?«

»Wie kannst du nur so etwas denken! Ich werde mich nicht wie ein Tier einfangen und wie ein Gefangener zurückbringen lassen. Ich werde aus freien Stücken zurückgehen oder gar nicht!«

»Rede keinen Unsinn. Ich bin ja bei dir. Nimm die Bögen, Pfeile und Wasserflaschen. Streue Blätter über die Essensreste. Ich decke die Feuerstelle zu. Ka Balu ist mit uns. Ein Feuer hätte uns sofort verraten.«

Doch bereits in diesen wenigen wertvollen Augenblicken, in denen die Jungen ihre Sachen zusammensuchten, wurde ihnen klar, daß sie keine Zeit hatten, alle Spuren ihres Lagers zu verwischen. Die festgestampfte Erde, die Zweige über dem Unterschlupf und die Farnwedel, die ihnen als Bett gedient hatten, waren klare Hinweise darauf, daß sich hier vor kurzem jemand aufgehalten hatte. Doch mußten sie es jetzt einfach riskieren, daß dies alles entdeckt wurde. Tama folgte Rua den Hügel weiter hinauf, von wo aus sie dann wieder kehrtmachten und blitzschnell zum Bach hinunterliefen. Sie konnten nicht sehen, was hinter einer Biegung des Baches nur einen Steinwurf entfernt lag. Sie überquerten den Bach und kletterten vorsichtig an seinem anderen Ufer hinunter. Rua und Tama hatten beschlossen, dem Bachbett zu folgen, denn es schien die einfachste Weise zu sein, den Hügel hinaufzukommen und einen großen Sumpf im Haupttal zu umgehen; schließlich war es sehr wahrscheinlich, daß ihre Verfolger dasselbe vorhatten. Es war nur eine Frage der Zeit und der Entfernung, die sie stromaufwärts zurücklegen mußten, bis sie wieder in den Busch eintauchen konnten.

Die Jungen tasteten sich wortlos durch das dichte Gestrüpp entlang des Baches vorwärts und schwitzten vor Angst und Aufregung. Plötzlich erstarrten sie gleichzeitig. Irgendwo weiter unten am Bach hatte sich ein Stein gelöst. Ein Tui pfiff zwei einzelne Töne. Die Jungen strengten Augen und Ohren an. Da erreichte sie ein entferntes Stimmengemurmel, das gleich wieder erstarb. Rua lehnte sich zu Tama und flüsterte:

»Ich bin sicher, sie sind jetzt an der Stelle in den Busch hineingegangen, wo wir auch hineingegangen sind, unterhalb des großen Felsens. Sie werden unser Lager finden. Hör nur.«

Für Tama schien das lauteste Geräusch im Busch sein eigenes Herz zu sein, das zum Zerspringen klopfte. Als könnten sie so besser hören, schauten sich die Jungen angestrengt in die Augen und erlebten diese Augenblicke der Spannung aufgrund ihrer Nähe in einem gemeinsamen, gesteigerten Bewußtsein. Tama lächelte nervös, Rua abwesend und ernst.

Ein Schrei. Eine Sekunde. Jetzt hörte man aufgeregte Stimmen. Tama biß sich auf die Unterlippe. Rua packte Tama mit hartem Griff an der Schulter.

»Ich glaube, sie erwarten, daß wir weiter stromaufwärts gehen. Wir sollten deshalb zum Bach hinunter, im flachen Wasser stromabwärts gehen und erst dann den Hügel wieder hinaufklettern. Wir müssen die Jäger sein und hinter ihnen bleiben.«

Der freundliche Wald hatte sich plötzlich verändert. Jeder

Baum war jetzt zugleich Sichtschutz wie Hindernis, und in den feuchten Blättern am Boden des Waldes hinterließen die Flüchtenden ihre Spuren. Ihre Knie und Knöchel schlugen gegen Steine, die Bögen verfingen sich in Lianen, und Löcher verbargen sich hinter Farnwedeln. Es war Nachmittag. Bestimmt hatten sie noch genug Zeit, um vor Einbruch der Dunkelheit einen sicheren Vorsprung vor ihren Verfolgern herauszuarbeiten.

Während die Jungen im flachen Wasser eines der vielen Ausläufer des Flusses, die das Tal durchzogen, vorwärtswateten, empfand Tama seinen Rücken als äußerst ungeschützt und nackt – eine gute Zielscheibe für die grausamen Widerhaken von Pfeilen. Obwohl die Jungen versuchten, so nahe am Ufer zu bleiben wie möglich, zwangen tiefe Wasserlöcher sie, weiter in das Tal hinaus auszuweichen. Doch sie blieben immer in der Deckung von Büschen und Gestrüpp, von Flachs, Toi-Toi-Gras oder entwurzelten Bäumen, die von den Wassermassen herabgespült worden waren. Da sie nichts von ihren Verfolgern hörten, verlangsamten sie das Tempo ihrer überstürzten Flucht und hielten hie und da kurz inne, um zu lauschen. Doch außer den Geräuschen des Flusses und des Windes und ihrem eigenen, atemlosen Schnaufen hörten sie nichts.

»Wir müssen zurück auf den Hügel«, sagte Rua, »von wo wir sie sehen können, bevor sie uns sehen. Wie wär's mit diesem Bergrücken dort drüben? Von dort aus können wir das Tal gut überschauen und in jede Richtung abhauen.«

»Ja, so machen wir's. Also los.«

Etwas langsamer als zuvor marschierten sie jetzt weiter, blickten sich dabei immer wieder kurz um und suchten nach einer Stelle, an der sie wieder in den Busch eindringen konnten, um zu dem Bergrücken hochzuklettern. Die Hügel fielen in dieser Gegend häufig steil ab, und viele Hänge waren sogar für gelenkige Jungen nicht zu erklettern. Sie befanden sich in einer Landschaft mit zerklüfteten Bergen, die fast bis zum Gipfel mit Bäumen überzogen waren. Die Gipfel ragten hoch über blaugrüne Wasserläufe, deren Ufer von einem grünen Pflanzenband gesäumt wurden und sich durch ein Gewirr von steinigen Inseln mit niedrigen Büschen wanden, die bei Hochwasser von einem tosenden Meer in der ganzen Breite des Tales hin überspült wurden.

Auf einem schmalen, von Hirschen ausgetretenen Pfad längs des Bergrückens kamen die Jungen schneller voran, als sie gedacht hatten.

»Nicht zu hoch hinauf«, erklärte Rua, »oder sie könnten uns den Rückweg abschneiden. Irgendwo hier ist es gut. Es sieht so aus, als könnten wir hier jeden Hang hinunter, wenn es nötig wäre, falls die Flucht über den Bergrücken, über den wir gekommen sind, nicht möglich sein sollte. Und von hier aus haben wir eine gute Aussicht talaufwärts und können sie kommen sehen.«

»Außer wenn sie nachts kommen.«

»Ja, aber das ist nicht sehr wahrscheinlich. Sie haben nur bei Tag Aussicht, unsere Spuren aufzunehmen.«

Die Sonne sank langsam zu einer Wolkenbank über den Berggipfeln im Westen hinab. Die Jungen hatten ihren Aussichtspunkt vor dem breiten Stamm eines riesigen Rata-Baums bezogen, von wo sie weit ins Tal hineinsahen. Im Moment war sonst nichts weiter zu tun. Die Angst, die sie zur Flucht veranlaßt hatte, wich nun Müdigkeit, Zweifeln und Unruhe. Bald merkten sie, daß sie immer mehr Durst bekamen. Etwas Abhilfe schufen die zarten grünen Blätter, die Tama gefunden hatte und die sie kauten, aber auf dem Bergrücken gab es kein Wasser, und ihre Wasserflaschen aufzufüllen hatten sie vergessen. Während ihnen der Schweiß langsam am Körper festklebte und sie zu frösteln begannen, beobachteten sie, wie der Schatten des Berges auf der anderen Seite des Tals langsam die gegenüberliegenden Hänge verschluckte. Beide hatten ihre Regenumhänge aus Flachs dabei – Rua außerdem noch seine Hirschfelltunika, Tama das Opossumfell. Doch brauchten sie dringend neue Sandalen.

»Wir haben nichts zu essen«, klagte Rua.

»Heute abend nicht. Aber morgen finden wir bestimmt irgend etwas, aber vielleicht müssen wir es roh essen.«

»Ich komme nicht lange ohne Essen aus.«

Tama war ruhig. Wie lange würden die Jäger wohl hierbleiben? Würden sie die Jungen erbarmungslos jagen, um sie dann als Gefangene nach Hause zurückzubringen? Wäre es besser, jetzt gleich aufzugeben, als einige Tage später, hungrig und geschlagen? Tamas Stolz war noch nicht bezwungen, seine Neugierde, noch weiter in die Berge des Morgens vorzudringen, noch nicht befriedigt, seine Angst vor dem Zorn des Alten Weisen noch zu stark, um wirklich daran zu denken, sich kampflos geschlagen zu geben. War es gerecht, von Rua zu erwarten, bei ihm zu bleiben?

Er drehte sich um und sah mitleidsvoll in Ruas freundliches, sorgenvolles Gesicht, das mit Schweiß, Dreck und angetrocknetem Blut verschmiert war, welches von den Kratzern an seiner Wade stammte.

»Rua, denkst du, wir sollten aufgeben?«

»Nein, nein, das will ich nicht. Willst du etwa?«

»Du weißt doch, daß ich nicht will. Aber ich weiß natürlich, daß wir eines Tages zurückgehen müssen. Aber jetzt noch nicht. Tun wir einfach das, was wir besprochen haben, und schauen wir, wie weit wir in die Berge vordringen können.«

Rua erschauerte. »In das Land von Ka Balu.«

»Hast du etwa Angst?«

»Nein, aber soweit ist noch nie jemand gekommen.«

»Woher willst du das wissen? Irgend jemand außer uns muß schon einmal einen Versuch unternommen haben, sie zu erkunden.«

»Es gibt aber keine Geschichten darüber.«

»Vielleicht möchte der Alte Weise nicht, daß es jemand versucht. Vielleicht erzählt er nur nichts.«

»Was erzählt er nicht?«

»Manchmal glaube ich, daß er sehr viel mehr weiß, als er erzählt ...«

»Worüber?«

»Na, über die Vergangenheit unseres Volkes, von wo wir gekommen sind.«

»Unsere Vorfahren wurden von Ka Balu hierhergeführt.«

»Ja, wahrscheinlich war es so.«

Als es Nacht wurde, drängten sie sich zusammen, um es etwas wärmer zu haben. Sie hatten ausgemacht, abwechselnd Wache zu halten, doch bald überkam beide die Müdigkeit, und sie schliefen ein. Sie wachten nur ab und zu halb auf, wenn Opossums, Eulen und andere Nachttiere raschelten, schrien oder durch die sorgenbeladene Dunkelheit der Träume der beiden Jungen flogen.

Am nächsten Morgen hielt Tama Wache, während Rua auf der anderen Seite des Bergrückens hinunterstieg, und schoß am späten Vormittag eine Weka. Unter einem Himmel von landeinwärts ziehenden Meerwolken blies der Wind das Tal hinauf. Die Jungen trauten sich nicht, ein Feuer zu machen. Ohne großen Appetit, aber getrieben von einem wahnsinnigen Hunger, rupften sie die braungefederte Weka und aßen sie roh. Tama spürte, wie sich ihm der Magen umdrehte, aber er trank etwas von dem Wasser, das Rua mitgebracht hatte, und konnte dann noch ein paar Bissen von dem Fleisch hinunterwürgen.

»Wir müssen herausfinden, wo die Männer sind«, sagte er.

»Und wer sie sind.«

»Ja, für den Fall, daß sie uns fangen, meinst du?«

»Na ja, es gibt welche, von denen ich mich lieber fangen lassen würde als von anderen.«

»Meinst du, wir sollten zurückgehen und schauen, wo sie sind?«

»Ja. Hier können wir nicht bleiben. Wir versuchen besser, direkt am Rand des Busches stromaufwärts zu gehen und möglichst nur in die Flußebene hinauszugehen, wenn es unbedingt nötig ist.«

Sie kamen nur langsam und mühsam voran. Häufig liefen die Hügel in einem steilen Überhang oder einer Felsklippe aus, unter der der Fluß hindurchströmte. Über diese mußten sie dann entweder umständlich hinüberklettern oder sie vorsichtig umgehen, wobei sie mit angsterfüllten Augen in die

Flußebene auswichen. Als sie sich dem Bach in der Nähe ihres früheren Lagers näherten, wurden sie immer vorsichtiger. Sie wollten gerade aus dem Busch heraustreten und zum Bachbett hinuntergehen, um einem undurchdringlichen Gewirr von Schlingpflanzen auszuweichen, als Tama plötzlich ein ungutes Gefühl bekam und Rua zuflüsterte, er solle warten. Sie blieben regungslos stehen und starrten durch die Blätter auf die offene Weite des Tales hinaus – auf eine weite Fläche von verschwommenen Grautönen, auf der es unter einem bewölkten Himmel keinen scharfen Kontrast von Sonnenschein und Schatten gab.

»Da ist nichts«, sagte Rua. »Wir können hier nicht ewig bleiben. Komm schon.«

»Nein, warte. Ich dachte, ich hatte etwas gesehen ... Horch!«

Von draußen im Flußtal war das schrille, durchdringende Pfeifen einer Weka zu hören. Eine andere antwortete von weiter flußabwärts, etwas schwächer, dann eine von weiter flußaufwärts hinter einer Biegung des Flusses. Nichts war ungewöhnlich daran, denn Wekas erwiderten oft den Schrei einer anderen. Doch für Tamas Ohren, die liebevoll für die feinsten Abstufungen der Vogelstimmen geschult waren, war dieses Pfeifen irgendwie eine Spur anders als der echte Wekaruf. Einen Moment später fand er seinen Verdacht bestätigt. Eine Weka rief ganz in der Nähe im Busch ihr unverwechselbares »Ku-iet, ku-iet«. Von der Flußebene wurde der Ruf dreimal erwidert.

Tama drehte sich zu Rua um.

»Das sind keine Wekas. Das sind Männer, die sich Signale geben. Es ist ein Clanruf.«

»Das bedeutet, sie wissen, daß wir hier sind. Einer flußaufwärts, einer flußabwärts und einer fast genau gegenüber ... Oh, sieh nur!«

Im gleichen Moment sahen beide Jungen die Bewegung. Fast genau gegenüber von ihnen, etwa in der Mitte des Tales, war ein Mann hinter einem umgestürzten Baumstamm aufgestanden, schnell darüber geklettert, hatte sich dann wieder flach auf den Boden fallengelassen und robbt jetzt in Richtung ihres Verstecks.

»Sie haben uns gesehen!« stieß Tama hervor. »Rua, sie kommen!«

»Schnell zurück. Wir müssen den Berg hochklettern. Paß auf, daß du keine kleinen Bäume oder Farne bewegst. Schnell!«

Doch sie waren noch nicht weit gekommen, da erscholl von unten ein Schrei, und die Jungen wußten, daß man sie entdeckt hatte. Sie konnten nicht wissen, ob alle drei Männer hinter ihnen her waren oder ob man einen Wachtposten am Flußufer zurückgelassen hatte. Sie kamen schrecklich langsam voran, denn der Berghang war übersät von riesigen Felsen und Steinbrocken, die ihnen den Weg versperrten und sie zu vielen Umwegen in den Busch zwangen, der so dicht war, daß sie kaum eine Armlänge weit sehen konnten. Was sie noch mehr aufhielt, waren ihre Bögen, die sich ständig in irgendwelchen Schlingpflanzen oder Ästen verfingen, doch sie wagten nicht, sie einfach zurückzulassen. Sie waren beide erschöpft von einer unbequemen Nacht und einem Tag, an dem sie nichts anderes gemacht hatten, als sich durch den Busch zu kämpfen. Und seit der rohen Weka am Morgen hatten sie den ganzen Tag noch nichts gegessen.

»Rua!« schrie Tama. »Warte!«

»Ich glaube«, keuchte Rua, »wir sind fast am Grat des Bergrückens.«

Er hatte recht. Bald kämpften sie sich, halb kletternd, halb sich die Baumstämme hochziehend, zu einem schmalen Grat hinauf. Sie merkten, daß sie einen Hügel erklommen hatten, der parallel zum Fluß verlief, und sahen jetzt, daß er auf der anderen Seite steil in ein enges Tal abfiel, auf dessen gegenüberliegender Seite sich ein noch viel höherer Hügel erhob. Schreie unter ihnen ließen sie wissen, daß ihre Verfolger nicht aufgegeben hatten.

»Wir können nicht zurück«, sagte Rua verzweifelt. »Wir müssen versuchen, hier hinunterzugehen und uns irgendwo zu verstecken.«

Es war gefährlich steil. Sie ließen sich an Zweigen herab, fielen, rollten, rappelten sich wieder auf, fielen wieder hin, und als sie schließlich fast unten waren, schrie Rua, der vorausging, plötzlich laut auf. Tama konnte ihn nicht mehr sehen.

»Rua!«

Keine Antwort. Er rief nochmals und rutschte dann weiter abwärts, wo ein junger Baum schief über einem Loch in der Erde hing.

»Rua, ist alles in Ordnung? Antworte!«

Eine Stimme, die von unter der Erde kam, brummte beruhigend.

»Ich glaub schon. Nur meine Schulter tut ein bißchen weh.«

Tama lehnte sich über das Loch.

»Kannst du wieder hochklettern?«

»Nein, aber ich glaube, das ist auch nicht schlimm. Tama, das hier ist eine Art Höhle, ein unterirdisches Flußbett, glaube ich. Es fällt steil ab. Wir könnten uns hier verstecken oder zumindest herausfinden, wo es hinführt.«

Tama konnte Rua jetzt sehen, der nicht mehr als zwei Manneslängen unter ihm in einer mit modrigen Blättern und weicher Erde gefüllten Grube stand.

»Ich komme nicht hoch. Du mußt schon herunterkommen. Häng dich einfach an den kleinen Baum und laß dich runterfallen. Mach schon.«

Da es keine andere Möglichkeit gab, hielt sich Tama einen Moment lang furchtsam mit beiden Händen an dem Baum fest, ließ dann los und fiel auf den matschigen Boden. Rua half ihm auf.

»Schau«, sagte Rua, »es geht steil hinunter. Wir probieren mal, ob wir bis zur Talsohle hinunterkommen können. Vorsichtig.«

Bald hatten sie das Loch hinter sich gelassen und damit auch das Tageslicht. Rua tastete sich mit einem Stock langsam vorwärts. Jetzt stiegen sie eine Felsspalte hinunter, in der bei Regen das Wasser wahrscheinlich in einem Wasserfall herunterschoß. Die Wände waren kalt und glitschig. Tama versuchte, nicht an die scheußlichen Weta-Grillen mit ihren langen haarigen Beinen zu denken. Sie hatten sich noch nicht weit vorgetastet, da kamen sie auch schon zu einer anderen schmalen Öffnung der Decke, durch die genügend Licht einfiel, um zu sehen, daß der Weg jetzt weniger steil wurde und die Höhle sich direkt vor ihnen erweiterte.

»Sieh mal, Tama, jetzt kommen wir in eine ziemlich große Höhle.«

Tamas Herz schlug schnell. Er packte Rua am Arm und zeigte auf die andere Seite der Höhle.

»Was ist das?« flüsterte er.

Auf der gegenüberliegenden Seite der Höhle, die etwa dreimal so groß wie ein Haus war, sah man ein grünliches Licht flackern, als ob irgend etwas ständig vor- und zurückglitte. »Wasser!« schrien plötzlich beide wie aus einem Munde. Die Bewegung war ein sanftes Kräuseln von Wellen. Kühle Luft schlug ihnen ins Gesicht. Beim vorsichtigen Vorantasten spürten die Jungen, daß der sandige Höhlenboden jetzt in einen flachen Tümpel überging. Rua bückte sich und konnte sehen, daß an der Stelle, an der die Decke bis zum Wasser zu reichen schien, eine Lücke war, durch die Tageslicht einfiel. Mit einem Stock prüfte er die Tiefe des Tümpels. Er spürte, daß er ziemlich flach war und einen festen Untergrund hatte.

»Komm«, sagte er und tat den ersten Schritt ins Wasser. Mit zusammengebissenen Zähnen und einem Stoßgebet zu Ka Balu folgte Tama ihm und spürte, wie das eiskalte Wasser zuerst seine Füße, dann seine Knöchel, Waden und Knie umklammerte. Wimmernd hielt er an.

»Rua, ich habe Angst.«

»Warum? Sieh nur, es wird schon wieder flacher. Ich bin schon fast draußen. Ich glaube – ja, ich sehe Tageslicht dort unten an der Seite. Wir sind nur ein bißchen oberhalb von einem Bach. Auf, komm. Dir passiert schon nichts.«

Einen Augenblick später war Tama auch durch das Wasser hindurch. Er bückte sich neben Rua und spähte einen kurzen, steilen Abhang zu einem schönen, farnbesäumten Bach mit Kieselsteinen hinunter, der sich zwischen engen, steilen Felswänden hindurchschlängelte.

»Ich hätte nicht gedacht, daß es in dem Tal eine so tiefe Schlucht gibt«, sagte Rua. »Aber vielleicht ist sie unsere Rettung. Wenn die Männer unsere Höhle nicht finden, kommen sie diese steilen Felsen nicht so schnell herunter.«

Die Jungen tranken von dem klaren Wasser. Die Schlucht war so eng, daß nur wenig Tageslicht von dem kleinen Himmelsstreifen darüber einfiel. Der Bach floß gemächlich zwischen riesigen, runden Felsbrocken dahin und bildete immer wieder Wasserlöcher unterschiedlicher Tiefe. Es war ein seltsamer Ort, verzaubert durch Farne und Moose und mit Wänden, die durch die Jahrhunderte von der Erosion geformt waren. Hie und da waren Bäume quer über die Schlucht oder in den Bach gefallen oder hatten sich in den absonderlichsten Positionen auf halbem Wege verfangen. Wassertropfen fielen wie Sterne vom Himmel herab.

»In welche Richtung müssen wir gehen?« fragte Tama.

Rua kratzte sich am Kopf.

»Stromabwärts, schätze ich. Wir müssen irgendwie ins Haupttal zurückkommen, wenn wir schnell vorwärts kommen wollen. Ich kann sie nicht hören – und du?«

Tama lauschte. Die angenehmen Waldgeräusche hatten nichts Bedrohliches an sich.

»Nein, aber das heißt noch lange nicht, daß wir sicher sind.«

»Ich würde gern wissen, wer es ist. Wir haben sie noch nicht von nahem gesehen.«

Sie machten sich auf ihren Weg den Bach hinunter, kletterten über Felsen, patschten im Schatten vorwärts und suchten die Wasserlöcher sorgfältig nach Fischen ab, konnten aber keinen einzigen entdecken. Als sie um eine Kurve bogen, standen sie ziemlich unvermittelt vor einem tiefen, schwarzen, stillen und unergründlichen Wasserloch, das von steilen, senkrechten Felswänden eingeschlossen und auf der anderen Seite anscheinend durch eine riesige herabgestürzte

Felsplatte vollständig blockiert war. Tama blickte es an und erschauerte.

»Rua, ich kann nicht … Ich könnte nie dort hindurchschwimmen.«

»Aber das heißt, daß wir umkehren müssen.«

»Ich weiß, aber ich könnte nie in dieses Wasser hinein. Bitte zwing mich nicht dazu.«

Rua schaute Tama an. Dessen Augen waren ganz dunkel geworden vor lauter Angst und Erinnerungen, die in ihm hochkamen.

Erschöpft, verdreckt und hungrig wateten die Jungen zurück, an der Höhle vorbei stromaufwärts, wo die Schlucht genauso tief und eng war wie zuvor. Die Nacht brach schnell herein, und der Streifen Himmel über ihnen war nur noch ein dunkles Grau, das die Schlucht düster und unheimlich erscheinen ließ.

»Aaah!«

Ein wilder Schrei ließ sie vor Schreck herumfahren. Hoch über ihnen auf der Felsklippe stand ein Mann und zeigte auf sie herab. Noch während die Jungen zu ihm hinaufstarrten, kamen zwei andere Männer hinzu. Die drei standen an einer der wenigen baumlosen Stellen des Bergrückens und waren vor dem Hintergrund des Himmels jetzt deutlich erkennbar.

»Das sind Nganga, sein Bruder Kara und Dagga.«

Rua hatte die drei Männer, alle gute Spurensucher und Jäger, erkannt. Die Tatsache, daß sie jetzt wußten, wer hinter ihnen her war, ließ in Tama ein eigenartiges, widersprüchliches Heimwehgefühl aufsteigen. Sie waren seine Stammesbrüder – weshalb um alles in der Welt floh er voller Angst vor ihnen?

»Ah, Tama, der Hasenfuß, wir haben dich gesehen. Du kannst Nganga nicht entkommen. Du Dummkopf! Weshalb machst du es uns so schwer? Gib auf und komm herauf, oder wir ziehen dir das Fell über die Ohren. Was hast du mit Rua gemacht, daß er seinen Auftrag vergessen hat?«

»Wir bleiben zusammen«, rief Rua herausfordernd.

»Wir kommen zurück, wenn wir bereit sind. Wir tun nichts Böses.«

»Tut nichts Böses!« schrie Kara und stampfte zornig mit dem Fuß auf. »Ihr tut also nichts Böses, wenn ihr uns von unseren Frauen und Kindern trennt, nur damit wir euch durch den Busch nachjagen? Tut nichts Böses! Wartet nur, bis ihr vom Alten Weisen zu hören bekommt, welchen Schaden ihr angerichtet habt.«

»Wie seid ihr da hinuntergekommen? Wo ist der Weg? Zeigt ihn uns.«

»Findet ihn doch selber. Wir mußten ihn auch finden.«

Ruas mutiger Widerstand ließ Tamas Herz höher schlagen. Zornig warf einer der Männer einen großen Stein hinab, der dicht neben den Jungen aufknallte und in tausend Stükke zerbrach. Rua machte eine beleidigende Geste, lachte und duckte sich dann unter einen schützenden Felsüberhang. Die Jungen schoben sich den Bach hinauf, so schnell sie konnten, und waren schon kurz darauf für ihre Verfolger außer Sichtweite. Doch sie hörten immer noch Schreie über sich, da die Männer vorsichtig versuchten, sich einen Weg entlang der gefährlichen Felsenklippe zu bahnen. Sie handelten jetzt fast ohne zu denken, flohen ohne bewußten Plan oder deutliches Ziel vor ihren Verfolgern, außer dem, nicht gefangen werden zu wollen. Doch in der Schlucht eingeschlossen, saßen sie fast genauso sicher in der Falle, als wären sie bereits in den Händen ihrer Verfolger. Plötzlich wurde ihnen das auf schreckliche Weise bewußt.

Ein hoher Damm aus umgestürzten Bäumen versperrte ihnen den Weg. Jahre zuvor mußten ein Sturm oder ein Erdbeben eine riesige Kiefer in die Klamm hinabgeschleudert haben. In den flußaufwärts gerichteten Zweigen hatten sich andere Bäume verfangen, die vom Wasser angespült worden waren, und einen hohen, unüberwindlichen Damm hatten entstehen lassen. Während die Jungen wortlos davorstanden und ihn anstarrten, nahmen sie in der Ferne ein Zittern wahr, ein hohes, weit entferntes Murmeln, das anders war als alle Geräusche, die sie kannten. Gleichzeitig hörten sie erneut die lauten, triumphierenden Stimmen ihrer Verfolger. Nganga hatte sich über eine Felsspitze vorgebeugt, von wo aus er ihre mißliche Lage gut überblicken konnte, und lachte heiser:

»Ha! Die Ratten sitzen in der Falle! Mal sehen, wie sie da hindurchkriechen wollen. Kommt heraus, ihr Dummköpfe, bevor es dunkel wird. Ihr kommt mit uns zurück.«

Keiner der beiden Jungen antwortete, aber sie sahen sich voller Angst in die Augen. Sie spürten mehr, als daß sie es hörten, wie die Berge erschüttert wurden. Die Männer über ihnen hörten es jetzt auch und redeten wild durcheinander.

»Schnell, Jungen!«

In Karas Warnschrei klang Entsetzen mit. »Raus! Raus! Hört ihr's denn nicht? Das Wasser! Im Gebirge war ein Gewitter! Jetzt schießt das ganze Wasser auf euch herab! Seht zu, daß ihr so schnell wie möglich da rauskommt!«

In einer aufblitzenden Vision furchtbarer Angst sah Tama, wie sich die wilden, schaumgekrönten Wassermassen der Schneeschmelze grausam über die ganze Breite der Schlucht herunterwälzten und dabei Steine und Bäume in einer tödlichen Lawine mitrissen. Rua packte ihn am Arm und schrie: »Die Höhle!«

Sie rannten, sprangen, schlitterten, tasteten und fielen in dem Halbdunkel ins Wasser, auf die Steine, keuchend und weinend, und kamen schrecklich langsam voran angesichts des gewaltigen Wütens der Berge. Sie hörten es nun ziemlich deutlich, und der vorauseilende Wind trieb sie mit eisigem Atem voran. In ihren Beinen fühlten sie, wie die Steine unter ihren Füßen zu beben begannen. Die Welt schien nur noch aus dem gräßlichen, mahlenden Donnern von Erde und Himmel zu bestehen, als ob der in der Schlucht stattfindende Kampf die Welt zerbersten wollte. Sie hatten eine Chance, eine einzige Chance, um einem grausamen Tode zu entkommen. Unfähig zu denken, nur von verzweifelter, instinktiver Energie getrieben, zwangen sie ihre zerschundenen Körper den Abhang hinauf zum Eingang der Höhle, stürzten sich durch den Tümpel und begannen langsam, sich durch den dunklen Gang zu der Welt des Lichts vorzutasten. Ein eisiger Windstoß und ein Wasserschwall warfen sie durchnäßt auf den Boden des Höhlengangs, aber es war nur ein kleiner Ausläufer des Wassers, das in die untere Höhle eingedrungen war, als die wütenden Wassermassen vorbeigedonnert kamen und die Schlucht zur Hälfte mit einem Tohuwabohu aus zersplitterten Bäumen gefüllt hatten, die wie abgeknickte Zweige aus dem zerschmetterten Damm herausgelöst worden waren.

Sie lagen immer noch dort, wo das Wasser sie hingeworfen hatte, atmeten schwer und zitternd, während sich die Hauptwassermassen tosend und brausend durch die Schlucht unter ihnen wälzten. Sie waren so erschöpft, daß sie fast ohnmächtig wurden, und wußten nicht, wie lange sie so dagelegen hatten, bis sie wieder zu Bewußtsein kamen, ihr Herzschlag sich beruhigte und ein klarer Gedanke möglich war. In diesem betäubten Zustand war das erste, was Tama spürte, ein warmer Druck an seiner Schulter, als Rua in der Dunkelheit die Hand nach ihm ausstreckte.

»Tama, ist mit dir alles in Ordnung?«

Tama drehte sich um und ergriff wortlos den Arm seines Freundes. Sie lebten und waren zusammen – wozu also noch Worte?

Als sie sich wieder soweit erholt hatten, daß sie aufsitzen und normal sprechen konnten, besprachen sie ihre Lage. Außer Prellungen, abgeschürften Knien und Knöcheln hatten sie keine Verletzungen davongetragen, doch Bogen, Pfeile, Sandalen, Regenumhänge sowie Ruas Messer und Flöte waren verloren. Ihre langen Hemden waren patschnaß, und sie zitterten vor Kälte, Erschöpfung und Schreck. Hätten ihre Verfolger sie zu diesem Zeitpunkt gefunden, hätten die Jungen gewiß keinen Widerstand geleistet und sich fangen lassen; im Augenblick hatten sie jedenfalls nicht die geringste Lust, sich bei Dunkelheit in den Busch vorzuwagen.

»Wir warten bis morgen früh«, sagte Rua, »und dann müssen wir versuchen, etwas Eßbares zu finden.«

Dicht aneinandergedrängt versuchten sie, das ruhige, tiefe Atmen zu üben, das eine verbreitete Technik beim Hirschvolk war, um Gefühle unter Kontrolle zu bekommen, üble

Gedanken zu verscheuchen und Krankheiten zu heilen. Allmählich taten Wärme und Ruhe das Ihrige dazu, sie zu entspannen und einzuschläfern. Allerdings schliefen sie etwas unbequem auf dem kalten Felsen und mit den von der Dekke herabfallenden Wassertropfen, die sie immer wieder aufschrecken ließen, als träfen sie kleine Kältepfeile.

Als sie erwachten, erkannten sie am schwachen Licht ein Stück weiter vor ihnen, daß sie nicht weit von dem unteren Loch in der Höhlendecke entfernt waren. Diese Öffnung war älter und überwachsener als das, in welches Rua am Tag zuvor gestürzt war. Nach mehreren vergeblichen Versuchen gelang es Tama, der sich auf die Schultern seines Freundes gestellt hatte, sich den Abhang hochzuziehen, indem er sich an Wurzeln und jungen Bäumen festhielt. Mit seinem kostbaren Messer schnitt er Lianen ab, band das eine Ende an einem Baum fest und ließ sie in die Höhle zu Rua hinab. Ohne größere Schwierigkeiten kletterte Rua heraus.

Ganz langsam erklommen sie dann den Bergrücken und schauten schließlich auf das breite friedliche Tal unter dem verhangenen Himmel hinunter. Es war später Vormittag.

»Komm, wir gehen hinunter und versuchen, mit der Schlinge eine Weka zu fangen«, sagte Rua. »Was auch immer passieren mag, wir müssen heute unbedingt etwas essen.«

Es war schon fast Abend, bevor eine Weka dumm genug war, ihren Kopf durch die Schlinge am Ende des langen Stocks zu stecken, den Tama hielt. Und sie lief nicht weg. Rua hielt das Feuer klein und mit möglichst wenig Rauch, dann brieten sie die Weka in der heißen Glut; für eine richtige Kochgrube hatten sie nicht genügend Zeit. Es war das Beste, sich diese Nacht mit wenigstens teilweise gefülltem Magen auszuruhen. In ihrem Herzen wuchs die Hoffnung, daß ihre Verfolger umgekehrt waren. Als sie am nächsten Tag wieder zu ihrem alten Lager zurückkehrten und immer noch keine Spur von Nganga und seinen Gefährten zu sehen war, fühlten sie sich wieder sicher.

»Wenn wir irgendwann wirklich wieder nach Hause gehen, werden sie im Dorf denken, wir seien Geister«, lachte Tama schelmisch. Rua sagte nichts dazu, sondern stellte fleißig weiter hölzerne Speerspitzen her, damit sie in dem unbekannten Land, das vor ihnen lag, ihren Nahrungsbedarf dekken konnten.

8

Die Jungen arbeiteten sich langsam ein breites Tal hinunter, das von vielen kleinen Bächen mit glasklarem blauem Wasser durchzogen war, die sich zwischen Kiesinseln hindurchschlängelten. Sie kamen sehr langsam voran, weil sie ständig ein Stück in den seichten Bächen waten, dann wieder Kiesstrände hinaufklettern, sich vorsichtig durch dorniges Gestrüpp schieben und anschließend einen anderen Abhang ins nächste Bachbett hinunter klettern mußten.

Es war später Vormittag, und die Sonne stand zu ihrer Linken. Riesige kahle Büschelgrashügel waren mit kurzlebigem Frühlingsgrün bedeckt, das noch etwa für einen Mond sein frisches Grün behalten würde, bevor die Sonne und die Winde des »Landes-hinter-den-Bergen« jedes Blatt und jeden Halm verdorren lassen würde. Die Jungen hatten nun die dunklen, stillen, ungastlichen Buchenwälder, in die sie nach Überschreiten der Wasserscheide hinabgestiegen waren, fast hinter sich gelassen. Zu jenem Zeitpunkt, als sie dem Tod in der Schlucht nur knapp entkommen waren, waren sie der Hauptwasserscheide näher gewesen, als sie gedacht hatten. Doch das Flußtal, das sie hinaufstiegen, verengte sich nach drei Tagen zu einer steilen, furchterregenden Schlucht, die viel tiefer und gefährlicher war als alle anderen, die sie bisher gesehen hatten. Doch ihre Horizontlinie deutete im Osten einen Paß an, also gingen sie hinein und kletterten vorsichtig vorwärts.

Die mit grünem Moos überzogenen Steine waren schlüpfrig, und wären die Jungen ausgerutscht, so hätte sie die eisige Kraft des reißenden Gebirgsbaches sicherlich fortgerissen. Das endlose Donnern des Wassers, der triefende Wald an den steilen Felswänden der Schlucht und der Schnee, der hoch über gewaltigen Erdrutschen schimmerte, über die sie sich tasten mußten, beeindruckten selbst das tapferste Herz.

Der Kampf durch diese Schlucht kam Tama anstrengender vor als alles, was er bisher durchgestanden hatte; er glaubte nicht, daß er diesen Weg alleine geschafft hätte. Einzig und allein Ruas ermutigendes Grinsen über die Schulter trieb ihn voran – das und die schreckliche Vorstellung, eine Nacht in der Schlucht verbringen zu müssen. Immer wieder zitterte Tama, krank vor Angst, wenn sie wieder einen spiegelglatten Wasserfall mit grünweißem Wasser überwinden mußten oder, um das blanke Leben kämpfend, an Baumstämmen und Ästen hingen, doch er biß die Zähne zusammen, setzte seine Füße und Hände dorthin, wo schon Rua festen Halt gefunden hatte, bis der Streifen Himmel über ihnen endlich breiter wurde und das Donnern des überlisteten Baches endlich nachließ.

Sie kletterten, jeden Schritt vorsichtig prüfend, weit in den Wald hinauf, bis sie schließlich am Ende eines anstrengenden Tages auf eine offene Bergwiese kamen, auf der seltsame gelbe, margeritenähnliche Blumen blühten und in Mulden auf der Schattenseite der Felsen noch fremdartiger Schnee lag. Die Jungen waren glücklich, aus der Schlucht heraus zu sein, verbrachten jedoch eine ungemütliche, kalte Nacht, bevor sie am nächsten Tag ins Flußtal hinabstiegen. Zu ihrem Verdruß lichtete sich der artenreiche Regenwald bald, an den sie ihr ganzes Leben lang gewöhnt waren, und wich der düsteren Stille von Buchenwäldern, in denen weniger Vögel herumflogen und weder Opossums noch Hirsche zu leben schienen.

Da die Jungen ihre ganze Jugend an ein Leben in einem Land mit reichlich Wasser und lebensspendenden Wäldern gewöhnt waren, die vom Regen genährt wurden, fühlten sie sich nun im gleißenden Sonnenschein auf den gelbgrünen Hügeln und den weiten Flächen kahler Felsen klein und ausgeliefert. Der Himmel war von einem härteren Blau, und die Sterne bei Nacht waren größer und näher, stiller und wachsamer als zu Hause. Aber es tat gut, die meiste Zeit im Trockenen zu sein, die Wärme des Tages früh auf dem Körper zu spüren, sich in klaren, friedlich dahinfließenden Bächen zu waschen. Tama fand weniger Pflanzen, die ihm bekannt waren, während Rua, der der bessere Jäger war, all sein Geschick aufbieten mußte, um sie mit genügend Fleisch zu versorgen.

Am Morgen des dritten Tages nach Überquerung des Passes wanderten sie gerade gemächlich das Flußtal hinunter, als Rua plötzlich vor Überraschung einen leisen Pfiff von sich gab. Tama lief zu ihm und bückte sich neben ihn.

»Was ist?«

Rua zeigte auf Spuren in dem sandigen Boden. »Hast du solche schon mal gesehen?«

»Hm, es ist kein Hirschkalb, oder?«

»Nein, das müßtest du doch wissen. Keine Ahnung, was es ist. Zu klein für Wild. Und sich dir nur mal diesen Kot an.«

Die kleinen, runden braunen Kügelchen waren beiden Jungen neu.

»Es muß irgendein Tier sein, das wir noch nie gesehen haben. Los, spüren wir es auf.«

»Vielleicht spürt es auch uns auf.«

»Nicht, wenn ich zuerst einen Schuß abgeben kann. Ich hätte nichts dagegen, mal eine neue Fleischsorte auszuprobieren.«

»Du hast aber auch immer Hunger.«

»Das kommt daher, daß ich härter arbeite als du.«

Tama versetzte Rua einen Stoß, doch der war nicht schnell genug ausgewichen, und schon waren die beiden in die schönste Rauferei verwickelt. Dabei lachten sie und ermahnten sich: »Paß auf meine Pfeile auf! Achtung, meine Wasserflasche!« Seit sie den Pass überquert hatten, war ihnen leicht ums Herz. Rua sprach nicht mehr übers Heimgehen und schien genauso wie Tama darauf versessen, das Abenteuer bis zum Ende auszukosten, was immer da auch kommen möge.

»Hör auf! Genug! Gibst du auf? Komm, laß uns das Ungeheuer aufspüren.«

Ein Knie auf Tamas Brust und einer Handvoll seiner langen schwarzen Haare in der Hand, grinste Rua triumphierend, und Tama gestand wie üblich lachend seine Niederlage ein. Dann sah Rua sich die Fährte im Sand noch einmal genauer an.

»Sie stammt weder von einem Hirsch noch von einem Hirschkalb. Das Tier ist nicht so groß wie ein Hirsch, denn die Füße sind näher zusammen. Aber es ist schwerer als ein Hirschkalb, und die Hufe sind ziemlich ähnlich. Seltsam. Na, wir werden's gleich herausfinden.«

»Was ist das?« rief Tama. Vorsichtig löste er ein paar weißlich graue, gelockte Haarbüschel aus einem der zahlreichen Dornbüsche. Er zog daran, ließ es los und sah, wie die Haare sich wieder zusammenzogen. Beide Jungen waren sich einig, daß sie kein Tier mit solchen Haaren kannten.

Sie nahmen die Fährte wieder auf und folgten ihr über einen kleinen Bach, aber der feine Sand im Bachbett hatte die Spuren bereits verwischt, und die kleinen Kotkügelchen waren schon ziemlich trocken, was darauf hinwies, daß das Tier bereits vor zwei oder drei Tagen hier vorbeigekommen sein mußte. Ein schriller, durchdringender Vogelruf, gefolgt von zwei Enten, die aus einem Teich aufstiegen und jetzt stromabwärts flogen, ließ sie von ihrer Verfolgungsjagd aufschrecken. Die kleinere Ente hatte einen weißen Kopf, weißgefleckte Flügel und ansonsten am Körper dieselbe Farbe wie das Fell eines Hirsches. Die größere der beiden, wahrscheinlich der Erpel, war viel dunkler und hatte einen blauschwarzen Kopf. Er ließ weiterhin seinen Ruf, ein tiefes Schnattern, erschallen, der von dem Weibchen aufgenommen wurde, während das Paar aufflog und hoch über dem Bach seine Kreise zog.

»Ich würde mich nicht wundern, wenn hier in der Nähe ein Nest wäre«, sagte Tama. »Vielleicht finden wir da ein paar Eier.«

Obwohl die Jungen angestrengt nach Vertiefungen und Mulden an geschützten Stellen Ausschau hielten, in denen sich ein Nest befinden könnte, fanden sie nichts. Doch schreckten sie mehrere Enten auf, die sich ganz in ihrer Nähe befunden hatten. Von da an hielten sie sich mit gespanntem Bogen bereit. Schon kurz darauf schoß Rua eine weißköpfige Ente, die gerade aus dem Wasser aufstieg. Tama empfand tiefes Mitleid mit dem schönen Vogel, als er in Ruas kräftigen Händen starb. Der weiße Kopf schien ein Symbol der Reinheit zu sein, und die weichen, warmen, rotbraunen Federn symbolisierten die Farben des Lebens selbst. Der seiner Gefährtin beraubte Erpel zog über ihnen seine Kreise, schnatterte herzzerreißend und weigerte sich, den Ort zu verlassen.

»Soll ich?« fragte Rua zweifelnd.

Tama faßte sich ein Herz.

»Ja, nimm beide.«

Ein Pfeil durchdrang das Herz des Erpels, und er fiel ebenfalls zu Boden. Sorgfältig hoben die Jungen im trockenen Bachbett eine Kochgrube aus und machten Feuer. Sie ließen sich Zeit und genossen jeden Bissen des zarten, gebratenen Fleischs. Tama steckte drei lange Schwungfedern mit grünen Spitzen in ein schmales Flachsband und band es sich um den Kopf. Während er damit beschäftigt war und Rua auf dem Rücken lag und mit auf dem Bauch gefalteten Händen vor sich hin döste, hörte Tama, daß etwas in dem steinernen Bachbett auf sie zukam. Sie befanden sich in einer flachen Senke, und Tama blickte erschreckt auf, als die Schritte sich dem Rand der Senke gefährlich näherten.

Im nächsten Moment starrte er den Kopf und die Schultern eines merkwürdigen Tieres an. Es war viel kleiner als ein Hirsch und hatte einen Kopf, der dem einer Hirschkuh ähnelte. Der schwere Körper war dicht mit einem langen, lockigen, gelblich-weißen Fell überzogen, in dem sich Zweige, Dornen und Kletten verfangen hatten. Unter diesem riesigen Pelz schauten zwei lächerlich dünne Vorderbeine hervor. Das Tier hatte seine Ohren neugierig, aber ohne Furcht gespitzt und starrte in die Mulde hinunter. Tama starrte zurück. Er hielt das Tier allmählich für harmlos.

»Hallo, Kleiner«, wagte er sanft zu fragen, »wie heißt du denn?«

Aus dem weißgrauen Maul kam ein überraschendes

»Mäh!«, das Tama zum Lachen brachte und Rua erschreckt auffahren ließ. Er griff instinktiv zu seinem Bogen, doch Tama packte seinen Arm.

»Nicht schießen. Es tut uns nichts. Es ist ein ganz sanftes Tier.«

»Laß los, wir brauchen Fleisch.«

»Mäh!«

Wütend machte sich Rua von Tamas Arm frei, der ihn festhielt, und spannte einen Pfeil in den Bogen. Tama hastet den Hang hinauf und ruderte mit den Armen, woraufhin das Tier seinen Kopf herumwarf und davongaloppierte.

»Bist du verrückt geworden? Was machst du denn? Weshalb jagst du es weg?«

Ein bißchen verlegen kam Tama zurück.

»Ach, wir werden noch viele von diesen Tieren treffen. Es hat uns nichts getan.«

»Na, ich geh ihm auf jeden Fall nach. Ich will nicht verhungern, egal was du machst.«

»Sei nicht böse, Rua. Es gibt hier in der Gegend viele Vögel, und Aale haben wir auch schon gesehen. Außerdem werden wir noch mehr von diesen Tieren finden.«

Schweigend suchte Rua seine Sachen zusammen und verließ die Senke. Traurig ging Tama ihm nach. Es war das erste Mal, daß sie sich gestritten hatten.

Rua stand in angriffslustiger und entschlossener Haltung, breitbeinig und mit in die Hüften gestützten Händen auf einem umgestürzten Baumstamm. Er hatte beschlossen, das Tier zu schießen, auch wenn er das breite, sonnenbeschienene Tal und die kahlen Hügel den ganzen Tag lang absuchen müßte. Er schaute nicht zurück, um zu sehen, ob Tama ihm folgte, sondern sprang von dem Baumstamm herunter und machte sich mit schnellen, leichten Schritten davon. Tama folgte ihm in gebührendem Abstand, gerade soweit, daß er ihn nicht aus dem Blick verlor. Aber sein verletzter Stolz erlaubte es ihm nicht, ihn einzuholen. Er hatte doch nun wirklich nichts Falsches gemacht, überlegte er voller Groll. Sie waren von den fetten Enten, die sie heute morgen geschossen hatten, satt geworden und also gar nicht hungrig. Es gab viele Vögel in dieser Gegend, die alle ziemlich zahm waren. Das ermöglichte es den Jungen, sich nahe an sie heranzuschleichen, bevor sie die Flucht ergriffen; sie waren offensichtlich den Anblick von Menschen nicht gewöhnt. Das mußte bedeuten, daß es in dieser Gegend keine anderen Menschen gab. Tama und Rua hatten sich gefragt, was sie wohl hinter den Bergen des Morgens finden würden, und die Vorstellung, auf unfreundliche Menschen zu treffen, hatte sie beunruhigt. Aber Rua hatte dann mit seinem ruhigen, treuherzigen Glauben an die Traditionen des Hirschvolks eingeworfen, daß es ja keine Geschichten von anderen Menschen in der Welt gäbe. Nur das Hirschvolk lebte zwischen Meer und Wald, gehorchte den Geboten Ka Balus, des Gottes des Waldes und Schöpfers der Welt.

Doch jetzt wurde Tama klar, daß Rua und er ein ganz anderes Land gefunden hatten: ein weites, kahles, felsiges und steiniges Land, in dem es auch vereinzelt Gebiete mit geschützten Wäldern, einer reichen Vogelwelt und verschiedenen anderen Tieren gab. Weshalb hatte der Alte Weise dieses Land jenseits der Morgendämmerung nie erwähnt? Wußte er überhaupt, daß es existierte? War es das Land, aus dem ihr Volk ursprünglich gekommen war? Tama konnte kaum glauben, daß noch nie zuvor ein Mensch versucht haben sollte, über die Berge zu diesem Land vorzudringen, doch wenn es so war, weshalb gab es dann keine Geschichten über diese Menschen? Vielleicht waren sie nie zurückgekommen. Tama spürte, wie sich bei diesem Gedanken die Angst in ihm zu regen begann.

Während er so hinter dem wildentschlossenen und hartnäckigen Freund dahintrottete, war er von den seltsamen Pflanzen um ihn herum immer faszinierter. Stachelige Sträucher, kissenartige Matten aus winzigen Blättern, Pflanzen mit langen peitschenartigen Zweigen, Blätter, die sich beim Anfassen haarig anfühlten – alles zog seine Aufmerksamkeit auf sich und ließ ihn manchmal anhalten, um eine Pflanze näher zu untersuchen.

So hatte er Rua schon eine ganze Weile aus dem Blick verloren, als er aufstand und das Tal hinunterstarrte – doch von seinem Freund war keine Spur zu sehen. Ein vages Unbehagen stieg in ihm hoch, aber er unterdrückte es mit dem Gedanken, daß Rua ihn niemals verlassen, sondern irgendwo auf ihn warten würde. Er ging in der Mitte des Tals langsam weiter. Von Zeit zu Zeit kletterte er auf einen halb von Sand bedeckten Baumstumpf, um besser zu sehen. Da nahm er plötzlich auf seiner Dolchseite weiter unten am Hügel eine ganze Gruppe weißgrauer Leiber wahr; offensichtlich dieselbe Art von Tieren wie die, hinter denen Rua her war. Hatte Rua sie wohl auch gesehen? Seinen scharfen Augen konnten sie wohl kaum entgangen sein. Tama zog quer durch das Tal in ihre Richtung los.

Sie waren weiter weg, als er gedacht hatte, und es dauerte ziemlich lange, bis er durch das Tal hindurch war; vorsichtig überquerte er kleine Wasserläufe, wenn er sehen konnte, daß sie wirklich seicht waren und nicht zu reißend. Aber immer, wenn er zur Orientierung wieder zu den Tieren hinschaute, sah er, daß sie sich nicht bewegt hatten und wahrscheinlich im Gras lagen. Als er näher herankam, ging er mit größerer Vorsicht und bewegte sich vom Schutz eines Busches zum nächsten oder hielt sich an Mulden, um die Herde nicht zu erschrecken.

Sie lagen ganz ruhig da, schliefen offenbar, teilweise in seltsamen Positionen; manche – wahrscheinlich die Jungen – waren sehr viel kleiner als die anderen. Allmählich kam ihm ihre Bewegungslosigkeit verdächtig vor, und als er, am Fuß des Hangs angekommen, langsam aufstand, wußte er, daß sie ihn jetzt eigentlich sehen und sich rühren müßten. Doch sie bewegten sich nicht. Er beschloß, einen Schrei zu riskieren. Sie bewegten sich immer noch nicht. Er schrie noch einmal und schleuderte dann einen Stein zu ihnen hin. Sie müssen tot sein, dachte er und begann, den Hang hinaufzusteigen, ohne weiter in Deckung zu bleiben.

Dann hielt er plötzlich inne und starrte verdutzt nach vorne, kletterte noch etwas höher, blieb abermals stehen und lachte laut auf. Das waren überhaupt keine Tiere, sondern seltsame, weiß-graue Buckel, die sich hart anfühlten, dennoch nicht aus Stein waren. Ob es wohl Pflanzen waren? Er konnte es nicht sagen, aber so eingebettet zwischen Steinen und Büschen glichen sie der Gestalt nach zusammengekauerten, schlafenden Tieren; ihre Farbe glich der des Tieres, das er gesehen hatte, so daß er sich seinen Irrtum nicht verübeln konnte.

Ein dumpfer Aufprall ließ ihn herumfahren. War es ...? Er war ungeheuer erleichtert, als ein lautes Lachen von unten Ruas stämmige Gestalt ankündigte, die jetzt zu ihm heraufkletterte.

»Sie haben dich getäuscht, nicht wahr?«

»Du hättest mich treffen können.«

»Ich bin ein besserer Schütze, als du denkst. Ich treffe das, worauf ich ziele.«

Ruas Zorn war verflogen, und er grinste Tama jetzt an. »Sind sie nicht seltsam?«

»Vielleicht waren es einmal Tiere, und Ka Balu hat sie dann in schlafende Steine verwandelt«, schlug Tama vor.

»Komm mit und schau dir an, was ich hier habe.«

Tama folgte Rua wieder nach unten, wo dieser plötzlich den Körper eines Tieres mit weißem Fell von der Größe eines Opossums in die Höhe hielt.

»Was ist das?«

»Ich glaube, es ist ein Baby von derselben Art Tier, wie uns heute eines angeschaut hat. Es hatte sich in einem Dornbusch verfangen und machte ein Geräusch wie ›Mäh! Mäh!‹ Ich konnte seine Mutter nirgends entdecken, deshalb tötete ich es. Laß uns eine Kochgrube ausheben und es darin braten.«

Sanft strich Tama über das weiche, leicht fettige, noch warme Fell und bewunderte die perfekten Ohren, das saubere Mäulchen und das vollkommene Gleichmaß der schwarzen Hufe. Er wollte Rua dessen Tat nicht vorwerfen, aber er mußte sich zur Seite drehen, weil in seinen Augen einen Moment lang Tränen brannten.

Die im Westen stehende Sonne warf lange Schatten. Rua erklärte, sie hätten vor Einbruch der Dunkelheit nicht genug Zeit, um eine richtige Kochgrube auszuheben; er sammelte deshalb trockene Dornenzweige und Gras, wählte ein weiches, trockenes Stück Holz und benutzte den Feuerstock, den er seit mehreren Tagen mit sich getragen hatte. Er zwirbelte die harte Spitze des Stockes schnell zwischen seinen Handflächen hin und her und konnte damit dem weichen Holz darunter eine kleine Rauchspirale entlocken. Dann rieb er schneller und blies sachte in das trockene Gras, das um die Stockspitze herumlag. Ein winziges rotes Aufglühen ermutigte ihn weiterzumachen, und schon wenig später wurde er von einer emporzüngelnden Flamme belohnt, die in das trockene Gras übersprang. Tama übernahm jetzt das Feuer und schichtete mehr Holz auf, während Rua sich daran machte, das Baby-Mäh-mäh zu häuten und zu zerlegen. Tama sammelte dann noch mehr trockenes Gras und Farnwedel, um sich damit ein Bett im Schutze eines dichten Busches herzurichten. Die Nacht war klar, es gab kein Anzeichen auf Regen.

Später hockte Tama zufrieden am Feuer, beobachtete, wie der Rauch stromabwärts in die Nacht hinauszog und ließ sich das gebratene Fleisch des Mäh-mähs schmecken. Er schaute zu Rua hinüber, der ebenfalls genüßlich sein Fleisch mampfte, und hatte das Gefühl, daß es das Leben sehr gut mit ihnen meinte. Um sie herum waren nur die leisen, friedlichen Geräusche der Nacht zu hören – das Murmeln des Wassers, das Rascheln des Grases im Winde, der Schrei der Ruru-Eule in der Ferne, der sie kurz an zu Hause erinnerte –, doch nichts, vor dem man sich hätte fürchten müssen. Bisweilen flatterten Nachtfalter aus der Dunkelheit ins Feuer, schrumpften zusammen und verbrannten.

Rua hatte sich neben dem Feuer gemütlich hingesetzt und probierte eine Weile eine neue Flöte aus, die er gerade geschnitzt hatte. Obwohl er nicht sehr zufrieden mit ihr war, spielte er ein paar der alten Volksweisen, und Tama sang leise den Text dazu. Als das Feuer heruntergebrannt war, löschten sie es, machten sich aber nicht die Mühe, etwas Glut zurückzubehalten, da sie am Morgen wieder weiterziehen wollten.

Tama lag bequem auf dem Rücken auf seinem federnden Bett aus Farnwedeln und konnte hinter dem Rand des Busches die Sterne leuchten sehen. Später würde der Mond aufgehen, aber jetzt war der dunkelblaue Himmel übersät von riesigen, stillen, vielfarbigen Sternen, und viele waren so verschwommen, daß sie wie Sand am Meeresstrand aussahen. In der süßen Abendkühle schauten sie ruhig und freundlich herab. Während er sie noch betrachtete, schlief Tama ein.

Später in der Nacht wachte er auf, weil ihm kalt war. Er rollte sich von Rua weg. Die Sichel des abnehmenden Mondes schien hell über den schwarzen Bergen. Ein scharfer Wind blies um die Büsche, die ihnen zum Teil als Schutz dienten. Als er sich wieder zu Rua umdrehte, schien das Mondlicht direkt auf dessen Gesicht, was im alten Volksglauben als böses Omen angesehen wurde. Tama setzte sich auf, rückte Ruas neuen, grob gefertigten Flachsumhang zurecht und empfand dabei eine fast mütterliche Zärtlichkeit. Ihm war bewußt, daß ihn ein Geist durch die Nacht zu erreichen versuchte. Er wußte, was jetzt kommen würde, und zitterte ein bißchen. Er beruhigte sich, wartete kurz und fing dann leise zu singen an:

Das Gesicht meines Freundes
ist in Mondenlicht geschnitzt.
Ich liebe meinen Freund.
Sein Gesicht im Mondenlicht
ist schön und traurig.
Er wandelt nicht in meinem Traum,
der Mond hat ihn geblendet.
Ich werde mich zur Seite drehen,
ihn mit meinem Schatten bedecken.
In meinem Schatten ist er sicher,
mein Schatten läßt uns eins werden
unter dem sich davonstehlenden Mond,

sicher vor den weißen Wassern
der Nacht,
die den Geist ertränken.

Rua wachte nicht auf, sondern atmete friedlich weiter. Als sich Tama wieder hinlegte und dabei darauf achtete, daß sein Schatten Ruas Gesicht bedeckte, wunderte er sich, warum er wohl ein so trauriges Lied über seinen Freund gesungen hatte; gleichzeitig erfüllte ihn jedoch ein tiefer Friede, eine Leichtigkeit des Geistes, die ihn noch eine Weile friedlich wach hielt in der weißen Schönheit einer Nacht, die am liebsten nie zu Ende gehen sollte.

9

Sie hatten die breiten Gebirgskessel hinter sich gelassen und durchstreiften jetzt eine Landschaft mit niedrigen Hügeln, die sich zu der weiten Ebene hin öffnete. Der Boden war hier tiefer und fruchtbarer. Gruppen von eng zusammenstehenden Bäumen und riesige Büschelgräser ragten über den Köpfen der Jungen auf, während sie weiter den Windungen des breiten Flußtals folgten. Zum ersten Mal in ihrem Leben waren sie an einem Ort, an dem es keine freundlichen Hügel und Berge mehr gab und sich die Welt, die sich um sie herum ausdehnte, so einsam wie das Meer anfühlte. Tama hatte noch nie zuvor die ganze blaßblaue Unermeßlichkeit des Himmels wahrgenommen, der in der Ferne bis an den Rand der Erde hinabreichte, um sie zu berühren, und die Bedeutung jedes Menschen schrumpfen ließ. Als er zu den gelbgrünen Hügeln zurückschaute, von denen sie sich immer weiter entfernten, und darüber die rauhe Wirklichkeit der schneebedeckten Gipfel sah, die in der blauen Luft weit entrückt schienen, spürte er, wie sich sein Magen bei dem Gedanken an die gefährliche Rückreise zusammenkrampfte, die sie eines Tages antreten mußten. Doch einstweilen setzten die Jungen ihren Weg weiter fort durch eine Welt aus riesigen Gräsern, Flachs und Toi-Toi-Gras; am späten Nachmittag des dritten Tages freilich, als sie die Hügel hinter sich gelassen hatten, schien es, als waren sie nur wenig vorangekommen.

Plötzlich war der Weg am Rande einer Terrasse entlang des Geländes durch ein massives Dickicht aus verwucherten Schlingpflanzen mit bedrohlich gebogenen Dornen versperrt. So beschlossen sie, zu der mit kürzerem Büschelgras bestandenden Ebene hinunterzusteigen, durch die sich der Fluß mit vielen einmündenden Bächen in eigenen Kiesbetten hindurchschlängelte. Sie liefen im Hauptbett weiter, achteten jedoch darauf, nicht auf eine spitz zulaufende Kiesbank zu geraten, die auf beiden Seiten von tiefem Wasser eingeschlossen war. Dies würde bedeuteten, daß sie vorsichtig wieder zurückgehen und eine Stelle suchen müßten, an der der Fluß seicht genug zum Überqueren war. Aber sie hatten sich einen sehr breiten, grasbewachsenen Weg ausgesucht, der nicht so aussah, als würde er irgendwo ins Leere führen. Als sie weit vor ihnen eine Baumreihe erspähten, hielt Rua plötzlich abrupt an und streckte zur Warnung für Tama eine Hand in die Höhe.

»Was ist los?«

»Ich glaube, vor den Bäumen dort bewegt sich etwas. Dort, geradeaus, siehst du's? Kannst du erkennen, was es ist?«

Tama hielt sich die Hand als Sonnenschutz über die Augen.

»Ja, da ist was. O ja, ich hab' gesehen, wie es sich bewegt. Ich glaube, es sind Tiere.«

»Das müssen aber große Tiere sein, wenn man sie von hier aus schon sehen kann. Wir nehmen uns besser in acht beim Weitergehen.«

Sie bewegten sich behutsam vorwärts und bemühten sich, die Deckung von Bäumen und Büschelgräsern auszunutzen, doch häufig mußten sie auch ganze Strecken zurücklegen, wo das winterliche Hochwasser nur Sand und Kies zurückgelassen hatte und sie weithin sichtbar waren. Jetzt mußten sie eine breite flache Senke durchqueren, doch war sie trokken, und die Jungen kamen schnell durch. Wieder etwas vorsichtiger kletterten sie auf der anderen Seite heraus und hielten hinter einem Büschel Toi-Toi-Gras an. Rua spähte nach vorne.

»Sieh nur! Da sind sie. Was für Riesenviecher das sind!«

Mit klopfendem Herzen starrte Tama nach vorne.

Eine Herde verschiedenfarbiger Tiere, die größer und schwerer waren als Hirsche, weidete im Gras, keine drei bis vier Pfeilschüsse vor ihnen. Manche waren braunweiß gefleckt, andere schwarz-weiß, und ein Tier war ganz schwarz.

Alle hatten Geweihe, nicht solche wie die Hirsche, die sich vom Kopf weg nach oben hin verzweigten, sondern nur zwei Geweihsprossen, je eine auf jeder Seite des Kopfes, die zuerst nach außen und dann nach oben gebogen waren. Die Jungen waren nicht nahe genug, um mehr Einzelheiten des Kopfs erkennen zu können, und sahen, daß die Tiere einen langen Schwanz mit einer Quaste besaßen, mit dem sie ständig herumwedelten, vielleicht um Fliegen zu verjagen. Ein oder zwei Weibchen hatten Junge neben sich.

»Ai-jeee! Was für edle Tiere!« murmelte Tama. »Ka Balu hat ihnen Stärke und Schönheit verliehen.«

»Das wäre ein Fest, wenn wir eins davon erwischen würden! Aber ich glaube, ich schieße keinen Pfeil in diese Gruppe. Bei einem allein würde ich es versuchen. Auch wenn die hölzernen Pfeilspitzen gegen diese Haut nicht viel ausrichten könnten. Wir werden einige Zeit damit zubringen müssen, uns Steinspitzen zu machen, wie wir sie zu Hause hatten.«

Gedämpft unterhielten sich die Jungen darüber, was zu tun war, und schauten dabei immer wieder voller Respekt zu den grasenden Riesen hinüber. Sie hatten beide zu Hause schon Rudel von Hirschen auf Waldlichtungen und am Flußufer gesehen, aber nie so viele, und außerdem waren Hirsche nicht so kräftig gebaut und besaßen keinen so breiten Rücken und schweren Bauch wie diese seltsamen Viecher.

»Ich glaube nicht, daß sie so schnell rennen können wie Hirsche«, kommentierte Tama.

»Mmh, ich weiß nicht. Sie sehen sehr stark aus. Wir müssen ihnen auf jeden Fall aus dem Weg gehen. Ich glaube, das einzige, was uns übrigbleibt, ist, am Rande dieser Schlucht entlang auszuweichen und sie im Auge zu behalten, ohne daß sie uns sehen.«

»Könnten wir nicht einfach dem alten Flußbett folgen?«

»Wir wissen nicht, wo es hinführt. Und vielleicht treffen wir weiter unten auf mehr solcher Tiere. In dem alten Flußbett können wir nirgendwo in Deckung gehen, hier gibt es wenigstens dieses hohe Büschelgras, Toi-Toi-Gras und Bäume, auf die wir zur Not klettern können.«

Tama gab zu bedenken, daß die ersten geeigneten Bäume ein ganzes Stück entfernt auf ihrer Dolchseite standen, fast auf gleicher Höhe mit der Herde.

»Tja, entweder wir versuchen, an ihnen vorbeizukommen, oder wir müssen weit zurückgehen. Komm schon. Wir können ja rennen, wenn's brenzlig wird. Ich möchte mir diese Tiere noch etwas genauer ansehen.«

Die Sonne war viel weiter in Richtung der Berge untergegangen, als die Jungen angenommen hatten. Die Luft wurde jetzt kälter. Schwärme von fliegenden Insekten waren eifrig zu Gange. Und eine sanfte Brise kam auf. Wie ein unsichtbarer Strom blies sie von den hohen Berghängen in die Schluchten und hinaus in die warme Ebene. Rua spürte sie.

»Eine Brise! Auf, komm. Sie bläst von uns in ihre Richtung. Wir müssen verschwinden.«

Vorsichtig hielten sie auf die Bäume in der Ferne zu und bewegten sich am Rande des Abhangs entlang, aber es war schon zu spät. Die Tiere hatten ihre Witterung aufgenommen. Zuerst warf eins seinen Kopf zur Seite, dann noch eines, und dann starrte sie die ganze Herde alarmbereit an. Die Jungen blieben einen Augenblick lang wie angewurzelt stehen.

»Es hat keinen Sinn, wir müssen weiter! Wir müssen diese Bäume erreichen! Duck dich beim Gehen«, flüsterte Rua.

Aber schon nach ein paar Schritten war klar, daß die Tiere sie gesehen hatten. Ein schreckliches, kehliges Brüllen klang drohend herüber. Sie spähten über einen Busch. Die ganze Herde hatte sich unter der Führung eines großen schwarzen Tiers, das den Kopf herausfordernd in die Höhe geworfen hatte, in Bewegung gesetzt. Sie schritten nur langsam vorwärts, hatten sich jedoch zielbewußt Schulter an Schulter zu einem Halbkreis zusammengedrängt, in dem das schwarze Leittier auf der Dolchseite den Bäumen am nächsten stand.

»Renn!« keuchte Rua. »Wir müssen zuerst bei diesen Bäumen sein.«

Sie rannten los, wenn auch etwas unbeholfen, da sie Pfeile und Bögen festhalten mußten. Tama war sich bewußt, daß er den einzigen Dolch, der ihnen noch geblieben war, auf keinen Fall verlieren durfte, was auch immer passieren mochte. Die Herde setzte sich langsam in Trab, die Tiere warfen ihre Köpfe herum, und manche brüllten bedrohlich mit ihrem Anführer im Chor. Der blieb plötzlich wie angewurzelt stehen, scharrte wild mit den Hufen auf der Erde und schleuderte sich in hohem Bogen Erdklumpen über den Rücken. Doch die anderen trabten geradewegs weiter, so daß sich ein Halbkreis lebendiger Hufe und Hörner auf der anderen Seite um die Jungen schloß und ihnen den Rückweg abschnitt. Sie waren jetzt auf drei Seiten von einer anrückender Flut tierischer Kraft eingeschlossen. Auf ihrer Dolchseite fiel das Gelände zu dem alten Flußbett ab. Zwischen dem Rand der Schlucht und dem brüllenden schwarzen Herausforderer lag nur noch eine kurze Strecke von Büschel- und Toi-Toi-Gras, durch das sie mußten, um die Bäume zu erreichen. Sie rannten weiter, getrieben von der Angst vor den stampfenden Hufen und bauchaufschlitzenden Hörnern. Als sich der Halbkreis um sie enger zu schließen begann, hastete Rua zum Rand der Schlucht. Doch fiel hier der Abhang nicht mehr so sanft ab wie zuvor. Rua stand plötzlich vor steilen Klippen, die unten in nackten Fels übergingen.

»Zurück!« schrie er.

»Zu spät! Sie sind hinter uns!«

Noch während er sprach, als schon ein grausamer Tod ihre Knochen auf der Erde zu zerschmettern und diese mit Blut zu beflecken schien, spürte Tama, wie die Kraft Ka Balus langsam in sein ganzes Wesen einströmte und es mit der Gewißheit erfüllte, daß Rua auf keinen Fall schießen sollte. Rua war gerade dabei, einen Pfeil aus einer dornigen Kletterpflanze freizuzerren, in der sich der Köcher verfangen hatte, als er aufschrie, stolperte und seitwärts über einen halb mit Erde bedeckten Baumstumpf fiel, nachdem Tama ihm einen harten Tritt gegen das Knie versetzt hatte. Von der anderen Seite des Baumstamms hüpfte ein kleines Pelztierchen mit langen Ohren aus seinem Versteck, schoß nach vorne, änderte geschickt seine Laufrichtung und stürzte direkt auf das herangaloppierende schwarze Tier zu.

Genau zwischen dessen Vorderbeinen hüpfte das kleine Wesen hindurch und verschwand. Die Wirkung war erstaunlich. Das große Tier grub seine Hufe in die Erde, schnaubte, warf seinen Kopf herum, hielt den Schwanz steif empor und verdrehte die Augen vor Schreck, daß man nur noch das Weiße sah. Bevor Rua überhaupt wieder auf die Füße kam, sprang Tama auf den Baumstamm, nahm eine drohende Pose ein und schrie wie ein Besessener.

»Tama-Rua! Ka Balu! Hullabalu beloska! Schuhschalla! Kabong!«

Der Bulle, der noch nie in seinem Leben einem solchen Wesen begegnet war wie dem, das da hüpfend und schreiend auf dem Baumstamm stand, und der ohnehin schon verunsichert war wegen des anderen Tieres, das geschmeidig unter ihm hindurchgeflitzt war, schwang herum und galoppierte in panischer Angst davon. Kurz darauf stoppte auch die übrige Herde, warf sich ebenso scharf herum und ergriff die Flucht. Der Boden zitterte unter ihren Hufen, und der Schrecken ihres Angriffs verlor sich langsam in der Stille, während sie über die Ebene davonstoben.

Rua hatte sich erhoben. Der Zorn über Tamas Tritt war durch die unglaubliche Erleichterung, die jetzt folgte, wie weggeblasen, und er brach in Gelächter aus. Auch Tama wurde von immer neuen, überdrehten Lachanfällen geschüttelt. Sie schlugen sich auf die Schenkel, pufften sich, johlten und tanzten übermütig, bevor sie sich langsam wieder beruhigten.

»Ich glaube, sie waren im Grunde nur neugierig«, überlegte Tama. »Sie hatten wahrscheinlich genausoviel Angst vor uns wie wir vor ihnen. Sie wollten uns nichts tun.«

»Da bin ich mir nicht so sicher. Dieses große schwarze Leittier sah fürchterlich aus. Aber warum hast du mich umgeworfen?«

»Weil Ka Balu mir gesagt hat, daß wir nicht schießen sollen«, antwortete Tama einfach.

»Huh. Na einerlei, aber wenn das kleine Pelztierchen unseren Freund Schwarzgesicht nicht erschreckt hätte, würden wir jetzt nicht hier stehen und uns unterhalten.«

»Ka Balu nimmt viele Gestalten an. Was war das für ein kleines Tier? Ich habe es nicht genau gesehen.«

»Ich auch nicht, obwohl ich fast draufgefallen wäre. Hatte sich wahrscheinlich vor dem ganzen Lärm versteckt. Es sah so ähnlich aus wie ein Opossum, aber es hatte einen Schwanz, und seine Ohren waren sehr lang. Ich habe noch nie so eins gesehen.«

»Vielleicht sehen wir auch nie wieder eins«, sagte Tama.

Doch darin hatte er sich getäuscht. In den nächsten Tagen entdeckten die Jungen noch viele von den Langohren und schossen und brieten sie mit Vergnügen; sie hatten ein ausgezeichnetes Fleisch, und aus den weichen, pelzigen Fellen konnte man bei Bedarf warme Kleidung machen. Später stießen die Jungen auch auf weitere Herden der Langhörner, aber um die machten sie einen großen Bogen. Sie hatten jetzt gelernt, ihre Spuren zu erkennen, und gingen ihnen möglichst aus dem Weg. Obwohl Rua Lust gehabt hätte, einen Schuß auf ein Kalb abzugeben, war er nicht sehr erpicht, danach den wütenden Eltern zu begegnen, und gab sich damit zufrieden, seine Künste im Bogenschießen an Vögeln, Langohren und bisweilen auch einem Baby-Mäh-mäh auszuprobieren.

Das schöne, warme Frühlingswetter hielt weiter an, während sie weiterzogen und ab und zu kleine Erkundungsgänge unternahmen. So untersuchten sie zum Beispiel einen hohlen Baumstamm, in dem Bienen herumschwärmten, und legten eine genüßliche, dreitägige Erholungspause in einer niedrigen Höhle neben einem Weiher ein, der so voll von Forellen war, daß sie es müde wurden, sie zu fangen. Rua entdeckte ein Baby-Mäh-mäh, das über eine Böschung gefallen war und sich in einer Astgabel eines Baumes verfangen hatte. Er brachte den ganzen Morgen mit der schwierigen Rettungsaktion zu. Da die Mutter nicht zu sehen war und Tama es nicht übers Herz brachte, das kleine schreiende Ding einfach zurückzulassen, trug er es den ganzen nächsten Tag mit sich und merkte, daß es sich bei Nacht ganz furchtlos neben ihn hinkuschelte. Doch es war vom Hunger geschwächt. Es saugte zwar an den Fingern, aber es wollte kein Wasser trinken, und irgendwann in der darauffolgenden Nacht starb es dann friedlich. Tama beweinte es und trottete den ganzen Tag in gedrückter Stimmung hinter Rua drein. Ihm waren als Kind weniger Zuneigung und Liebkosungen zuteil geworden als vielen der anderen Jungen, was dazu führte, daß seine überschwenglichen Gefühle, die leicht erregbar waren, auch öfter zurückgewiesen und verletzt wurden.

Wieder zog ein neuer Mond am Firmament des Sonnenuntergangs entlang, nahm zu und wieder ab. Mit offenen Sinnen für die Gefahren, aber auch für die Schönheiten dieser seltsamen neuen Welt genossen die Jungen jeden Tag in vollen Zügen und sprachen nur selten über ihr Volk, zu dem sie eines Tages zurückkehren mußten. Sie waren viel zu sehr gefangen in einem Netz sinnlicher Genüsse, in dem Zeit keine Rolle mehr spielte. Es gab nur sie beide und Ka Balus weites Land um sie herum. Und wie in der Erde, der Luft und dem Wasser, die sie umgaben, spürten sie den Sommer in sich selbst heranreifen.

An einem frühen Morgen, der flirrende Hitze versprach, entdeckten sie, daß sich der große Fluß, dem sie die ganze Zeit von den Bergen herunter gefolgt waren, in zwei Flüsse teilte. Ein Arm floß einem flachen Horizont zu, hinter dem vielleicht das Meer verborgen lag, der andere zu einer Kette von Hügeln, die wie Inseln aus der flachen Ebene aufragten. Die Aussicht auf schattige Täler, Wälder und steile Hänge ließ die Herzen der Jungen höherschlagen; so folgten sie dem Flußlauf auf ihrer Dolchseite und marschierten frohgemut auf die grünpurpurnen Hügel zu.

Sie waren noch etwa zwei Tagesmärsche davon entfernt, doch hatten sie gelernt, vorsichtig zu sein, was das Schätzen von Zeiten und Entfernungen anging. Sie waren immer auf der Suche nach etwas Eßbarem und einem Lagerplatz, doch es war nie ein direktes Vorwärtsgehen, ein zielgerichtetes

Wandern, sondern eher ein fröhliches Schlendern. Die Landschaft, die sie durchstreiften, war angenehm abwechslungsreich. Offene Graslandschaften wechselten mit bewaldeten Niederungen ab. Häufig traf Tama auf Pflanzen, die ihm neu waren: Gräser mit langen Halmen und riesigen Ähren, Bäume, auf denen harte grüne Beeren wuchsen, die noch unreif waren, später aber womöglich äußerst wohlschmeckend sein würden. Und die Farbenpracht der Blumen, die süßen Wohlgeruch verströmten, begeisterte ihn so sehr, daß er daraus Girlanden für Rua und sich machte.

Eines Abends lagen sie wieder einmal blumengeschmückt und entspannt am Lagerfeuer herum. Zwischen zwei mächtigen Bäumen auf einer mit kurzem Gras bewachsenen Anhöhe hatten sie ihr Lager aufgeschlagen. Vom Fuß der Anhöhe plätscherte das Wasser eines Baches in einem Kiesbett zum Fluß hinunter. Die zarten Rottöne des Sonnenuntergangs tauchten die Hügel, die nun schon näher waren und steiler wirkten, als zuerst vermutet, in ein sanftes Licht. Während Rua mit dem Rücken an einen Baum gelehnt Flöte spielte, machte sich Tama Gedanken, was wohl zwischen den Hügeln auf sie wartete. Die Jungen hatten, sich noch nicht ernsthaft darüber unterhalten, was zu tun wäre, wenn sie auf andere Menschen treffen würden. Es schien fast taktlos. Da war das Hirschvolk zu Hause im Dorf, da war die Welt von Ka Balu. Sonst nichts. Wie konnte es überhaupt »andere« Menschen geben?

Als Rua nach einem Lied eine Pause einlegte, wandte Tama sich ihm zu.

»Rua, und was ist, wenn wir dort drüben in den Hügeln doch andere Menschen finden?«

Rua schüttelte die Spucke aus seiner Flöte.

»Na, dann wären sie halt da, oder?«

»Ach, du weißt schon, was ich meine. Was würdest du tun?«

»Ich würde sie mit meiner Flöte verzaubern.«

»Und wenn sie sich nicht verzaubern lassen?«

»Dann fressen sie uns wahrscheinlich auf.«

»Red kein dummes Zeug. Ich meine, wenn sie unfreundlich wären, was würden wir dann tun?«

»Ihnen am besten aus dem Weg gehen, denke ich. Aber glaubst du wirklich, daß es in diesen Hügeln Menschen geben könnte? Welche anderen Menschen existieren denn außer uns? Niemand hat jemals von irgendwelchen anderen Menschen auf der Welt gesprochen.«

»Nein, aber manchmal habe ich mich gefragt, ob es nicht doch welche gibt.«

Sie schauten schweigend auf die in der Abenddämmerung versinkende Landschaft hinaus. Beide dachten an zu Hause, Rua mit mehr Heimweh als Tama, bei dem der Gedanke an die auf die graue See hinausschauenden Holzhäuser seiner Heimat mit Schuld- und Angstgefühlen vermischt war. Was würden die Dorfbewohner bei seiner Rückkehr wohl sagen? Was würde der stolze Da Nala von dem Clanbruder seines Sohnes halten, der Angst davor gehabt hatte, daß die alten Männer seine Vorhaut abschneiden würden, und deshalb davongerannt war? Seit er mit Rua über die körperliche Liebe geredet und mehr über das Weiheritual erfahren hatte, war seine Furcht vor dem Unbekannten etwas geringer geworden. Allerdings hatte er jetzt mehr Angst vor der Bestrafung, die ihn erwartete.

Er seufzte, schlang seine Arme um die Knie, stützte sein Kinn darauf und schaute übers Tal, in dem Nebelschwaden hingen und sich langsam bewegten – die Seelen von Ertrunkenen, wenn man dem Alten Weisen Glauben schenken durfte. Meine Eltern, dachte Tama, doch es löste keine Gefühle bei ihm aus. Entschlossen versuchte er an etwas anderes zu denken, und bei der Vorstellung, er wäre wieder zu Hause und würde mit einem Finger mit Maritis langem Haar spielen, während sie gebannt der Geschichte seiner Wanderung lauschte, schlief er ein.

Irgendwann in den frühen Morgenstunden wachte er, am ganzen Körper zitternd, auf und langte nach Rua, der seelenruhig neben ihm schlief, um die beruhigende Wärme von dessen Körper zu spüren. Er hatte geträumt, er hätte dem Alten Weisen von der Steinmauer vor dem Tümpel erzählt und wieder den Zorn im Gesicht des alten Mannes gesehen, wieder den Schmerz der Schläge auf seine Arme und Schultern gespürt. Das Ganze war wirklicher als der Geruch des Grases unter seinem Kopf, als das Rascheln des Windes in den Zweigen über ihm oder der Schrei des Nachtvogels unten am Fluß. Da er fürchtete, wieder in denselben Traum hineinzugleiten, blieb er lange wach, bis die sich langsam lichtende Nacht einer wolkigen Morgendämmerung wich.

Feiner Regen sprühte auf die Jungen herab, als sie ihren bequemen Lagerplatz verließen, doch da es nicht so aussah, als würde sich das Wetter weiter verschlechtern, zogen sie in Richtung der Hügel fort. Gegen Mittag hatte sich die Strömung des Flusses deutlich verlangsamt, und die Flußwindungen verloren sich in einem breiten Strom, der alles überflutete. Die flache Landschaft, durch die er floß, war feuchter und sumpfiger geworden. Überall gab es jetzt Wasservögel, auch Sandfliegen und Moskitos. Die Jungen schlugen gereizt nach den lästigen Fliegen, während sie weitermarschierten. In diesem feuchten Klima waren ihre braunen Körper vor Anstrengung bald schweißüberströmt. Nach kurzer Zeit ging der Fluß vollends in ein großes Sumpfgebiet aus Schilfgras, stehenden Tümpeln und kleinen Hügeln trockenen Landes über, die mit Flachs, Toi-Toi-Gras und anderen hohen Gräsern bewachsen waren. Tama schaute auf seine Füße hinunter, die durch das leuchtende Goldgelb von riesigen Sumpfdotterblumenfeldern hindurchpatschten. Er hatte noch nie so viele Blumen auf einmal gesehen. Plötzlich knallte er gegen Rua, der, wie vom Blitz getroffen, stehengeblieben war und nach vorne starrte.

»Was ist das?«

Rua zeigte sprachlos nach vorne. Tamas Nackenhaare sträubten sich. Vor ihnen, halb von Bäumen verdeckt, halb im Wasser versunken, standen die Ruinen eines großen Gebäudes. Das Dach war eingefallen, aber die viereckigen Löcher ließen deutlich erkennen, wo einst die Fenster in diesem scheinbar aus kunstvoll ineinandergefügten Steinblöcken gebauten Haus waren. Im Schatten der Bäume, die sowohl innerhalb als auch außerhalb des Hauses wuchsen und über dessen Spiegelbild im sumpfigen Wasser nachzugrübeln schienen, wirkte das Gebäude geheimnisvoll düster und traurig. Die schwermütige Stille um das Haus herum hatte etwas Bedrohliches, das mit seiner unerklärlichen Gegenwart und dem Tod zu tun haben mußte.

Lange Zeit schauten die Jungen mit fassungsloser Ehrfurcht. Es war Tama, der zuerst die Sprache wiederfand.

»Dann gibt es doch andere Menschen hier. Oder es gab sie wenigstens. Das Haus da ist schon seit langem nicht mehr bewohnt.«

»Sollen wir hingehen und es uns genauer anschauen?« Rua sah Tama unsicher an. Er war derjenige von beiden, der sich stärker von den Geschichten über Geister und Gespenster beeindrucken ließ, an die die meisten Leute des Hirschvolks glaubten, ohne den geringsten Zweifel an ihrer Richtigkeit zu hegen, und die für sie eine Quelle der Furcht waren. Doch Tama hatte aufgrund seiner Empfindsamkeit keine Angst vor der Geisterwelt, sondern war eher neugierig, wollte dem Geheimnis auf den Grund gehen und die Wahrheit herausfinden. So gingen sie also vorsichtig weiter, bis sie schließlich im Schatten der Mauern standen.

»Wir bauen unsere Häuser ganz anders. Ich habe bei uns noch nie so eine Arbeit in Stein gesehen. Und alles ist so unheimlich groß. Das müssen Riesen gebaut haben.«

Zweifellos war das Gebäude größer als alle, die die Jungen jemals in ihrem Leben gesehen hatten, sogar größer als das Langhaus, in der Form jedoch nicht unähnlich. Die Steinblöcke waren aus einem Gestein, das leicht porös zu sein schien, den Jungen aber nicht bekannt war. Unter dem Moos und den Flechten wirkte es, als ob die Oberfläche einmal viel glatter gewesen sei, doch das meiste davon schon lange verwittert wäre. Keiner der beiden konnte sich überwinden, durch eines der offenen Fenster hineinzuklettern, so spähten sie nur über den von Pflanzen überwachsenen Rand hinein. Dunkle, unbekannte Bäume streckten ihre Zweige nach allen Seiten in die Zimmer aus. Ihre Wurzeln hatten Steinblöcke weggedrückt und die Mauern gespalten. Wer auch immer die Menschen waren, die diese Mauern errichtet hatten, sie waren schon lange Zeit verschwunden.

So weit von zu Hause entfernt und angesichts dieser sonderbaren Entdeckung, die er mit Rua gemacht hatte, fühlte sich Tama nicht länger an sein Schweigegelübde dem Alten Weisen gegenüber gebunden. »Rua«, sagte er, »es ist nicht das erste Mal, daß ich so einen Steinbau sehe.« Und dann erzählte er Rua von der Mauer, die er bei ihrer Langen Wanderung am Strand entdeckt hatte.

»Wieso hast du mir nie was davon erzählt?« fragte Rua und klang leicht beleidigt.

»Ich habe dem Alten Weisen versprechen müssen, daß ich nichts erzähle. Er hat sogar versucht, mir einzureden, ich hätte geträumt. Er wollte nicht, daß ich daran glaube. Er hatte vor irgend etwas Angst, Rua.«

»Vielleicht wußte er von der Mauer, wollte aber, daß es ein Geheimnis bleibt.«

»Aber warum?«

»Keine Ahnung. Laß uns hier verschwinden. Dieser Ort ist mir unheimlich. Hier können wir nicht bleiben. Wir müssen einen trockenen Platz für unser Lager und etwas zu essen finden, bevor es dunkel wird.«

Während sie einen Weg aus dem Sumpf heraus suchten und ihn dann darauf umgingen, schauten sie mehrmals zu dem gespenstischen Haus aus einer unbekannten Vergangenheit zurück, bis es schließlich mit der Landschaft verschmolz und sie es aus den Augen verloren. Doch den ganzen Tag über ging es ihnen nicht aus dem Sinn. Wie ein Schatten lastete es auf ihren Gedanken. Um einen geeigneten Lagerplatz für die Nacht zu finden, mußten sie sich weit vom Sumpf entfernen, bis sie schließlich zu einer langen, flachen Grasfläche kamen, wo sie ein Feuer machten und die Langohren brieten, die sie geschossen hatten.

Am nächsten Morgen, als sie sich wieder auf den Weg machten, sahen sie, daß die Ebene, auf der sie übernachtet hatten, sich als schmaler, flacher Streifen weiter in den Sumpf hineinzog. Trotz der Toi-Toi-Gräser, Büschelgräser, Bäume und Sträucher, die inzwischen darauf wuchsen, war immer noch eine relativ glatte und regelmäßige Oberfläche erkennbar, und den Jungen wurde bewußt, daß es sich um kein natürliches Gebilde handelte.

»Es sieht aus, wie ein erhöhter Pfad …«

»Oder eine Mauer …«

»Hm, ja, eine Mauer, die oben flach und breit genug ist, daß viele Leute nebeneinander darauf laufen können.«

»Die Riesen müssen sie gemacht haben.«

Tama schaute Rua an. »Meinst du wirklich, das waren Riesen?«

»Es müssen Riesen gewesen sein. Kein Mensch wie wir könnte doch diese schweren Steinblöcke bewegt haben, um daraus einen hohen Damm mit einem breiten Weg obendrauf zu machen.«

»Komm, wir sehen mal nach, wo er hinführt. Vielleicht ist es ein Weg quer durch den Sumpf.«

Die Jungen kamen auf dem ebenen Weg schnell voran. Manchmal war er eingebrochen, und sie konnten die zackigen Kanten von Steinen sehen, die ihnen jedoch unbekannt waren. An manchen Stellen hatte die Verwitterung Stücke weggerissen und ausgehöhlt, aber der Weg war trotzdem immer noch begehbar. Bald stand tiefes morastiges Moorwasser zu beiden Seiten des Weges, und beim Vorübergehen schreckten sie fette Frösche auf, die mit einem lauten Plumps ins Wasser hüpften. Plötzlich blieb Rua wie angewurzelt stehen.

»Sieh mal dort!«

Tama starrte mit großen Augen in die angedeutete Richtung. Auf ihrer linken Seite ragten die Ruinen eines Steingebäudes aus dem Wasser, das ähnlich aussah wie das Haus, das sie am Tag zuvor entdeckt hatten, nur kleiner war. Rua warf einen Stein danach. Die leichten, gekräuselten Wellen klatschten an die dunkle, schweigende Mauer, die von Unkraut und Moos überwachsen war. Seine Gegenwart in dem stehenden Gewässer des Sumpfes war beunruhigend, unheimlich und strahlte ebenfalls seltsame Macht verlassener Häuser aus, die Geister ihrer verschwundenen Bewohner herbeirufen zu können.

»Wir sollten uns mal genauer umsehen«, schlug Tama vor, »vielleicht gibt es ja noch mehr davon.«

Schon bald entdeckten sie weitere Häuser auf beiden Seiten des Weges. Heruntergefallene Steine aus Gemäuer ragten aus dem Schlamm und zugewachsenen Tümpeln. Was zuerst wie ganz normale, trockene Hügel ausgesehen hatte, die aus dem Sumpf herausragten, wies häufig bei genauerem Hinsehen eine erstaunliche Ähnlichkeit mit der Höhe und Breite eines »Hauses der Riesen« auf, so daß Tama und Rua nichts anderes übrigblieb, als zu schließen, daß unter den Bäumen und dem Gestrüpp die Skelette uralter Gebäude begraben lagen.

Offensichtlich war der Pfad, dem die Jungen folgten, einmal sehr breit gewesen und hatte zu einer großen Siedlung von mächtigen Gebäuden geführt, die jedoch schon seit ewigen Zeiten vom Fluß überschwemmt waren.

Da und dort zweigten andere Wege vom Hauptweg ab, doch sie erwiesen sich meist schon bald als unpassierbar, da sie schmal und häufig stark beschädigt waren. Keiner der beiden Jungen hatte auch nur die geringste Lust, durch die stehenden Tümpel zu waten, konnten ihre dunklen Tiefen doch allerlei unbekannte Gefahren bergen. Als ihnen bewußt wurde, daß sie sich inmitten einer versunkenen Siedlung befanden, die so unvorstellbar und unbeschreiblich groß war, daß sie eine Macht und ein Wissen vermuten ließ, welche weit über ihren Horizont hinausging, überfiel sie ein tiefes Unbehagen, ja eine Angst, die besonders Rua zu schaffen machte. Er fürchtete, sie würden sich verirren; zweigten sie von dem Hauptweg ab, könnte das in einem Unglück enden. Angesichts von Ruas tiefem Widerstreben, auf diesem Weg weiterzugehen, ließ sich Tama zur Umkehr bewegen. Der Pfad wurde ohnehin immer schlechter, fiel häufig unter die Wasseroberfläche ab, stieg dann zwar wieder an, doch wies er an vielen Stellen Risse und Spalten auf, die stetig tiefer und breiter wurden.

»Auf diesem Weg schaffen wir es sowieso nicht bis auf die andere Seite des Sumpfes«, meinte Rua mit leiser Stimme. »Und dann müssen wir den ganzen Weg zurückgehen, wenn wir uns nicht in diesem stinkenden Morast verirren wollen.«

»Ja, vielleicht hast du recht. Ich brenne nicht gerade darauf, hier eine Nacht zu verbringen.«

»Huh, ich würde hier kein Auge zukriegen. Außerdem gibt es viel zu viele Moskitos.«

Tatsächlich war die Luft von dem tückischen hohen Summen erfüllt. Aufgeschreckt durch die Schritte der Jungen, flogen ab und zu Reiher und andere Wasservögel mit schwerem Flügelschlag auf. Keine Brise wehte. Die Luft war feucht und stickig, der Himmel bewölkt. Die sauberen, trockenen Hügel lagen verlockend nahe und waren doch unerreichbar – es sei denn, sie umgingen den Sumpf, doch das könnte dazu führen, daß sie sich mehrere Tage im Kreis bewegten.

»Und wenn nun der Sumpf überall ist, bis zum Fuße der Hügel?« fragte Tama.

»Möglich ist alles, aber ich glaube, es ist eher unwahrscheinlich, daß die Hügel überall direkt in eine Niederung übergehen. An manchen Stellen gibt es wahrscheinlich eine trockene Erhebung, die mit dem höheren Gelände jenseits des Sumpfes verbunden ist. Wenn nicht, dann müssen wir zu der Flußgabelung zurückgehen und dem anderen Flußarm zum Meer hinunter folgen.«

Schweißüberströmt, gepeinigt von Insektenstichen, erschöpft, entmutigt und bedrückt wegen der Erinnerung an das versunkene Riesendorf, stapften Tama und Rua, die gegen Mittag auch noch der Hunger quälte, den ganzen Weg zurück zu dem Platz, an dem sie letzte Nacht gelagert hatten.

Dort fiel eine unaufmerksame Taube dem Pfeil Ruas zum Opfer. Sie brieten sie auf der Feuerstelle, die sie am frühen Abend des Vortags gemacht hatten. Dann brachen sie erneut auf und liefen am Rande des Sumpfes entlang.

Manchmal wagten sie einen mutigen Vorstoß in Richtung der Hügel, nur um dann wieder auf einen Ausläufer des stehenden Gewässers zu stoßen, der sie zwang, eine andere Richtung einzuschlagen. Sie brachten den ganzen Nachmittag damit zu, durch feuchte Wasserrinnen zu klettern und manchmal über kleine Bäche, die sich blubbernd in den Sumpf ergossen, hinüberzuspringen oder sie zu durchwaten. Es war anstrengend, und sie starrten bald vor Schmutz. Sie redeten nur, wenn es unbedingt nötig war, und gaben nicht einmal mehr eine Bemerkung ab, wenn sie wieder an einem düsteren Haufen überwachsener Ruinen vorbeikamen.

Gegen Sonnenuntergang folgten sie einem winzigen Bächlein, das vom Sumpf wegführte, und machten ein Feuer an einem trockenen Uferstück. Rua hatte einen langbeinigen Wasservogel mit rotem Schnabel erlegt, der sich jedoch beim Essen als zäh und sehnig herausstellte. Eingehüllt in ihre feuchten Flachsumhänge schliefen die Jungen fast auf der Stelle ein. Rua fröstelte und jammerte vorher noch ein bißchen, daß ihm nicht warm werde, und Tama, der seinen Kopf auf den Arm gelegt hatte, wurde von dem unangenehmen Gefühl überwältigt, er fiele rückwärts in einen kalten, schwarzen, schleimigen Tümpel.

Der Morgen war schon weit fortgeschritten, und der Himmel sah bedrohlich nach Regen aus, als Tama später als gewöhnlich aufwachte. Immer noch in seinen Umhang gehüllt, roch er den getrockneten Schweiß und Schmutz auf seinem Körper. Von der unbequemen Nacht waren seine Glieder steif und schmerzten. Rua hatte den Kopf an ihn gelehnt. Ein- oder zweimal hatte er im Schlaf unzusammenhängendes Zeug geplappert. Zum erstenmal wünschte sich Tama, wieder zu Hause zu sein, eingewickelt in die warmen Opossumfelle in seiner Ecke beim Feuer zu sitzen, das reichliche, gute Essen seiner Mutter vor sich, das nur darauf wartete, seinen Hunger zu stillen. Er stöhnte leise, machte sich von Rua frei und stand auf. Er ging ein paar Schritte, streckte sich, ließ Wasser und kratzte sein juckendes, verfilztes Haarknäuel.

Dann blickte er auf den immer noch schlafenden Rua und beschloß, ihn zu wecken. Sollten sie gleich auf die Jagd gehen oder erst weiterwandern bis zum späten Vormittag und sich dann um ihr Essen kümmern? Bei ihrem langen Herumziehen hatten sie sich angewöhnt, manchmal fast den ganzen Tag über so gut wie kein Wasser zu trinken.

Tama legte seine Hand auf Ruas Schulter und schüttelte ihn sanft.

»Heh, du Faulpelz, aufstehen!«

Rua drehte sich um und murmelte etwas. Tama war schockiert, wie blaß sein Gesicht war. Sein Ausdruck war angespannt, als hätte er Schmerzen, und seine Stirn schweißüberströmt.

»Was ist los, Rua? Fühlst du dich nicht gut?«

»Mein Bauch«, stöhnte Rua. »Die ganze Nacht sind die Schmerzen gekommen und gegangen. Ich konnte nicht viel schlafen.«

»Bleib, wo du bist, und halte dich warm. Ich versuche, etwas zum Essen aufzutreiben. Vielleicht hat der zähe alte Vogel von gestern dir nicht gutgetan.«

»Meine Eingeweide brennen.«

Er stöhnte wieder. Tama breitete seinen Umhang über den von Rua und stopfte beide sorgfältig um die zusammengekauerte Gestalt des Freundes. Er war tief beunruhigt über Ruas Zustand. Wenn er jetzt eine Zeitlang, vielleicht ein, zwei Tage, nicht weitergehen könnte, wie sollte ihm dann geholfen werden? Tama hoffte, daß die Schmerzen nur ganz normale Bauchschmerzen waren, die bald wieder vorüber gingen. Rua war stark und gesund. Es konnte ihm eigentlich nichts fehlen. Doch Tama empfand weiterhin ein tiefes Unbehagen, ein Gefühl, isoliert zu sein, als wären sie mutterseelenallein in dieser merkwürdigen Landschaft aus verschwundenen Menschen und unter Wasser stehenden Häusern. Daß Rua krank war, schien so unglaublich, daß es Tama vorkam, als träume er, doch zwang er sich, die Sache ernst zu nehmen.

Er nahm eine Wasserflasche, füllte sie an einem klaren

Bächlein, kehrte zu Rua zurück, half ihm, sich aufzusetzen, und hielt ihn mit seinem Arm fest und warm, während er ihm zu trinken gab, bis Rua vor Kälte zu zittern anfing und sich wieder hinlegte.

»Meinst du, du kannst etwas essen?« fragte Tama, doch die Frage kam ihm im selben Moment lächerlich vor, da er ja nichts anzubieten hatte.

»Nein. Sieh zu, daß du selbst etwas bekommst. Ich werde mich schon wieder erholen.«

Tama saß noch eine Weile neben Rua, bis der eindöste, schnappte dann Pfeile und Bogen und zog die Sandalen an. Der Tag war kühl, der Himmel bewölkt; die Landschaft, der der Kontrast von Sonnenschein und Schatten fehlte, spiegelte seine eigene trübe Stimmung wider. Er marschierte zu einem großen Totara-Baum auf einem sanften Hügelkamm, überprüfte immer wieder, ob er sich noch orientieren konnte, und hielt Augen und Ohren offen. Etwa auf halbem Weg zu dem Totara-Baum entdeckte er auf seiner Dolchseite einen großen Baum, wie er noch nie einen gesehen hatte. Er war nicht hoch, hatte aber edle, weitausladende Zweige, die dicht belaubt waren mit dem frischen Grün des Frühsommers. Obwohl für Früchte oder Nüsse noch nicht die Zeit war, ging Tama zu dem Baum hin, in der Hoffnung, Vögel darin zu überraschen. Er wußte, daß er im Sumpf genügend Wasservögel finden könnte, doch wollte er den Sumpf nach Möglichkeit meiden. Außerdem könnte er den Vogel nicht holen, sollte er ins Wasser fallen. Vorsichtig schlich er sich an den Baum heran und dachte dabei an Rua. Er versuchte, sich an einige der Kräuterheilmittel zu erinnern, die seine Mutter immer gegen alle möglichen Krankheiten zusammengebraut hatte, doch selbst wenn er die richtige Pflanze finden würde, hätte er nicht die Möglichkeit, den Trank so zuzubereiten wie sie, nämlich durch langsames Dämpfen in einem Tontopf oder Flaschenkürbis, die sie in eine speziell dafür vorbereitete Kochgrube stellte.

Als er den großen Baum beinahe erreicht hatte, schien dieser den ganzen Himmel auszufüllen. Er konnte gerade noch aufrecht unter den weit ausladenden Zweigen gehen, ohne sich dabei den Kopf anzustoßen, und die unteren Äste leicht greifen. Die Blätter waren fast so groß wie seine Handteller, tief gezackt und an der Oberfläche leicht klebrig. Tama bemerkte kleine Schößlinge, die wahrscheinlich aus den letztjährigen Nüssen oder Früchten gewachsen waren. Der knorrige Stamm war so dick, daß er ihm nicht einmal mit ausgestreckten Armen umfassen konnte. Dann bemerkte er, daß irgendein Tier in den feuchten Blättern und der Erde herumgewühlt hatte. Da waren lange, tiefe Spuren, die erst vor kurzem gezogen worden waren, denn die hochgeworfenen Blätter und die Erde waren noch feucht. Ein größerer Haufen trockener Erde glich den Wildsuhlen, die Tama von zu Hause kannte, aber er konnte keine klaren Hufspuren erkennen, die ihm verraten hätten, um welches Tier es sich handelte. Ein ausgeprägter Tiergeruch hing in der Luft, ein intensiver, schwerer, scharfer Geruch, der ihm jedoch, soweit er sich erinnern konnte, noch nie begegnet war. Tama dachte an die Langhörner und hielt ängstlich unter den Zweigen hervor Ausschau nach Bäumen und Büschen, in denen sich die gefährlichen Tiere versteckt haben könnten. Plötzlich spürte er unter seinen Füßen etwas Hartes. Er bückte sich und hob es auf. Es war eine Art Nuß, etwa so dick wie sein Daumen, mit einer glatten braunen Oberfläche, die in einem rauhen Kelch steckte, den er nicht abbrechen konnte. Er versuchte es mit seinen Zähnen, doch war das Ding steinhart. Im selben Moment hörte er nicht weit hinter dem Baum das bellende Grunzen eines Tiers.

Bewegungslos lauschte Tama, aufs äußerste angespannt, auf ein weiteres Geräusch. Vorsichtig spähte er um den massiven Baumstamm herum und hielt vor Schreck den Atem an. Ein eindrucksvolles Tier kam durch das Büschelgras schnurstracks auf den Baum zugelaufen. Zwar größer als ein Mäh-mäh, doch kleiner als ein Hirsch, ließ sein Aussehen trotzdem auf Stärke und Wildheit schließen. Es war schwarz, hatte kurze Beine, schwere Schultern mit langen gesträubten Borsten, und aus seiner breiten Schnauze schauten zwei furchterregende, gewundene Hörner oder Zähne hervor. Während es schweren Schritts angetrottet kam, schnüffelte und grunzte es unentwegt ungeduldig und angriffslustig durch das Unterholz. Einen Moment lang packte Tama vor Angst das kalte Grausen. Er verlor den Kopf und ließ sich zu einer Dummheit hinreißen. Geschwind spannte er einen Pfeil in den Bogen, schoß auf das Tier und traf es in die Schnauze. Es quiekte vor Schmerz und Wut, warf seinen Kopf herum, so daß der Pfeil in seinem Fleisch zitterte, sah Tama und raste auf ihn zu. Tama hatte gerade noch genug Zeit, sich an den unteren Ästen nach oben in den Baum zu ziehen, als das Tier auch schon unter ihm hindurchtrampelte, ruckartig anhielt, herumschwenkte und direkt unter ihm wütend den Kopf in die Höhe warf.

Während sich Tama verzweifelt an den Ästen festklammerte, konnte er das wilde Glitzern der Augen in dem schwarzen Schädel und die große Schnauze mit den zwei gekrümmte Zähnen sehen, die seinen Fuß sicher so leicht aufschlitzen könnten wie ein Dolch. Aus der Wunde rann Blut, und das Tier rieb wahnsinnig vor Schmerzen seine Schnauze auf der Erde und gegen den Baumstamm und grunzte und quiekte dabei fürchterlich; doch der grausame Widerhaken hielt, und das Blut rann langsam in sein Maul. Tama wußte, daß die Verletzung zwar sehr schmerzhaft, wohl aber kaum tödlich war, außer es kam später zur einer Blutvergiftung. Sogar in seiner Angst litt er noch Seelenqualen, weil er nicht in der Lage war, das zu beenden, was er angefangen hatte. Er lag flach auf einem Ast und konnte sich weder in eine Position bringen, aus der er einen anderen Schuß hätte abgeben können, noch das Tier durch das dichte Laub immer im Blick behalten. Wäre es ein kleineres Tier gewesen, hätte er sich wahrscheinlich auf den Boden herabfallen lassen und seinem Dolch vertraut, doch dieses schwere große Tier würde ihn glatt umwälzen, und an seinem harten Borstenfell könnte er beim hastigen Zustoßen mit dem Dolch leicht abrutschen. Er saß in der Falle, bis das Tier wieder das Weite suchen würde.

Plötzlich kam ihm ein noch erschreckenderer Gedanke.

Was würde passieren, wenn das verwundete Tier sich davonmachen und Rua finden würde? Oder wenn Rua sein Quieken hören und kommen würde, um herauszufinden, was da vor sich ging? Ich muß alles tun, damit es hierbleibt, sagte Tama zu sich selbst. Es muß müde werden, oder ich muß versuchen, noch einen Schuß abzugeben, wenn ich Gelegenheit dazu bekomme. Er verlagerte vorsichtig sein Gewicht und spähte durch die Blätter hinunter. Das Tier schaute zu ihm herauf und blies in einem kurzen, zornigen Schnauben blutigen Schaum aus seinen Nüstern.

Tama drohte ihm mit erhobener Faust und murmelte: »Alter Krummzahn, hau ab, laß mich in Ruhe.«

Bei jeder Bewegung verursachte der herabhängende Pfeil neue Schmerzen, so daß das Tier langsam aufhörte, sich hin- und herzuwerfen, und nur mit hängendem Kopf stillstand, während ihm das Blut aus dem Maul tropfte. Tama fühlte sich schlecht, und er hatte Angst um seine eigene Sicherheit, doch er litt auch mit dem verwundeten Tier. Wenn er hinuntersprang und davonrannte, würde das wahrscheinlich nur eine wütende Verfolgungsjagd auslösen – andererseits, wenn er nichts unternahm, wie lange würde das Tier dann warten, um sich zu rächen? Vielleicht wäre es bei Einbruch der Nacht immer noch hier. Tama veränderte seine unbequeme, liegende Stellung und setzte sich halb auf. Er hatte Angst, seine Beine herunterhängen zu lassen, denn ein plötzlicher Sprung des Tieres könnte diese furchterregenden Zähne seinen Beinen allzu nahe kommen lassen. Ganz vorsichtig gelang es ihm aufzustehen, indem er sich mit einem Arm am Stamm abstützte, doch er konnte nicht aus seinem Gefängnis aus Blättern hinaussehen, wie er gehofft hatte. Behutsam achtete er auf seinen Bogen und seine Pfeile, doch es war schwer, mit ihnen nicht ständig in den Ästen und Zweigen hängenzubleiben.

Gestützt auf einen Arm und gegen den Stamm gelehnt, war es gar nicht so unbequem und darüber hinaus ziemlich sicher, solange er nicht eindöste. Er beschloß, sich so ruhig wie möglich zu verhalten, damit ihn das Tier vielleicht vergessen und weggehen würde. Lange Zeit verging, und an diesem sonnenlosen Tag war es schwer zu sagen, ob Mittag schon vorüber war oder nicht. Je länger er wartete, desto mehr Angst bekam er um Rua, bis er es schließlich nicht mehr länger aushielt und beschloß, das Tier zu irgendeiner Art von Reaktion zwingen.

Ganz vorsichtig setzte er sich hin und schob den Blättervorhang zur Seite, um am Baumstamm hinunterzuspähen. Das Tier war nicht mehr dort, wo er es zuletzt gesehen hatte. Es war nirgends in Sicht. Doch dann hörte er schwach einen stöhnenden Schmerzenslaut, der aus einiger Entfernung kam. Mit einem Stoßgebet zu Ka Balu ließ sich Tama auf den Boden fallen, sah sich nach allen Richtungen sprungbereit um, damit er, falls es nötig sein sollte, sich schnell wieder auf die Äste hochschwingen konnte. Um den ganzen Baum herum war die Erde aufgewühlt, und ein scharfer Geruch von Schweiß und Blut hing in der Luft. Mit gezücktem Dolch trat er aus dem Schatten des Baumes. Weiter unten an dem sanften Abhang, den er hochgekommen war, sah er eine Bewegung im Büschelgras und bekam flüchtig einen breiten, grauen Rücken zu sehen. Gequält von Schmerzen und Hunger versuchte das Tier, zum Wasser zu gelangen, und dabei würde es nahe an Rua vorbeikommen.

Einen Augenblick später rannte Tama schon hinter ihm her, alle Vorsicht vergessend, und schrie: »Hierher! Hierher! Komm zurück! Laß Rua in Frieden!«.

Das Tier hörte ihn, hielt an, warf sich herum und blieb mit weit herabhängendem Kopf stehen. Tama hatte nur wenige Augenblicke Zeit zum Überlegen, aber sein Kopf wurde plötzlich ganz klar. Er verharrte und beobachtete seinen Feind. Auch das Tier blieb, wo es war, da es in seinem geschwächten Zustand nicht den Hang hinaufrennen wollte. Sie schauten sich gegenseitig über eine Entfernung von einem weiten Steinwurf an. Keiner von beiden wollte die Situation ausreizen, jeder beobachtete nur seinen Gegner. Das Tier schwenkte seinen Kopf langsam von einer Seite auf die andere, drehte sich dann halb um, als wäre ihm alles gleichgültig, fast so, als könnte es Tama gar nicht sehen. Genauso gelassen spannte der Junge einen Pfeil in den Bogen, suchte sich einen festen Stand, drehte sich zur Seite, zog den Pfeil zur Wange zurück, zielte ruhig und ließ die Bogensehne los.

Das Tier gab einen quickenden Schrei von sich und fiel um. Der Pfeil zitterte in seiner Seite fast genau hinter seinem Vorderbein, doch im nächsten Moment war es schon wieder auf den Beinen und raste den Hang hinauf. Tama drehte sich um, floh die kurze Entfernung zurück zu dem Baum, schwang sich wieder auf den Ast, zückte seinen Dolch und ließ absichtlich einen Fuß herunterbaumeln. Böse schnaubend stürmte das Tier in den Schatten des Baumes. Einen Moment lang bäumte es sich auf. Seine fürchterlichen weißen Hauer glänzten in seinem weit aufgerissenen Maul, sein Hals war nach oben gereckt. Doch schon stieß der Dolch in Tamas geballter Faust herunter und stach zu. Schnell hielt Tama sich dann wieder an den Zweigen fest, um nicht hinunterzufallen, denn der zusammenbrechende Körper riß ihm den Dolch aus der Hand. Voller Entsetzen beobachtete er, wie das tödlich verwundete Tier stolperte und fiel, sich auf die Seite wälzte, sich wieder hochzog und wieder hinfiel. Tama fühlte sich hundeelend, lag auf seinem Ast und heulte mit großen, würgenden Schluchzern, die angesichts des Todeskampfs eines tapferen Feindes wie Hohn wirkten. Erst als es im Schatten des großen Baumes, längere Zeit ruhig geblieben war, traute er sich, auf seinen besiegten Widersacher hinabzuschielen, doch selbst dann wartete er noch eine Weile, bis er sich schließlich auf den Boden hinabgleiten ließ, zu dem riesigen, toten Tier hinging und angstvoll den blutüberströmten Kopf betrachtete.

Er fand seinen Dolch, aber beide Pfeile waren abgebrochen. Widerstrebend beschloß er, kein Fleisch mitzunehmen, aber er schnitt ein paar lange Borsten ab, um sie Rua zu zeigen. Zitternd und frierend kehrte er dem Tier den Rücken und ließ es in seinem Blut unter dem Baum zurück. Mit wackligen Beinen stolperte er den Hang hinunter, jammerte leise vor sich hin, ein erschrockenes Kind, das gerade etwas Schreckliches hinter sich gebracht hatte. Er kam zu dem lehmigen Erdwall, bei dem sie gestern nacht geschlafen hatten. Rua war nirgends zu sehen.

Der Schock wirkte, als hätte man kaltes Wasser über ihn gegossen, das seinen ganzen Verstand von Angst und Selbstmitleid reinwusch. »Ka Balu, hilf mir«, bat er. »Hilf mir, Rua wiederzufinden.«

Tama kletterte den Erdwall hinauf und suchte mit den Augen die Gegend ringsherum ab, doch von Rua keine Spur. Immer wieder rief er seinen Namen, und seine Stimme kam ihm dabei in der Wildnis erschreckend laut vor. Doch nichts rührte sich. Er überlegte sich, weshalb Rua wohl weggegangen sein mochte. Vielleicht hatte er das Quieken des Tieres gehört und war irgendwo auf dem Weg zum Baum hingefallen. Oder er war auf der Suche nach Essen und Wasser zum Sumpf zurückgegangen. Tama machte schnell kehrt und lief dem winzigen Bächlein nach, das zum Sumpf führte. Sein Herz pochte heftig, wenn er an die endlos vielen Windungen des Baches, die düsteren, tiefen Wasserlöcher und die unzähligen Stellen dachte, an denen ein kranker Junge hinfallen und nie mehr zum Vorschein kommen könnte.

Tama ging den Weg zurück, den er und Rua am Vortag gekommen waren, am Bach entlang, der zwischen Binsen und anderen Sumpfpflanzen klar und sauber dahinplätscherte. Und er war noch nicht weiter als einen Steinwurf gekommen, da sah er auch schon Ruas Körper nicht weit von dem schwarzen Wasser mit dem Gesicht nach unten über dem Wurzelstock eines verkrüppelten Baumes liegen.

Tama rannte zu ihm, kniete neben ihm nieder und legte ihm voller Angst eine Hand auf die Schulter. Sie war warm, und er atmete. Ganz sachte hob Tama Ruas Kopf, half ihm, sich umzudrehen und wiegte ihn in den Armen. Ruas Gesicht war zerkratzt und zerschunden, ein bißchen Blut war auf seiner Stirn angetrocknet, und er atmete schwer.

»Rua, ich bin's, Tama. Wach auf, Rua, sag etwas.«

Mit einem Büschel Gras versuchte Tama, seinem Freund den Schweiß von den Augenbrauen und Wangen abzuwischen, redete eine Weile sanft auf ihn ein, und nach kurzer

Zeit öffnete Rua zu seiner großen Freude die Augen und murmelte:

»Hilf mir.«

»Oh, Rua, ist mit dir alles in Ordnung? Bist du verletzt? Warum bist du denn weggelaufen?«

Rua schaute benommen in Tamas flehende Augen und seufzte etwas, das so ähnlich wie »Durst« klang.

»Kannst du aufstehen? Komm, stütz dich auf mich.«

Unter Ächzen und Stöhnen gelang es Rua aufzustehen, doch sein Atem ging sehr schnell, und sein Gewicht lastete schwer auf Tamas Schulter. Er murmelte wieder: »Wasser trinken.«

»Hier herüber«, sagte Tama bestimmt. »Zum Bach. Nicht dieses schmutzige Sumpfwasser.«

Alles, was er tun konnte, war Ruas stolpernde Schritte durch den Sumpf zu dem sauberen Wasser des Baches zu lenken. Beide schwitzten und keuchten, und Tama half Rua, das süße, saubere Wasser aus dem steinigen Bachbett zu trinken. Ein paar große Schlucke des kühlen Nasses entspannten sie beide, und Ruas Atem ging nun etwas langsamer, doch seine Stirn war noch immer glühend heiß und sein Gesicht gerötet. Tama sah, daß er ihn so schnell wie möglich zu ihrem Lagerplatz zurückbringen und warmhalten mußte. Wahrscheinlich würde er mehrere Tage bei ihm Wache halten und ihn füttern müssen, bis die Krankheit vorüber war. Hätte ihn der Körper des toten schwarzen Tieres nicht so gestört, hätte er vielleicht versucht, Rua in den Schatten des großen Baumes zu bringen, aber er konnte den Anblick des gräßlichen Schädels nicht noch einmal ertragen. Er beschloß, zu dem Erdwall zurückzukehren, wo es vielleicht möglich wäre, eine Art kleine Höhle hineinzugraben, die man mit Zweigen abdecken könnte, um sich vor dem Regen zu schützen, der heranzog. Irgendwie schafften es die beiden Jungen mit vielen Pausen zurück zum Erdwall, und manchmal schien es fast so, als müßten sie sich gegenseitig stützen. Sogar die Asche des Feuers vom Vorabend war ein kleiner Trost, eine Versicherung, so klein sie auch sein mochte, daß das Land sie mit Nahrung versorgte, daß hier ein Feuer gebrannt hatte und auch wieder brennen würde.

Sobald Rua so warm wie möglich eingepackt war und einen Lederbeutel mit frischem Wasser neben sich hatte, fing Tama an, mit einem kräftigen, spitzen grünen Ast eine kleine Höhle in den Erdwall zu graben. Die Arbeit war langwierig und mühsam, und er selbst war auch müde und hungrig, doch er machte wacker weiter, bis der Wall für einen Unterschlupf, der sie vor dem Regen schützen würde, genügend ausgehöhlt war. Es war ein Ort, an dem das Wasser gut abfloß, und in der Höhle müßten sie eigentlich trocken bleiben, solange der Regen nicht von Westen her kam.

Der Tag war schon weit fortgeschritten, und Tama kam zu dem Schluß, daß es besser wäre, zuerst etwas zu essen finden, als das Lager fertig zu machen oder das Feuer in Gang zu bringen. Rua schlief zwar, aber es wäre dumm gewesen, ihn erneut alleine zu lassen. Womöglich würde er in seiner Verwirrung wieder weglaufen. Tama sandte also ein Gebet zu Ka Balu, und während der Tag sich seinem Ende zuneigte, wartete er gespannt – Pfeil und Bogen bereit – in der verzweifelten Hoffnung, daß irgendein Vogel oder ein kleines Tier in Schußweite kommen würde. In diesem Teil des Landes gab es wenig Langohren, und in den letzten paar Tagen hatten die Jungen in der Nähe des Sumpfes auch keine Mäh-mähs mehr gesehen. In der Dämmerung stieg plötzlich ein Reiher mit langsamen Flügelschlägen aus dem Moor auf und flog fast genau über Tamas Kopf hinweg. Die ruhige Gewißheit, die manchmal seinen Geist in Momenten der Not erfüllte, führte ihn jetzt. Mit äußerster Sorgfalt blickte er am Pfeil entlang, zielte, schoß und sah, wie der große Vogel einen Augenblick schmerzerfüllt nach oben flatterte, sich dann gleiten ließ, ins Taumeln geriet und ganz in der Nähe auf die Erde herabstürzte. Als er zu ihm hinrannte, sah er, daß sein Pfeil ihn genau in die Brust getroffen hatte. Die Augen des Vogels waren glasig, und über die blaugrauen Federn floß langsam das Blut herab.

Noch bevor der Vogel auf den heißen Steinen über einem anständigen Feuer fertiggegart war, peitschten vereinzelte heftige Regenschauer nieder. Sternlos und schwarz war die Nacht inzwischen hereingebrochen. Im Feuerschein zeichneten sich wilde Schattenspiele vor dem hellen Erdwall ab, während der ständig schwankende Lichtkreis des Feuers immerhin ein kleines Zentrum der Wärme und des Trostes in einer feindseligen Welt darstellte. Tama wickelte das übriggebliebene Fleisch in Blätter ein, tat sein Bestes, um wenigstens ein schwelendes Feuer unter einer Torfschicht am Leben zu erhalten, und legte sich neben Rua – zu erschöpft von den Anstrengungen des Tages, um sich über die Gefahr ihrer Lage noch mehr Gedanken zu machen. Das letzte Geräusch, das er hörte, waren die zischenden Regentropfen auf den heißen Steinen, dann war er auch schon eingeschlafen.

In den bangen Tagen, die folgten, wurden Tamas Fähigkeiten und seine Treue ernsthaft auf die Probe gestellt. Ruas Krankheit war nicht einfach ein verdorbener Magen, der nach zwei Tagen wieder in Ordnung kam, wie Tama gehofft hatte. Er litt unter ständig wiederkehrenden Fieberanfällen, die mit Unwohlsein und Erbrechen einhergingen. In seinem zeitweiligen Fieberwahn versuchte Rua, imaginäre Riesen abzuwehren und mit Tama zu kämpfen, ohne auf dessen unter Tränen hervorgestoßenen Bitten und Beschwichtigungen zu hören. Da er mehrere Tage lang kein Essen bei sich behalten konnte, wurde er so schwach und dünn, daß Tama Angst bekam, er könnte sterben. Glücklicherweise fand Tama in der Nähe des Lagers zwei Kräuter, von denen er wußte, daß seine Mutter sie benutzte, um Erbrechen zu heilen. Und obwohl ihm die Flaschenkürbisse und Tontöpfe fehlten, in denen sie ihre Heiltränke zusammenbraute, konnte er die Kräuter Rua in kleinen Portionen eingeben, indem er sie dem Bratensaft des Fleisches zusetzte. Zwei Tage danach hörte Rua auf zu erbrechen, auch das Fieber ließ nach, doch er war so geschwächt, daß er nicht ohne Hilfe aufstehen konnte und daß ihm schon bei längerem Sitzen schwindelig wurde.

Tama hatte die ganze Last der Nahrungsbeschaffung und des Kochens zu tragen, außerdem mußte er wie eine Mutter über Ruas langsame Gesundung wachen. Wovor er mehr

Angst hatte als vor allem anderen, war ein erneuter Angriff von anderen schwarzen Tieren wie dem Krummzahn. Langhörner wären sicher genauso gefährlich, doch die Jungen hatten in der Nähe des Sumpfes keine Spuren von ihnen gesehen. Als Rua schließlich wieder in der Lage war, an etwas Anteil zu nehmen, lauschte er aufmerksam Tamas Geschichte über seinen Kampf mit dem Krummzahn, während Tama, der nur allzu dankbar und glücklich über Ruas Genesung war, seiner Phantasie freien Lauf ließ, um der dramatischen Geschichte noch mehr Spannung zu verleihen.

Der erste Spaziergang, den Rua an einem sonnigen Nachmittag mit Tama unternahm, führte sie zu dem großen Baum. Nagetiere und andere Aasfresser hatten das meiste von dem toten Tier aufgefressen, auf dem es vor Fliegen nur so wimmelte, doch der schreckliche Schädel mit seinen offenstehenden Kiefern und den tückischen Hauern war immer noch zu erkennen.

»So ein Viech habe ich noch nie gesehen«, kommentierte Rua, während die Jungen so schnell wie möglich vor den Fliegenschwärmen zurückwichen. »Solche Tiere gibt es bei uns zu Hause nicht. Ich wünschte, ich wäre dabei gewesen.«

»Das wäre nicht schlecht gewesen«, sagte Tama. »Ich hätte deine Hilfe gut brauchen können.«

Wieder war ein Mond vergangen, hatte abgenommen und dann wieder zugenommen, bis Rua kräftig genug war, um weiterzuwandern. Die Jungen hatten beschlossen, das Moor zu verlassen, verwarfen ihren ursprünglichen Plan, den Sumpf mit seinen schwierigen Grenzen zu umgehen, und entschlossen sich, zu der Verzweigung des Flusses zurückzukehren und dem anderen Flußarm zu folgen, von dem sie hofften, daß er sie zum Meer führen würde. Sie hatten den Flug der Möwen am Abend und am Morgen beobachtet und so die ungefähre Richtung herausbekommen, in der das Meer liegen mußte, und manchmal glaubten sie, schon den salzigen Geruch des Meeres zu riechen.

An einem sonnigen Morgen mit frischer Brise ließen sie das »Lager des Bauchwehs« ohne Reue hinter sich. Doch an diesem Tag kamen sie nicht so weit, wie sie ursprünglich gehofft hatten, denn irgendwann nachmittags wurde Rua durch das mühsame Vorwärtskämpfen im sandigen Gelände müde. Also schlugen sie ihr Lager in einer sanften Hügellandschaft auf, die mit mannshohen Sträuchern, Büschelgräsern und Toi-Toi-Gras bewachsen war. Überall sahen sie die Erdlöcher der Langohren. Die hübschen Pelztierchen waren so zahm, daß es grausam schien, ihr Zutrauen zu mißbrauchen und sie zu töten.

»Wenn wir nicht weit von zu Hause weg wären, würde ich mir ein Junges fangen und es mit heimnehmen«, sagte Tama. Im goldenen Licht der Dämmerung hoppelten und spielten die Langohren – sie hatten nur Angst vor dem Feuer – rings um die Jungen herum.

Spät am nächsten Vormittag erreichte Tama, der vor Rua herging, eine Anhöhe und stieß einen Freudenschrei aus: »Das Meer! Rua! Das Meer!«

Und da war es, gar nicht weit weg, noch lange vor Abend erreichbar: ein tiefblauer Bogen hinter gelben Sandniederungen, der sie willkommen hieß.

»Ach sieh nur, wie schön es ist!« rief Tama aus. »Wie ich es vermißt habe!«

»Denk nur an all den Fisch, die Muscheln und den Seetang. Das habe *ich* vermißt«, lachte Rua.

Und so eilten sie weiter, den langsam dahinfließenden, von Sand erstickten Fluß zur Linken, den ein Band von hohen Bäumen säumte. Was für ein Glücksmoment es für beide war, als sie die letzte Sanddüne erklommen hatten und sahen, wie sich die kräuselnden Wellen an dem langen Strand schäumend brachen, der weit in der Ferne auf ihrer Dolchseite in dunstverhüllte Klippen überging. Schon eilten sie auf dem nassen Sand den Hang hinunter, warfen ihre Waffen und Kleider von sich, rissen sich ihre Lendentücher herunter, kickten ihre Sandalen fort und rannten so schnell es ging, nackt und vor Freude und Glück schreiend. Dann planschten, wateten, tauchten sie in das reinigende und lebensspendende Wasser und ließen sich triumphierend und genießend hineinfallen.

10

Der Eingang der Höhle schaute nach Nordwesten über die Bucht. Von dort oben, etwa drei Manneslängen über der Erde, hatte man bei Flut einen wunderbaren Blick über das glitzernde, seichte Wasser der Lagune und die Flußmündung, hinüber zu der spitz zulaufenden Landzunge mit ihrem goldgelben Sand, in der das gegenüberliegende Ufer auslief, und weiter noch über den Ozean, der sich schäumend und sprudelnd am Strand der Bucht ergoß, und bis ganz in die Ferne zu den zarten Umrissen des hohen Gebirges am Ende der Welt.

Es war Hochsommer. Jeden Tag stieg die Sonne wie ein Wunder aus dem Meer empor, zog am Himmel entlang und ging hinter den Bergen unter; es war genau umgekehrt wie der Verlauf, den das weit entfernte Hirschvolk in seinen dunklen Wäldern gewohnt war.

»In diesem Land«, bemerkte Rua leicht verächtlich, »laufen die Flüsse und die Sonne rückwärts. Vielleicht kommt hier nach dem Sommer der Frühling anstatt der Herbst.«

»Und der Winter kommt überhaupt nicht«, murmelte Tama faul vor sich hin. »Wir bleiben hier bis in alle Ewigkeit, und es wird immer Sommer sein wie jetzt. Wir schwimmen, fischen, klettern auf Hügel und schlafen in der Höhle, und keiner wird uns je finden, und wir werden nie alt ...« Tama brach ab, weil er husten mußte, da der Wind ein bißchen Rauch von dem Feuer zu ihm herübergeblasen hatte, in dem Rua einen stabilen grünen Ast hin- und herdrehte, um die Spitze eines Fischspeers zu härten.

»... und an deiner Phantasie wirst du noch mal ersticken. Ha! Ha! Wenn du heute abend mit mir Flundern stechen willst, mußt du den anderen Speer dort fertig machen und die Spitze härten, bevor ich das Feuer ausgehen lasse.«

Tama wischte sich die Tränen vom Rauch aus den Augen und grinste. Dann setzte er sich mit überkreuzten Beinen auf den Boden, legte den Speerschaft auf seinen Schenkel und spitzte ihn mit kräftigen Dolchbewegungen zu. Beide Jungen waren bis auf ihre Lendentücher nackt. Ihre Muskeln waren fest, ihre Körper geschmeidig, und ihre Haut glänzte vor Gesundheit. Tama hatte sein dunkles Haar mit einem Stirnband aus Flachs, das mit rechteckigen, mit Holzkohle und roten Pflanzensäften gefärbten Mustern verziert war, aus dem Gesicht gebunden und ließ es nur über die Schultern herabfallen. Ruas Haar, das er sich mit seinem Dolch abgeschnitten hatte, hing in wilden Strähnen lose um seinen Kopf.

Die Jungen saßen vor der trockenen, sicheren Höhle, in der sie es sich bequem gemacht hatten und nun glücklich lebten. Sie bereiteten sich auf einen neuen Tag unbestimmten Umherstreifens in den Hügeln und bei Ebbe unten an den Klippen entlang vor. Die Fülle von Vögeln, Langohren, Süß- und Salzwasserfischen, die es in dieser Gegend gab, machten die Nahrungssuche zu einem täglichen Vergnügen, das sie immer wieder durch Schwimmen im flachen Wasser der Lagune und kleine Verschnaufpausen im Schatten unterbrachen, wo sie dann alle möglichen Geschichten über ihre tatsächlichen und vorgestellten Heldentaten zusammenspannen.

Schon war ein Mond voll geworden, hatte wieder abgenommen und war beinahe erneut voll, seit die Jungen den Strand entlanggestapft und auf diesen sicheren Zufluchtsort gestoßen waren. Die Beschwernisse der Reise lagen hinter ihnen, die geheimnisvollen und furchterregenden Sümpfe stellten im Moment keine Versuchung dar, und an die unumgängliche Heimreise über die Ebenen und Berge dachten sie nur selten. So genossen sie das Leben jeden Tag in vollen Zügen, schliefen fest und wachten unter einer neuen Sonne gutgelaunt auf. Sie waren noch nie so rundherum glücklich gewesen und wünschten sich nichts mehr, als gemeinsam eine endlose Folge von Sommertagen in vollkommener Freiheit zu verbringen.

Eine der besten Seiten ihres Glücks war für Tama, daß Rua soviel Geduld aufbrachte und ihm half, seine Angst vor dem Wasser zu überwinden. Die breite, flache Lagune, die sich zweimal am Tag bei Flut langsam mit Wasser füllte, war bestens dazu geeignet, um darin herumzutollen und jeden Tag mehr Vertrauen zum Wasser zu gewinnen. Es war das erste Mal in seinem Leben, daß Tama – für den Schwimmen bisher eine Verzweiflungstat im Notfall war – anfing, sich im Wasser wohl zu fühlen und darauf zu vertrauen, daß es seinen Körper schon tragen würde. Ein neues Element eröffnete sich ihm, und es wurde täglich mit Hilfe seines geduldigen Lehrers Rua neu erforscht. Als es Tama in vollstem Vertrauen auf Rua erst einmal möglich war, sich zu entspannen, fing er an, es zu genießen, sich treiben zu lassen, und sein einst wildes Geplansche zu einem kräftigen, gleichmäßigen Bruststil auszubilden. Er lernte, wie eine Ente unter die Oberfläche abzutauchen; länger dauerte es, bis er seine Angst überwand, von einem Stein ins tiefe Wasser hinunterzuspringen. Vor allem, wenn die Flut ihre überreichen Schätze hereinspülte, wurden das Schwimmen und Speerfischen zu einem Vergnügen, das er nun ebenso genoß wie Rua.

Doch die Hügel und Klippen übten eine gleich starke Anziehung auf sie aus. Die Hochsommersonne hatte das kurze Büschelgras an den steileren Hängen gebleicht, bis es in der Meeresbrise wogte wie die hereinkommende Flut. Die Hügel waren von den Zickzacklinien der schmalen Mäh-mäh-Pfade durchzogen, die den Jungen als ungefähre Wege dienten, obwohl sie bisweilen die steileren Abkürzungen wählten und sich dabei an hervorstehenden Steinen und Grasbüscheln hochzogen. Tamas Herz jubelte über die Weite auf den unbewaldeten Hügelkuppen, von wo aus das Auge unendlich auf Meer und Himmel hinausschauen konnte. Da er an eine Landschaft gewöhnt war, die hauptsächlich von Bäumen unter einem häufig wolkenverhangenen Himmel geprägt war, empfand Tama diese Freiheit der kahlen Hügel als reine Freude. Sie erfüllte ihn mit einer Lust, zu rennen und zu springen, zu schreien und zu singen. Fast meinte er, fliegen zu können. Ob es wohl sehr schwierig wäre, einfach die Arme auszubreiten und von der Klippe herabzuspringen, um auf den blauen Rücken der Luft zu reiten?

»Alter Traumtänzer«, ermahnte er sich selbst, wenn er im Geist mit solchen verrückten Gedanken spielte, doch kaum hatte er sich einen aus dem Kopf geschlagen, tauchte auch schon der nächste auf. Tama, der Sänger, war eben auch Tama, der Träumer. Dabei genoß er die äußere Welt mit derselben Leidenschaft wie Rua. An jenem leuchtenden Sommermorgen, als er und Rua ihre angespitzten und gehärteten Fischspeere bis zum Abend beiseite gelegt hatten und die steilen Hügel mit einer steifen Meeresbrise im Rücken hochkletterten, spürte Tama, daß die Kraft seines Geistes und seines Körpers der wilden Macht des Windes ebenbürtig war. Der Wind blies ihnen die Haare ins Gesicht, so daß sie, ohne viel zu sehen, über die wogenden Wellen des vom Wind verzauberten Büschelgrases zwischen dem Blau des Himmels und dem noch intensiveren Blau des Meeres die Hügel hinaufstiegen. Tama war so glücklich, daß er lachte, Rua überholte und vorauseilte, sich dann nach ihm umdrehte, um sich über seine Langsamkeit lustig zu machen, dann wieder fröhlich den Berg hochhüpfte. Und wenn sie zusammen auf der Hügelkuppe standen und sich gegen den Wind lehnten, umarmte er Rua und drückte ihn fest an sich.

»Ist es nicht einfach herrlich hier?«

»Warum so schnell? Ich bin völlig ausgepumpt.«

»Ich habe einfach das Gefühl, ich muß mich bewegen. Ich glaube, es ist der Wind – er bläst einfach durch mich hindurch. Laß uns zu der Bucht hinuntergehen, die wir neulich gesehen haben.«

»Puh, da geht's aber ziemlich steil runter. Paß auf, daß du nicht ausrutschst und auf die Felsen hinunterfällst.«

»Ihr Wunsch sei mir Befehl, o Meister.«

Unter ihnen lag eine von Steilklippen eingegrenzte, schmale Bucht. Sie hatten sie schon früher entdeckt, waren aber noch nicht hinuntergeklettert. Aber heute hatten sie noch den ganzen Nachmittag vor sich und damit genügend

Zeit, hinunterzusteigen und Strand und Klippen bei Ebbe zu erkunden.

An solch einem abschüssigen Hang könnte Leichtsinn tödliche Folgen haben, wenn einer von ihnen ausglitte und auf die Felsen hinabstürzte. Deshalb blieb Tama einen Moment stehen, dämpfte bewußt seinen wilden Überschwang und versuchte, ruhig zu sein und sich zu sammeln, bevor er sich vorsichtig an den steilen Abstieg machte. Es war nicht so schwer, wie es von oben ausgesehen hatte. Die kleinen Trampelpfade der Mäh-mähs, die es auch hier gab, lenkten ihre Füße sicher die natürlichen Höhenlinien entlang, und das Büschelgras mit seinen starken Wurzeln gab auch dann nicht nach, wenn es plötzlich verzweifelt gepackt wurde. Tama kam als erster auf dem lockeren, trockenen Sand unterhalb des Hügels an. Er hüpfte, herausfordernd johlend, zu den Wellen hinunter.

Die leichte Brandung an diesem sanft abfallenden Strand schwoll an, brach ihre weißen Schaumkronen und versickerte dann im Sand unter Tamas Füßen, während er ausgelassen durchs Wasser planschte, dann wieder umdrehte und zu Rua zurückrannte.

»Komm, laß uns auf Entdeckungsreise gehen«, keuchte er. »Es ist noch zu früh, um die Klippen zu umgehen. Wir müssen warten, bis Ebbe ist, dann können wir Muscheln sammeln.«

Es gab nicht viel flaches Land, das sie hätten erkunden können. Die steilen Hügel schienen den Strand geradezu ins Meer hineinzuschieben. Rua entdeckte einen kleinen Bach und folgte ihm durch Büschel- und Toi-toi-Gras weiter hinauf. Tama patschte hinter ihm her und drehte auf der Suche nach Süßwasserkrebsen alle möglichen Steine um.

»He, komm mal her und sieh dir das an.«

Rua spähte in eine kleine Höhle, aus der der Bach heraussprudelte. Tama bückte sich und sah, daß die vermeintliche Höhle eine Brücke war, anscheinend eine natürliche Steinbrücke. Doch Rua machte ihn darauf aufmerksam, daß ihre vollkommene Rundform unnatürlich sei. Als Tama etwas

Schlamm von der Wand kratzte, entdeckte er, daß sie aus Steinblöcken gebaut war, die alle von derselben Form und Größe waren.

»Das haben Menschen gemacht«, sagte er. »Dann waren sie also auch hier in dieser Bucht. Mal sehen, was wir hier noch alles finden können.«

Es schien ziemlich unwahrscheinlich, daß es auf so engem Raum noch etwas zu entdecken geben sollte, doch stöberten die Jungen weiter zwischen den windgebeugten Büschen und den Grasbüscheln, fanden jedoch nicht viel mehr als ein totes Mäh-mäh und die verlassenen Erdhöhlen der Langohren. Sie hatten sich langsam von einem Ende der kleinen Bucht zu den Klippen am anderen Ende vorgearbeitet, und da es inzwischen Ebbe war, begannen sie, in den zurückgebliebenen Tümpeln nach Krabben und Muscheln zu suchen. Während Tama über einem dieser Felsentümpel hockte und fasziniert das vielfältige Leben in dieser winzigen Meereswelt beobachtete, machte Rua seine zweite Entdeckung. Als Tama bei ihm ankam, stand er ein bißchen oberhalb der Flutlinie und starrte die Klippen hinauf.

»Guck mal.«

Tama sah, daß er auf der ersten Stufe einer Treppe stand, die durch sturmgepeitschtes Gestrüpp nach oben führte, aber es war nicht zu erkennen, wohin. Abermals waren sie auf Reste von Steinen gestoßen, die von Menschenhand bearbeitet und in den grob behauenen Felsen eingefügt, jedoch vom Meer in der Zwischenzeit stark zerstört worden waren.

»Komm, klettern wir hinauf«, schlug Tama vor. »Wahrscheinlich führen sie ins Leere oder sind vollständig überwachsen, aber wir können es wenigstens versuchen.«

So stiegen sie die Treppe hinauf, Rua immer voran. Häufig mußten sie Schutt und Erde beiseite räumen, um überhaupt festen Halt unter die Füße zu bekommen, und harte Stiele und Äste entweder wegbiegen, abbrechen oder unter ihnen hindurchkriechen, doch es gab genügend erkennbare Stufen, um den Weg nicht zu verlieren. Als die Jungen vom Wasser aus vielleicht so weit hochgestiegen waren, wie es der Länge eines großen Baumes entsprach, stieß Rua zum drittenmal an diesem Tag einen Freudenschrei über eine neue Entdeckung aus.

»Eine Höhle!«

Die Jungen schoben hastig die Büsche zur Seite, die den Eingang versperrten, und traten in die Höhle ein. Eine kühle Dämmrigkeit umgab sie, und das endlose Scheuern der See war kaum noch zu hören. Nachdem sich ihre Augen an die Dunkelheit gewöhnt hatten, sahen sie, daß die Höhle nicht viel größer war als ein relativ großes Zimmer und daß es sich tatsächlich um einen Wohnraum handelte. Auch hier hatte man wieder diese grauen, von Menschen gemachten Steine verwendet, um glatte Wände herzustellen, die etwa eine Armeslänge oberhalb ihrer Köpfe endeten und bis auf Höhe der Decke reichten. Im hinteren Teil der Höhle waren sogar Überreste von Brettern zu erkennen, die oben aus der Mauer herausragten. In den rechteckigen Nischen in den Wänden hatten sich vielleicht einmal Behälter oder Fächer mit Regalbrettern befunden. Der Höhlenboden war auf der einen Seite mit modrigen Blättern, Sand und Erde, die aus einer Felsspalte herausgewaschen worden waren, und Möwenkot und Federn bedeckt.

Die Jungen, vor Staunen fast verstummt, murmelten nur leise Bemerkungen, während sie vorsichtig weiter hineingingen und neugierig zwischen den herumliegenden Sachen auf dem Boden herumstöberten. Rua entdeckte ein zerbrochenes Gefäß, vielleicht irgendeine Art Eßschüssel, die jedoch viel feiner war als die groben Töpfe, wie sie von den Frauen des Hirschvolks hergestellt wurden. Er rubbelte den Schmutz darauf mit Spucke weg und sah, daß der Rand der Scherbe mit einem Blumenmuster verziert war. Die Enthüllung des Schönheitssinns eines Handwerkers, der schon ewige Zeiten tot sein mußte, rührte Tama und ließ in ihm eine Sehnsucht aufkommen, mehr über dieses verlorene Volk herauszufinden. Weshalb war es wohl verschwunden?

Auf der anderen Seite der Höhle war eine lange Bank entweder in den Felsen gehauen oder aus diesen Steinen der

Menschen gebaut worden, das ließ sich in dem düsteren Licht nicht genau erkennen. Dort machte Tama die spannendste Entdeckung. In einer Nische über dieser Bank befand sich eine kleine hölzerne Tür, die noch intakt war.

»Rua, komm her. Schau dir diese kleine Tür an. Was wohl dahinter ist?«

»Mach sie auf, dann wirst du's schon sehen.«

Tama ergriff mit den Fingern einen kleinen vorspringenden Gegenstand und zog daran. Die ganze Tür fiel heraus und krachte auf den Boden.

»Tölpel«, schalt Rua.

In einem kleinen Schränkchen waren zwei Bretter, und auf jedem standen kleine, zugepfropfte Gefäße aus einem Material, das so glatt und kalt wie Eis an einem Wintermorgen war. Manche waren durchsichtig, andere farbig, und bei manchen hatte sich eine dunkle Ablagerung am Boden gebildet, die vielleicht von einer Flüssigkeit stammte, die sich unten abgesetzt hatte. Rua zog einen Stöpsel heraus und hielt sich das Gefäß unter die Nase, konnte jedoch nur einen schwachen, scharfen Geruch wie von verbrannten Federn ausmachen.

»Was ist das?«

Tama hob einen flachen, ovalen Gegenstand mit einem Stiel auf. Er drehte ihn um, schrie vor Schreck laut auf und warf ihn schnell wieder hin.

»Was ist los?«

Tamas Stimme zitterte.

»Ein Geist ... Ich habe seine Augen gesehen! Nichts wie raus hier!«

Doch dieses Mal mahnte Rua, sonst immer der, der mehr Angst vor dem Unbekannten hatte, zur Ruhe. »Wie kann dieses Ding ein Geist sein? Gib mal her.«

»Nein, heb du's auf.«

Rua hob das Gefäß schwungvoll auf, hielt es mit ausgestrecktem Arm vor sich hin, drehte es um und starrte es an. Langsam holte er es näher an sein Gesicht heran, während Tama voller Angst mehr Ruas Gesichtsausdruck als den Gegenstand in dessen Händen beobachtete. Plötzlich brach Rua in lautes Gelächter aus. »Von wegen Geist! Du hast dein eigenes Gesicht gesehen. Ich kann auf jeden Fall meins sehen, wenn auch ein bißchen verschwommen. Es ist, als ob du in einen Teich schaust und dein eigenes Abbild siehst. Komm, wir nehmen das Ding mit hinaus ans Licht.«

Tama hatte nichts dagegen, die Düsterkeit der Höhle zu verlassen. Draußen im Sonnenschein starrten die Jungen in die glänzende Oberfläche dieses seltsamen Gegenstandes, in dem sie ihren Mund, ihre Augen, Nase und Hautfarbe genauer erkennen konnten als in einem klaren Weiher. Sie waren begeistert über diese neue Erfahrung und lachten vor Entzücken über die Lebendigkeit ihres Spiegelbildes.

»Das behalte ich«, sagte Tama. »Ich nehme es mit nach Hause.«

»Du hast es weggeworfen. Es gehört mir. Du hast ja Angst davor gehabt.«

»Na und? Ich hab's gefunden. Gib's her.«

»Du kannst es dir manchmal ausleihen. Aber gehören tut es mir.«

Ruas Stimme und Blick waren eigensinnig. Tama starrte ihn wütend an. »Aber Rua, ich hab's doch gefunden. Ich hätte es auch wieder aufgehoben. Ich habe es nur hingeworfen, weil ich mich erschreckt hatte … weil ich ein bißchen überrascht war. Du hättest dasselbe gemacht. Bitte, gib es her.«

Ruas Gesicht war verstockt. Doch dann zuckte er mit den Achseln.

»Na gut, wenn du soviel Wirbel darum machst, ist es mir auch egal. Fang.«

Tama war nicht schnell genug. Ein klirrendes Krachen war zu hören, als das Ding auf den felsigen Boden knallte.

»Du Idiot, du hast es zerbrochen!« Tama bückte sich und hob den Rahmen auf, in dem noch ein paar glänzende Bruchstücke steckten. Er fing an, die einzelnen Splitter aufzuheben, gab jedoch plötzlich einen lauten Schrei von sich, stand auf und trat zurück. »Es ist scharf. Es hat mich geschnitten.«

»Laß mal sehen.«

Ruas Neid schlug im Nu in Besorgnis um. Tama hielt ihm seinen Finger hin. Aus einem kleinen Schnitt tropfte Blut.

»Saug die Wunde aus und spuck aus«, befahl Rua, »und wasch den Finger dann im Meer.«

Dies war ein altes Hausrezept des Hirschvolks. Schnitte und Wunden wurden immer so schnell wie möglich im Meer ausgewaschen, egal wie weh es tat.

»Es ist nichts Schlimmes«, sagte Tama.

»Tut mir leid, daß ich es dir zugeworfen hab.«

»Ich war nicht darauf gefaßt.«

»Komm, hören wir auf zu streiten. Es tut mir leid, daß ich es kaputtgemacht habe. Wir können ja ein oder zwei Splitter mitnehmen, wenn wir vorsichtig damit umgehen. Aber auf unseren Heimweg können wir nichts mitnehmen, was wir nicht unbedingt brauchen. Gehen wir jetzt Muscheln suchen, und machen wir uns dann auf den Rückweg. Wir müssen zurück sein, ehe die Flut die Flundern bringt.«

An diesem Abend, als der Tag sich mit einem flammend roten Himmel im Westen seinem Ende zuneigte, wateten Tama und Rua knietief in dem strudelnden Wasser, das von der Flut in die Lagune hereingetrieben wurde. Der Wind hatte sich bei Sonnenuntergang gelegt, und der Himmel war jetzt von einer ungeheuren Ruhe erfüllt. Die Hügel leuchteten golden im letzten Abendschimmer. Doch auf dem schieferfarbenen Wasser der hereinbrechenden Nacht lag eine salzige Frische, die die beiden einsamen Menschengestalten mit den Fischspeeren aufrüttelte. Hätte sie jemand vom Hügel aus beobachtet, so wären sie ihm am Rande des Ozeans und an der Schwelle zur Nacht verloren und verletzlich vorgekommen. Während ihnen das kalte Wasser um die Beine spülte und ihre Arme die stoßbereiten Fischspeere hochhielten, spürten Tama und Rua, daß sie einander brauchten und nahe sein wollten. Wäre einem von ihnen etwas passiert, wäre über den anderen augenblicklich die ganze unendliche, unmenschliche Einsamkeit der nächtlichen Meere und der widerhallenden Küsten hereingebrochen.

Als es schließlich zu dunkel war, um noch irgendwelche Fische erkennen zu können, stiegen sie aus dem flachen Wasser heraus. Zwischen sich trugen sie, auf einer Flachsschnur aufgefädelt, ein Dutzend Flundern. Das wärmende und tröstliche Feuer tat ihren kalten Gliedern und hungrigen Bäuchen gut. Und die Höhle gewährte ihnen danach Schutz und Zuflucht.

Tama hatte sich gemütlich neben das Feuer hingestreckt und beobachtete, wie sich eine langsam vom Meer heranrückende Wolkenmasse vor die Sterne schob. Leise fing er zu singen an, während Rua mit den Händen unter dem Kopf und überkreuzten Beinen bequem auf dem Rücken lag, vollkommen zufrieden.

Oh, der Wind, der Wind von der See!
Sieh hinauf!
Der Wind stiehlt die Sterne,
der diebische Wind läßt die Funkelnden
in seinen Webbeutel fallen.
Er macht es ganz leise,
stört niemanden dabei.
Wo sind die Flundern,
die in der Flut schwammen?
Mein Speer ruht sich aus
neben zerschmetterten Gräten,
mein Bauch ist warm,
mein Bauch ist voll.
Ist der Wind dort oben hungrig,
daß er alle Sterne ißt?
Komm, mein Freund, laß uns schlafen,
laß die Höhle unser Schutzzelt sein
bevor der Wind der Nacht
seinen Beutel voller Sterne schließt,
bevor der Wind der Nacht ihre Gräten zerbricht
über der schlafenden Welt.

11

Ein paar Tage nach ihrem Ausflug zu der kleinen Bucht bei der Steilküste und der Entdeckung des Höhlenhauses machte Tama den Vorschlag, im Landesinneren an den Hügeln entlang auf Entdeckungsreise zu gehen, um nachzusehen, ob es noch mehr Ruinen an den Hängen oberhalb des Sumpfes gäbe. Rua war zuerst nicht besonders begeistert von der Idee, vielleicht, weil er sich nicht gerne an seine Krankheit erinnerte, doch als ihm Tama versicherte, daß auch er keine Lust habe, der versunkenen Siedlung allzu nahe zu kommen, ließ er sich zu der Reise bewegen.

Ein paar Tage später machten sie sich auf den Weg, kletterten die Hügel hinter ihrer Höhle hinauf, bis sie auf den breiten, kahlen Grat am Gipfel kamen, wo das Büschelgras ohne Unterlaß in der Meeresbrise raschelte und das Land nach allen Seiten steil abfiel. Die Hügelkuppen waren mit Ausnahme des Büschelgrases so gut wie vegetationslos und boten daher wenig Hindernis für ein rasches Fortkommen.

Noch bevor der Morgen zu Ende war, hatten die Jungen die Grenze ihrer früheren Ausflüge überschritten und stiegen in gleichmäßigem Tempo eine leichte Steigung hinauf. Was zuerst wie eine natürliche Grasterrasse aussah, stellte sich bald in Breite und Steigung als so regelmäßig heraus, daß Tama nicht umhinkonnte, eine Bemerkung zu machen.

»Guck mal! Siebst du, wie sich die Terrasse in das Tal dort hineinwindet und dann weiter über den Ausläufer dort drüben ansteigt? Es muß irgendein alter Weg oder so etwas sein.«

»Aber warum ist er so breit? Ein Mensch braucht doch nicht so viel Platz zum Laufen.«

»Vielleicht kamen und gingen darauf immer riesige Mengen von Menschen. Denk doch nur daran, wie viele Menschen in dieser riesigen Siedlung im Sumpf gelebt haben müssen.«

Als sie weiter hinaufkamen, wurde die Aussicht immer besser. Sie konnten jetzt die ganze Weite der Ebene überschauen, eine wogende See von Büschelgras und Flachs, die in der Ferne von der diesigblauen Gebirgswand begrenzt wurde. Auf ihrer linken Seite konnten die Jungen in eine lange, tiefe, fjordähnliche Bucht hinabschauen, die weit größer war als die eng eingegrenzte Steilküstenbucht und auf der anderen Seite von breiten Berghängen überragt wurde, die viel höher und zerklüfteter waren als die Hügel über dem Sumpf. Der Weg war teilweise von Erdrutschen oder Erdbeben eingebrochen, doch es war nicht schwierig, ihn auf der anderen Seite wiederzufinden. Sie sahen mehrere Mäh-mähs und Langohren, so daß die Nahrung gesichert war, wenn sie ihr Lager aufschlagen würden.

Als der Nachmittag sich langsam seinem Ende zuneigte, kamen sie zu einem Pass, an dem sich der Weg verzweigte. Einer führte weiter die Hügel entlang, der andere bog nach unten zur Ebene hin ab. Sie wählten den bergabführenden Pfad, und nicht lange vor Sonnenuntergang erreichten sie ein Wäldchen, in dem sie beschlossen, ihr Lager aufzuschlagen. Es war schon dunkel, bis sie mit Feuermachen, der Beschaffung von Fleisch und dem Bau eines Unterschlupfs fertig waren, doch der Schlaf wollte sich nicht einstellen. Sie hatten sich an ihre Höhle am Meer gewöhnt, wo die Brandung sie in den Schlaf gesungen hatte. Die Stille der Hügel bedrückte sie ein wenig und ließ sie beim kleinsten Rascheln im Gras nervös und bereit zur Verteidigung auffahren. In der Nacht kam ein kalter Wind auf, und sie schmiegten sich eng aneinander, doch auch das half nur wenig. Als sie bei Tagesanbruch aufstanden, ächzten und stöhnten sie über ihre Steifheit, die Kälte und die unruhige Nacht.

»Ich glaube, hier schwirren böse Geister rum«, murmelte Rua, während er einen gebrochenen Riemen an seiner Sandale reparierte. »Sie versuchen, uns zu vertreiben.«

Nachdem sie aus dem kühlen Schatten herausgetreten waren, setzten sie sich erst einmal auf ein paar Steine zwischen dem Büschelgras und ließen sich von der Sonne aufwärmen, die gerade über den vom Meer heraufziehenden Wolkenmassen aufging. Unter ihnen fiel das Gelände sanft ab und war mit einzelnen Steinen und kleineren Erhebungen aus Steintrümmern übersät. Ein paar Palmen scheuerten ihre rauhen Blätter im Wind gegeneinander, und die schwertförmigen Blätter der Flachslilie blitzten hell auf, als ein jäher Windstoß hindurchblies, doch große Bäume gab es hier nur wenige. Weiße Dunstschwaden über der Ebene gaben den Blick nicht frei, doch ein Hauch von Schnee glänzte von den Bergen in der Ferne durch perlmuttfarbene Wolken hindurch. Tama hielt seine Knie umschlungen und beobachtete gedankenverloren das vor ihm liegende Land, während Rua neben ihm seinen Umhang geöffnet hatte und sich die warme Sonne auf den Bauch scheinen ließ. Sie schwiegen eine ganze Weile, noch etwas müde von der ungemütlichen Nacht und unwillig, der Stimme des anbrechenden Tages zu folgen und munter zu werden.

Ohne sich genau daran zu erinnern, wann er es zuerst gesehen hatte, merkte Tama plötzlich, daß er gebannt, aber geistesabwesend auf einen viereckigen schwarzen Fleck auf einem der niedrigen Hügel starrte, die über den ganzen Abhang verteilt waren. Er wollte schon etwas sagen, überlegte es sich dann aber noch mal, stand beiläufig auf, streckte sich, gähnte und schlenderte durch das Büschelgras zu der Erhebung hin. Beim Näherkommen sah er mit wachsender Aufregung, daß der viereckige Fleck ein Loch war, das in etwa die Größe eines Fensters hatte, durch das man in die hohle Dunkelheit dahinter schauen konnte. Der Hügel war nichts anderes als eine Art Gebäude, das unter endlosen Jahren von Pflanzenwachstum und -zerfall begraben lag. Es gab viele dieser kleinen Hügel hier, die sich in Reihen und Gruppen den Hang anscheinend bis zum Rande des Sumpfes hinunterzogen. Ganz aufgeregt über seine Entdeckung, rief Tama Rua zu sich und wedelte dabei wie verrückt mit den Armen.

Rua kam angerannt.

»Was ist denn los?«

»Häuser! Gebäude! Überall um uns herum. Sieh nur! Wir haben letzte Nacht am Rand eines anderen großen Dorfes geschlafen.«

Rua kletterte zu der Stelle hoch, wo Tama stand. Sie starrten mit ehrfürchtiger Scheu nach vorne auf diese stillen Buckel, in denen die Geheimnisse einer ausgelöschten Rasse verborgen liegen könnten.

»Ich hab's dir ja gesagt, daß es hier Geister gibt«, sagte Rua. »Deshalb konnten wir nicht schlafen.«

Sie hüpften hinunter und äugten durch das viereckige Loch in die erdige Dunkelheit im Inneren, in der bleiche Farnwedel wankten, zwischen denen Spinnenweben im Morgenwind zitterten.

»Das gefällt mir gar nicht«, erwiderte Rua. »Du wirst mich auf jeden Fall nicht dazu kriegen, da hineinzusteigen.«

Auch Tama war nicht danach, und schon eilten die beiden den Hang hinunter, zu dem nächsten kleinen Hügel. Dieser schien ziemlich stabil zu sein, doch dann entdeckte Tama halb im Gras versunken eine viereckige Steinplatte, die mit menschlichen Werkzeugen behauen worden sein mußte. Innen war alles mit Erde gefüllt, auf der Flachs und zähe, strauchartige Büsche mit starken Wurzeln wuchsen, die die Jungen nicht ausreißen konnten. Verwirrt durch die Vielzahl von Buckeln, die es zu erforschen gab, rasten die Jungen zunächst ziellos in der Gegend herum und entdeckten dabei verschiedene Bruchstücke behauenen Steins, der häufig zu kleinen, rechteckigen Blöcken geformt war, die beim Abbröckeln eine staubige, rötlich poröse Maserung aufwiesen. Rua meinte, sie ähnelten gebackenem Lehm.

Es dauerte nicht lange, da entdeckte Tama ein paar Tonscherben von Gefäßen, die fein gearbeitet und so glatt waren wie das Innere einer Muschel. Als er diese Zeugen menschlicher Handwerkskunst, die sicher einmal zu den wichtigsten alltäglichen Gebrauchsgegenständen dieser Menschen gezählt hatten, aufhob und anschaute, überkam ihn ein seltsames Gefühl, als begehe er eine unerlaubte Handlung. Wer hatte sie benutzt? Er wollte es zu gerne herausbekommen.

Während er die Scherben in seiner Handfläche hin- und herdrehte, spürte er ihre Einsamkeit. Er hätte sie gerne behalten, aber er war sich fast sicher, daß sie auf noch aufregendere Schätze stoßen würden.

Rua, der sich zuerst dagegen sträubte, den Schlaf der Toten zu stören, überwand bald seine Angst und schnitzte sich, findig wie immer, einen stabilen, spitzen Stecken, mit dem er die modrigen Blätter und die Erde wegkratzen, Spalten untersuchen und hinderliche Steine weghebeln konnte. Tama suchte hingegen den Boden ohne große körperliche Anstrengung nach Schätzen ab. Er ging mit langsamen Schritten und gebeugtem Kopf und durchstöberte sorgfältig die dicken Grasbüschel, die Blätter und die Erde am Boden. Im Laufe des Morgens entdeckten die Jungen zwar mehrere Gebäude, deren Grundsteine noch standen, aber sonst nichts, außer einer kleinen Treppe, die jedoch nirgendwohin führte. Zeit und Wetter hatten das Ihre dazu getan, um alles Verderbliche zugrunde zu richten. Tama überlegte sich: Wenn diese großen Gebäude so vollständig zerstört werden konnten, wie lange würden dann die Häuser des Hirschvolks standhalten, sollte die Siedlung einmal verlassen werden? Der Gedanke bedrückte ihn.

Am Nachmittag wurde ihr Hunger irgendwann stärker als ihr Eifer, die Ruinen zu erforschen, und sie gingen auf demselben Weg, den sie gekommen waren, zurück bis zur Hügelkuppe und bogen dann in ein Tal ab, in dem sie Mähmäh-Spuren gesehen hatten. Rua gelang es, an eine Mutter und ihre halbwüchsigen Jungen heranzuschleichen und eines davon mit einem einzigen geschickten Pfeil sauber zu treffen. Als sie dann das Fleisch über einem kleinen Feuer an einem schmalen Bächlein, der das Tal entwässerte, brieten, beschlossen sie, hier außerhalb der Sichtweite der Ruinen ihr Nachtlager aufzuschlagen, »wo uns die Geister nicht finden können«, wie Rua sagte. Er schien davon überzeugt zu sein, daß die Geister schuld daran waren, daß sie letzte Nacht so unruhig und ungemütlich geschlafen hatten. In seinem Murren schwang ein bißchen Angst mit. Obwohl auch Tama glaubte, daß sie möglicherweise durch Geister gestört worden waren, löste dies bei ihm vor allem Neugierde, aber weniger Angst aus. Da er wußte, daß er diesen geheimnisvollen Toten nichts Böses tun wollte, konnte er nicht glauben, daß sie ihm Schaden zufügen würden.

Die Nacht war ruhig und dunkel, bis auf das Gluckern des Bächleins war kein Laut zu hören. Eine ungeheure Stille lag über den Hügeln und lastete auf den Jungen, die das unermüdliche Tosen des Meeres vermißten. Ein Regenschauer weckte sie auf, der durch die Zweige ihrer schrägen Schutzhütte tropfte, sie aber nicht wirklich durchnäßte. Langsam sickerte kühl und grau das Licht der Dämmerung durch. Sie aßen die Reste des gebratenen Fleisches vom Vortag und beschlossen, erst noch weiter in die Ruinen vorzudringen, ehe sie sich auf die Suche nach vielversprechenden Plätzen machen wollten.

Beim Erklimmen des Hügels schlug ihnen von vorne ein eisiger Wind vom Meer her ins Gesicht. Auf dem Hügelkamm angekommen, bogen sie wieder auf den Weg ab, der in die Ruinen hinunterführte. Nasse Gräser blieben an ihren Beinen kleben. Tama fühlte sich niedergeschlagen, doch er war getrieben von einem Impuls, irgend etwas von größerer Bedeutung zu finden als die Dinge, die sie bisher entdeckt hatten. Doch, wie sich herausstellen sollte, war es Rua, der später am Morgen eher zufällig die große Entdeckung machte.

Er stocherte mit seinem Stecken zwischen zwei aufrecht stehenden Steinplatten herum, die er am Ende dreier Stufen in einer Vertiefung aufgespürt hatte. Da schrie er plötzlich laut auf. Tama war in der Nähe und kam gleich angerannt. Er sah, daß Rua auf ein Loch in der Seite der Vertiefung starrte, das fast mannshoch war.

»Sie ist einfach hineingefallen«, sagte Rua. »Ich habe mit meinem Stecken zwischen den beiden Steinplatten herumgestochert, und eine fiel dann plötzlich langsam nach innen.«

Die noch stehende Platte war sehr dick, allerdings leicht gesprungen und stand jetzt schief.

»Paß auf, daß diese nicht auch noch umfällt. Ich glaube, ich habe da etwas Aufregendes gefunden.«

Was sie sahen, waren noch mehr Stufen, die nach unten zu einer schweren hölzernen Tür führten.

»Sollen wir hinuntergehen?« fragte Tama.

Rua sah ihn zweifelnd an.

»Und woher kriegen wir das Licht? Es ist ziemlich dunkel dort unten.«

»Mmh, wenn wir diese andere Platte auch noch umwerfen könnten, hätten wir eine größere Öffnung.«

Unter Aufbietung aller Kräfte und nach viel Anstrengung, Stöhnen und etwas Mithilfe von Ruas Stock neigte sich die Platte endlich langsam nach vorn. Als sie zurücksprangen, krachte sie die Treppen hinunter und mit einem splitternden Knall in die hölzerne Tür. Doch die Tür war nicht aufgebrochen. Sie wagten sich ein bißchen ängstlich weiter. Rua blickte zurück, die Stufen hinauf, als erwartete er geradezu einen Gegenschlag auf ihr gewaltsames Eindringen hin. Dann drückten sie gemeinsam mit der Schulter gegen die Holztür. Sie bewegte sich ein winziges Stückchen. Die beiden Jungen nahmen Anlauf und drückten so fest sie konnten dagegen. Die Tür quietschte in ihren kaputten Angeln. Sie sprangen zurück, der obere Teil schwang nach innen, der untere nach außen, und das schwere Holz, das sich endlich mit einem heftigen Ruck von seiner letzten Angel befreit hatte, fiel krachend in den Raum hinein.

Eine ganze Zeitlang blieben Tama und Rua auf der Treppe hocken, während das fürchterliche Getöse langsam verhallte. Erst dann trauten sie sich, ganz hinunterzusteigen und einen Blick über die Schwelle zu werfen. Der Staub, der von der zusammenfallenden Tür aufgewirbelt worden war, stieg ihnen in die Nase, und sie zogen sich hustend zurück.

»Wir müssen warten, bis sich der Staub gelegt hat«, murmelte Rua. Also hockten sie sich wieder auf die Treppe, spähten hinunter in die sich langsam lichtende Dunkelheit und fragten sich neugierig, was sie wohl hinter der Schwelle erwarten würde. Die Sonnenstrahlen erreichten jetzt einen

Winkel des verrotteten Türstocks und begannen, langsam nach unten zu wandern.

»Gut, da haben wir wenigstens ein bißchen Licht«, sagte Tama.

Als endlich der erste Sonnenstrahl über die Schwelle in den Raum drang, trat Tama in den Türrahmen, während Rua ihm von hinten über die Schulter äugte.

Langsam wurden Formen erkennbar, und Farben traten aus der Dunkelheit hervor. Die Jungen standen da, ohne ein Wort zu sagen; sie wußten nicht, was sie da eigentlich anstarrten.

Der Raum war mehr als zweimal so groß wie die Zimmer, die sie von zu Hause her kannten, und voller Möbel, von denen ihnen viele unerklärlich waren. Sie erkannten zwar einiges als Tisch, Stuhl oder Bank, aber da gab es anderes, dessen Verwendungszweck sich nicht einmal im entferntesten erahnen ließ. Zögernd erst, dann mit wachsender Begeisterung, untersuchten sie den Inhalt des Raumes, warfen dabei jedoch immer noch gelegentlich einen Blick nach hinten auf die Treppe.

Neben dem Eingang an der Wand, in der die Türe gewesen war, stand ein Tisch, bedeckt mit einem rötlichen, feinen Tuch, das jedoch vom Alter so brüchig war, daß es wie trockener Lehm zerbröselte, als Tama es neugierig anfassen wollte. Er mußte es nur mit dem Finger berühren, schon war ein Loch darin. Auf dem Tisch stand eine getöpferte blaue Schüssel, die einen zusammengeschrumpften schwarzen Rückstand enthielt, als sei sie innen mit Blut beschmiert worden, das seit langem angetrocknet war. In einem Schrank mit Türen aus einer glatten, durchsichtigen Substanz standen viele schlanke, hohe Behälter, die den ledernen Wasserflaschen, wie sie vom Hirschvolk hergestellt wurden, ähnelten. Doch diese hier waren aus einem unbekannten, glänzenden bunten Material. Tama vermutete, sie hätten vielleicht Kräutermedizin enthalten. In der Ecke fanden sie eine große Kiste auf kurzen hölzernen Beinen mit einem leicht gewölbten viereckigen Feld aus einer glatten, harten, milchigen Substanz. Von der Kiste ragten zwei lange Stäbe in die Höhe.

»Es sieht aus wie ein fettes Langohr, das sich neben seinem Bau zusammenkauert«, murmelte Rua.

Sie sprachen mit gedämpfter Stimme, weil sie sich schuldig fühlten. Sie hatten den Eindruck, etwas Verbotenes zu tun, Eindringlinge zu sein.

An der Wand befanden sich mehrere flache Gegenstände, manche viereckig, manche oval, vielleicht aus Holz gemacht, die alle mit bunten Farben in merkwürdigen Mustern gefärbt waren. Eines zeigte das Abbild einer jungen Frau, die mit im Schoß gefalteten Händen auf einem Stuhl saß, ein blaues Kleid anhatte, den Kopf etwas zur Seite geneigt hielt und mit einem gedankenschweren, traurigen Ausdruck nach unten blickte. Die Jungen sahen es ehrfürchtig an. Als Kinder hatten sie Gesichter in den Sand gemalt, aus Stückchen Figuren gemacht und mit den Holzpuppen gespielt, die ihnen ihre Väter geschnitzt hatten, aber das war alles nichts gegen das lebhafte Abbild eines Mädchens, das schon lange tot war und lebendiger wirkte als alles, was sie jemals unter den Zeichnungen des Hirschvolks gesehen hatten. Tama versuchte vergeblich, die Farbe ihrer Augen zu bestimmen, die Traurigkeit ihres nach unten gerichteten Blickes zu ergründen und die großen Seelenqualen, die in ihm aufwallten, zu verstehen. Während er sich durch den dämmrigen Raum bewegte, schaute er immer wieder zu dem Mädchen hin und wünschte sich, ihre Stimme möge ihn über die unüberbrückbare Kluft, die sie trennte, erreichen.

In einem Winkel des Zimmers befanden sich drei Regale, die mit kleinen rechteckigen Blöcken gefüllt waren. Tama dachte zuerst, sie seien aus Holz. Er nahm einen davon in die Hand und stellte fest, daß er nicht schwer war. Er trug ihn zum Tisch hinüber und untersuchte ihn eingehend. Was er zuerst für ein hölzernes Gehäuse gehalten hatte, stellte sich als eine Art Hülle heraus, die sich öffnen und mit einem leichten, spröden Krachen auseinanderfalten ließ. Er sah, daß in dem Behälter unzählige flache, viereckige Stücke aus einem verblüffenden Material enthalten waren, das ähnlich wie getrocknete Tierhaut oder wie die abgeschälte Rinde des Fuchsienbaumes aussah. Und jedes dieser Vierecke war mit einem Muster bedeckt, einer Zeichnung in schwarz, sehr klein und verschlungen, die in Linien über das Viereck angeordnet war und nur am Rande etwas freiließ. Als er die spröden Blätter nach und nach durchsah, schrie Tama plötzlich voller Entzücken auf. Er hatte eine Reihe farbiger Abbildungen von Menschen entdeckt, die der Frau mit dem blauen Kleid ähnelten. Da waren sie also, die Menschen einer verschwundenen Rasse, und schauten ihn an, merkwürdig in der Zeit festgehalten durch die Fertigkeit eines vergessenen Künstlers. Als er die winzigen Figuren so betrachtete, erwartete er beinahe, sie würden anfangen, sich zu bewegen, und er könnte sie sprechen hören. Sie waren von seltsamen Gegenständen umgeben, standen vor riesigen Gebäuden, trugen sorgfältig angepaßte Kleider, die eng anlagen, fast den ganzen Körper bedeckten, und nur das Gesicht aussparten. Wer waren sie? Über welche wundervollen Fähigkeiten und Kenntnisse hatten sie verfügt?

»Ich nehme ein paar von diesen Dingern mit«, sagte Tama.

»Ich nicht. Damit verärgerst du nur die Geister.«

Rua glaubte das, was er sagte, doch Tama behielt seine Entdeckung und begann sich andere Stücke genauer anzusehen. Manche fielen auseinander, sobald er sie öffnete, andere waren so braun und eingeschlagen, daß Farben und Formen ihre Bedeutung verloren hatten. Doch Tama fand vier, die noch vergleichsweise gut zusammenhielten und deren Farben noch so erhalten waren, daß er sich an der klaren Darstellung der Leute, Orte und Gegenstände erfreuen und begeistern konnte. Rua hatte noch einen Schrank geöffnet und fand Kleider, die auf kurzen, gebogenen Holzstücken hingen, aber mit der Zeit so brüchig geworden waren, daß sie schon beim Herausnehmen auseinanderfielen. Außerdem gab es noch andere Behälter, die die Jungen nicht öffnen konnten, von denen manche ganz glatt und weiß aussahen, manche in die Wand hineingebaut waren. Da und dort waren feuchte Stellen zu erkennen, besonders neben der Tür, dabei war Tama der Meinung, sie rührten daher, daß die alten Außentüren schief geworden seien.

»Wozu bauen Menschen wohl einen solchen Raum unter der Erde? Wir haben oben die Fundamente eines Gebäudes gesehen. Ich verstehe nicht, wozu sie einen Raum hier unten brauchten.«

»Vielleicht als Schutz vor Feinden«, antwortete Rua voller Zweifel.

»Aber dann hätten sie hier in der Falle gesessen.«

»Mmh, vielleicht ist es besser, wenn wir jetzt wieder hochgehen. Behältst du welche von den Bilderdingern?«

»Ja.«

»Dann nehme ich das Messer mit. Es ist aus einem Material, das schärfer zu sein scheint als Stein. Ich werde es wieder schärfen.«

Sie kletterten benommen und verwundert die Stufen in das blendende Licht hinauf. Wenn man von den Hügel nach unten blickte, konnte man einen Teil des Sumpfes und die Konturen von aus dem Wasser ragenden Mauern erkennen. Rua schauderte.

»Da gehen wir aber nicht hinunter. Ich hasse diesen Sumpf.«

»Ich glaube, wir machen uns lieber auf die Suche nach etwas zu essen«, schlug Tama vor. »Ich habe Hunger.«

»Bring du diese Sachen zurück zum Lagerplatz von gestern nacht und mach schon mal ein Feuer. Ich versuche inzwischen an den Hängen auf der anderen Seite des Tals Mäh-mähs oder Langohren aufzutreiben.«

Während er an einer Stelle neben dem Bach hockte, wo dieser zwischen Binsen ein Wasserloch gebildet hatte, roch Tama den Staub des versiegelten Raumes auf seiner Haut und in seinen Haaren. Geistesabwesend beobachtete er, wie das Wasser in sanften Wirbeln um das Schilfgras strömte, und machte sich Gedanken über das Rätsel und Geheimnis des seltsamen Zimmers unter der Erde, die schweigenden, halb begrabenen Ruinen, die von Farnen und Blumen überwachsen und von den Wurzeln der Bäume aufgebrochen waren. Hatte irgend jemand anderes sie schon einmal entdeckt? Waren Rua und er die einzigen menschlichen Wesen, die jemals das große, traurige, versunkene Dorf gesehen hatten? Tama dachte wieder an seine Entdeckung der Steinmauer auf der Langen Wanderung zurück – war es erst letzten Frühling gewesen? Es schien Jahre zurückzuliegen. Er erinnerte sich an die fürchterliche Wut des Alten Weisen, der ihm verboten hatte, jemals darüber zu sprechen. Warum hatte Tamas Entdeckung ihn so erschreckt? Wußte er irgend etwas über ein früheres Volk, das mit Steinen gebaut hatte? Aber wenn es so war, warum wußte dann sonst niemand etwas davon? Weshalb wurde in der Winterschule, die jedes Jahr für die neugeweihten Jungen abgehalten wurde, nicht darüber unterrichtet?

Aus unerklärlichen Gründen wurde sein Geist plötzlich kühl und klar, und ohne sich umzudrehen, wußte Tama, daß jemand hinter ihm stand, der nicht Rua war. Er wurde sich einer absoluten Stille bewußt, einer völligen Leere, wie er sie noch nie erlebt hatte. Was er empfand, war weniger Angst als der dringende Wunsch herauszufinden, was da vor sich ging. Fast lässig stand er auf und drehte sich um.

Nicht mehr als sechs Schritte von ihm entfernt stand ein Junge, der etwa so alt war wie er und ihm zulächelte – zwar etwas traurig, aber voller Wärme. Er hatte helle Haare, blaue Augen, eine frische Haut, insgesamt ein gut gebauter, hübscher Kerl. Der obere Teil seines Körpers war in ein loses, langärmeliges weißes Gewand aus einem weichen Material gehüllt, das in Falten über seine Hüften hing. Seine Beine waren vollständig mit einem enganliegenden, ausgebleichten blauen Stoff bekleidet, der die Form seiner Schenkel und seines Gesäßes betonte. Jedes Detail war klar erkennbar. Seine Gürtelschnalle blitzte im Sonnenlicht. Eine Wange glänzte im Licht heller als die andere. Ein leichter Wind bewegte eine Locke seines Haars. Als der Junge lächelte, öffnete er seine Lippen, und eine Reihe von starken, unregelmäßigen weißen Zähnen wurde sichtbar.

Tama lächelte zurück und spürte in sich eine Welle der Liebe für den Fremden aufsteigen. Sie war so stark, daß kein Raum mehr für Angst da war, obwohl Tama durch den Körper des Jungen klar das Wogen des Grases im Wind und einen Stein erkennen konnte, der hinter einem Grasbüschel hochragte. Der Junge wirkte vollkommen real, auch wenn er nicht von Tamas Welt war. Einen langen Moment sahen sie sich gegenseitig in die Augen, dann bemerkte Tama, daß der Junge einen gegabelten Zweig in Händen hielt. Mit einer raschen Bewegung zerbrach er den Zweig in zwei Teile und warf ihn in den Bach. Unwillkürlich drehte Tama sich um und schaute den weggeworfenen Teilen nach. Dann wandte er sich wieder zu dem Jungen.

Da war niemand. Er war allein. Das Gras flüsterte im Wind, die große Hügelmasse erhob sich vor ihm ohne auch nur das kleinste Anzeichen menschlichen Lebens. Er war wieder zurück in seiner eigenen Welt. Er wandte sich dem Bach zu. In dem Schilf nahe dem Ufer schwamm ein kleines Zweigstückchen, das vorher noch nicht da gewesen war. Nur eines? Das andere war vom Wasser davongetragen worden, war für immer verloren. Tama bückte sich und holte das Zweigstückchen aus dem Schilf heraus. Es war frisch abgebrochen.

Er setzte sich hin, denn eine unerklärliche Furcht überfiel ihn und ließ seine Arme und Beine so schwach werden, als würde er gleich umkippen. Aber er wurde nicht ohnmächtig, und nach einer Weile fühlte er sich wieder besser. Er wußte, daß er wirklich etwas gesehen hatte und daß diese Vision ihm etwas sagen wollte, doch er kam einfach nicht darauf, was das sein könnte. Schweigend hielt er das Andenken daran in Ehren, doch er konnte es weder Rua noch sich selbst erklären. Als sie in der Abenddämmerung am Lagerfeuer saßen, sagte er mit einer Entschiedenheit, der Rua nichts entgegensetzte: »Morgen gehen wir zurück zur Höhle.«

Am nächsten Mittag waren sie schon hoch oben auf dem windigen Pfad, unterwegs zur Lagune zurück und beschlossen, eine kleine Rast einzulegen. Sie legten sich in das Büschelgras über dem tiefen blauen Meeresarm, den sie auf dem Herweg bereits gesehen hatten. Plötzlich erspähte Rua mit seinen Adleraugen den Rauch. Eine dünne Rauchsäule stieg von einem der steilen Bergrücken auf, die sich zu dem großen Gipfel auf der anderen Seite des engen Sundes emporzogen.

»Das kann nicht sein ... Aber es ist so! Rauch! Tama! Sieh nur!«

Ganz in der Ferne stieg dünner Rauch in die Luft, bis er von dem Seewind, der über den Bergrücken emporgeweht kam, erfaßt und verteilt wurde. Die Jungen sahen einander zweifelnd und etwas ängstlich an.

»Meinst du, es ist irgend jemand, der auf der Suche nach uns ist?«

Tama erinnerte sich an die Verfolgungsjagd, die sie in der überfluteten Schlucht fast das Leben gekostet hätte.

»Weiß ich auch nicht«, antwortete Rua.

»Vielleicht ist es irgend jemand anderes? Jemand aus dem Dorf unter dem Wasser?«

Rua lief es eiskalt über den Rücken.

»Das gefällt mir gar nicht. Vielleicht sind sie freundlich, aber vielleicht auch nicht. Los, weiter, wir machen, daß wir so schnell wie möglich zur Höhle kommen.«

Sie marschierten wortlos auf dem breiten Weg einher. Jeder war mit seinen eigenen Gedanken beschäftigt. Für Tama gab es keine Verbindung zwischen dem Geistjungen, den er gesehen hatte, und dem Rauch auf dem Berg. Er hatte mehr Angst vor dem Rauch als vor dem Jungen, den er sich eher als jemanden vorstellte, den er einmal gekannt und geliebt hatte, und der nun für immer verschwunden war.

Das Gewirr von Felsgipfeln und Wolken weit über der goldockerfarbene Ebene glühte im Sonnenuntergang, als die zwei Jungen die letzten Stufen zu ihrem Höhlenzuhause hinunterschlitterten und den Willkommensgruß des Meeres hörten, das gegen den Sand der Lagune anrollte.

»Fisch«, murmelte Rua nur und war auch schon auf der Suche nach seinen Angelschnüren, um sein Glück in der hereinkommenden Flut zu versuchen.

Drei Tage faulenzten, schwammen und fischten sie in

vollkommener Zufriedenheit. Nur ab und zu stand Rua auf und ließ seinen Blick suchend über den Hügel über ihnen schweifen, als erwarte er einen Besucher. Tama konnte sich nicht dazu überwinden, Rua von seiner Vision zu erzählen. Er verbrachte viel Zeit damit, voller Staunen die Bilder in den Musterblöcken anzuschauen, die er mitgebracht hatte. Ein großer Teil von dem, was er da sah, ging über sein Verständnis hinaus. Warum sollte zum Beispiel ein Mann auf einem skelettartigen Rahmen sitzen, der sich auf zwei runden Scheiben im Gleichgewicht hielt, von denen das meiste innen herausgeschnitten war, so daß es aussah, als wäre die Mitte mit dem Rand nur durch feine Streben irgendeiner Art verbunden? Oder weshalb sollten vier Menschen in einer glänzenden, gepolsterten Kiste sitzen, die sich auf kreisförmigen Scheiben im Gleichgewicht hielt?

Er konnte Brücken erkennen, bewunderte jedoch ihre riesigen Ausmaße. Wie waren Menschen in der Lage gewesen, solche mächtigen Konstruktionen zu bauen? Oder wie konnte er glauben, daß Menschen einmal große Flöße mit Flügeln gebaut hatten, mit denen sie durch den Himmel fliegen konnten? Bestimmt war den Künstlern da die Phantasie durchgegangen. Besonders rätselhaft bei diesen Musterblöcken fand er, daß beide Seiten jedes Blatts mit unzähligen Reihen von schwarzen Zeichen bedeckt war. Tama war immer überzeugter davon, daß diese seltsamen Zeichen eine Bedeutung haben mußten, wie etwa die Pfeile und Kerben, die das Hirschvolk in Bäume schnitzte, um anderen mitzuteilen, wie viele Hirsche vorbeigekommen und in welche Richtung sie gegangen waren, oder wo Bienenstöcke mit wildem Honig zu finden waren. Rua dagegen konnte nicht glauben, daß diese endlosen Reihen eine Bedeutung haben sollten, und verglich sie mit den Formen, die von den Frauen in die Borten zur Einfassung der Kleider gewebt wurden. Tama flocht sich aus Flachsfasern eine Tasche, in der er die Musterblöcke tragen konnte, denn er war fest entschlossen, sie mit nach Hause zu nehmen.

An einem strahlenden Morgen mit klarer Sicht, an dem

die Jungen von ihrem erhöhten Höhlenausgang zu der langen Wand der Berge hinüberschauten, die sich scharf gegen den Horizont abzeichnete, überkam beide das Gefühl, daß der Sommer nun seinem Ende zuginge und die Natur Kräfte sammelte für die kürzeren, kälteren Tage, die kommen würden. Ohne viel Gerede und Unstimmigkeiten begannen sie, sich auf ihre Heimreise vorzubereiten. Sie fertigten zusätzliche Pfeile, flochten neue Sandalen und unternahmen einen Versuch, Fische zu räuchern – mit dem Ergebnis, daß sie einige eßbare, wenn auch nicht gerade köstliche Fischstückchen für die erste Etappe ihrer Reise mitnehmen konnten.

Die klaren, warmen Tage hielten noch an. Im Grunde hatten beide gar keine Lust, ihr gemütliches und schönes Lager zu verlassen. Sie waren hier glücklich gewesen, in Eintracht miteinander, und hatten den Gedanken daran, wie sie vom Hirschvolk wieder aufgenommen würden, verdrängt. In den Monden, seit sie ihre heimatlichen Wälder verlassen hatten, waren sie gewachsen, härter, muskulöser, sicherer und selbstbewußter geworden. Das galt besonders für Tama; jene Nacht, in der er, damals ein verängstigtes Kind, vor dem unbekannten Schrecken der Männerweihe von zu Hause geflohen war, schien unendlich lange zurückzuliegen. Jetzt, nachdem ihn Rua mit freundlichen Hinweisen und Belehrungen vorbereitet hatte, hatte er nur noch wenig Angst vor der Zeremonie. Sollte sie doch kommen, wann sie wollte. Er war bereit.

Am letzten Abend in der Höhle saßen sie schweigend neben dem verlöschenden Feuer und schauten zu den Sternen hinauf, die am fernen Horizont des Meeres aufstiegen, um durch die Räume der Nacht zu reisen – genauso wie die Jungen durch die weiten Räume ihrer Welt reisen mußten. In der Ecke stand ihre Ausrüstung bereit für den frühen Aufbruch am nächsten Morgen. Inmitten der Ruhe und Heiterkeit, die alles um sie herum ausstrahlte, spürte Tama, wie er mit dem Geist erfüllt wurde, der ihm zu singen befahl.

»Deine Flöte, Rua, schnell.«

Die Stimme, die Rua leise begleitete, war die eines Jungen wie eines Mannes; die der Nacht entlockten Klänge und

Worte flossen hinaus in die Dunkelheit, in die unermeßliche Weite der lebendigen Erde und des lebensspendenden Wassers unter den Sternen.

Die Sonne steht still
am Ende ihrer Reise,
verzehrt sich vor Sehnsucht nach ihrem Sommerzuhause.
Sie wendet sich zum Gehen, verweilt noch ein Weilchen,
ihre sanfte Wärme
ein letzter Abschiedsgruß.
Der weiße Reiher folgt der Sonne
entlang dem Marschland,
die aufgebrachten Möwen fordern, daß sie bleibe,
doch sie fliegt langsam weiter,
ihr gelbes Auge
schauend auf ihrem Geist im Wasser.

Jetzt hocken die fetten Tauben breit
auf beerenbehangenen Zweigen,
der schlanke Makomako
windet sich ihnen zu,
die Tuis zanken im Fuchsienbusch.
Die wächsernen Augen flitzen wie Fische
vor meines Vaters Tür.

In die Stille des Nachmittags
trillert der verborgene Teichrohrsänger
versteckt seine traurige Klage,
die kleinen Fröschlein pfeifen wie Sterne
zum geschwollenen Mond empor.
Der Rauch von den Kochfeuern
steigt gerade hoch.
Ich rieche den leckeren Saft des Fleisches,
der Mund wird mir wässrig
Es ist Zeit für uns heimzugehn.

12

Eine Reise ist wie endloses Vergessen. Die Jungen lebten nur in der Gegenwart, suchten eine Furt durch einen Fluß, den leichtesten Durchgang durch ein Dornengestrüpp, kochten und lauschten dem Nachtvogel in der Stille der Hügel. Vor dem Einschlafen zogen die Bilder des vergangenen Tages vorüber; ein blauer Fleck tat weh, ein Schnitt brannte, und alles löste sich auf in den ziellosen Phantasiereisen der Träume. Ein neuer Morgen löschte das Erlebte des vergangenen Tages nahezu aus, so daß ihnen so gut wie keine Zeit blieb, ihrer geliebten Höhle am Meer lange nachzutrauern, denn die körperlichen Anstrengungen, die ihnen die Reise abverlangte, überlagerten alles andere.

Während der ersten paar Tage, an denen Tama und Rua flußaufwärts über die Ebene wanderten, wurde der kühle, taufrische Morgen immer noch von einem warmen, spätsommerlichen Tag abgelöst, dem eine mondlose, sternklare Nacht folgte. Die Jungen fanden reichlich Nahrung, wichen zweimal einer Herde von Langhörnern aus, schwammen im Fluß und näherten sich langsam dem hohen Gebirge. In der ersten Nacht, die sie in den Vorbergen verbrachten, zog eine warme Wolkenmasse über den Bergen auf, die sich wie ein Deckel über das Tal schob, in dem sie schliefen, und sich weiter über die ganze Ebene bis zum fernen Meer hin ausbreitete. Als Tama am nächsten Morgen zu den Bergen hochschaute, sah er, daß sie verhangen waren und Regenschauer die Gipfel entlangpeitschten. Zum erstenmal fragte er sich, wie er es anstellen sollte, seine Tasche mit den Musterblöcken trocken nach Hause zu bringen. Sein Mut verließ ihn ein bißchen, wenn er an den schwierigen Aufstieg und das gefährliche Gelände dachte, das vor ihnen lag. Es wäre eine große Erleichterung, wenn sie erst einmal durch die Berge hindurch wären, den Flußtälern durch die Wälder folgen könnten und in vertrautes Gebiet kämen. Etwas wortkarg schulterten die Jungen ihre Bogen über die Regenumhänge und machten sich in Richtung der nebelverhangenen Schluchten auf.

Den ganzen Tag stapften sie mühsam durch das nasse Büschelgras am Fluß entlang, wobei sie häufig von eisigen Schauern, die das Tal herunterkamen, durchnäßt wurden. Die nächste, ungemütliche Nacht verbrachten sie zusammengedrängt unter einem überhängenden Felsen. Sie konnten kein Feuer machen, es war kalt, und sie hatten Hunger. Auf Tamas Stimmung lastete eine freudlose Einsamkeit, die er einfach nicht loswerden konnte. Die Wärme von Ruas Rücken gegen seinen schien der einzige Trost in einer dunklen, feindlichen Welt zu sein. Er versuchte, die Niedergeschlagenheit mit einem Achselzucken abzutun, indem er sich sagte, es sei nur die Kälte und der Hunger, doch als es am nächste Morgen zeitweilig aufklärte und Rua mit seinem Pfeil eine Taube erlegte, wurde es trotzdem nicht besser, und er wurde das Gefühl der Einsamkeit einfach nicht los. Rua machte sogar eine Bemerkung, wie bedrückt er wirke, und empfahl ihm, mehr zu essen, dann würde er sich bald wieder besser fühlen.

Durch den Regen waren die Flüsse angeschwollen, wenn auch nicht gefährlich, doch größere Vorsicht war beim Durchwaten geboten, und die Jungen kamen langsamer voran. Sie gelangten nun wieder in die düsteren Buchenwälder, in denen es weniger Vögel gab, aber immer noch einige Langohren. Die Mäh-mähs waren mittlerweile völlig verschwunden. Tamas Pflanzenkenntnisse halfen ihm bei der Suche nach reifen Beeren, doch er hoffte, daß Ruas Künste als Bogenschütze keinen Vogel oder kein Tier entkommen lassen würden, das ein schmackhaftes Mahl in Aussicht stellte.

Sie waren nun am Rande des Landes angekommen, das Tama noch so in Erinnerung hatte, wie er es zum ersten Mal im Sonnenschein des Frühsommers gesehen hatte, an dem Tag, als er bei dem ersten Zusammentreffen mit einem Mäh-mäh erschrocken war und Rua ein Baby-Mäh-mäh zum Abendessen erlegt hatte. In der Nacht war er dann aufgewacht, denn der Geist in ihm hatte sich geregt, während er seine Liebe zu Rua besang und sein Gesicht vor der weißen Flut des Mondlichts schützte. Wie lange das alles zurückzuliegen schien.

Am späten Nachmittag hingen die Wolken wieder tiefer, und kalte Regenschauer bliesen den Jungen ins Gesicht, als sie unten um einen steilen, bewaldeten Hügel herumbogen. Auf ihrer linken Seite fiel der Hang steil zum Fluß hin ab. Mit dem schwarzen, vor Nässe triefenden Wald über und dem wirbelnden Fluß unter sich, der in einem Schleier aus Nebel und Regen auf- und abtanzte, spürte Tama wieder, wie ihn diese Einsamkeit und Verzweiflung packten. Er konnte es nicht ertragen, an die sonnige Lagune und die trockene, geräumige Höhle mit Blick über das Meer zurückzudenken; sie schien einem anderen Leben anzugehören. Die einzige Wirklichkeit war sein müder, nasser Körper, das unhandliche Gewicht seiner Flachstasche mit den Musterblöcken – die von seiner linken Schulter hing, ihn aus dem Gleichgewicht zu bringen drohte und sich manchmal mit seinen Pfeilen und dem Bogen verhedderte – und die verschwommenen Umrisse der enormen Gipfel hinter dem tobenden Fluß. Er wünschte sich inständig, daß Rua endlich anhalten würde, anstatt weiterzudrängen, bis man nichts mehr sehen konnte. Er spürte, daß er bald ausruhen mußte, sonst würden seine zitternden Beine unter ihm zusammenbrechen.

Der Pfad, dem sie folgten, war von Tieren ausgetreten und bestenfalls ein etwas weniger schwieriger Weg durch das Gestrüpp und die großen Grasbüschel; als die Jungen dann an eine Stelle kamen, wo der Fluß eine leichte Biegung beschrieb und sich in den Hügel eingegraben hatte, wurde er schmaler. Tama hoffte, daß sie nicht gezwungen wären, in den Wald hinaufzusteigen, um den unüberwindlichen Klippen auszuweichen. Rua, der beherzt voranmarschierte, hielt an und wartete auf ihn.

»Können wir nicht irgendwo anhalten und eine Verschnaufpause einlegen?« quengelte Tama.

»Ich bin auch müde, aber wir können unser Lager nicht einfach irgendwo aufschlagen. Wir müssen eine Art Unterstand finden. Da vorne ist ein Bach. Ich meine, wir sollten ihn überqueren, solange es noch hell ist, falls der Regen anhält.«

Sie gingen weiter bis zum Bachufer. Braunes Wasser mit Schaumkronen hüpfte und wirbelte den Berg hinunter in eine tiefe Schlucht, aus der ein bedrohliches Rumpeln von Felsbrocken drang.

»Da können wir nicht durchwaten. Schau dir mal an, was der für eine Kraft hat.«

Rua drehte sich um und grinste nur kurz. »Müssen wir auch nicht. Wir benutzen den Baum da.«

Tama sah, daß eine hohe Buche von der Seite, auf der sie standen, über den Bach gestürzt war und ihre zersplitterte Krone in die andere Seite des Bachufers gebohrt hatte. Durch den riesigen Wurzelstock könnte man vorsichtig hindurchklettern, doch das Gewirr von zersplitterten Zweigen auf der anderen Seite schien Tama unüberwindbar. Rua aber war sicher, daß sie einer nach dem anderen hinüberkämen.

»Ich gehe als erster«, sagte er. »Du wartest hier, bis ich drüben bin. Wenn wir beide auf einmal daraufklettern, fängt der Stamm vielleicht zu wackeln an, auch wenn ich eigentlich sicher bin, daß er ganz festsitzt.«

Das Tosen des Wassers ließ seine Stimme fast untergehen. Er mußte schreien, um sich Gehör zu verschaffen. Tama war zu müde, um zurückzuschreien, und nickte nur. Die Düsterkeit der Gegend, der stetige, erbarmungslos herunterprasselnde Regen und das scheußliche Donnern des reißenden Wildbachs ließen seinen Mut noch weiter sinken und verstärkten seine Hoffnungslosigkeit. Ein Gefühl der Verzweiflung stieg in ihm auf, während er Rua beobachtete, wie er sich um die hervorstehenden Wurzeln wand und sich langsam auf den umgestürzten Baumstamm hinaufzog.

Mit ruhigem, besonnenem Schritt schob er sich vorwärts;

an einem abgebrochenen Zweig auf der Hälfte des Weges konnte er sich festhalten, und Tama sah, wie er sich ganz vorsichtig um diesen herumhangelte. Danach suchte er erst einmal wieder festen Stand und balancierte dann, langsam einen Fuß vor den anderen setzend, mit leicht nach außen gestreckten Händen weiter. Nach einem weiteren Ast konnte er einen dritten greifen, bevor er in das Geflecht der Krone des umgestürzten Baumes eintauchte. Tama, der flußaufwärts von den Baumwurzeln stand, konnte sehen, wie Rua sich mühsam von Ast zu Ast hangelte.

In diesem Moment brach ein unvorstellbares Krachen und Toben genau über ihren Köpfen los. Es klang wie das Mahlen der Steine im Bett des Wildbachs, doch tausendfach verstärkt bis zur Unerträglichkeit. Zugleich sah Tama, wie die schwarzen Buchen an dem Steilhang des anderen Ufers zu zittern und zu schwanken begannen und dann, immer noch aufrecht, aber taumelnd wie Menschen, die den Halt zu verlieren drohten, den Hang herunterkamen.

Rua blieb nur ein qualvoller Augenblick, um sich bewußt zu werden, daß er in der Falle saß. Sein schriller Aufschrei, der ihm in wilder Angst entfuhr, ging in dem donnernden Tumult des Erdrutsches unter, der Steine und Schutt, zersplitterte Bäume und lose Schieferplatten über den Weg und in den Bach schob. Die Buche wurde mit einem heftigen Ruck zur Seite gerissen und stürzte kopfüber in die Schlucht. Ihre Wurzeln kratzten Tama über Gesicht und Brust. Nur dadurch, daß er sich seitlich nach hinten warf, konnte er verhindern, daß auch er mitgerissen wurde. Alles ging so schnell, daß die Erde noch bebte, als er sich ein paar Augenblicke später schwankend erhob. Auch die Bäume zitterten noch, und kleine Steine rieselten die rauhe Fels- und Schiefermasse herab, die in den Wildbach gestürzt war und den Pfad am anderen Ufer vollkommen versperrt hatte.

Von Rua war nichts zu sehen.

Tama konnte sich später nicht mehr klar erinnern, was er in der kurzen Zeit zwischen Dämmerung und Einbruch der Nacht gemacht hatte: Vielleicht hatte er versucht, in die

Schlucht hinunterzuklettern, vielleicht war er den Pfad zurückgerannt, hatte sich den angeschwollenen Fluß hinabgekämpft, vielleicht war er auch eine Zeitlang nicht mehr bei Sinnen gewesen und hatte Ruas Namen immer und immer wieder gerufen, vielleicht mit seinen schwachen Händen an den zerbrochenen Fundamenten einer ganzen Welt gezerrt. Er weigerte sich zu glauben, daß Rua tot war, und steigerte sich in eine rasende Verzweiflung hinein, grub zwischen Steinen und Schlamm, schluchzte in einem Anfall von Kummer und Verzweiflung. Nur der rasche Einbruch der finsteren Nacht zwang ihn aufzuhören. Er tastete sich ein kleines Stückchen den Weg zurück und kauerte sich gegen den nassen Stamm einer Buche. Er jammerte und zitterte haltlos, kämpfte aber zugleich tief in seinem Inneren um Selbstbeherrschung in dem Glauben, er würde, wenn er sich nur selbst erst in den Griff bekäme, am nächsten Morgen entdecken, daß Rua nur flußabwärts getrieben worden wäre und lebte. Doch die Erschöpfung übermannte ihn, und er sank in eine tiefe Bewußtlosigkeit, wachte jedoch bald schreiend auf vor Angst, der Berg käme auf ihn herabgestürzt.

Der Alptraum von Dunkelheit, Regen und Grauen betäubte seinen Verstand und seinen Körper so, daß er erst lange nach Tagesanbruch wieder zu Sinnen kam. Er hatte Zweige und Schlamm im Haar, seine Fingernägel waren abgebrochen, seine Hände und Füße mit angetrocknetem Blut und Schmutz überzogen. Seine Brust fühlte sich an, als sei ein Loch hineingeschlagen. Er hatte seinen Bogen verloren, seine Pfeile, alles, außer seinem Dolch und den Kleiderfetzen, die ihm noch am Leib hingen.

Am ersten Tag nach diesem furchtbaren Verlust lernte er, daß das Leben selbst die Toten betrügt. Er, Tama, war am Leben und mußte zu seinem Volk zurückkehren und erzählen, was geschehen war.

Tage und Nächte, Flüsse, schroffe Berge und endlose Wälder lagen vor ihm auf einer Reise ohne Hoffnung. Er schwor sich, bei jeder Schwierigkeit Ruas Geist um Hilfe zu bitten und das zu tun, was Rua getan hätte. Und so geschah es auch, als er Tag um Tag, Etappe um Etappe seine Reise mit Rua zurückverfolgte, bis er in die kühlen Wälder seiner Heimat kam. In späteren Jahren freilich konnte Tama sich diese Reise nur noch als einen Alptraum in Erinnerung rufen, in dem alle Einzelheiten zu einem großen gestaltlosen Entsetzen verschmolzen waren. Im Wachen und Träumen drehten sich alle seine Gedanken, all seine Sehnsüchte um Rua, den er geliebt hatte und der nun tot war.

Zweiter Teil

DER KÄFIG UND DIE STERNE

1

Der Käfig war mit Pfählen fest an der Rückwand des Hauses festgemacht worden. Seine Stäbe aus Kareao-Stöcken waren so zusammengeschnürt, daß sie sich nicht bewegten. Die Seiten des Käfigs waren quadratisch, die Stäbe eng nebeneinander; kein Tier, das größer als ein Opossum war, hätte seine Pfote durchstrecken können. Da er keinen festen Boden und auch keine sichtbare Tür besaß, konnte jede Seite als Grundfläche dienen.

Es war Nacht. Von keinem Haus im Dorf war irgendein Geräusch zu hören. Ein kalter Wind raschelte im trockenen Gras; in den Pausen, wenn der Wind nachließ, war das Geräusch der brechenden Wellen stärker zu vernehmen, dann verschwamm es wieder hinter dem vordergründigen Rütteln des Windes an den Hauswänden. Ein wolkenverhangener Himmel verbarg die Sterne, der Neumond war schon lange untergegangen. Dunkelheit, Kälte und bittere Einsamkeit umgaben den ganzen Käfig und seinen Bewohner. Ein unflätiger Gestank nach Urin und Kot vergiftete den Wind. Mit angezogenen Beinen, um die Knie geschlungenen Armen und gesenktem Kopf zitterte und stöhnte das Geschöpf im Käfig, als ob jeder Atemzug ihm unerträgliche Schmerzen bereitete.

Es war Tama.

Er konnte den Kopf nicht heben, außer wenn er sein Gesäß nach vorne schob und sich auf seine Ellbogen stützte. Wenn er so weit wie möglich nach hinten rutschte und seine Schultern gegen die Stäbe drückte, konnte er seine Arme gerade noch zu ihrer vollen Länge ausstrecken und die Hände durch die Stäbe in die unendliche, unerreichbare Freiheit schieben. Die größte Tortur war, daß er seine Beine nicht ausstrecken konnte. Sie waren immer angezogen. Das führte dazu, daß er unter fürchterlichen Krämpfen und Schmerzen in der Hüfte litt. Die Beinmuskeln konnte er kneten und mit den Händen bearbeiten, aber wenn die grausamen Verspannungen seine Hüftgelenke erfaßten, konnte er sich nur zum Teil Erleichterung verschaffen, indem er sich auf den Rücken legte, seine Schenkel so weit wie möglich öffnete und sein Becken von einer Seite zur anderen bewegte. Manchmal hielt er es nicht mehr aus und schrie – besonders in den ersten Tagen seiner Gefangenschaft – vor Schmerzen laut auf. Die Demütigung, nicht in der Lage zu sein, sich selbst zu reinigen, wenn er seinen Darm entleert hatte, und der Ekel, in seinem eigenen Kot liegen zu müssen, ließen ihn in seinem Herzen einen brennenden Haß gegen seine Peiniger nähren. Seine Wut trieb ihn soweit, unflätige Wörter herauszuschreien, doch rief er sich jedesmal nur in erschöpftes und gramgebeugtes Schluchzen.

Er dachte, er würde sterben. Weder sein Körper noch sein Geist konnten die Qual des Eingesperrtseins lange überstehen. Der sehnsüchtige Wunsch, sich auszustrecken, aufzustehen und frei herumzurennen, ließ ihn am Anfang die Stäbe packen und sich mit den Füßen mit aller Kraft dagegen stemmen, um den Käfig auseinanderzusprengen. Als er merkte, daß das unmöglich war, versuchte er mit den Fingernägeln und den Zähnen die Stäbe durchzukratzen und zu -beißen, doch das zähe, bittere Holz verursachte nur ein Brennen und Anschwellen seiner Lippen und seiner Zunge. Er trank den letzten Rest des Wassers aus der Lederflasche, die jeden Morgen gefüllt und dagelassen wurde. Sie hatten ihm auch Fleisch durch die Gitterstäbe hereingeschoben, doch er rührte es nicht an.

Am zweiten Tag wurde er von Hungerkrämpfen gequält, aber er konnte sich nicht zum Essen überwinden. Nachdem er gemerkt hatte, daß eine Wasserflasche einen ganzen Tag reichen mußte, achtete er darauf, das Wasser nicht zu schnell auszutrinken. Drei Tage lang war sein Verstand vor Zorn und Haß in Aufruhr über das, was sie ihm angetan hatten. Er konnte nicht glauben, daß sein Körper es bis zum Ablauf seiner Strafe in der Dunkelphase des nächsten Mondes durchhalten würde, aber sollte es doch so sein, faßte er den Entschluß, sofort wegzurennen – irgendwohin in den Busch. Sollten sie ihn verfolgen, würde er ins Wasser gehen. Manchmal sann er auf furchtbare Rache. Dann sah er sich über Da Nala stehen und auf dessen verkrüppelten Arm einschlagen, oder Ke Rala, Hora und Tula erdolchen, die nichts getan hatten, um ihn zu retten.

Erschöpft von solchen Anfällen, in denen der Haß in ihm brodelte und der Kummer ihn übermannte, sank er in einen abgestumpften Dämmerzustand voller Alpträume, in dem er unzusammenhängendes Zeug brabbelte, sein Geist eine Weile entschwebte und in dem Land hinter den Bergen versuchte, Rua zu finden, ihn wieder lebendig zu machen. Doch wenn Ruas Gesicht in seinen Träumen auftauchte, schien es immer vorwurfsvoll, traurig oder wütend zu sein. Nie war es der tröstliche, fröhliche Gesichtsausdruck eines geliebten Freundes. Und aus solchen Träumen kehrte der gequälte Junge immer wieder in die gräßliche Wirklichkeit seiner gepeinigten Glieder zurück.

In der Frühe des dritten Tages regnete es. Zuerst war er froh über das reinigende Wasser, das durch die Gitterstäbe auf seinen stinkenden Körper tropfte. Mit den Händen rieb er seine nasse Haut ab und trank, bis sein Durst gestillt war. Er versuchte, langsam und tief zu atmen, um etwas Wärme im Körper zu speichern, doch ihm war klar, daß er es so nicht lange aushalten würde – durchnäßt, ausgehungert und vor Schmerzen verkrampft. Der Gedanke ließ ihn nicht mehr los, daß es vielleicht einen Ausweg geben könnte: Sollten der Regen und die Kälte ihm doch das Schlimmste antun, bis er zitterte und vor Fieber mit den Zähnen klapperte. Vielleicht würden sie ihn dann herauslassen, oder er würde sterben und ihnen auf diese Art entkommen.

Geschwächt von seinen Leiden, begann ihn sein Lebenswille zu verlassen. Nicht einmal mehr um der Rache willen lohnte es sich zu leben. Er sank mit dem Kopf auf den Armen seitlich gegen die Stäbe in ein zitterndes Dösen, während der Regen auf seine schlimm zugerichteten Rippen, seinen zerschundenen Rücken und sein Gesäß tropfte, das von dem Reiben gegen die scharfen Verbindungsstellen und Knoten zwischen den Stäben blutete.

Er hörte weder die Brandung gegen die langen Strände schlagen noch den Wind in den hohen Kiefern rauschen. Die Dorfbewohner schliefen in ihren Häusern, und wenn es einen unter ihnen gab, der Mitleid mit ihm empfand, so wußte Tama es nicht. Vom Hirschvolk ausgestoßen und verdammt, hatte er keine Kraft mehr, um seinen gehetzten Geist daran zu hindern, sich dem dunklen Pfad in den schattigen Wäldern Ka Balus zuzuwenden, auf dem Rua ihm vorausgegangen war.

Hora hatte ihn entdeckt, als er aufgelöst auf das Dorf zugetaumelt war. Er war schockiert gewesen über Tamas wildes, zerzaustes Aussehen und den leeren, dunklen Ausdruck des Leidens in seinen Augen. Erfüllt von rauhbeinigem Mitleid, das keine Zeit mit Fragen verschwendete, hatte er seinen erschöpften Clanbruder zum Dorf zurück geschleppt und getragen. Er brachte ihn direkt zur Hütte des Alten Weisen, während die Kinder, die ihn gesehen hatten, einen ehrfürchtigen Halbkreis um ihn bildeten. Die Nachricht, daß Hora Tama gefunden hatte, verbreitete sich wie im Fluge von Haus zu Haus. Seine Pflegemutter Rini kam humpelnd und weinend angerannt. Der Alte Weise stand schweigend in der Tür, starrte Tama einen langen Augenblick aufmerksam an. Hora drängte ihn stürmisch, er möge ihm doch endlich helfen.

»So mach doch etwas, Alter Vater. Hilf ihm. Er ist krank und nicht bei Sinnen.«

Der Alte Weise wartete noch eine Weile, während Rini schluchzend Tamas Kopf gegen ihren Busen drückte, und sagte dann, von einer plötzlichen Ungeduld ergriffen: »Genug, Frau! Laß ihn jetzt in Ruhe. Ich muß mich um ihn kümmern. Ich brauche wahrscheinlich etwas von deinen Heilkräutern. Geht jetzt alle. Er darf nicht gestört werden.«

Der alte Mann trat über die Schwelle, ging die paar Schritte zu Tama hin und schaute ihm in die Augen. Tama hatte die ganze Zeit nichts gesagt. »Tama, du kommst mit mir mit. Du bist krank und mußt geheilt werden.«

Er drehte sich um und ging zurück ins Haus. Tama folgte ihm langsam. Nachdem sich die Tür geschlossen hatte, zerstreute sich die Menge rasch und zog Hora mit sich, der von allen Seiten mit Fragen und Vermutungen überschüttet wurde, bis er sich schließlich vor seiner Haustür wütend einen Weg freikämpfte und schrie: »Ich hab's euch doch gesagt. Ich weiß auch nicht mehr als ihr. Ich hab ihn gefunden und heimgebracht, aber er hat kein Wort gesagt. Ich habe keine Ahnung, wo Rua ist.«

Tagelang bekam niemand Tama zu Gesicht, außer dem Alten Weisen und Rini. Gemeinsam versorgten sie ihn, reinigten, heilten und stärkten seinen Körper, erweckten langsam seinen teilnahmslosen Verstand, bis er wieder ansprechbar war. Dennoch sagte Tama nur sehr wenig und antwortete nur auf direkte Fragen oder Bitten. Rini bereitete ihm Gemüsebrühe mit Kräutern zu, und der Alte Weise ließ heilende Energie durch seine Hände fließen, indem er ihn massierte und seine Glieder bewegte. Wenn Tama bei Nacht aufwachte, stand immer eine brennende Lampe zu seinem Trost bereit, wenn er laut aufschrie, waren immer die Hände und die Stimme des Alten Weisen da, um ihn zu beruhigen. Rini kam mehrmals am Tag zum Haus des Alten Weisen, trat ohne formelle Begrüßung ein und nahm sich damit eine Freiheit heraus, die sie von den anderen Dorffrauen unterschied. Der Alte Weise hatte große Achtung vor ihrem Wissen über die heilende Kraft der Kräuter und ihren Fähigkeiten als Hebamme, und sie hatte ihrerseits weniger Angst als die meisten vor seiner angeblichen Vertrautheit mit der Geisterwelt. Sie sah ihn eher als einen alten Mann, der sich dazu entschlossen hatte, mehr oder weniger zufrieden alleine zu leben, und war nicht neugierig auf sein geheimes Wissen. Rini war vor allem eine praktische Frau, die jemanden brauchte, der ihre Hilfe nötig hatte. Wenn sie niemanden hatte, den sie versorgen konnte, fühlte sie sich verloren. Die Unbedarftheit und Schwachheit ihres Mannes war für sie nicht so sehr eine Last als eine Gelegenheit zu helfen. Und jetzt, da ihr verlorengeglaubter Pflegesohn zurückgekehrt war, fühlte sie sich nach diesem langen Sommer der schwindenden Hoffnung wieder voller Leben.

Wenn Rini da war, sagte der Alte Weise nur wenig und ließ es zu, daß sie beim Zubereiten des Essens munter vor sich hin erzählte, um Tama, aber auch sich selbst aufzuheitern. Er widersprach auch nicht, wenn sie sich murrend über den Zustand seiner Vorratsschränke äußerte und energisch seine Feuerstelle fegte, ohne ihn vorher um Erlaubnis zu bitten. Wenn sie nicht da war, kehrte er zu den einsamen Disziplinen seines Wissens zurück, zu den Übungen, die niemand anderes jemals sah – und hätte sie jemand gesehen, hätte er sie nicht verstanden. Doch er hielt ein scharfes Auge auf Tama. Er wußte, wann der Junge sich in tiefem Schlaf befand und lange Zeit nicht aufwachen würde, auch konnte er beinahe auf den Moment genau sagen, wann er aufwachen würde. Manchmal saß er lange neben Tama und betrachtete eingehend und gründlich dessen feine Gesichtszüge, die sich im Schlaf von dem Druck des Leidens entspannten. Hätten die Dorfbewohner, deren Respekt für den kinderlosen alten Mann mit Furcht vermischt war, sehen können, mit welch zartem Mitgefühl er den Jungen, der seiner Pflege anbefohlen war, betrachtete, so hätten sich ihr Bild und ihr Verständnis von ihm sicher verändert.

Tama hingegen empfand zu Beginn die pflegende Sorge, die ihn umgab, als eine Art entspannte körperliche Wärme. Tief unten in seinem Geist war er noch lebendig, doch von der Gegenwart hatte er nur ein bruchstückhaftes Bewußtsein. Er erinnerte sich fast nicht mehr an seine Rückreise, daran, wie er es alleine über die Berge und die Flußtäler hinunter bis zur Küste geschafft hatte. Allerdings konnte er sich deutlich an die Müdigkeit und die böse Vorahnung erinnern, die ihn am Tag von Ruas Tod gequält hatten. Es war diese Verzweiflung, aus der er nicht auftauchen konnte, gewesen. Als Rua von dem Erdrutsch verschüttet worden war, war gleichzeitig sein Geist verschüttet worden. Doch Rini und der Alte Weise bemühten sich, ihn aus diesem schwarzen Abgrund des Nichts, an dessen Rand er sich verirrt hatte, herauszuholen, und immer häufiger hatte er lichte Augenblicke, in denen sein Verstand wieder die Kontrolle über Körper und Geist übernahm – zum erstenmal, als er in seinem Bett saß, Rini ihn wie ein Baby fütterte, ihm einen hölzernen Löffel voll Suppe an den Mund hielt und zärtlich auf ihn einredete, er solle doch trinken. Eine Narbe an ihrem Daumen zog plötzlich seine ganze Aufmerksamkeit auf sich. Er spürte eine warme Welle der Dankbarkeit. Anstatt zu essen, lächelte er Rini so weich und liebevoll an, daß sich ihre Augen mit Tränen füllten. Erstmals seit Tamas Rückkehr hatte sie das Gefühl, daß er sich ihrer Gegenwart dankbar bewußt war.

»Trink nur«, sagte sie zärtlich. »Bald bist du wieder gesund.«

Am Morgen des fünften Tages wachte Tama früher auf und fühlte sich so ruhig und erfrischt wie nach einem tiefen, erholsamen Schlaf. Er war sich ganz klar darüber, wo er war, erinnerte sich auch an Ruas Tod, und wußte, auch wenn er keine Einzelheiten seiner Rückreise mehr vor Augen hatte, doch, daß er alleine zurückgekommen war. Er hatte das Gefühl, daß es nun Zeit war, in sein Elternhaus zurückzukehren. Er setzte sich auf, warf die Felle von sich und ließ seine Beine aus dem Bett hängen.

Von dem provisorisch zurechtgemachten Bett auf der anderen Seite des Zimmers kam sanft die Stimme des Alten Weisen. »Tama.«

Der Junge wollte gerade aufstehen, hielt jedoch inne und setzte sich langsam wieder auf das Bett zurück. Seine Schläfen pochten vom verwirrten Pulsschlag seines Blutes, doch er antwortete mit fester Stimme.

»Alter Vater, Ka Balu sei mit dir.«

»Ka Balu sei mit dir.«

»Ich möchte nach Hause gehen. Ich bin jetzt wieder stark genug.«

»Dann kannst du auch gehen, aber iß zuerst noch etwas,

und dann möchte ich, daß du dir meine Fragen anhörst und mir so gut wie möglich auf alles antwortest.«

Argwöhnisch sah Tama den alten Mann von der Seite an, blieb jedoch ruhig sitzen und sagte nichts, da dieser aufgestanden war und die Glut im Kamin aufschürte, um Essen zu kochen. Bei dem Gedanken, alles nochmals durchleben zu müssen, was passiert war, seit er vor Nara weggerannt war, fühlte er sich wie betäubt vor quälendem Kummer. Was wollte der Alte Weise wohl wissen? Und was wußte er bereits?

Der Wind rüttelte am Haus, drückte in den Kamin und blies den Rauch zurück ins Zimmer, so daß Tama husten mußte. Er kaute lange auf seinem Kartoffelkuchen herum und konnte nur mit Mühe schlucken. Der Alte Weise sagte nichts, bis Tama gegessen hatte und gesättigt war. Dann richtete er ohne Umschweife das Wort an ihn.

»Tama, dir geht es jetzt gut genug, um mich zu verstehen. Ich habe dich bisher vor Ruas Eltern und ihren Fragen bewahrt, aber wir dürfen sie jetzt nicht länger warten lassen. Du mußt mir erzählen, was passiert ist. Als die Männer, die euch gesucht haben, zurückkamen und erzählten, du und Rua wärt in einer Schlucht vom Wasser weggespült worden und ertrunken, wußte ich in meinem Geist, daß ihr nicht bei Ka Balu seid. Und als Hora dich vor fünf Tagen zu mir brachte, sah ich in deinen Augen, daß Rua tot ist. Du mußt mir erzählen, wie das passiert ist, auch wenn es dir weh tut. Ruas Eltern müssen die Wahrheit erfahren.«

Der alte Mann sprach mit sanfter Stimme auf ihn ein, und Tama wußte, daß das, worum er ihn gebeten hatte, getan werden mußte. Er hockte sich mit zwischen den Knien gefalteten Händen vor den Kamin und erzählte ruhig das Wichtigste – wie Rua ihn bei dem See gefunden hatte, wie sie der Flutwelle in der Schlucht entkommen waren, wie sie die Berge überquert hatten und wie sie über die Ebenen zum Meer gereist waren. Doch er berichtete weder von dem Sumpf oder dem untergegangenen Dorf, noch von dem, was sie in dem Raum unter der Erde auf dem Hügel entdeckt hatten.

Teilnahmslos schilderte er Ruas plötzlichen, unvorhersehbaren Tod, und schwieg dann. Der Alte Weise hatte aufmerksam zugehört, ohne Zwischenfragen zu stellen, doch jetzt fragte er:

»Und was war dann? Hast du ihn gesucht?«

Tama konnte sich nicht erinnern.

»Konntest du in die Schlucht hinuntergelangen?«

»Nein.«

»Hast du flußabwärts gesucht?«

»Ich weiß nicht.«

Auch mit weiteren Fragen über den restlichen Verlauf seiner Reise war aus Tama nichts herauszubekommen. Nach einer kurzen Pause redete der Alte Weise weiter. »Ich werde mit dir zum Haus von Ruas Eltern gehen und dir helfen, deine Geschichte zu erzählen. Aber zuvor möchte ich, daß du dich nochmals an die Zeit erinnerst, die du und Rua gemeinsam in der Höhle über dem Meer zugebracht habt. Die Götter haben euch erlaubt, die Berge des Morgens zu überqueren und zum Ort des Sonnenaufgangs zu gelangen. Erzähl mir, wie ihr dort eure Tage verbracht habt und was ihr gefunden habt.«

Tama wurde angst und bange, und er schwor sich, äußerste Vorsicht walten zu lassen. Er hatte den Zorn des alten Mannes nicht vergessen, als er ihm von der Brücke über den Bach erzählt hatte; wie konnte er ihm also etwas von den Ruinen eines Dorfes im Sumpf erzählen? Er fing mit leiser Stimme widerstrebend an, von den glücklichen Tagen zu erzählen, die er mit Rua verlebt hatte und die sie mit Fischen, Schwimmen und Klettern zugebracht hatten. Er erzählte von dem Überfluß an Fischen und Meeresfrüchten, von den Tieren und Pflanzen und den weiten, sonnenbeschienenen Ebenen, über die man so weit schauen konnte, wie das Auge reichte. Aber noch beim Sprechen merkte er, daß ihn seine Stimme verriet, daß sein lustloser Bericht nicht einzig und allein darauf beruhte, daß ihn die Erinnerung an die glücklichen Zeiten mit Rua schmerzte, sondern auch darauf, daß er vorsichtig das Herzstück ihrer gemeinsamen Erfahrungen zu umgehen suchte – ebenso wie sie damals vorsichtig den bedrohlichen Sumpf zu umgehen versucht hatten. Und er spürte, daß der Alte Weise, der mit dieser Art von Bekenntnissen große Erfahrung hatte, auch wußte, daß er vieles verschwieg. Trotzdem war er verblüfft, als ihn der alte Mann schließlich, zwar nicht gereizt, doch bestimmt, unterbrach und sagte: »Tama, alles, was du mir da erzählst, ist wahr. Deine Berichte sind lehrreich und wertvoll, sie entsprechen meinem Blick von den Erfahrungen, die zwei Jungen in einem fremden Land machen. Aber da gibt es noch etwas, von dem du mir nichts erzählst und was du mir sagen mußt.«

Tama schwieg.

»Verstehst du mich?«

»Nein, Vater.«

»Denk noch mal nach, Tama. Du bist ein ehrlicher Junge. Hast du Angst vor mir?«

Wieder fehlten Tama die Worte.

»Als du von deiner Langen Wanderung zurückkamst, hast du schon einmal versucht, mir etwas zu erzählen, und ich gebot dir, nicht darüber zu sprechen. Erinnerst du dich noch?«

»Ja.«

»Hast du deshalb Angst vor mir?«

»Was soll es noch zu erzählen geben, Vater?«

»Das weißt nur du. Ich weiß, daß du mir nicht alles erzählt hast. Ich habe Möglichkeiten, Dinge herauszufinden, die du noch nicht verstehen kannst. Du mußt mir erzählen, was ihr bei der Morgensonne gefunden habt. Ich werde dich nicht bestrafen, aber du darfst niemand anderen davon erzählen. Hab keine Angst.«

Tama schaute in die dunklen, unwiderstehlichen Augen, doch er sah keine Grausamkeit darin. Mit einem Seufzer begann er, seine Geschichte zu vervollständigen. Er erzählte von Ruas Krankheit beim Sumpf, wie er ihn gepflegt hatte, von den Ruinen der Steinhäuser, die aus dem Schlamm und dem Brackwasser herausragten, von der unglaublichen Größe des Dorfes. Er erzählte von dem Höhlenhaus, das sie an der Steilküste in den Klippen gefunden hatten und von den

Überresten des breiten Weges über die Hügel zu den eingestürzten Gebäuden an den Berghängen über dem Sumpf. Als er den Raum unter der Erde beschrieb, den Rua gefunden hatte, schwang etwas von ihrer Begeisterung über die Entdeckung in seiner Stimme mit. Und als er dann von seinem besonderen Fund, den Musterblöcken mit ihren Bildern von seltsamen Menschen und Gegenständen und ihren merkwürdigen Linien voller schwarzer Zeichen berichtete, unterbrach ihn der Alte Weise zum erstenmal und rief:

»Ja, genau, du hast recht.«

Tama starrte ihn überrascht an.

»Wie kannst du ...?«

»Mach dir keine Gedanken. Das ist Teil des Dunklen Wissens. Tama, du darfst nicht darüber sprechen, kein Wort, kein Hinweis irgend jemand anderem gegenüber. Sag, daß du mich verstehst und gehorchen wirst.«

Mit einigem Widerwillen gab Tama sein Versprechen. »Ich verstehe dich und werde gehorchen.«

»Gut, nun weiter. Erzähl mir mehr.«

Ein Erlebnis allerdings berichtete Tama nicht, da er dessen Geheimnis ganz allein auf sich bezog, nämlich die Begegnung mit dem Geistjungen am Bach bei den Hügeln. Und plötzlich, als er sich an den Jungen erinnerte, der den Zweig in zwei Teile gebrochen und die Stöckchen in den Bach geworfen hatte, verstand er, daß es eine Warnung vor Ruas Tod gewesen war. Die beiden, die vorher eins waren, wurden getrennt, einer vom Wasser davongeschwemmt, der andere in Sicherheit gebracht. Einen Moment lang überfiel ihn der Schmerz von neuem, er schlug die Hände zusammen und rief: »Aber wie hätte ich das wissen sollen?«

Als er den strengen, fragenden Blick in den Augen des alten Mannes sah, fing er an zu stammen: »Die Musterblöcke. Sie waren so schön. Ich hatte eine Tasche für sie gemacht. Aber ich habe sie irgendwo in der Nacht, als Rua umkam, verloren. Ich habe nichts mehr. Ich habe meinen Freund und meinen Schatz verloren. Laß mich jetzt heimgehen. Bitte, Vater, laß mich jetzt heimgehen.«

»Tama, wir werden uns irgendwann wieder über die Dinge unterhalten, die du mir erzählst hast. Ich werde dir helfen, alles zu verstehen. Du fängst an, auf dunklen Pfaden zu wandeln, wo du meine Hilfe brauchst. Nur eines mußt du noch tun, bevor du zu deinen Eltern nach Hause kannst. Du mußt mit mir zu Ruas Eltern gehen und ihnen von seinem Tod erzählen.«

»O Vater, wie kann ich ihnen das erzählen?«

»Ich werde bei dir sein.«

»Aber du verläßt doch nie dein Haus, um zu anderen zu gehen.«

»Ich werde bei dir sein.«

Ganz allein auf sich gestellt, ohne den Alten Weisen an seiner Seite, hätte Tama wahrscheinlich nicht den Mut aufgebracht, seine Geschichte in Ruas Haus noch einmal zu erzählen. Aber Ruas Eltern waren von dem Alten Weisen bereits auf das Schreckliche vorbereitet worden, daß Rua wirklich tot war; sie wollten von Tama nur noch die Einzelheiten über Ruas Reise mit ihm und über ihren gemeinsam verbrachten Sommer hören. So beschrieb Tama also zum zweitenmal an diesem Tag, wie sie in das Land hinter den Bergen des Morgens gewandert waren. Und die Familie hörte zu, manchmal seufzend, manchmal tränenerstickt. Ruas Mutter schaukelte bei den gefährlichen Situationen in der Geschichte vor und zurück, jammerte oder lobte laut die Tugenden ihres toten Sohnes.

»Ah, das war mein Rua. So war er immer. Er war so ein guter Junge.«

Ihr Mann saß fast die ganze Zeit schweigend da und schirmte mit einer Hand seine Augen ab. Die kleineren Kinder scharrten nervös mit den Füßen oder saßen stumm, tief betroffen von dem Kummer ihrer Eltern. Mariti weinte zu Tamas Überraschung nicht, sondern saß nur mit unbeweglichem Gesicht im Schatten, wobei ihre kalten, harten Augen starr auf Tamas Gesicht gerichtet waren. Mehrmals geriet er beim Erzählen durcheinander, wenn er diesem vorwurfsvollen Blick von der anderen Seite des Zimmers begegnete. Als er zum Höhepunkt der Geschichte kam und wieder von Ruas grausamem Tod sprach, brach er zusammen und weinte unter fürchterlichem, qualvollem Schluchzen, wie er seit der Nacht der Tragödie nicht mehr geweint hatte. Nur die tröstliche Hand des Alten Weisen auf seiner Schulter und dessen Worte: »Sei stark. Du hast es gut gemacht. Auch das kannst du noch ertragen«, halfen ihm, sich wieder zu fangen und sich bei Ruas Eltern zu entschuldigen, daß er ihnen noch mehr Kummer bereitet hatte.

»Ja, du kannst uns jetzt um Verzeihung bitten, daß du deinen Kummer noch zu unserem schweren Leid hinzugefügt hast. Aber wer ist denn schuld daran, daß mein Sohn jetzt tot ist? Sag mir das. Wer hat ihn denn in dieses fremde Land geführt, in dem sein Geist sich verirrte? Das warst doch du, Tama, du hast Rua zerstört, du hast meinen Sohn getötet!«

Sprachlos starrte Tama in das wutverzerrte Gesicht von Ruas Vater, der sich jetzt erhob und mit haßerfüllten Augen auf ihn herunterblickte. Er hörte das erschrockene Murmeln des Widerspruchs von Ruas Mutter, aber er konnte selbst nichts erwidern. Es war von Kura ein schwerer Verstoß gegen die guten Umgangsformen, seiner Wut in Gegenwart des Alten Weisen so nachzugeben, aber er entschuldigte sich nicht, sondern wütete weiter. Sein pausbäckiges Gesicht war tränenverschmiert, und er fuchtelte mit den Händen wild in der Luft herum.

»Warum seid ihr nicht umgekehrt, als die Fährtensucher euch gefunden hatten? Ihr habt es allein der Gnade Ka Balus zu verdanken, daß ihr bei der Flutwelle in der Schlucht heil davon gekommen seid. Weshalb seid ihr danach nicht umgekehrt, anstatt die Götter durch das Eindringen in die heiligen Berge zu verärgern? Mir ist mein Sohn genommen worden, weil du unseren Gesetzen nicht gehorchen wolltest, weil du ein Feigling und vor der Männerweihe davongerannt bist. Du wolltest dich unseren Regeln nicht unterwerfen, du hast den Göttern ins Gesicht gespuckt. Du bist mit dem Bösen und der Macht der Finsternis im Bunde. Wie hättest du es sonst alleine zurückschaffen sollen? Du bist kein Jäger. Du kannst mit dem Bogen nicht umgehen. Mein Sohn hat dich gerettet und für dich gejagt; er hat dir Nahrung beschafft und für dich gesorgt, weil er dein Clanbruder war. Und du hast ihn in den Tod geführt! Du Abschaum des Bösen! Mach, daß du aus meinem Haus kommst! Meine Hände erwürgen dich sonst!«

Alle waren jetzt aufgestanden. Die Frau versuchte, ihren schreienden Mann festzuhalten, die Kinder weinten. Nur die kalte Autorität in der Stimme des Alten Weisen gebot Kuras Gewalt Einhalt und zwang ihn, blaß und zitternd zu schweigen. Als der Alte Weise Tama aus dem Haus führte, öffnete Mariti ihnen die Tür. Tama hob ängstlich seinen Blick und sah ihr in die Augen. Sie spuckte ihm ins Gesicht.

Die folgenden drei Tage wagte sich Tama nicht aus seinem Elternhaus. Rini bestärkte ihn darin, lange im Bett zu bleiben, bereitete ihre leckersten Speisen für ihn zu und nähte ihm neue Kleider. Sie plapperte halb zu Tamas Unterhaltung, halb zu ihrer eigenen, denn er war nicht gerade gesprächig. Der alte Edda saß wie immer neben dem Kamin, seufzte manchmal, schüttelte den Kopf und ging gelegentlich nach draußen, um Feuerholz zu sammeln. Meist starrte er jedoch geistesabwesend in die Flammen, abgekapselt in seine eigene, ferne, unzugängliche Welt. Als kleiner Junge hatte Tama sich durch die unnahbare Abgeschlossenheit seines Pflegevaters in seiner eigenen begierigen Lebensfreude gedämpft gefühlt; das meiste, was er von Edda je bekommen hatte, war eine pflichtbewußte, unpersönliche Freundlichkeit. Manchmal fragte er sich, ob Edda vielleicht sein Kommen übelgenommen und es als Vorwurf für seine eigene Kinderlosigkeit empfunden hatte. Rini dagegen war dem Waisenjungen früher sehr nahe gewesen, doch in den letzten beiden Jahren hatte Tama sich ihr entfremdet. Sie bemühte sich, ihre Kränkung hinter einer fröhlichen Fürsorge für seine Gesundheit, seinen Appetit und seine Kleidung zu verbergen. Es gab etwas an Tamas Wesen, zu dem sie einfach nicht vordringen konnte. Tama empfand ihr gegenüber denn auch mehr Dankbarkeit als Zuneigung.

Nach der Auseinandersetzung in Kuras Haus hatte der Alte Weise Tama erklärt: »Du darfst das Haus deiner Eltern erst wieder verlassen, wenn ich es dir sage. Hab Geduld und spare deine Kräfte.«

Eine sowohl geistige als auch körperliche Gleichgültigkeit, in die er versank, machten es Tama nicht schwer zu gehorchen. Nach dem Schock über Kuras Anschuldigungen und Maritis Haß fühlte er sich abgestumpft und einsam. An wen konnte er sich um Verständnis und Trost wenden? Warum waren Ke Rala, Hora und Tula ihn noch nicht besuchen gekommen?

Während Tama nächtelang wach lag und den Wind von den Bergen zum Wald herabheulen hörte, fühlte er sich, als sei er in eine tiefe Grube gefallen, in der ihn keine Hilfe erreichen konnte. Der Tod hatte ihm seinen Freund genommen, und nun umgaben ihn Argwohn und Haß. Die Versuchung, ein zweites Mal wegzurennen, war groß, aber er wußte, daß ihm diesmal sofort Jäger auf den Fersen wären. Er würde nicht weit kommen.

Am Abend des dritten Tages kamen zwei Männer zum Haus und fragten nach Tama. Auf Rinis ängstliche Fragen brummte der eine nur: »Sie wollen ihn. Im Langhaus ist eine Versammlung.«

Jäh aus seiner einsamen Selbstversunkenheit gerissen, wurde Tama von den beiden Männern, die nicht auf seine Fragen antworteten, eilig weggeführt. Wenn er stolperte oder sein Tempo verlangsamte, packten sie ihn an den Armen und zogen ihn grob vorwärts. Auf seine Bitten, ihn loszulassen, reagierten sie nicht. Ein feiner Nebelschleier hatte sich übers Dorf gelegt, nasse Gräser und Farnblätter schlugen auf dem schmalen Pfad zum Langhaus kalt gegen ihre Haut. Tama wurde unsanft hineingestoßen und stand blinzelnd und keuchend in dem rauchigen Raum. Irgend jemand führte ihn quer hindurch auf die andere Seite und befahl ihm, sich an die Wand zu setzen. Nachdem sich seine Augen allmählich an das schummrige Licht gewöhnt hatten, sah er, daß offenbar alle Männer des Dorfes anwesend waren. Sie schwiegen entweder, oder unterhielten sich leise. Niemand beachtete ihn. Nicht weit von sich entfernt entdeckte er Ke Rala, Hora und Tula; nur Hora erwiderte seinen Blick, blinzelte ihm zu und hob die Hand zum Gruß. Tama war nicht auf dieses flüchtige Freundschaftsbekenntnis vorbereitet; er mußte sich schnell wegdrehen, um aufsteigende Tränen hinunterzuschlucken. Ke Rala gab kein Zeichen des Erkennens.

Jetzt trat Da Nala mit zwei Begleitern ein. Die Männer standen schweigend auf, während Da Nala mit gewohnter Würde zu einem Stuhl neben Tama schritt, dessen Herz beim Nähertreten des Häuptlings unruhig zu flattern begann.

Tama, der auf körperliche Gebrechen immer empfindlich reagierte, empfand die Bedrohung, die von Da Nalas krummem Arm ausging, als eine erdrückende Angst, die ihm den Hals zuschnürte. Sein Herz hämmerte wild gegen seine Brust und schmerzte ihn so sehr, daß er den Mund öffnete, um ruhiger atmen zu können. Weshalb hatten sie ihn hierhergebracht? Was wollten sie mit ihm machen? Er roch den säuerlichen Geruch in seinen Achselhöhlen, den Angstschweiß, den all die Gejagten kennen, das Gefühl, allein unter Feinden zu sein in Erwartung der grausamen Taten ihres gemeinsamen Willens.

Da Nala setzte sich und sagte erst einmal nichts. Alle Männer und Jugendlichen hockten schweigend da. Plötzlich sprang der Türwächter auf und versperrte einem Nachzügler, der es wagte, die Anstandsregel zu brechen und nach dem Häuptling anzukommen, den Eintritt. Doch einen Augenblick später trat der Türwächter etwas unsicher zur Seite und ließ den Neuankömmling ein. Alle Köpfe wandten sich dem Eingang zu. Erstauntes Gemurmel erfüllte das Langhaus. Langsam und würdevoll bewegte sich der Mann durch das Fackellicht und hob seine gefalteten Hände, um Da Nala zu grüßen. Es war der Alte Weise. Ein Stuhl wurde für ihn herbeigeholt, und er setzte sich ein paar Schritte von Da Nala entfernt in den Schatten an die Wand.

Bei seinem Anblick war Tama nicht nur erstaunt, sondern

wagte es auch, wieder Hoffnung zu schöpfen. Der alte Mann war in seiner seltsamen, distanzierten Art freundlich zu ihm gewesen. Er hatte das Recht, an den Versammlungen im Langhaus teilzunehmen, tat dies jedoch äußerst selten. Warum war er heute abend gekommen? In der ganzen versammelten Menge war er vielleicht der einzige Mann, von dem Tama dachte, er könne ihm ein Freund sein.

Als das Gemurmel schließlich erstarb, erhob sich Da Nala.

»Männer des Hirschvolks. Wir sind ein Körper. In diesem Körper bin ich die Zunge, wie der Weise Vater das Auge hinter dem Auge ist, das die Dunkelheit durchdringt. Das Gesetz, das ich vertrete, ist das Gesetz des Hirschvolks, das Gesetz unserer Väter, das Gesetz Ka Balus seit Anbeginn der Zeit. Ich bin es, dem das Gesetz des Hirschvolks anbefohlen wurde, der für seine Einhaltung Sorge trägt und der das Gesetz an das Volk weitergibt: das Gesetz, das unveränderlich ist und uns zu einem Körper vereint. Es steht mir nicht zu, das Gesetz zu ändern, noch steht es überhaupt einem Menschen zu, das Gesetz zu ändern. Was war, muß bleiben. Ohne das Gesetz sind wir wie verirrte Kinder im Wald. Das Gesetz ist unsere Stärke und unser Schutz.«

Er hielt einen Moment inne, und ein gedämpftes Gemurmel der Zustimmung ging durch die Reihen. In dem flackernden Licht der Öllampen an den Wänden sah Tama verschwommen die Gesichter der hockenden Gestalten, die in seine Richtung schauten.

»Die Lehren des Gesetzes finden sich in vielen Bräuchen und Ritualen wieder, die von den weisen Göttern zu unserer Unterweisung bestimmt sind. Ein Mensch ist ein Mensch, weil er die Gesetze anerkennt, ihnen gehorcht und sie an seine Kinder weitergibt. Kein Mensch steht außerhalb des Gesetzes, außer er fordert es heraus und spuckt damit den Göttern ins Gesicht. Durch eine solche Herausforderung beschwört der Mensch eine schreckliche Rache auf sich herab. Die Götter lassen sich nicht verspotten. Sie schlagen zurück, wenn sie bereit sind, und sie brauchen nicht zweimal zuzuschlagen.«

Da Nala führte seine Anklage gegen diejenigen weiter fort, die dem Geist der Gesetze Ka Balus untreu würden, sei es nun durch Gewalt oder Gleichgültigkeit. Seine Worte brannten sich unauslöschlich in Tama ein und brandmarkten ihn mit der Schuld für Ruas Tod, wie es Da Nalas Absicht war. Doch nie erwähnte Da Nala Tama auch nur mit einem Wort, beachtete den Jungen nicht, als sei seine bloße Existenz schon jenseits aller Vorstellung. Zwar hatte Tama seit jeher großen Respekt vor Ke Ralas Vater mit dem harten Kinn gehabt, jetzt aber haßte er ihn.

Als Da Nala mit seinen Ermahnungen, die alten Gesetze und das Ritual der Männerweihe zu ehren, zum Ende gekommen war, wurde Nara in die Mitte des Raumes geführt und zum Sprechen aufgefordert. Nara war kein Redner wie Da Nala, er schimpfte einfach nur wütend auf den Jungen, der ihn als Lehrer verschmäht hatte. Niemand unterbrach ihn, doch das Schweigen der Männer war mehr dem Respekt gegenüber Da Nalas Gegenwart zuzuschreiben als ihrer Sympathie für Naras Klagen. Von Zeit zu Zeit deutete er wild mit dem Finger auf Tama oder stürmte ein paar Schritte auf ihn zu und wich dann wieder zurück. Im ganzen Langhaus gab es keinen Vater, der seinen Sohn freiwillig in Naras Obhut gegeben hätte, und dessen boshafter Auftritt diente, wenn überhaupt, bestenfalls dazu, etwas Mitgefühl für Tama wachzurufen. Nara spürte wohl diesen Stimmungsumschwung, da er plötzlich zu sprechen aufhörte. Er starrte mißtrauisch und feindselig um sich, verzog das Gesicht, ging auf einmal zu seinem Platz zurück und setzte sich.

Danach folgten die Jäger, die Tama und Rua eingeholt hatten, und der Meinung gewesen waren, beide wären in der Flutwelle im Gebirge ertrunken, die mit einer solch furchterregenden Geschwindigkeit und Wucht herabgestürzt war. Diese redeten nur kurz, ohne Wut, doch sie erinnerten ihre Zuhörer, daß Tama – Rua schlossen sie in dieses Urteil nicht ein – durch seine Halsstarrigkeit und seinen Ungehorsam auch ihr Leben in Gefahr gebracht hatte. Dann setzten sie sich wieder, begleitet von einem allgemeinen Gemurmel der

Zustimmung, das sich langsam legte, als sich ein Mann aus dem Schatten erhob und langsam nach vorne in die Mitte des Raumes ging und Da Nala gegenübertrat. Es war Kura! Tamas Herz klopfte zum Zerspringen. Von Ruas Vater, dessen Schmerz und hilfloser Zorn jegliche klare Einschätzung der Lage unmöglich machte, konnte er kein Erbarmen erwarten.

Dennoch fing Kura ganz besonnen zu sprechen an, als kämpfte er mit sich selbst, ruhig zu bleiben.

»Freunde! Einen Sohn gezeugt zu haben ist keine große Sache. Ihr seid Männer und deshalb auch Väter oder hofft darauf, Väter zu werden. In den ersten beiden Jahren gibt es keinen großen Unterschied zwischen einem Jungen und einem Mädchen. Aber von dem Moment an, wo der Junge alt genug ist, um auf unsicheren Beinen hinter seinem Vater herzuwackeln und ihm zuzusehen, wie er einen Angelhacken beködert, wenn er vergeblich versucht, die Sehne des Bogens seines Vaters zu spannen, wenn er mit gehorsam hinter dem Rücken verschränkten Händen seinem Vater zusieht, wie er die Klinge eines Dolches schärft – von diesem Moment an, Freunde, wächst er direkt ins Herz seines Vaters. Vater und Sohn werden eins in der Liebe und im Dienst für Ka Balu.

Ich hatte einen Sohn, Freunde. Und ich habe immer noch Söhne, die ich liebe, doch mein Herz trauert um Rua, der gestorben ist, lange vor seiner Zeit. Er war ja erst ein Junge an der Schwelle zum Mann und so voller Leben. Alles, was er machte, machte er mit Freude – er genoß sein Essen, war bei der Jagd unermüdlich, ertrug die Männerweihe ohne Klage. Er war tapfer und treu: Ihr alle habt ihn gekannt, meinen Sohn, meinen Rua.«

Kuras Stimme stockte, und er wischte sich mit zitternder Hand übers Gesicht. Mehrere seiner Zuhörer taten es ihm nach, ein Zeichen, daß sie seine Gefühle teilten. Tama saß angespannt vor Angst da und machte sich auf den Wutausbruch gefaßt, der sicher kommen würde.

»Und jetzt«, fuhr Kura fort, »ist all seine Tapferkeit und

Treue vernichtet durch die selbstsüchtige List eines Feiglings, diesem Tama, diesem Samen des Bösen. Wann hat schon jemals zuvor ein Junge es gewagt, Ka Balu offen herauszufordern, und sich geweigert, geweiht zu werden? Was ist er denn, ein Mädchen, daß er das Messer zwischen den Beinen fürchtet? Als ich hörte, daß er wie eine Ratte davongerannt war, sagte ich zu Rua: ›Er ist es nicht wert, dein Clanbruder zu sein. Laß ihn gehen. Laß ihn im Busch sterben.‹ Doch Rua bat mich immer wieder, ihn doch ziehen zu lassen, um den Feigling zu suchen, und schwor, ihn unversehrt zurückzubringen. Und er fand den Narren, ich wußte es, daß er ihn finden würde, denn er hatte die Anlagen eines großen Jägers.

Ich sage euch, meine Freunde, nur die Mächte der Finsternis haben dieses – etwas am Leben erhalten. Wie hätte er sonst meinen Rua verblenden können, wenn nicht durch Zauberei und böse Geister? Wer ist dein Meister, Junge, du Feigling? Antworte mir! Welche böse Kraft ist in dir? Rua war zu gut für dich. Ich rufe die Rache Ka Balus auf dich herab! Ich rufe den Tod für deine Hinterlist herab! Du elender Feigling! … Du! … Aah!«

Ein schrecklicher Schrei entfuhr Kuras Kehle. Mit verzerrtem Gesicht und gekrümmten Fingern stürzte er auf den zitternden Jungen zu, der zusammengekauert wie ein Häufchen Elend neben Da Nala hockte. Zwei Männer sprangen vor und packten Kura am Arm. Lauter als Kuras Flüche hörte Tama die Schreie und Protestrufe der anderen, von denen ein Teil forderte, daß Kura selbst Rache an Tama üben dürfe, während andere zur Ordnung riefen.

»Tod!«

Wie ein lauter Paukenschlag hallte eine Stimme durch den Raum und ließ alles Geschrei verstummen. Der Alte Weise, der größer aussah, als Tama ihn jemals gesehen hatte, überragte die ganze Versammlung.

»Tod! Ich sage: Tod und Verderben dem Hirschvolk, wenn das seine Art von Gerechtigkeit ist. Du, Kura, bist nicht der erste Mann, der erleben muß, wie der Tod ein geliebtes Familienmitglied hinwegrafft. Bringt dir noch ein Toter deinen Sohn wieder zurück? Wenn Rua Tama so geliebt hat, daß er sein Leben riskiert hat, um ihn zu suchen, ist es dann an dir, seine Liebe abzustreiten? Statt dessen solltest du lieber diesen Jungen an Stelle deines Sohnes in deine Arme schließen und ihn annehmen ...«

»Niemals! Nicht einmal, wenn du es befiehlst! Oder Da Nala! Er hat Rua umgebracht!«

Kura starrte dem Alten Weisen mit solcher Wut ins Gesicht, daß die Männer den Atem anhielten über die Maßlosigkeit der Beleidigung. Doch der Priester wurde nicht wütend, sondern sah Kura nur mit tiefem Mitleid in die Augen, bis dieser plötzlich zusammenbrach und nur noch schluchzte: »Mein Sohn! Mein Sohn! O Rua, mein Sohn, Rua!«

In dem darauffolgenden Durcheinander führten ein paar Männer Kura auf die Seite und trösteten ihn. Überall im ganzen Raum stritten die Jungen und Männer heftig miteinander. Der Alte Weise und Da Nala unterhielten sich mit lauter Stimme und drängenden Gebärden. Zwei Männer bewachten Tama, damit ihm niemand zu nahe kam.

Der Junge stand wortlos zwischen ihnen, am ganzen Körper wie Espenlaub zitternd, den Mund und die glasigen Augen starr vor Angst aufgerissen. Er wußte, daß er aus dem Langhaus nicht wieder in die Freiheit entlassen würde und daß er allein der Macht der Feinde ausgeliefert war; dennoch versuchte er, sein Zittern und die Schwäche seines Körpers zu beherrschen. Irgendwo in seinem Innersten, weit hinten in seinem Bewußtsein, gab es einen klaren Kern der Verachtung für Männer wie Kura mit ihrem wirren Gerede von bösen Geistern, ein Gefühl auch der eigenen Überlegenheit, selbst wenn er zugleich seine zitternden Glieder verfluchte, die ihn als eben den Feigling erscheinen ließen, als den Kura ihn bezeichnet hatte.

Da Nala redete mit ihm.

»Erzähl ihnen deine Geschichte, wie du sie dem Alten Vater erzählt hast. Alles, was du und Rua gemeinsam erlebt habt.«

War da eine Spur Freundlichkeit in der drängenden Stimme? Tama schüttelte den Kopf. Er brachte es nicht über sich, seine Reise mit Rua und ihren schrecklichen Höhepunkt nochmals zum Leben zu erwecken. Sie kannten die Wahrheit. Sollten sie ihn doch verurteilen und ihn in Ruhe lassen. Der Alte Weise versuchte ebenfalls, Da Nalas Bitte zu bestärken, doch Tama war nicht zu bewegen. Da Nala wandte sich den erwartungsvollen Gesichtern zu.

»Da seht ihr's! Er will nicht reden. Er lehnt unser Angebot, sich zu verteidigen, ab. Er hat sich über unsere Gesetze hinweggesetzt, hat gegen unsere Traditionen verstoßen, unser Ritual lächerlich gemacht. Ich glaube nicht, daß er sich den Mächten der Finsternis verschrieben hat. Aber sein Stolz und seine Torheit haben einem edelmütigen Jungen das Leben gekostet, dessen Familie Leid zugefügt und Unfrieden unter das Hirschvolk gebracht. Hätte mich der Weise Vater nicht gebeten, Gnade vor Recht walten zu lassen, wäre ich geneigt gewesen zu befehlen, ihn für sein ganzes Leben zum Krüppel zu schlagen. Doch der Alte Weise hat geschworen, den Jungen zu lehren, unsere Gesetze einzuhalten. Verschonen wir ihn. Ein Leben ist ein Leben. Unser Volk ist nicht so zahlreich wie die Bäume im Wald. Auch der krumme Zweig kann geradegebogen werden und noch zu etwas nutze sein. Tamas Leben soll verschont bleiben.«

Da Nala hielt inne. In der still gewordenen Halle flackerten die Fackeln an den Wänden, und das Rauschen des Nachtwinds in den Baumwipfeln war deutlich zu hören.

Kuras Stimme brach das Schweigen.

»Frei? Du willst ihn freilassen!«

Ein Mann mußte ihn zurückhalten.

»Nein!«

Da Nalas Stimme gebot wieder Ruhe.

Tama konnte kaum atmen.

»Er muß für das, was er getan hat, einstehen und bestraft werden. Er wird nicht freigelassen.«

Wieder erfüllte ein Schweigen den Raum, als hätte die See selbst sich in ihrem Bett zurückgerollt. Da Nala erhob beide

Arme, um die traditionelle Haltung des Häuptlings beim Urteilsspruch einzunehmen. Die beiden Wächter stießen Tama vorwärts, bis er direkt vor Da Nala zu stehen kam.

»Tama, Waise und Pflegekind von Rini und Edda, für die Verbrechen, die du begangen hast: die Flucht vor deinem Lehrer, die Flucht vor der Männerweihe, die Weigerung, zum Hirschvolk zurückzukehren, als du von Nganga entdeckt wurdest, und dafür, daß du deinen Clanbruder Rua über die Berge des Morgens in das verbotene Land der Morgenröte gelockt hast – für all dies verurteile ich dich von dieser Nacht an bis zur Dunkelheit des nächsten Mondes zur Gefangenschaft im Käfig.«

Tamas Körper erstarrte. Er warf seinen Kopf zurück und entblößte die Zähne. Welche Strafe auch immer er erwartet hatte, es war nicht diese selten angewandte Tortur des Käfigs gewesen. Er stieß einen heiseren Schrei aus.

»Nein! Nicht das! Nein! Nein!«

Die Wächter ergriffen ihn. Tama schlug seine Zähne in ein haariges Handgelenk und biß es zum Knochen durch. Der Mann schrie vor Schmerz laut auf. Die Menge der Männer und Jungen drängten nach vorne. Da Nala und der Alte Weise wurden beiseite geschoben. Eine Faust krachte auf Tamas Kopf nieder, und seine Arme wurden mit einem heftigen Ruck nach oben gerissen, doch sein Schmerzensschrei erstickte im nächsten Schlag. Er brach unter ihren Hieben und unter dem Gestank ihrer Angst und ihres Hasses gegen seine Andersartigkeit zusammen. Als Da Nalas Wächter schließlich die Männer zurückdrängten, lag er bewußtlos am Boden, mit dem Gesicht nach unten.

2

Der Regen peitschte vom Meer landeinwärts, und die ganze Nacht hindurch goß es in Strömen erbarmungslos auf die wilden Strände und die in Wolken gehüllten Gipfel herab. In dem Dorf über der Meeresküste saugten die Häuser den Regen in ihre strohgedeckten Dächer und hölzernen Wände. Nicht das kleinste Licht war zu sehen; die Türen waren wegen des Wetters fest verriegelt.

Tama, nur halb bei Bewußtsein, schlang seine Arme um seinen vor Kälte bibbernden Körper. Sein Atem ging rasch und flach, bisweilen brachen ein Stöhnen und unzusammenhängende Wortfetzen aus ihm hervor. Er träumte, Rua hätte ein riesiges Feuer angezündet, einen spitzen, hohen Turm aus rotgelben Flammen, doch er, Tama, sei durch einen donnernden, reißenden Bach davon getrennt. Er konnte weder rennen noch gehen. Es war, als sei er am Rande des ständig im Steigen begriffenen Wassers zu Stein geworden. Die Seelenqualen, die er litt, drehten sich nicht so sehr um ihn selbst als um Rua, der scheinbar den Bach überqueren wollte, um zu ihm zu gelangen. Als er sah, wie Rua von dem prasselnden Feuer zurücktrat, sich umdrehte und ihm mit liebevoller Zuversicht zulächelte, versuchte Tama zu schreien, doch seine Stimme brachte keinen einzigen Laut hervor. Er sah, wie Rua ins Wasser ging und sich furchtlos vorwärtsschob. Und das Wasser, daß ihm anfangs bis zu den Knien, dann den Schenkeln und weiter bis zur Hüfte gereicht hatte und jetzt bis zu seiner Brust stand, hörte auf zu wirbeln, floß ruhig um die leuchtende Gestalt herum, bis Rua schließlich, immer noch lächelnd, ans Ufer trat und das schäumende braune Schmutzwasser im hohen Bogen von sich schüttelte. Da schmolz Tamas Angst dahin wie Tau in der Morgensonne. Er schloß seine Augen und spürte, wie Ruas starke Arme ihn hochhoben und unversehrt über den Bach trugen. Der

Schein des Feuers fiel auf seine Haut, als Rua ihn absetzte. Er drehte sich um und sah, wie die Flammen in die Nacht emporsprühten; er spürte, wie eine wohlige Wärme seine bibbernden Glieder durchströmte.

Starke Hände liebkosten ihn, kneteten die Müdigkeit aus seinen gemarterten Hüften und Waden. Das Gefühl war so wirklich, daß er sich träumend wünschte, er möge nie wieder aufwachen. Eine angenehme Empfindung breitete ihre entspannende Kraft in seinem Körper aus; ein Gefühl körperlichen Wohlbefindens durchfloß mit heilender Kraft seinen Körper und seinen Geist. Bis er endlich, als er langsam zu Bewußtsein kam, merkte, daß er nicht träumte: Er spürte das weiche Fell unter seinen Lenden, er spürte das Feuer heiß auf seiner Haut, er fühlte zärtliche, heilende Hände, die seinen Körper massierten. Langsam öffnete Tama die Augen.

Er drehte den Kopf zur Seite und versuchte langsam, das Gesicht des Mannes, der sich über ihn beugte, zu erkennen. Der Feuerschein beleuchtete eine knochige Nase, hohe Backenknochen, und die Augen in den schattigen Höhlen waren dunkel und unergründlich. Als der Mann sah, daß Tama wach war, hielt er inne und lächelte traurig. Tama stützte sich halb auf einen Ellbogen auf und schrie mit heiserer, schwacher Stimme: »Vater!«

Der Alte Weise neigte seinen Kopf zu ihm herab, drückte den Jungen sanft auf die Decke zurück, sagte jedoch nichts, sondern rieb bestimmt und geschickt weiter verschiedene Kräuteröle aus Rinis Sammlung in die geschundenen Glieder ein. Tama hatte das seltsame Gefühl, als seien seine Arme und Beine von seinem Körper abgetrennt. Jedes Glied schien für sich allein zu schweben, ja sein ganzer Körper schien zu schweben, als hätten seine Knochen ihr Gewicht verloren. Die schreckliche Erinnerung an den Käfig schoß ihm so heftig durch den Kopf, daß er sich ruckartig aufsetzte, dabei mit seinem Kopf fast mit dem des alten Mannes zusammenstieß, wild im Zimmer umherblickte, um dann mit einem leisen Seufzer der Erleichterung wieder auf die Decke zurückzusinken.

»Ganz ruhig«, besänftigte ihn der Alte Weise. »Laß das Öl wirken.«

Tama schaute in das faltige Gesicht, das sich über ihn beugte, und fragte schwach: »Warum ...?« Aber er fühlte sich zu müde, um die Frage weiterzuverfolgen, und ließ seine Gedanken mit seinem Körper auf den wonnigen Wellen der Wärme treiben. Traum und Wirklichkeit verschwammen und trafen sich nur in dem Bewußtsein unerwarteter Erleichterung und Wohltat. Dankbar nahm er eine Tasse mit heißer Fleischbrühe entgegen, der allerlei Kräuter zugesetzt waren, hörte jedoch mittendrin zu trinken auf und streckte seine Arme zur Seite.

»Was ist?« fragte der alte Mann.

»Der Raum. Der weite Raum. Ich kann die Wände nicht berühren.« Er streckte seine Beine langsam und genüßlich aus. Er hatte keine Lust aufzustehen, wollte nur seinen Körper in seiner ganzen Länge ausstrecken. Der Alte Weise belästigte ihn nicht mit Fragen, sondern ließ ihn wieder auf die Decke niedersinken, als er ausgetrunken hatte, und in einen heilsamen Schlaf gleiten. Das Getränk war sorgfältig zusammengestellt worden, und der Alte Weise wußte, daß Tama nun bis zum nächsten Tag tief und traumlos schlafen würde – und das war gut so, denn als Tama erwachte, fand er sich wieder im Käfig eingesperrt.

Er schluchzte verzweifelt auf. Dann biß er die Zähne zusammen, um nicht wie verrückt zu schreien: »Nein! Nein! Nein! Nein! Nein!« Doch in seinem Kopf herrschte ein wildes Durcheinander von Wut und Verzweiflung. Wieder hatte man ihn betrogen. Der Alte Weise hatte ihn zum Narren gehalten, hatte seine Folter noch verschlimmert durch die vorgetäuschte Gnade, die Illusion der Befreiung. Tamas unterdrückte Wut zermürbte ihn, aber er unterließ es, sie in Form von unnützen und erniedrigenden Attacken gegen den Käfig auszulassen. Er wußte, daß er nicht ausbrechen konnte, daß jeder Versuch seinen Körper und seinen Geist nur noch weiter erschöpfen würde.

Als er so zusammengekauert auf den wundreibenden Stäben hockte, wurde er sich langsam bewußt, daß sein Wunsch zu sterben, der in der Nacht noch sehr stark gewesen war, jetzt einer neuen Einstellung gewichen war, die langsam aus den Tiefen seiner Verzweiflung über das neuerliche Eingesperrtsein hervorkam. Eine schwache Entschlossenheit zu überleben gab ihm die Kraft, sich darauf zu konzentrieren, wie er die Dauer seiner Strafe am besten überstehen könnte. Er veränderte seine Stellung, setzte sich hin und umschlang seine Knie. Dabei sah er ein Hirschfell, das über seinen Käfig gelegt worden war und auf einer Seite herunterhing, ihn also zumindest etwas vor dem scharfen Wind und dem in dünnen Fäden herunterströmenden Regen abschirmte. Er schätzte, daß der Morgen schon weit fortgeschritten war, obgleich der bedeckte Himmel keinen einzigen Sonnenstrahl durchließ. Irgendwo hörte er zwei Kinder streiten. Ihre Stimmen waren quengelig und lästig. Ein Lederbeutel mit Wasser war neben ihn gelegt worden. Er trank, spülte seinen Mund aus und schluckte dankbar. Dann verschloß er die Flasche wieder sorgfältig. Ein Fischkloß auf einem Holzteller erinnerte ihn daran, daß er essen mußte, egal ob er hungrig war oder nicht. Sein Magen war geschrumpft, doch hatte er keinen Hungerschmerz. Das erinnerte ihn daran, daß der Alte Weise ihn in der Nacht mit warmer Brühe gefüttert hatte.

Der leichte Geruch des Öls auf seiner Haut war angenehm. Sanft massierte er seine Waden und Schenkel und versuchte, nicht daran zu denken, daß die Krämpfe wiederkommen könnten. Als der Wind schneidend um die Stäbe blies und seine Haut abkühlte, gelang es ihm, einen Zipfel des Hirschfells zwischen zwei Stäben hindurchzuziehen und sich gegen diese angenehmere Oberfläche zu lehnen. Er döste vor sich hin, warf sich unruhig von Zeit zu Zeit hin und her. Bis zum Einbruch der Nacht trug Tama den Überdruß des Tages in seinem Herzen.

In der Dunkelheit schien der Käfig seltsamerweise weniger einengend zu sein als bei Tag, vielleicht weil die Nacht alle Menschen in den Mantel des Schlafes hüllte, in ihre Gefängnisse aus Erinnerungen und Träumen. Wenigstens kam bei Nacht niemand und starrte in den Käfig wie die kleinen Kinder, die heute gekommen waren. Eines davon hatte einen Stein durch die Stäbe geworfen, um zu sehen, ob das Tier wild war oder nicht. Doch die Tatsache, daß der Käfig auf der Rückseite des Hauses des Alten Weisen aufgestellt war, hielt die Leute fern. Sie fürchteten sich vor dem Zorn des alten Mannes und glaubten, er habe es sich zur Aufgabe gemacht, über Tama zu wachen, um dem Jungen die Schwere seiner Missetaten klarzumachen. Daß er den Jungen freilich nur vor Belästigungen bewahren wollte, daran dachte niemand.

Tama mußte kurz eingenickt sein, denn er schreckte abrupt auf, als eine Stimme neben ihm seinen Namen rief.

»Tama.«

»Wer ist da? Was willst du?«

Der Hals des Jungen schnürte sich vor Angst zusammen bei dem bloßen Gedanken an weitere mögliche Folterqualen.

»Ich bin's. Der Alte Vater. Tama, hör mir jetzt genau zu. Kannst du dich daran erinnern, daß ich dich letzte Nacht mit in mein Haus genommen habe?«

»Ja.«

»Ich kann nichts an deiner Strafe ändern. Du mußt hier bleiben bis zur Dunkelheit des nächsten Mondes. Aber wenn du machst, was ich dir sage, kann ich dir helfen, es leichter zu ertragen. Wenn du mir versprichst, bei Tag im Käfig zu bleiben, nehme ich dich bei Nacht mit in mein Haus und lindere die Schmerzen in deinen Gliedern. Aber wenn du mir nicht gehorchst und davonrennst, kann ich dich nicht retten. Dann jagen sie dich solange, bis sie dich haben, und werden dich töten.«

Etwas, das weder Kälte noch Angst war, ließ Tama mit den Zähnen klappern und seinen Körper erzittern. Zu seinem Leid fing er nun auch noch herzzerreißend zu schluchzen an. Die tiefen, qualvollen Schluchzer kämpften wie Kinder im Mutterleib darum, in den grausamen Lebenskampf der Welt entlassen zu werden. Eine Weile sagte der Alte Weise nichts, sondern hockte nur neben dem Käfig und starrte in die Dunkelheit, aber als Tama sich langsam beruhigte und wieder normal zu atmen begann, sagte er: »Wenn du soweit bist, Junge, und mir gehorchen willst, lasse ich dich jetzt heraus. Wirst du machen, was ich sage?«

»Ja, Vater. Ich gehe morgen früh in den Käfig zurück.«

Hände machten sich an Knoten zu schaffen, und schon öffnete sich eine Seite des Käfigs quietschend nach oben. Langsam zwängte sich Tama hinaus, doch er konnte nicht ohne Hilfe aufrecht stehen. Der Alte Weise nahm seinen Arm und half ihm, um die Hausecke herum und über die Schwelle in die warme, feuerbeschienene Sicherheit der Küche zu humpeln. Auf der Decke vor dem Kamin sank Tama nieder, und mit einem langen, schmerzlichen Seufzer der Erleichterung streckte er sich vor dem Feuer aus.

Der Alte Weise fütterte den Jungen mit einer heißen Wildsuppe und massierte warmes Öl in seine Haut. »Das wird dir helfen, warm zu bleiben. An deinem Körper wird das Wasser leichter abperlen, und du wirst weniger unter Krämpfen leiden.«

Während sich Tama dankbar in die pflegenden Hände des alten Mannes begab, konnte er nicht umhin, sich über dessen Fürsorge zu wundern. War das derselbe Mann, der ihn einmal geschlagen und dazu gezwungen hatte, die Existenz des künstlich aufgestauten Teiches an der Küste zu verleugnen? Und wie merkwürdig, daß der Alte Weise offensichtlich von dem versunkenen Dorf hinter den Bergen wußte.

Mit seiner unheimlichen Seherfähigkeit erriet der alte Mann die Gedanken hinter Tamas unterwürfigem Schweigen.

»Wundere dich nicht, warum ich dir helfe, Tama. Im kommenden Winter gibt es viel für dich zu lernen und zu verstehen. Aber eins nach dem anderen. Was du jetzt begreifen mußt, bis du aus dem Käfig befreit wirst, ist, dich in dein Innerstes zurückzuziehen, Frieden in deinem eigenen Herzen zu finden und zu siegen, indem du keinen Widerstand leistest. Du kannst nicht gegen den Käfig ankämpfen, aber du kannst dich über seine Grenzen hinwegsetzen. Du gehörst sowohl der Zukunft als auch der Vergangenheit an. Die Strafe ist eine Reise. Du hast auf deiner großen Reise mit Rua Mut bewiesen. Gib jetzt nicht auf. Bleib dir selber treu.«

Tama hatte Tränen in den Augen, runzelte zweifelnd die Stirn und schaute nicht auf, als er fragte: »Aber wie kann ich … was kann ich tun, wenn ich wieder aus dem Käfig heraus darf? Was werden die Leute mit mir machen?«

»Tama, deine Strafe ist hart, aber so wollten es die Männer, deren Gesetze du mißachtet hast. Doch sie werden dich nicht weiter bedrängen, es sei denn, du weigerst dich ein zweites Mal, geweiht zu werden. Du weißt, daß du mit der nächsten Gruppe, vielleicht nächstes Frühjahr, geweiht werden mußt?«

»Ich habe jetzt keine Angst mehr vor der Männerweihe. Rua hat mir geholfen, sie zu verstehen. Aber es ist so, als sei irgend etwas in mir gestorben, hier drinnen …« Er schlug sich auf die Brust. »Es gibt Zeiten, in denen ich nicht mehr leben möchte.«

»Das ist nur, weil du noch nicht tief genug in dein eigenes Herz geschaut hast. Dein Geist hat sich nicht verändert. Nur dein Blick ist getrübt, und deine Gedanken sind vergiftet mit Angst und Haß. Das sind Gitter, die stärker sind als jeder Käfig. Ich möchte dir gerne beibringen, wie du deinen Geist befreien kannst, sogar wenn dein Körper eingesperrt ist. Schau mich an, Tama.«

Der Junge drehte seinen Kopf herum und blickte suchend in das verrunzelte, knochige Gesicht und die dunklen Augen, die größer zu werden schienen, bis sie Tamas ganzen Blick ausfüllten – bis sie die Nacht, den Käfig und die Schmerzen auslöschten und den Geist des Jungen mit einem unergründlichen Wohlbefinden erfüllten.

»Du denkst an die wunden Stellen, Schnitte und Krämpfe, die deinen Körper quälen. Das sind nur die Winterschmerzen deines Geistes. Doch du bist schon auf dem Weg zu einem neuen Frühling. Was jetzt ist, muß nicht immer sein. Die schlimmsten Leiden deiner Strafe hast du bereits hinter dir. Du kannst sie aushalten, Tama. Du kannst sie benutzen, um deinen Willen zu stärken, um die Grenzen deines eigenen Geistes zu erforschen. Du mußt lernen, dich in die Stille deines Seins zu versenken, mit deinem wirklichen Selbst im innersten Kern deines Wesens zu verweilen. Schau mich an, Tama, du kannst nur in deinem eigenen Herzen Frieden finden, du kannst die restlichen Tage deiner Strafe ruhig ertragen und deine Stärke in der Zeit der Finsternis erneuern. Glaube an das Gute in dir, mein Sohn. Reise in die stille Mitte deines Wesens, lasse dich nieder in der Größe deiner eigenen Seele, wo dich niemand erreichen und kein Übel dir etwas anhaben kann. Du bist stärker als der Käfig, weil dein Geist sich nicht hinter Gittern fangen läßt. Der Atem des Waldes ist in deinen Lungen, der Herzschlag der ewigen See hallt in deinem eigenen Herzen wider. Du bist so weit wie die Welt, Sohn Ka Balus. Laß die Freiheit deines Geistes über die Macht des Käfigs triumphieren. Von jetzt an beschreitest du frisch gestärkt einen neuen Pfad auf der Reise zum Verstehen. Du wirst so viel Wissen und Weisheit besitzen, wie nur ganz wenigen geschenkt wird. Die Stärke Ka Balus sei mit dir, mein Sohn.«

Tama schämte sich nicht der Tränen, die auf seinen Wangen glänzten. In seinem Körper, irgendwo hinter seinem Brustbein, schien eine Lampe entzündet worden zu sein, eine Lampe, deren warmes und sanftes Licht sich in seinem ganzen Leib ausbreitete und seinen Geist erleuchtete. Der alte Mann nahm den Kopf des Jungen kurz zwischen die Hände und sagte dann einfach: »Schlaf jetzt. Wenn es Zeit ist, werde ich dich zurücktragen in den Käfig, aber von jetzt an wird er größer sein.«

Folgsam legte sich Tama auf die Decke und schlief bald fest und ruhig.

Aber seine Versuche, am nächsten Tag die Anweisungen des Alten Weisen zu befolgen, schienen vergeblich. So sehr er sich auch bemühte, die innere Stille zu finden, schweiften seine Gedanken doch immer wieder zu den körperlichen Qualen seiner Lage ab und riefen bloß Selbstmitleid und schwelenden Groll gegen die übrigen Dorfbewohner wach. Insbesondere richtete sich dieser Groll gegen seine Clanbrüder, die ihn nicht besuchen kamen und auch kaum Anstrengungen unternommen hatten, ihm zu helfen. Am meisten von den dreien verübelte er dies Ke Rala. Als Häuptlingssohn hatte Ke Rala bereits einen gewissen Einfluß, sogar unter älteren Männern, doch hatte er Tamas leidvolle Situation einfach ignoriert, ebenso wie Hora und Tula. Tamas ganze frühere Bewunderung und Heldenverehrung für Ke Rala war nun zu bitterem Groll zusammengeschmolzen, der wie lebendige Glut in seiner Brust brannte und ihn um so mehr quälte, je mehr er daran dachte. Der Tag, den er mit beherzten Versuchen begonnen hatte, sich über seine Gefangenschaft zu erheben, endete damit, daß er, wie ein Häufchen Elend zusammengerollt, in Selbstmitleid versank.

Als die Abenddämmerung der Nacht wich, hörten die geschäftigen Geräusche im Dorf auf, Türen wurden geschlossen, und Tamas Einsamkeit ließ Angst aufkommen, der Alte Weise könnte ihn nicht erlösen. Aber der alte Mann hielt Wort und öffnete den Käfig sogar früher als an den Tagen zuvor.

Sobald sich Tama ein bißchen am Feuer gewärmt hatte, wandte er sich an den alten Mann und fragte: »Vater, wie kommt es, daß meine Clanbrüder nichts unternommen haben, um mir zu helfen? Es ist doch Teil unseres Glaubens, daß alle Mitglieder eines Clans sich gegenseitig helfen sollen.«

»Woher willst du denn wissen, daß sie nicht versucht haben, dir zu helfen?«

»Keiner ist auch nur in meine Nähe gekommen.«

»Und wer hat das Hirschfell über deinen Käfig gelegt, um dich vor dem Regen zu schützen?«

»Ich habe gedacht, das warst du, Vater.«

»Nein, es war ein Geschenk von Hora, aber er hat dich nicht aufgeweckt.«

»Das habe ich nicht gewußt.«

»Deine Clanbrüder haben versucht, dir zu helfen. Als du

gegen deine Strafe im Langhaus kämpftest, hat auch Hora gekämpft. Vier Männer mußten ihn festhalten. Ke Rala hat immer wieder seinen Vater gebeten, die Strafe abzuändern, und er hat auch mit anderen Clanältesten gesprochen. Von Tula weiß ich nichts, aber er ist ein schüchterner Junge und ist sich vielleicht nicht klar, was er am besten für dich tun könnte.«

»Aber warum sind sie mich denn nicht besuchen gekommen?« fragte Tama weiter.

»Weil Da Nala es verboten hat. Es ist Teil der Strafe, daß du den Käfig in Einsamkeit ertragen mußt.«

»Da Nala! Immer Da Nala!«

Tama wetterte leidenschaftlich gegen den Häuptling, doch schimpfte er nicht weiter, als er das strenge Gesicht des alten Mannes sah.

»Du vergißt, Tama, daß du vor deiner Männerweihe davongerannt bist. Du hast die Gesetze der Ältesten mißachtet. Und Da Nala ist viel gnädiger, als du vielleicht denkst. Auf Ke Ralas Bitten hat er zugestimmt, daß du gemeinsam mit deinen Clanbrüdern in die Winterschule gehen darfst, in der alle jungen Männer nach der Weihe unterrichtet werden. Allerdings nur unter der Bedingung, daß du damit einverstanden bist, die Zeremonie beim nächstenmal mitzumachen.«

»Ja, das werde ich, Vater. Nur ...«

»Ja?«

»Muß unbedingt Nara mein Lehrer sein?«

»Ich weiß es nicht, aber ich glaube nicht. Ich glaube, Da Nala hat verstanden, daß Nara kein guter Lehrer für dich war.«

Tama lag noch eine Weile wach, nachdem der Alte Weise seine Glieder massiert und ihm etwas zu essen gegeben hatte. Zum erstenmal seit Ruas Tod fühlte er sich ruhig. Er war nicht ganz allein. Seine Freunde mochten ihn immer noch; er würde mit ihnen zusammen in die Schule gehen und dem Alten Weisen zuhören, der sie in der Geschichte und den Ritualen ihres Volkes sowie in den Pflichten und Kenntnissen unterweisen würde, die von jungen Männern in ihrem Alter erwartet wurden. So einsam und beschwerlich die verbleibenden Tage seiner Strafe auch sein mochten, so wußte er jetzt doch, daß er durchhalten konnte, ohne sich immer wieder an Geist und Körper zu verletzen. Aber er wußte auch, daß die Erfahrungen seit Ruas Tod seine sorglose Lebensfreude der Kindheit gedämpft hatten. Was immer ihm die Zukunft auch bringen mochte – er konnte sich nicht vorstellen, daß er jemals wieder solche Tage ungetrübten Glücks erleben würde wie mit Rua in diesem Sommer am Meer, im Land der Morgensonne.

3

Am Morgen eines sonnigen, kühlen Frühwintertages sandte Da Nala eine Nachricht an Tama, daß seine Strafe beendet sei. Kurz danach ließ ihn der Alte Weise heraus. Tama blickte eine ganze Weile auf den Käfig herab, bevor er sich abwandte.

»Ich bin heute nur am Leben, weil du mir geholfen hast, Alter Vater. Wenn ich weiterhin geglaubt hätte, daß mich niemand mag, wäre ich gestorben.«

»Du darfst mit niemandem darüber sprechen, Tama. Wenn die Dorfbewohner glauben, daß du die ganze Zeit deiner Strafe im Käfig verbracht hast, laß sie in ihrem Glauben. Über meine Hilfe darfst du kein Wort verlauten lassen.«

Tama lehnte das Angebot des alten Mannes ab, ihn zu seinem Elternhaus zu begleiten, dankte ihm nochmals mit Tränen in den Augen und ging auf wackeligen Beinen davon. Sein Gleichgewichtssinn schien gestört zu sein; er lief deshalb mit seitlich ausgebreiteten Armen, als suche er Halt. Im Dorf war es noch ganz ruhig, doch es war ihm, als hätten der Wald und die Meeresküste riesige Augen auf ihn gerichtet. Noch nie war er sich so vollkommen wehrlos, so ausgeliefert und verletzlich vorgekommen. Seine Füße hatten eine bleierne Schwere wie Glieder, die man in einem schlechten Traum vergeblich zu bewegen versucht. Es war, als kämpfe sein Körper gegen eine gewaltige Flutwelle an, während er sich nichts sehnlicher wünschte, als wieder zur abgeschlossenen Sicherheit der Küche des Alten Vaters mit ihren stickigen, süßsauren Gerüchen, ihrer schützenden Schummrigkeit und Geborgenheit zurückzurennen. Als er am zweiten Haus vorbeiging, öffnete sich eine Tür. Ein Kind sah ihn, starrte ihn an, schrie ganz laut auf und warf die Tür wieder zu. Der Schrei durchdrang Tama wie ein Messer. Er versuchte zu laufen, stolperte jedoch und fiel fast hin. Sein Herz klopfte ihm bis zum Hals, und er atmete keuchend, als er an die Tür seines Elternhauses hämmerte.

»Laß mich herein! Mutter! Laß mich herein!«

Die Tür ging auf, und er fiel fast ins Zimmer.

Rini wich, die Hände vor das Gesicht geschlagen, einen Schritt zurück. Tama sank zitternd auf sein Bett nieder. Seine Mutter sagte nichts. Angst und Schrecken standen ihr im Gesicht.

»Mutter, ich bin wieder daheim.«

Langsam ließ Rini die Hände vom Gesicht herabsinken.

»Mutter, so sag doch was.«

Rini legte eine Hand auf ihre Brust und schaute Tama mit einer kalten Gleichgültigkeit an, die ihm Angst einjagte. »Ich fühle hier nichts mehr. Mein Herz ist tot.«

»Was meinst du damit?« fragte Tama verwirrt.

»Es ist alles vorbei«, antwortete sie bitter. »Ich bin zu nichts mehr nutze. Alle Frauen sagen, ich sei böse. Niemand will mehr meine Kräuter nehmen. Und alles nur wegen dir.«

Tama saß auf seinem Bett auf dem Boden, hatte seine Knie umschlungen und seinen Kopf erschöpft auf seine Arme gelegt. Rini blickte mit einer Art wütender Ungeduld auf ihn herab und wartete auf die Frage, die er eigentlich hätte stellen müssen, aber er war zu enttäuscht, sie auszusprechen. So fuhr sie schließlich mit ihren Klagen fort.

»An allem bist nur du schuld. Du hast Rua mitgenommen, und er ist gestorben. Doch du bist zurückgekommen, weil die dunklen Mächte dir geholfen haben. Und ich werde beschuldigt, dir den Umgang mit den bösen Mächten beigebracht zu haben. Das ist es, was die Frauen sagen: Die Kräfte meiner Kräuter seien böse, ich hätte sie dir mitgegeben, was dich gerettet habe, aber nicht Rua. Die Götter hätten ihn vernichtet, um dich zu strafen.«

»Aber das glaubst du doch bestimmt nicht? Das sind lauter Lügen. Sie werden es schon wieder vergessen, sobald ich wieder bei Kräften bin. Ich habe das Gesetz gebrochen, als ich weggerannt bin, aber ich bin dafür bestraft worden. Jetzt ist alles vorbei. Der Alte Weise hat mir geholfen.«

Tama biß sich auf die Lippen, als er merkte, daß er sich verraten hatte. Er mußte aufpassen, daß ihm ein solcher Fehler nicht noch einmal passierte.

Rini war jedoch nicht getröstet. »Ich sage dir, ich bin zu nichts mehr nutze. Niemand will mehr meine Medizin. Du bist ein böser Junge.«

»Wo ist mein Vater?« fragte Tama in einem tapferen Versuch, Würde zu bewahren.

»Er bleibt in letzter Zeit viel im Bett. Sein Rücken tut ihm weh.«

Tama ging zur Schlafzimmertür. Sein Vater lag zusammengerollt unter den Fellen, aber er war wach, und seine Augen begegneten Tamas Blick, als dieser in den Raum trat.

»Hallo, Vater. Der Friede Ka Balus sei mit dir.«

Edda antwortete nicht. Die Augen, die den Jungen anblickten, waren merkwürdig ausdruckslos und versetzten Tama einen Stich ins Herz. Wieviel wußte sein Vater, und verstand er? Traurig wandte er sich ab, stellte sich neben den Kamin und beobachtete Rinis abgerissenen, wütenden Bewegungen, während sie das Essen für ihn zubereitete. Tama war fest entschlossen, keine weiteren Ungerechtigkeiten wortlos über sich ergehen zu lassen, doch dieser eigensinnige Entschluß trieb ihm Tränen der Schwäche in die Augen und ließ seine Stimme zittern.

»Wenn du mich hier nicht willst, dann gehe ich wieder.«

»Was! Und bringst noch mehr Schande über uns! Du bleibst schön hier und hilfst deinem Vater und mir. Und überhaupt, wo willst du denn hingehen?«

»Ich gehe zu Horas Familie. Die nehmen mich bestimmt auf.« Tama hatte sich nicht überlegt, was er entgegnen würde, doch während er es aussprach, wußte er, daß es stimmte. Hora würde ihn nicht wegschicken. Vielleicht würde ihn Ke Rala beschützen. Der Alte Weise hatte gesagt, daß seine Clanbrüder versucht hätten, ihm zu helfen. Er schaute Rini mit herausfordernder, überlegener Miene an. »Wenn du mich nicht willst, werde ich zu meinen Clanbrüdern gehen. Sie werden sich um mich kümmern. Wenn du wüßtest, wie ich in dem Käfig gelitten habe, hättest du ein bißchen Mitleid mit mir. Ich dachte, ich würde sterben oder verkrüppelt herauskommen und meine Beine nie mehr gebrauchen können.«

Rini setzte sich plötzlich hin, versenkte ihr Gesicht in ihre Hände und fing laut zu weinen an. »Ich habe versucht, dir zu helfen. Ich habe Da Nala angefleht, dich laufen zu lassen. Ich bin zum Alten Weisen gegangen und habe ihm Kräuter für dich gegeben. Ich wollte nicht, daß du leidest. Oh, warum muß mir dieses Unglück zustoßen? Mein ganzes Leben lang habe ich hart gearbeitet, um anderen zu helfen. Und jetzt wenden sie sich gegen mich.«

Normalerweise hätte Tamas liebevolles Wesen ihn dazu gedrängt, seine Mutter zu trösten, doch sein Leiden hatte die feine Empfindsamkeit in ihm abgestumpft. So runzelte er nur die Stirn und sah Rini nicht an. Ganz plötzlich hörte sie zu weinen auf, schnaubte wütend, wischte sich die Augen und hob den Blick.

»Wenn du ein Abendessen willst, mußt du mir schon helfen. Dein Vater macht gar nichts mehr, seit sein Rücken so schlimm ist. Geh hinaus und hole etwas Holz. Siehst du nicht, daß das Feuer am Ausgehen ist?«

Und so verbrachte Tama seinen ersten Tag, den er sich in Freiheit vorgestellt hatte, wieder eingesperrt, nur in eine andere Art von Käfig. Er traute sich nicht so recht, alleine draußen herumzulaufen, und so lag er, nachdem er Rini geholfen hatte, Holz und Wasser zu holen, die meiste Zeit auf seinem Bett. Die Müdigkeit, über die er klagte, war nicht nur vorgetäuscht; er fühlte sich erschöpft, und eine geistige Überdrüssigkeit ließ ihn sich in sich zurückziehen. Er wollte nur in Ruhe gelassen werden.

Aber am zweiten Tag merkte er, daß er das Haus unter irgendeinem Vorwand verlassen mußte. Irgendwann mußte er sich den Leuten stellen. Noch während er sich überlegte, wohin er gehen und welchen Grund er angeben sollte, sah er durch die offene Tür Tula auf das Haus zukommen. Tamas Herz klopfte aufgeregt. Er stand auf und lief seinem Freund zur Begrüßung entgegen. Die Jungen blieben ein paar Schritte voneinander entfernt stehen, Tula grinste ihn selig, aber scheu an und rieb verlegen einen Fuß gegen den anderen. Tamas Lächeln war zurückhaltend, doch er fing als erster zu reden an und platzte fast schroff heraus:

»Hallo Tula, kommst du, um mich zu besuchen?«

»Ja«, lächelte Tula. »Darf ich?«

Tama versuchte es mit einem Witz. »Tja, da bin ich. Schau mich gut an. Alles noch dran.« Er drehte sich auf einem Fuß im Kreise, fiel dabei jedoch fast um. Tula lachte. Ganz plötzlich stieg ein ungeheures Glücksgefühl in Tamas Brust auf, und er hatte das Gefühl, er würde gleich zerplatzen.

»Wohin gehen wir?« fragte er.

»Nirgendwohin, nur zum Bach hinunter.«

»Ich komme mit. Warte nur schnell, bis ich meine Angelschnur finde. Vielleicht versuche ich zu fischen.«

Ein paar Augenblicke später war Tama auch schon wieder bei Tula, ohne sich um Rinis Gebrummel, er solle sie nicht alleine lassen, zu kümmern, und beide Jungen hüpften fröhlich zum Bach hinunter. Der Morgen war kühl, von den Bergen her pfiff ein Wind in jede Ritze; die Gischt spritzte in hohem Bogen von den langsam anrollenden Wellen empor, die Bäume schwankten und bogen sich im Wind. Aber Tama hatte noch nie einen schöneren Morgen erlebt, und er war so bewegt von Tulas fröhlichem Geplapper, daß er einen Schritt langsamer ging, um sich Tränen aus den Augen zu wischen. Falls Tula es bemerkt hatte, so sagte er doch nichts, er fragte auch nicht nach den Qualen, die Tama erlitten hatte, sondern erzählte glücklich von einer neuen Aalreuse, die er entworfen hatte.

Er zeigte Tama, wo er sie unter einem kurzen, steilen Ufer gesetzt hatte, das von dichten Sträuchern überwuchert war, die über das dunkelbraune Wasser herunterhingen. Als die Jungen die Reuse hochzogen, sahen sie, daß sie leer war, doch ein Loch, das in die Rinde um den Korb hineingefressen war, zeigte an, daß ein Aal darin gewesen sein mußte.

»Aha, der alte Schlaukopf ist entwischt«, rief Tula munter.

»Es muß ein Großer gewesen sein. Sieh dir nur das Loch an. Jetzt muß ich es auch noch flicken.«

Nachdem Tama ihm geholfen hatte, die biegsame Rinde zu finden, die er brauchte, rollte er seine Angelschnur auf und hängte ein saftiges Stückchen Opossumfleisch, das er aus Rinis Vorratskammer stibitzt hatte, als Köder an den Haken. Die sorglose Freude, die er empfand, machte ihn unbeholfen, und so fraßen die Fische das Fleisch weg, ohne anzubeißen. Doch Tama lachte nur und fing wieder von vorne an. Welche Rolle spielten schon Erfolg oder Mißerfolg oder gar die Zeit, wo er doch ein ganzes Leben in Freiheit vor sich hatte?

Ein Schrei unterbrach die Jungen. Hora kam mit einem seiner jüngeren Brüder am Ufer entlang auf sie zugeschlendert. Tama überkam eine plötzliche Scheu. Der große Kerl schritt grinsend auf ihn zu, und sein säbelbeiniger Gang erinnerte Tama plötzlich an die lange vergangenen Tage ihrer Wanderung. Hora packte ihn an beiden Schultern und blickte ihm forschend ins Gesicht. Tama wurde von der Kraft und Lebendigkeit der frechen braunen Augen, die ihm entgegenfunkelten, der kurzen breiten Nase mit den bebenden Nasenflügeln und dem breiten Mund mit den vollen Lippen und den unregelmäßigen Zähnen mitgerissen. Hora umarmte ihn und trat dann zurück.

»Du bist zäh«, sagte er mit Bewunderung in der Stimme. »Du bist viel zäher, als du aussiehst. Die Dorfältesten haben versucht, dich zu brechen, aber du warst zu stark für sie. Einige der Männer glaubten nicht, daß du die Zeit durchstehen würdest, aber ich habe ihnen gesagt, daß sie nicht wüßten, wen sie da vor sich haben. Wenn du es durch die Berge und wieder zurück geschafft hast, dann könntest du es auch mit ihrem blödsinnigen Käfig aufnehmen. Ich wünschte, ich wäre auf eurer Reise dabeigewesen. Ich habe die alten Männer so lange gedrängt, dich aus dem Käfig zu lassen, bis sie mir schließlich angedroht haben, mir einen Finger abzuhacken.«

Er grinste wieder, und Tama spürte, wie ihn eine warme

Welle scheuen Glücks über die Aufrichtigkeit von Horas Freude ergriff. Tamas außerordentliche Sensibilität ließ ihn nun Horas unbekümmerte männliche Selbstsicherheit und den sorglosen, lebendigen Hunger nach Erfahrungen ebenso mitempfinden, wie er zuvor Tulas unschuldige, jungenhafte Begeisterung mitempfunden hatte. Er wunderte sich jetzt, weshalb er jemals vor Hora Angst gehabt hatte, und vergaß dabei ganz, daß er auf der Langen Wanderung noch viel kleiner als Hora gewesen war. Jetzt waren sie fast gleich groß, obwohl Tama der dünnere von beiden war.

»Was fängst du denn da, Jüngelchen – Aale?«

»Na, ich versuch's auf jeden Fall«, antwortete Tula, »aber bisher noch ohne Glück.«

Die vier Jungen blieben den Rest des Tages zusammen, trieben sich den ganzen Morgen am Bach herum und verbrachten einen Teil des Nachmittags damit, im Gemüsegarten altes Kartoffelkraut herauszureißen und die Erde umzugraben, bevor der erste Frost einsetzte. In der Abenddämmerung saßen sie auf der Schwelle zu Horas Haus und lauschten Tulas Flötenspiel. Das erinnerte Tama an die Nacht auf der Langen Wanderung, als Tula auch für sie gespielt hatte und er, Tama, Ke Rala eine erfolgreiche Jagd herbeigesungen hatte. Aber dann dachte er auch an Rua, wie er vor der Höhle über der Lagune seine Flöte gespielt hatte, und ein überwältigendes Gefühl des Verlustes brach über ihn herein. Er entschuldigte sich, ging nach Hause, überhörte Rinis Murren, wo er denn den ganzen Tag gesteckt habe, und vergrub sein Gesicht rasch in den Fellen seines Betts.

Am nächsten Morgen, als er Holz und Wasser für Rini geholt hatte, rannte er leichten Herzens zu Horas Haus, aber dort wartete nur eine Enttäuschung auf ihn. Hora war mit seinem Lehrer auf die Jagd gegangen. Nach einigem Zögern schlug er den kleineren Kindern ihre Bitte ab, mit ihnen zu spielen, und lief niedergeschlagen weg. Er wollte nicht nach Hause, und nach einigem Überlegen entschloß er sich, in den Busch hinter den Kartoffeläckern zu gehen, um sich einen biegsamen Ast für einen neuen Bogen zu suchen.

Erst als er schon den Weg eingeschlagen hatte, erinnerte er sich, daß er an Ke Ralas Haus vorbeiführte. Einen Moment lang zögerte er mit einem flatternden Gefühl in der Brust, doch dann nahm er beinahe ärgerlich all seinen Mut zusammen und lief weiter. Er mußte unter die Leute und mit den Übeln leben, die sie ihm angetan hatten – er mußte lernen, nicht verletzt zu sein, wenn Ruas Vater mit kaltem Haß durch ihn hindurchblickte und Mariti ihm demonstrativ den Rükken zudrehte. Wie um Tamas Mut auf die Probe zu stellen, saß Ke Rala auf der Eingangsstufe seines Hauses und schaute den Pfad entlang zu der Hauptgruppe der Dorfhäuser herunter. Er hatte ihn bestimmt schon gesehen. Jetzt stand Ke Rala auf und trat auf den Weg hinaus, um ihn zu begrüßen.

»Tama.« Er sprach mit sanfter Stimme und hielt ihm beide Hände entgegen.

Tama bewegte seine Hände nicht, er grüßte förmlich. »Ka Balu sei mit dir, Ke Rala.«

Unter Clanbrüdern war eine solche Begrüßung fast schon eine Beleidigung, doch Ke Rala sah darüber hinweg. Sein schönes Gesicht blieb ruhig und entspannt. »Wolltest du mich besuchen kommen?«

»Weshalb sollte ich dich besuchen wollen? Was hast du denn schon für mich getan?« Kaum hatte Tama diese wütenden Worte ausgesprochen, tat es ihm auch schon leid, und er schämte sich für das Zittern, das ihn jetzt schüttelte. Er war auf einmal völlig wehrlos.

»Du bist wütend auf mich, kleiner Bruder …?«

»Was heißt hier ›klein‹? Ich bin jetzt fast so groß wie du.«

Da tat Ke Rala etwas, was völlig untypisch für ihn war. Er war normalerweise nicht überschwenglich oder ausgelassen, aber jetzt brach er in lautes Gelächter aus und packte Tama liebevoll an den Schultern. »Du hast ja recht. Ich glaube, du wirst sogar noch größer als ich. Auf, komm mit und erzähl mir etwas.«

Bevor Tama etwas erwidern konnte, rief eine Männerstimme im Haus nach Ke Rala. »Mein Vater ruft nach mir. Warte hier. Ich komm gleich wieder.«

Tama war verlegen. Er war in eine Situation geraten, die er nicht übersehen konnte. Er schlenderte ein bißchen vom Haus weg mit dem festen Entschluß, Ke Rala müsse schon darauf beharren, wenn er seine Begleitung wollte. Doch tief im Herzen, unterhalb des Grolls, den er gegen Ke Rala hegte, weil er ihn, wie es schien, während seiner Strafe im Käfig im Stich gelassen hatte, empfand er doch eine, wenn auch leicht getrübte, Freude über das Zusammentreffen mit dem Jungen, den er fast sein gesamtes Leben lang von ganzem Herzen verehrt hatte.

Ke Rala kam zurück.

»Tama, kommst du bitte herein zu meinem Vater? Er möchte mit dir sprechen.«

Tamas Gesicht lief rot an. »Warum will er mit mir sprechen?«

»Du brauchst keine Angst zu haben. Nur ganz kurz. Ich begleite dich. Und danach komme ich mit dir, wenn ich darf. Wohin gehst du denn?«

»Nur rauf in den Busch. Ich möchte mir einen neuen Bogen machen.«

Widerstrebend folgte Tama Ke Rala ins Haus. Da Nala hockte neben dem Feuer und hatte seinen Umhang um die Schultern gewickelt, obwohl das Zimmer warm war. Da er sich nicht erhob, gingen die Jungen vor ihm in die Hocke. Der Häuptling schaute sich Tama eingehend an, bevor er zu sprechen anfing, und die Jungen warteten in respektvollem Schweigen.

»Ka Balu sei mit dir, Tama.«

»Ka Balu sei mit dir, Häuptling.«

»Was getan werden mußte, ist getan, Tama. Die Menschen leben nicht rückwärts in der Zeit. Nimm die Hilfe an, die dir dein Clanbruder anbietet. Du bist jetzt wieder eins mit dem Volk. Du wirst uns nie mehr verlassen. Denke daran, daß wir dich genauso brauchen, wie du uns brauchst. Wir sind eine Gemeinschaft. Im Frühjahr wirst du geweiht werden und einen neuen Lehrer bekommen. Verstehst du?«

»Danke. Ich verstehe.«

Ein krampfartiges Zucken ging durch Da Nalas Gesicht, und er nickte Ke Rala abrupt zu. »Geh mit ihm.«

Die Jungen standen auf.

»Ka Balu sei mit dir, Häuptling.«

Als sie den Weg hinauf an den Gärten vorbeiliefen, erklärte Ke Rala.

»Mein Vater hat oft starke Schmerzen. Sein Arm ist nie richtig geheilt. Er möchte meistens, daß ich in seiner Nähe bleibe. Er ist oft aufbrausend, sogar mit meiner Mutter und meinen Schwestern, aber nie mit mir. Ich scheine der einzige zu sein, der ihm helfen kann. Aber die Pflichten, die ich in diesem Jahr gegenüber meinem Lehrer habe, lassen mir nicht viel Zeit, und ich kann mich meinem Vater nicht so widmen, wie ich eigentlich sollte.«

Er schaute Tama von der Seite an, doch der sagte nichts dazu.

»Es ist nicht leicht, ein Häuptlingssohn zu sein«, sagte Ke Rala sanft.

Tama spürte, daß irgendein Zugeständnis von ihm erwartet wurde, sprach aber immer noch nicht. Sie liefen schweigend weiter, während ein Pfeiffer vor ihnen auf dem Pfad hin- und herhüpfte. Beide spürten die Spannung zwischen ihnen, die vorgetäuschte Natürlichkeit, die sie beklommen zur Schau trugen. Ohne viel zu reden, marschierten sie weiter, bis sie in den Busch hinter den Gemüsegärten kamen.

Im Schatten der Bäume war es ruhiger, und hier waren sie auch vor dem Wind, der von den Bergen herunterpfiff, geschützt. Die Herbstsonne schickte scheue, warme Strahlen durch die dünner werdenden Wolken, die letzten Brombeerblätter leuchteten an den Ranken, und die sich schälenden Zweige der Fuchsien hingen in verblassendem Gelb herunter. Tama hielt an und schaute zurück. Die Häuser des Dorfes drängten sich eng und gemütlich auf der Terrasse zusammen, das Meer war graugrün mit einem Silberstreifen am Horizont. Zum erstenmal, seit er aus dem Käfig war, konnte Tama seinen Blick über die Weite seiner heimatlichen Küste schweifen lassen, von den wolkenumspielten Rändern der fernen Schneeberge bis zu dem blauen steilen Felsufer auf seiner Dolchseite, das sich in der schäumenden Brandung verlor. Der Friede der großen Weite von Wald, Meer und Himmel legte seine sanften Hände auf seine zerschundene Seele. Er schaute zu Ke Rala auf und lächelte.

»Es ist … es ist, als ob man wieder atmen kann, nachdem man erstickt wurde.«

Ke Rala legte einen Arm um Tamas Schultern, drückte ihn kurz an sich und sagte leichthin: »Komm. Wir müssen dir einen starken Bogen machen.«

Sie stöberten eine Weile im Unterholz und zwischen den jungen Bäumen am Rand der noch nicht gefällten Stämme herum. Sie waren in einem Waldstück, in dem Bäume zum Hausbau geschlagen wurden, doch niemand außer ihnen war jetzt dort; bald fühlte sich Tama ganz entspannt und so wohl, daß er sich wünschte, die Suche nach einem starken, biegsamen Ast möge den ganzen Tag dauern. Und noch während er mit dem Gedanken spielte, jeden Ast für den neuen Bogen zurückzuweisen, erkannte er seine alte Fähigkeit, den Verlust des Glücks vorauszuahnen, auch wenn er es gerade in vollen Zügen genoß. Warum kann ich die Dinge nicht einfach so nehmen, wie sie sind? dachte er traurig.

Als er dann doch einen starken, biegsamen Ast gewählt hatte, setzte er sich gegen einen Baumstamm und fing an, die dünne Rinde vorsichtig abzuschälen. Ehe man einen Bogen verwenden konnte, mußte er erst noch eine Weile gespannt und drei oder vier Tage lang über einem schwelenden Feuer geräuchert werden, um das Holz zu härten, ohne es brüchig zu machen, und es gegen die Feuchtigkeit zu schützen. Die meisten Jungen und Männer besaßen mehrere Bogen. Der beste war gewöhnlich auf Hochglanz poliert, hatte manchmal Muster eingeschnitzt oder war an den Enden mit Muscheln geschmückt. Meistens wurde ein solcher jedoch nur für zeremonielle Anlässe verwendet und nicht für die Jagd. Nachdem er auf seiner großen Reise ein viel besserer Jäger geworden war, wußte Tama, daß selbst von ihm, obwohl er noch nicht geweiht war, erwartet wurde, seinen Teil zur Ernährung des Hirschvolks beizutragen.

»Schäl ihn ganz vorsichtig«, riet ihm Ke Rala, »damit du nicht mehr abmachst als die äußere Rinde.«

Tama schaute ihn leicht schief und spöttisch von unten an. »Ich mußte mir mehrmals einen neuen Bogen machen, während ich weg war. Es macht mir jetzt nichts mehr aus, auf die Jagd zu gehen.«

Ke Rala lächelte. »Erinnerst du dich noch daran, wie du mir auf unserer Langen Wanderung ein Jagdlied gesungen hast und ich am nächsten Tag mit meinem ersten Pfeil eine Hirschkuh erlegt habe?«

»Ja.«

»Konntest du, während du weg warst, auch Tiere herbeisingen?«

»Ja, manchmal.«

Tama ermutigte Ke Rala nicht, das Thema weiterzuverfolgen. Seit der letzten Nacht, die er mit Rua in der Höhle über der Lagune verbracht hatte, seit Antritt ihrer Heimreise also, hatte er kein Lied mehr zustande gebracht. Er hatte sich darüber noch keine weiteren Gedanken gemacht, aber von Zeit zu Zeit beschäftigte und beunruhigte es ihn. Nicht mehr singen zu können würde den Verlust seiner äußerst wertvollen und einzigartigen Gabe bedeuten. Jäger, die Wild herbeisingen konnten, genossen höchstes Ansehen. Es war eine Gabe Gottes, eine Gabe direkt von Ka Balu, die weder erlernt noch durch Übung erworben werden konnte. Allein durch Vernachlässigung oder durch den Einsatz für selbstsüchtige oder üble Zwecke konnte sie verloren gehen. Seit Ruas Tod war kein Lied zu Tama gekommen, ja, er hatte nicht einmal den Wunsch danach verspürt. Das betrübte ihn tief. Dieses Gefühl, die Macht der göttlichen Gabe in sich aufsteigen zu spüren, sich selbst ganz hineinfallen zu lassen in die geheimnisvolle, aufsteigende Flut von Worten und Musik, war immer etwas ganz Besonderes in seinem Leben gewesen. Das waren heilige Erfahrungen, den Göttern geweihte Momente, in denen sein ganzes Wesen erhaben gewesen war und in denen er wußte, daß er Teil der unzerstörbaren Schönheit der Schöpfung war. Diese Gabe zu verlieren wäre für ihn unerträglich gewesen. Doch er konnte sie nicht einfach willentlich zurückzaubern. Er konnte nur warten, bis Ka Balu die Zeit für reif hielt, ihre lebensspendende Quelle wieder in ihm aufwallen und seinen Geist damit überfluten zu lassen, der durch ihr Fehlen zur Einöde geworden war.

»Hast du ...«, begann er, stockte jedoch dann.

»Was?«

»Als ich im Käfig war, hast du da erwartet, daß ich wieder herauskomme?«

»Es ist oft hart, Sohn eines Häuptlings zu sein, Tama. Ich habe meinen Vater gebeten, gnädig mit dir zu sein. Aber er konnte die im Langhaus beschlossene Strafe nicht abändern. Er hat mir verboten, zu dir zu gehen. Aber ich habe dir vielleicht ein ganz klein bißchen geholfen.«

»Wie denn?«

»Da der Käfig hinter dem Haus des Alten Vaters aufgestellt war, bin ich zu ihm gegangen, um ihn zu bitten, auf dich aufzupassen. Vielleicht hat er es ja getan.«

Tama sagte nichts. Weshalb sollte er enttäuscht sein, daß der Alte Weise auf Ke Ralas Bitten hin gehandelt hatte, nicht so sehr aus eigenem Mitgefühl? Er würde nie wissen, wie stark das eine das andere beeinflußt hatte. Und wozu war es gut, ein Häuptlingssohn zu sein, wenn Ke Rala für einen Clanbruder, der in Lebensgefahr war, nicht mehr tun konnte? Er hatte keine Lust, Ke Ralas neues Freundschaftsangebot abzuweisen, doch er wußte jetzt, daß er sich nie wieder ausschließlich auf die Hilfe von Ke Rala verlassen durfte, denn dieser würde stets sorgfältig darauf achten, sich im Rahmen der Gesetze des Hirschvolks zu bewegen, dessen Häuptling er eines Tages sein würde. Dies bedeutete für Tama, der geglaubt hatte, allem Schönen sei immer zu trauen, auch, daß er in Ke Rala nie mehr die Vollendung der Männlichkeit sehen würde. Ein Gedanke, der bei ihm ein seltsames Gefühl der Erleichterung auslöste. Von jetzt an konnte er ganz er selbst sein, statt sich zu wünschen, wie Ke Rala zu sein.

Nach wenigen Tagen bewegte sich Tama schon wieder ziemlich ungezwungen im Dorf. Er ignorierte die finsteren Blicke, die ihm gelegentlich zugeworfen wurden, und wurde von den meisten als Rinis und Eddas Pflegesohn akzeptiert, der zwar ein wenig anders war als andere Jungen, aber nicht mehr so eigensinnig wie zuvor. Der Käfig hatte ihn gezähmt. Die Dorfbewohner waren sich einig, daß er genau das gebraucht hatte. Sie hatten keine Ahnung von den Qualen seines verwundeten Geistes. Seine Tage verliefen ruhig. Er half Rini und ertrug ihr Gejammer, auch wenn er sich mit seinem einsamen Pflegevater nicht verständigen konnte. Seine Clanbrüder nahmen ihn mit, wenn sie auf die Jagd gingen, und niemand beschwerte sich darüber, daß ein ungeweihter Junge die jungen Jäger begleitete, die von ihren Lehrern ausgebildet wurden. Die Tätigkeit kam zurück in sein Leben, und er war gesund und stark. Wenn er weniger oft an Rua dachte, dann nicht, weil er seinen Freund vergessen wollte, sondern weil er lernte, das Leben selbst dann zu akzeptieren, wenn etwas unvergleichlich Schönes zerstört worden war.

Der Frühwinter brachte jeden Tag Winde von den Bergen herunter, die ungewöhnlich stark und kalt waren und viel länger anhielten als sonst. Die alten Männer konnten sich an nichts Vergleichbares erinnern. Nur wenig Regen fiel. Tamas Lippen und Ohren waren von der Kälte aufgesprungen, die Haut an seinen Handknöcheln war rissig und blutete. Der Wind blies die Rauchfahnen von den Kaminen weit aufs Meer hinaus und warf die Gischt in riesigen Wolken zurück. In den zugigen Häusern drängten sich die Familien um die Feuer zusammen und husteten laut, wenn aus den Kaminen Rauchwolken quollen. Falls das kalte, trockene Wetter bis zum kürzesten Tag des Jahres anhielt, prophezeiten die alten Männer, sei es ein böses Zeichen. Denn bald käme die Zeit, Kartoffeln zu pflanzen, doch der Boden würde dann hart und trocken sein.

In der zweiten Hälfte des Winters sollte Tama guten Grund haben, sich an diese Prophezeiungen zu erinnern, doch bis dahin gab es andere Dinge, mit denen sein Kopf beschäftigt war. Etwa einen Mond vor dem längsten Tag war gewöhnlich der Zeitpunkt, an dem der Alte Vater mit seinem Unterricht für die Jungen begann, die im vergangenen Frühjahr geweiht worden waren. Und er hatte versprochen, daß es Tama erlaubt sei, zusammen mit seinen Clanbrüdern in die Winterschule zu gehen.

4

An einem Morgen, an dem die Wolken vom Wind über den Himmel gejagt wurden und das Meer im Sonnenlicht tanzte, fanden sich Tama und seine drei Clanbrüder vor der Tür zum Haus des alten Mannes ein. Sie hockten sich hin und warteten auf seine Anweisungen. Zuerst gab er jedem von ihnen einen Streifen Hirschfell, den sie zusammenlegen und als Sitzmatte verwenden sollten. Er selbst hatte sich ebenfalls auf eine Matte vor sein Haus gesetzt, und die Jungen hockten ihm gespannt gegenüber.

Er erklärte, daß es drei Stufen des Wissens gäbe, von denen die Jungen jedoch nicht alle zu lernen hätten. Das Wissen des Volkes umfasse alle Fertigkeiten und praktischen Kenntnisse, die für die Nahrungssuche und -zubereitung, die Jagd, das Fischen, das Herstellen von Werkzeugen, den Hausbau, die Verwendung von Feuer, Stein und Wasser, das Verstehen der Zeichen des Wetters und der Jahreszeiten, des Verhaltens von Vögeln und Tieren, natürlich auch das Verständnis von deren Gesängen und Warnrufen, Markierungen und Wanderbewegungen vonnöten sei. Das meiste davon sei allgemeines Wissen, das man sich im Laufe des Heranwachsens aneigne, doch jetzt sei es an der Zeit, alles nochmals in einer Ordnung durchzugehen und sich ins Gedächtnis einzuprägen – wenn nötig durch das Heruntersingen von Merkversen.

Das Wissen der Stammesältesten werde in der Regel nicht weitergegeben, außer an bestimmte geweihte Jungen, sofern sie nicht wie Ke Rala durch ihre Geburt ohnehin für ein Amt bestimmt seien, das durch Erbfolge weitergegeben werde. Dies Wissen umfasse alles, was mit Ritualen und Autorität zu tun habe: die Ahnen- und Stammbaumforschung, den Entwurf von Gesetzen und Verhaltensregeln sowie die Bestrafung von Gesetzesbrechern. Auch alles, was mit Empfängnis und Geburt, den Techniken der Geburtshilfe und der Heilkunst zu tun habe, gehöre diesem Wissensbereich der Ältesten an.

»Und dann gibt es noch ein anderes Wissen«, fuhr der alte Mann fort, »das keiner von euch erwerben wird, es sei denn, er zeichnet sich durch eine besondere Eignung aus, für die es bestimmte Anzeichen gibt. Ich werde euch nicht sagen, was diese Anzeichen sind, aber ich werde nach ihnen Ausschau halten. Alles, was ich euch im Moment dazu sagen kann, ist, daß dieses geheime Wissen vom Volk das ›Dunkle Wissen‹ genannt wird. Nur jene von uns besitzen es, die die Wege Ka Balus und die Lehren seines Geistes erforscht haben. Es befaßt sich mit den großen Geheimnissen des Lebens und des Todes. Nur wenige wagen es, in den Bereich des Dunklen Wissens vorzudringen, eine Finsternis für die Augen der meisten Menschen, doch für diejenigen, die es verstehen, ein Licht, das niemals verlöscht. Das Dunkle Wissen läßt sich nicht hervorzwingen, auch nicht durch Gewalt erlangen oder stehlen. Es kennt seine Erben und offenbart sich ihnen, wenn die Zeit reif ist.«

Tama hielt seine Knie umschlungen und blickte die Küste hinunter zu den fernen Schneebergen, die im Morgenlicht glänzten, in Gedanken aber war er ganz in die Worte des alten Mannes versunken. Was dieser erzählte, war für Tama nichts Sonderbares, das er nicht ohne weiteres annehmen könnte. Er drehte sich um, um zu sehen, was die anderen taten. Ke Rala hörte mit ernster Höflichkeit zu, Tula hatte gespannt die Stirn in Falten gezogen und Hora den Mund leicht verdrießlich verzogen, was seiner Langeweile Ausdruck verlieh.

»Ehe wir mit dem Unterricht beginnen, zieht ihr eure Sandalen aus und wascht eure Füße. In früheren Zeiten mußten die Jugendlichen jeden Morgen durch den Fluß zu dem Ort schwimmen, wo der Unterricht abgehalten wurde. Doch wir sind jetzt nicht mehr so viele, und wir haben kein eigenes Gebäude für unsere Arbeit. Wenn schönes Wetter ist, werden wir im Freien arbeiten, wenn es regnet, werdet ihr in mein Haus kommen.«

Tama erwartete die erste Unterrichtsstunde am nächsten Morgen mit einem angenehmen Kribbeln der Vorfreude. Die Aussicht, zu Füßen des Alten Weisen zu sitzen, ihm zuzuhören, wie er über das Wissen und die Fertigkeiten erzählte, von denen das Überleben des Volkes abhing, befriedigte eine tiefe Sehnsucht in ihm; eine Sehnsucht, die er nicht benennen konnte, die aber etwas mit dem Bedürfnis nach Schönheit und Ordnung im Leben der Menschen zu tun hatte. Die Schaffung einer Ordnung in seinem eigenen Leben war immer noch nicht gesichert. Er hatte das Gefühl, als warte er noch auf etwas, obwohl er nicht sagen konnte, was es war. Dieses Gefühl hielt auch an, nachdem der Alte Weise mit seinem Unterricht begonnen hatte – in diesen Wintertagen, als der kalte Wind von den Bergen ohne Unterlaß über den Wald hinwegfegte und das weiße Haar der See zurückblies, bis das Hirschvolk sich nach dem warmen Meeresregen sehnte, der einen Hauch von Frühling in diesen Winter bringen würde. Doch es kam kein Regen, und die alten Männer murmelten in wissendem Einverständnis etwas von bösen Vorzeichen.

Mit überkreuzten Beinen saß der Alte Weise auf seinem Hirschfell vor dem Haus und beobachtete schweigend, wie sich die Jungen Wasser aus der Holzschüssel, die er ihnen hingestellt hatte, über Füße und Knöchel gossen. Die Schüssel stand auf Steinplatten, die nur für diesen Zweck verwendet wurden. Wenn kein Winterunterricht stattfand, wurden die Steine und die Schüssel in Tierhäute verschnürt und im Haus aufbewahrt. Wichtig bei diesem Reinigungsritual war, daß die Jungen nur auf den Steinen standen, sich dort die Füße abtrockneten und dann direkt auf ihre Hirschfellmatten traten oder sprangen, ohne zwischendurch mit den Füßen die Erde zu berühren. Erst nach der Unterrichtsstunde war das Betreten der Erde wieder erlaubt.

»Die Bedeutung dieses Rituals«, erklärte der Alte Vater, »ist, daß Wasser Leben ist, das Leben des Geistes wie auch das Leben des Körpers. Indem ihr eure Füße vom Staub der Erde befreit, betretet ihr den Pfad eines neuen Lebens rein, einen Pfad des Lernens und Verstehens, der euch zu einem Leben der Erfüllung und des Dienstes führt, bis euch im Alter der Große Hirsch durch den Wald in das Land hinter dem Morgenstern trägt.«

Am ersten Morgen waren alle Jungen aufgeweckt und aufmerksam. Der Alte Vater fragte sie, was sie über die Körperfunktionen wußten, und erklärte ihnen die Notwendigkeit von Reinlichkeit. Haut und Haare des Körpers müßten nicht nur äußerlich sauber gehalten und gepflegt werden, sondern ihre Gesundheit hänge auch davon ab, ob die inneren Organe regelmäßig ihre Arbeit täten. Ein Ziel reinen Herzens anzugehen, sei unmöglich, wenn der Darm verstopft sei. Liebe, Freundlichkeit und Großzügigkeit hätten keine Bedeutung, wenn der Körper von alten Schlacken vergiftet sei. Der alte Mann redete auch über die Notwendigkeit, die Milch Ka Balus im Leib der Jungen zu bewahren, den Samen also nicht leichtfertig zu verspritzen, da es Aufgabe eines Mannes sei, seinen Körper zu stärken und seine Kräfte an seine Söhne weiterzugeben. Hora blickte zur Seite und grinste verschmitzt, während er versuchte, Tamas Blick zu erhaschen; plötzlich jaulte er laut auf, als der Zeigestock des Alten ihm scharf auf den Knöchel fuhr. Er machte ein wütendes Gesicht, um die Tränen zu verbergen, die ihm in die Augen geschossen waren. Ohne zu unterbrechen, fuhr der alte Mann mit seinen Ausführungen fort. Tama hatte beim Zuhören rote Ohren bekommen, nicht wegen Horas Fehltritt, sondern weil er sich an die Nächte erinnerte, als er und Rua sich gegenseitig gemolken hatten. In seiner jetzigen Stimmung der stolzen Entschlossenheit, den Lehren des alten Mannes Folge zu leisten, kam ihm sein Verhalten von damals anstößig vor.

Je weiter der Unterricht fortschritt, desto mehr wurde in Tama wieder seine frühere Liebe zur Natur und seine scharfe Beobachtungsgabe geweckt. Die Unterweisung im praktischen Alltagswissen des Volkes ging weiter, während ein Mond voll wurde und wieder zu verblassen begann. Von den vier Jungen stellten sich Ke Rala und Tama als die bei weitem begabtesten heraus, was das Verstehen und Auswendiglernen von Regeln sowie das Herstellen von Zusammenhängen anhand von Beispielen betraf. Manchmal zeichnete der Alte Weise mit seinem Stock Muster in den Sandboden. Besonders Tama fiel es leicht, sich an diese anschaulichen Bilder zu erinnern, und sie regten seine Phantasie besonders an, wenn es darum ging, sich die Verhältnisse von Strukturen einzuprägen, etwa beim Hausbau. Tula hingegen versuchte es zwar bereitwillig, doch vergaß er es ebenso bereitwillig wieder. Etwas in seinem leichten, glücklichen Wesen vermochte es freilich, die scharfe Zurechtweisung des Alten Weisen in ein sanftes Drängen zu verwandeln, daß er sich mehr Mühe geben und versuchen solle, es besser zu machen. Mit Hora war der alte Mann lange nicht so nachsichtig. Wenn Hora gelegentlich träge, widerspenstig oder ungehobelt war, ließ die Strafe, häufig in Form einer Ohrfeige, nicht lange auf sich warten. Hora wurde deshalb bald ein Experte im Ausweichen von Schlägen, ohne jedoch böse auf den Alten Weisen zu werden.

»Er muß uns unterrichten«, erklärte er Tama, »aber ich würde es lieber auf später verschieben. Ich brauche dieses ganze Zeug jetzt noch nicht zu wissen. Weshalb kann ich nicht einfach danach fragen, wenn ich soweit bin?«

Ke Rala dagegen schien das Lernen mit Leichtigkeit zu bewältigen – mit der natürlichen Kraft und Anmut, die allen seinen Bewegungen und Handlungen zu eigen waren. Manchmal ertappte sich Tama dabei, wie er sich halb wünschte, Ke Rala möge wenigstens ein einziges Mal einen Fehler machen, beim Schlafen ertappt werden oder über eine Aufgabe stolpern.

Der Regen war immer noch nicht gekommen. Die Jungen verbrachten die Tage morgens vor dem Haus des Alten Weisen und nachmittags mit ihren Lehrern, Eltern oder ihren Jungenspielen, für die sie jetzt kaum noch Zeit hatten. Doch bei allem, was sie taten, fiel ihnen der Wind auf. Das Hirschvolk konnte sich an nichts Vergleichbares erinnern. Der Wind hauchte mit seinem eisigen Atem die steilen Täler herab, eine kalte, aber seltsam lebendige Gegenwart. Tama merkte, daß der Wind seine Sinne schärfte. Seine Haare knisterten, wenn er sie kämmte, und er sah und hörte besser. Die fernen Berge schienen direkt hinter dem Dorf aufzuragen, manche Sterne leuchteten riesig groß am Nachthimmel, andere funkelten nicht einmal. Nur das Meer war zum Schweigen gebracht; verwirrt durch den anhaltenden Landwind, bäumte es sich wütend auf, um dann verzweifelt wieder zurückzufallen. Die Ohren, Nasen, Finger, Arme und Beine der Dorfbewohner waren rauher als sonst, häufig aufgesprungen, manchmal bluteten sie. Die Alten kauerten sich an rauchenden Feuern zusammen und jammerten ständig über den Luftzug. Die Frauen trugen mehr Kleider als sonst und wickelten ihre Babies so fest ein, bis sie mit ihren roten Bäckchen, die aus der Pelzkapuze hervorschauten, schwanzlosen dicken kleinen Opossums glichen.

Die jungen Männer und Jäger machten die Erfahrung, daß sie trockenen Fußes weit hinausgehen konnten. Die ansonsten morastige Feuchtigkeit des Waldbodens war zu spröder Waldspreu eingetrocknet, und es erforderte mehr Geschick, sich lautlos zu bewegen. Doch schien es nicht mehr Wild zu geben, ganz im Gegenteil, erklärten viele Jäger, sei es die schlechteste Jagdzeit seit vielen Jahren. Die Bewohner des Dorfes fingen an, sich zu fragen, welche Auswirkungen das Wetter wohl auf das Kommen der silbernen Fische haben würde, jenen sehnsüchtig erwarteten Vorboten des Frühlings. Falls sie nicht schwärmen würden und die Kartoffeln erst spät keimten, würden die Jäger in große Bedrängnis geraten, denn sie müßten dann den Mangel an Nahrung durch einen Vorrat an dunklem Fleisch ausgleichen. Im Hause seiner Pflegeeltern war Tama schweigsam und gehorsam geworden; er hörte zu, wenn Rini ihn ausschimpfte, tat für Edda, was er konnte, (auch wenn es nicht viel war), um dann so schnell wie möglich zu dem Alten Weisen und in die Gesellschaft seiner Freude zu flüchten. Manchmal auch wanderte er das trockene Bachufer oder den ausgebleichten Sandstrand der Küste entlang. Dabei fühlte er sich immer mehr im Einklang mit diesem geheimnisvollen Leben, das jedem Blatt, jedem Stein, jedem Sandkorn und den schimmernden Weiten des Wassers und Himmels innewohnte.

Zwei Dinge überschatteten weiterhin Tamas neuentdeckte Lebensfreude: die unvorhersehbaren Streiche, die ihm sein Gedächtnis spielte, wenn er wieder einmal von einem Moment auf den anderen damit konfrontiert wurde, daß Rua tot war und er ihn nirgendwo in dieser weiten, funkelnden Welt jemals wiederfinden könnte. Das andere war, daß seine Gabe des Singens nicht zurückkehrte. Weder Worte noch Melodien konnte er aus sich herauslocken. Wenn Tula abends seine Flöte spielte, saß Tama schweigend daneben.

Es rückte die Zeit des Jahres näher, in der die Sternenvögel zurückkehren würden, eine Zeit großer Freude für das Hirschvolk, denn es bedeutete, daß die längste Nacht nun vorüber war, der Winter seinen tiefsten Punkt überschritten hatte und die in die Ferne verbannte Sonne ihre Rückreise antreten würde. Das Auftauchen der winzigen Schar von sieben Sternen am Morgenhimmel, kurz vor Sonnenaufgang, war ein Ereignis von höchster Bedeutung. Jeder wollte dieses Sternbild als erster sehen. Wenn Wolken mehrere Tage lang oder noch länger verhinderten, daß die Sterne zu sehen waren, brach allgemeine Verzagtheit aus, bis die wunderschöne Sternenschar von neuem mit sanfter Freundlichkeit auf die Beobachter in der Welt der Menschen herabschien.

Es gab viele Legenden über die Sternenvögel; die bekannteste fußte auf dem Glauben, daß die Sternenvögel jene edlen weißen Reiher seien, die jeden Herbst dem Weg der Sonne folgten, der sich entlang der Wasserstraßen der Gezeiten nach Norden, hinter den entferntesten Horizont des Meeres in die Himmelswälder hinzog, aus denen Ka Balu ursprünglich zur Erde herabgekommen war. Dort verbrachten sie die letzten dunklen Tage des Jahres und wachten dann wieder auf, um zu den Menschen zurückzukehren, wenn die Sonne sich wieder der Erde zuwandte, um sie zu wärmen. Eine andere Legende erzählte, die Sternenvögel seien die Geister der Menschen, die aus dem Dorf ihrer Ahnen weggelaufen seien, sich verirrt hätten und gestorben seien, um dann in eine ständig umherwandernde Schar von Brüdern weit weg in den Sphären des Himmels verwandelt zu werden.

Während er den Jungen diese und andere Legenden ins Gedächtnis rief, erklärte der Alte Weise, daß es seine Pflicht sei, den genauen Zeitpunkt zu bestimmen, wann sich die Sternenvögel auf ihrem Flug zurück zu den Salzlagunen und Flußtälern der grünen Welt wieder über den Horizont erheben würden.

Da keiner der anderen Jungen die Frage stellte, wagte es Tama, den Alten Weisen zu fragen: »Wie kommt es, Vater, daß du das vorhersagen kannst? Sprechen die Sternenvögel mit dir?«

Der alte Mann sah den Jungen scharf an, konnte jedoch keine Unverschämtheit oder Spötterei in seinen waldgrünen Augen entdecken.

»Das ist Teil des Dunklen Wissens, Tama, das nur ganz wenige kennen. Es ist eine ganz besondere Art von Wissen, die ich euch nicht enthüllen kann. Aber als Clanbrüder, die in die Winterschule gehen, ist es dieses Jahr euer Vorrecht, kurz vor Sonnenaufgang den Hügelweg zum Langhaus hochzuklettern und von der Anhöhe aus nach den Sternenvögeln Ausschau zu halten. Vielleicht bist du der erste, der die Sternenvögel sieht. Das wäre eine große Ehre.«

Sofort beschloß Tama, daß er auf jeden Fall der erste sein wollte, der das Sternbild entdeckte. Man brauchte scharfe Augen, um es auszumachen, bevor die Strahlen der aufgehenden Sonne es in ihrem Licht ertränkten; aber die meisten Dorfbewohner besaßen scharfe Augen, und jeder wollte der erste sein. Tama hatte das Gefühl, daß er die Achtung der anderen zurückgewinnen könnte, die er durch sein Weglaufen verloren hatte, sollte ihm die Freude zuteil werden, vor allen anderen die wiederkehrenden Geister willkommen zu heißen. Er fühlte sich von den Männern und Jungen immer ein wenig ausgeschlossen, obwohl niemand über das Vergangene sprach. Was die Frauen dachten, kümmerte ihn weniger, obwohl er sich manchmal wünschte, Mariti möge ihm vergeben und ihn nur ein einziges Mal wieder anlächeln. Würden der Alte Weise und Da Nala ihn aber die Ankunft der Sternenvögel verkünden hören, würden sie ihn sicher vor dem Volk preisen. Tamas tiefe Sehnsucht nach einer solchen Erfüllung ließ ihn jeden Abend zum Strand hinunterwandern, wo er dann saß, bis das Abendrot verglühte, und solange in den Himmel starrte, bis er von den Sternen geblendet war.

Der ganze Himmel kam dem reinen, hellwachen jungen Geist lebendig vor, der forschend emporschaute und die Geister beobachtete, die an ihre vorbestimmten Plätze sprangen – wie Wächter der in Finsternis getauchten Erdenbewohner. Der westliche Himmel war zartgrün gefärbt, ähnlich den Eierschalen der Wildenten, die Tama einmal gesehen hatte. Das Licht am Himmel pulsierte vor Energie und einer Lebenskraft, die so stark war, daß der Junge angesichts dieser göttlichen Offenbarung von Ehrfurcht ergriffen wurde. Das ist Ka Balu, dachte er. Er möchte, daß ich der erste bin, der die Sternenvögel sieht.

Zwei Tage darauf sagte der Alte Weise die Rückkehr der Sternenvögel für das darauffolgende Morgengrauen voraus. Seine Worte gingen wie ein Lauffeuer im Dorf um und rissen sogar die verdrießliche Rini zu einem: »Das ist gut, wird ja auch Zeit«, hin. Nach der Tradition wurde das Ereignis mit einem Fest und Tanz auf dem Sand hinter dem Steindamm am Strand gefeiert, das die ganze Nacht dauerte, doch in Anbetracht der anhaltenden kalten Winde beschlossen Da Nala und die alten Männer, daß es besser wäre, im Haus zu feiern, sich gegenseitig zu besuchen und die Leckereien, die die Frauen zu diesem Anlaß zubereiteten, im Warmen zu genießen. Viele junge Leute waren enttäuscht über diese Entscheidung, vergaßen freilich, daß auch sie bisher jeden Abend nach Sonnenuntergang gerne die Tür vor dem unbarmherzigen Wind geschlossen hatten.

Tama war sicher, daß er der erste sein würde, der die schimmernde Sternenschar erblicken würde, und er wagte zu hoffen, daß dieser Augenblick ihm auch seine Sangesgabe zurückbringen würde. Nachdem er Rini beim Zubereiten des Essens geholfen und Wasser und Holz für sie herbeigeholt hatte, lief er allein zum Strand hinunter. Der Himmel war vom Wind wie blankgefegt und leuchtete in einem klaren, hellen Blau. Der Rauch aus den Häusern würde wohl hinter den Jungen auf das Meer hinausziehen, wenn sie sich am Aussichtspunkt auf der Anhöhe gesammelt hätten. Was war, wenn zwei von ihnen oder alle die Sterne im gleichen Moment sehen würden? Ich muß auf jeden Fall der erste sein, dachte Tama; ich muß wissen, daß Ka Balu wieder mit mir ist.

Während er alleine den Strand entlanglief und Steine über den Sand kickte oder Zweige in den brodelnden Schaum einer sich brechenden Welle warf, wußte er, daß seine Beobachtungsgabe, die sich auf der langen Reise auf die andere Seite der Berge geschärft hatte, der seiner Kameraden überlegen war.

Er ging den gleichen Weg zurück, den er gekommen war, und schlug den Pfad zum Dorf hinauf ein. Der Wind war rauchgeschwängert. Er hob seine klammen Hände an sein kaltes Gesicht, vergrub sich in seinem Mantel, schob die Hände unter seine Achseln und ging dann breitbeinig weiter, um das Schwanken auszugleichen. Als er aufblickte, sah er Ke Rala, Tula und Hora auf ihn warten. Er lächelte ein kleines, unruhiges, genüßliches Lächeln in sich hinein, in der Vorfreude auf ihre Begeisterung über seinen kommenden Erfolg.

Sie grüßten ihn nicht, nickten ihm nur zu und wirkten feierlich gestimmt. Hora machte eine finstere Miene.

»Ist irgendwas los?« fragte Tama beiläufig.

Tula und Hora sahen Ke Rala an.

»Sag du's ihm«, verlangte Tula.

Ke Rala verzog das Gesicht, sagte etwas Unverständliches, räusperte sich und hielt inne.

»Was ist denn?« Tama war beunruhigt.

»Es tut mir leid, daß ich dir das sagen muß, Tama, aber ich … aber mein Vater und die alten Männer sind der Meinung, du solltest morgen früh nicht mit uns nach den Sternenvögeln Ausschau halten.«

Tamas Herz klopfte wie verrückt gegen seine Rippen. Er brachte kein Wort heraus.

»Es ist nicht unsere Schuld«, platzte Hora wütend heraus. »Diese alten Männer hassen dich, weil du bis auf die andere Seite der Berge gegangen und wieder zurückgekommen bist. Sie glauben, du brächtest Unglück.«

Einen furchtbaren Moment lang spürte Tama wieder den Druck der Gitterstäbe des Käfigs gegen sein Fleisch, sagte aber immer noch nichts.

»Es ist nicht gerecht«, murmelte Tula.

Ke Rala versuchte es noch einmal.

»Wir haben versucht, sie zu überreden, dich doch mit uns Wache halten zu lassen, aber sie wollten ihre Entscheidung nicht ändern. Sie glauben, daß es Unglück über das Volk bringen, unsere Ernten vernichten und die Silberfische fernhalten würde, falls du die Sternenvögel als erster sähest.«

»Glaubst du das auch?« Tama schaute vorwurfsvoll in Ke Ralas Augen. Ke Rala schüttelte den Kopf. »Es ist schon gut. Einer von euch muß der erste sein, der die Sternenvögel sichtet. Niemand anderes. Ich bin es vielleicht im nächsten Jahr.«

Tama drehte sich zur Seite, beschämt über die Tränen in seinen Augen und seine zittrige Stimme. Langsam ging er davon. Die Jungen schauten sich gegenseitig verlegen an. Hora bückte sich, hob einen Stein auf und schleuderte ihn hoch über die Häuser in Richtung der Gärten.

»Mistfresser!« schrie er.

Tama lief nach Hause, erschreckte über die Heftigkeit des Kummers, der seine Brust zerriß. Keinen Moment hatte er auch nur einen Gedanken daran verschwendet, daß es ihm vielleicht nicht erlaubt sein würde, auf die Rückkehr der Sternenvögel zu warten; er war sich so sicher gewesen, daß er sie als erster sehen würde. Er hatte geglaubt, es würde ihm zur Achtung gereichen. Weit gefehlt. Er stand noch immer in Ungnade, war ein Opfer der unantastbaren Autorität der alten Männer.

Er drückte die Haustür auf. Rini blickte auf und bemerkte im Dämmerlicht des Zimmers Tamas gerötete Backen und allzu glänzenden Augen zunächst nicht. Doch als der Junge, ohne etwas zu sagen, verlegen im Zimmer stehenblieb und seitlich zum Feuer hinschielte, wußte sie, daß irgend etwas nicht stimme.

»Was ist denn?«

Seine Lippen und seine Stimme zitterten. »Sie lassen mich nicht nach den Sternenvögeln Ausschau halten.«

»Warum nicht?«

»Sie sagen, es würde Unglück bringen. Sie sagen, Ka Balu sei immer noch böse mit mir ...«

Rini machte eine ungeduldige Bewegung und rief ärgerlich: »Können sie dich nicht endlich in Ruhe lassen? Wenn du mit den anderen zum Alten Vater in die Schule gehen kannst, warum darfst du dann nicht auch auf die Sternenvögel warten? Oh, diese alten Männer ... Sie haben keine Ahnung! Sie sind nur dumm und haben Angst!«

Als Tama, überrascht über Rinis heftigem Angriff auf die alten Männer, zu lächeln versuchte, machte sie eine unvermittelte Bewegung zu ihm hin. In einem seltenen Anfall von Zärtlichkeit nahm sie seinen Kopf zwischen die Hände und drückte ihn fest an sich. Er roch den sauren Geruch ihres Körpers, spürte ihre rauhen Hände auf seinen Wangen und Ohren, entzog sich ihr aber schnell. Er setzte sich ans Feuer und stocherte zwischen den Holzscheiten herum, die zu Asche zerfielen. Bald darauf gab Rini ihm ein paar Fischklöße. Draußen pfiff der Wind von den Bergen weiter seine monotone, einschüchternde Melodie.

Später am Nachmittag machte Tama etwas, was er noch nie zuvor getan hatte. Ohne Aufforderung ging er aus freien Stücken zum Haus des Alten Vaters hinauf und klopfte an dessen Tür.

Ein verblüfftes Lächeln huschte über die Lippen des Alten Vaters, als er sah, wer da zu ihm kam. Er stellte keine Fragen, sondern hielt nur die Tür auf und bedeutete Tama einzutreten. Als Tama im Haus war, packte ihn auf einmal

Angst über seine Verwegenheit, den ruhigen, geordneten Tagesablauf des Alten Vaters zu stören. Schweigend blieb er mitten im Zimmer stehen, biß sich auf die Unterlippe und starrte auf das schwach flackernde Feuer im Kamin. Der alte Mann schien nie zu frieren wie die anderen. Er schaute seinen Besucher ernst an und fragte behutsam:

»Womit kann ich dir helfen, Tama? Erzähle mir, was dich bedrückt.«

Tama hob seinen Kopf und blickte mit finsterer Miene in das dunkle Gesicht auf der anderen Seite des Raumes. »Sie lassen mich nicht nach den Sternenvögeln Ausschau halten.«

»Wer sind ›sie‹?«

»Der Rat der Alten Männer. Sie sagen, ich brächte Unglück; falls ich die Sternenvögel als erster sähe, würde Ka Balu böse werden und unsere Ernten zerstören.«

Der Alte Weise sagte nichts. Er saß lange wortlos da und nahm den Jungen anscheinend gar nicht wahr, so daß Tama vor Spannung zu zittern begann. Da er nicht aufgefordert worden war, sich hinzusetzen, blieb er unsicher stehen, kaute auf seiner Lippe herum, wußte nicht, wohin mit den Händen, und scheuerte einen Fuß gegen den anderen. Das Warten wurde unerträglich. Eine plötzliche Wut stieg in ihm auf, da er glaubte, dies sei nur wieder eine neue Demütigung, die ihm zugemutet wurde. Er richtete sich mit steifem Rücken auf, hob seinen Kopf und wollte gerade etwas sagen, als etwas Seltsames geschah. Ein außergewöhnliches Gefühl des Friedens hüllte ihn plötzlich ein, durchflutete sein ganzes Wesen mit einer ruhigen, tiefen, strahlenden Freude. Ein Teil seines Geistes blieb jedoch entfernt genug, um diese Erfahrung staunend wahrzunehmen, sogar als der alte Mann sich erhob, durch das Zimmer auf ihn zukam und die Hände auf die Schultern des Jungen legte.

»Der Friede Ka Balus ist mit dir, mein Sohn. Er ist nicht böse auf dich. Gehorche jedoch den Alten Männern und versuche nicht, die Sternenvögel in der Morgendämmerung zu sehen. Der Tag wird kommen, an dem du selbst die Rückkehr der Sternenvögel prophezeien wirst, doch die Zeit ist noch nicht reif. Es gibt vieles, was ich dir noch nicht sagen kann. Gehe in Frieden. Ich muß mich auf die Zeremonie heute abend vorbereiten.«

Den Rest des Tages blieb Tama ruhig für sich selbst, genoß die seltsame Hochstimmung, die ihn ergriffen hatte, und grübelte über das Rätsel der Prophezeiung des alten Mannes, daß er, Tama, eines Tages die Rückkehr der Sternenvögel voraussagen würde. Wie sollte dies möglich sein? Dieses Wissen gehörte in den Bereich der heiligen Gesetze, die allein der Alte Weise kannte – oder vielleicht gerade noch Da Nala.

Tama ging früh zu Bett, in der Hoffnung einzuschlafen, bevor der Lärm des Festes zu ihm heraufdrang. Vielleicht verstand Rini seinen unausgesprochenen Wunsch, denn sie überredete ihn, einen dünnen, süßen Kräutertee zu trinken. Schon bald schlief er tief und fest, wachte jedoch noch vor Morgengrauen auf. Die stille, kalte Dunkelheit war plötzlich mit Bedeutung aufgeladen. Er lauschte. Der Wind trug Stimmen zu ihm, ein schwaches Lachen und dann einen langen Triumphschrei.

»Ai-jeee! Ich sehe sie!«

Ein aufgeregtes Stimmengemurmel folgte. Tama lag bewegungslos da und starrte mit weit weniger Bitterkeit in die Dunkelheit, als er angenommen hatte. Kurz darauf hämmerte jemand gegen die Tür. Er machte auf, und da standen seine drei Clanbrüder, deren Silhouetten sich gegen die leuchtenden Strahlen der Morgensonne abzeichneten.

»Auf, komm«, sagte Hora. »Du kannst jetzt herauskommen. Die Sternenvögel sind gesichtet worden. Ruaki war der erste, der sie gesehen hat.«

»Aber … Hattet ihr von dort oben auf dem Weg nicht die beste Aussicht?«

»Na ja«, grinste Hora, »wir waren nicht rechtzeitig oben, weißt du. Du warst nicht da, um uns anzutreiben.«

Tama verstand. Die Jungen grinsten verlegen, dann streckte Ke Rala die Hand aus.

»Komm«, sagte er. »Komm mit uns zu Horas Haus. Dort

gibt es Fleisch und etwas zu trinken. Wir feiern die Wiederkehr der Sternenvögel. Die längste Nacht ist nun vorüber. Der Winter muß dem Frühling weichen. Komm, Bruder, und freue dich mit uns.«

Tama zog sich an und ging mit ihnen mit. Seine Zufriedenheit war ungetrübt.

Den ganzen Tag bis spät in die Nacht brannten die Feuer; Rauch und Funken flogen auf dem Rücken des Windes den Hang hinunter zum Meer. Gemütlich feierten die Familien und Freunde den Anfang des neuen Jahres in ihren Häusern. Sie dankten Ka Balu, brachten den Göttern des Feuers und der Gärten Opfer dar und versuchten, die dunklen Mächte, die ihr Leben bestimmten, günstig zu stimmen, dankbar dafür, daß sich auf geheimnisvolle Weise der uralte Rhythmus in seinem ewigen Auf und Ab von Geburt und Tod, Saat und Ernte, wieder einmal bestätigt hatte.

Dritter Teil

DER WEISSE HIRSCH

1

Am zweiten Tag nach der Rückkehr der Sternenvögel verebbte der Wind. Das Hirschvolk wachte morgens auf, umgeben von einer unheimlichen Ruhe und Stille. Nachdem der kalte, trockene Wind mehr als zwei Monde lang unaufhörlich geblasen hatte, konnten sie jetzt kaum glauben, daß es vorbei war. Die Ruhe ließ auch die Menschen still werden, und sie unterhielten sich in kleinen Gruppen mit gedämpfter Stimme. Die Männer schauten zum Himmel hinauf in der Hoffnung, Wolken vom Meer würden warmen Regen verkünden, damit die Kartoffeln endlich gesetzt werden könnten. Doch als später am Tag Wolken aufzogen, kamen sie aus einer fremden Richtung und hatten eine ungewöhnlich kalte, graue Farbe. Sie glichen einer Haut, die sich über die Berge weit im Süden zog, die Meeresküste überdeckte und die Sonne im Westen verfinsterte. Sie schoben sich vor den Horizont wie ein Deckel, der einen Topf fest verschließt. Hoch oben am Himmel jagte der Wind sie vorbei, und leicht wie Schaum auf einem langsam strömenden Fluß trieben sie dahin. Nahe dem Boden aber war es völlig windstill. Eine frühe Dämmerung bereitete dem Tag ein jähes Ende. In der kalten grauen Schweigsamkeit, die sich über die Welt gelegt hatte, spürten die Menschen des Hirschvolks etwas Bedrohliches – eine schwere Last unbeschreiblicher Angst. Kein einziger von ihnen hätte die Rückkehr des Windes jetzt nicht willkommen geheißen oder wenigstens irgendeine Stimme der Natur herbeigesehnt, um die Beklemmung dieser ungeheuren, öden, erstickenden Stille zu brechen.

Tama konnte vor Kälte nicht schlafen. Immer wieder, wenn er die Felle über seinen Körper zog, spürte er, wie sich die Kälte wie Wasser zwischen ihn und den behaglichen Schlaf drängte. Er konnte sich nicht erinnern, jemals so gefroren zu haben. Schließlich rollte er sich aus seinen Fellen heraus, hüllte sich in seine Oppossumfelltunika, hockte sich dicht neben die Feuerstelle und versuchte, das zusammengeschobene Häufchen Glut wieder zu entfachen. Als es schließlich gelang, wurde er sich wieder der unheimlichen Ruhe um das Haus herum bewußt. Kein einziger Windhauch blies, kein einziges Geräusch war vom Meer her zu hören. Er legte mehr Holz auf, befürchtete jedoch, Rini könnte erwachen und ihn wegen seines Eigenwillens rügen. Doch obwohl er sie im Zimmer nebenan seufzen und sich im Schlaf herumwälzen hörte, sagte sie nichts.

Als seine Hände und Füße langsam wärmer wurden, bekam er auch wieder bessere Laune und beschloß, wieder ins Bett zu gehen. Doch dann spürte er einen Drang zum Wasserlassen, wickelte sich fest in seine Tunika und öffnete leise die Tür. Da berührte etwas seine Wange – ein Nachtfalter. Und dann noch einer. Er zuckte zurück. Die Luft war voller Falter. Undeutlich sah er eine wirbelnde, herabschwebende Masse von Faltern – oder waren es Federn? Auf einmal wußte er, was es war: Schnee! Nur einmal zuvor in seinem Leben, als er noch ein kleiner Junge gewesen war, hatte er Schneeflocken gesehen, die für kurze Zeit vom Himmel heruntergeschwebt und beim Auftreffen auf die Erde geschmolzen waren. Nur waren diese hier so zahllos wie die Blätter im Wald, eine geisterhafte, endlose Schar von ruhig dahinwirbelnden Flocken. Vor Kälte und Angst zitternd schloß Tama die Tür und ging leise zu der warmen Feuerstelle hinüber.

Trotz seiner nächtlichen Begegnung mit dem Schnee war er nicht auf den Schock vorbereitet, der das Dorf am Morgen erwartete. Wegen der Kälte hatten die meisten Leute länger als sonst geschlafen. So kam das erste Zeichen, daß etwas nicht stimmte, von Rinis gellendem Aufschrei, als sie die Tür aufmachte, um wie immer nach dem Wetter zu schauen. Tama setzte sich im Bett auf und starrte seine Pflegemutter an, die mit den Händen vor dem Gesicht neben der offenen Tür stand.

»Was ist los?«

Dann erinnerte er sich wieder und rappelte sich schnell auf.

Es hatte aufgehört zu schneien, doch der niedrig hängende graue Himmel sah so bedrohlich aus, als könne es jederzeit wieder losgehen. Tama blickte auf eine veränderte Welt hinaus, die in sanftes Weiß gehüllt war. Alle Dächer waren schneebedeckt, die Häuser schienen auf einem Meer aus Schaum zu treiben und nicht länger mit dem festen Boden verbunden zu sein. Es gab keine Erde mehr – sie war verschwunden. Schwarze Bäume, deren Zweige sich unter der Last des Schnees nach unten bogen, ragten steil aus den Wellen einer unbewegten See empor. Nichts bewegte sich. Nichts war vertraut. Die ganze Welt schien neugeboren, rein, eisig, unzugänglich, und ihre außerordentliche Schönheit schien den einfachen Wunsch, sie zu berühren, geradezu zu verbieten. Doch die Schönheit war auch gepaart mit dem Schrecken des Unbekannten. Tama hatte das Dorf noch nie von tiefem Schnee bedeckt gesehen. Er bückte sich, nahm eine Handvoll Schnee und hielt sie Rini hin.

»Laß das! Wirf ihn weg! Wage es ja nicht, ihn ins Haus zu bringen! Ich will nichts damit zu tun haben!«

Tama warf den Schnee von sich, drehte sich fröstelnd um und ging ins Zimmer zurück. Teils vor Kälte, teils vor Aufregung zitternd, schlüpfte er rasch in seine Kleider. Auch von den anderen Häusern waren jetzt die erstaunten Schreie der Kinder zu hören, als die Dorfbewohner einer nach dem andern erwachten. Im Nu hatten sich die Kinder angezogen und kreischten vor Vergnügen und Angst, wenn ihre Füße in den Schnee einsanken. An der Südwand der Häuser war der Schnee so tief, daß ein Mann bis zu den Knien einsank. Aber als die anfängliche Aufregung sich erst einmal gelegt hatte, der Schnee draußen festgestampft und der in die Häuser getragene geschmolzen war, fingen die Frauen an, sich zu beklagen, und die Männer rätselten, wie lange er wohl liegenbleiben würde. Nur die alten Männer konnten sich an einen so heftigen Schneefall erinnern, der damals vor vielen Jahren in ihrer Jugend, innerhalb von drei Tagen geschmolzen war. Also sagten die Männer, die immer recht behalten mußten: »Drei Tage, in drei Tagen ist alles wieder weg.«

Tama kratzte den Schnee von dem Holzhaufen hinter dem Haus und dachte, daß es doch eine kalte und ungemütliche Welt wäre, so schön sie in ihrem neuen weißen Gewand auch erschien. Seine Finger und Zehen waren bald so kalt, daß er sie nicht mehr spürte, und das Holz, auf das Rini wartete, nur ungeschickt zusammenpacken konnte.

»Sie sagen, der Schnee wird schmelzen, wenn die Sonne wieder scheint«, berichtete er Rini, die nur irgendetwas vor sich hinmurmelte.

Die Sonne schien an diesem Tag nicht. Ein bitterer, scharfer Wind blies am Mittag von Süden her, und der Himmel hatte sich seit Tagesanbruch kaum aufgehellt. Am frühen Nachmittag fing es wieder an zu schneien. Und als der Nachmittag in die Abenddämmerung überging und eine undurchdringliche schwarze Nacht den Wald und die Küste umschloß, schneite es von neuem. In jedem Haus drängten sich Eltern und Kinder gegen die hereinsickernde Welle dunkler Kälte um die wärmende Glut des Feuers. »Es wird sich in der Nacht ausschneien«, sagten die Alleswisser.

Am nächsten Morgen reichten die Schneeverwehungen bis auf halbe Höhe der Südwände der Häuser hinauf, und es schneite immer weiter. Nur wenige verließen an diesem Tag das Haus, und wenn, dann nur, um nach Feuerholz zu graben. Sie riefen sich gleich Schiffbrüchigen, die einsam auf dem Meer trieben, von Haustür zu Haustür zu. Verwegene Kinder, die sich von den Häusern weggewagt hatten, mußten, blaugefroren und vor Kälte zitternd, von Vätern und Brüdern heimgeholt werden. Wenn sie dann ihre erfrorenen Finger und Zehen ans Feuer hielten, schrien sie vor Schmerzen auf. Die Mütter blickten ängstlich auf den rasch dahinschwindenden Vorrat an Wurzelgemüse vom vergangenen Herbst, der um diese Jahreszeit ohnehin schon immer weitgehend geschrumpft war. Die Männer begannen Angst vor dem großen Feind zu bekommen, der das Hirschvolk auch in den besten Zeiten nie ganz verließ, und der nur durch unablässige Arbeit und den Einsatz ihres Könnens in Schach gehalten werden konnte: Die ausgezehrte Bestie mit den glühenden Augen – der Hunger.

Niemand glaubte, der Schnee würde bleiben. Die Weisen des Wetters prophezeiten Regen, Wind, klaren Sonnenschein, alles, außer dauerndem Schnee. Da es noch nie vorgekommen war, daß es längere Zeit heftig geschneit hatte – wenigstens konnte sich niemand daran erinnern, und es gab auch keine Legenden darüber –, schien es auch jetzt unmöglich. Und doch war es so.

Eine dritte Nacht und noch einen Tag trieb der schneidend kalte Wind die wirbelnden Flocken von dem gespenstischen grauen Himmel herab – wie Geisterblätter, die direkt vom Baum des Lebens herabschwebten, so murmelten die Alten. Das Weltall schien seines Fleisches beraubt, und der Himmel herabgefallen. Die Erde lag begraben unter den zerbrochenen Trümmern des Firmaments, eingehüllt in die Stille des Todes.

Neben der Kälte, die in die Knochen kroch, war es vor allem die Stille, die Tamas Geist bedrückte. Wenn er sich in seine Felle neben dem Feuer kuschelte, konnte er hinter der Hauswand kein einziges Geräusch ausmachen. Es war ein Gefühl vollkommener Abgeschlossenheit, das in ihm neuerlich die fürchterliche Einsamkeit hochkommen ließ, unter der er im Käfig gelitten hatte. Sein Mitleid galt nicht nur sich selbst und dem Hirschvolk, sondern auch den Vögeln und Tieren, die erfroren und verhungerten, betrogen von ihrer Welt. Vielleicht war auch Ka Balu gestorben. Allein der Gedanke daran machte Tama zittern. Während er, eingemummt in seine Felle, die Zehen mit den Fingern zu wärmen versuchte, überlegte er, wie wohl der Alte Weise die Kälte ertrug, und beschloß, am nächsten Morgen zu versuchen, zu seinem Haus vorzudringen und nachzusehen. Seit der Schnee gefallen war, hatten die Jungen in der Annahme, der Alte Weise wolle unter solch erschwerten Bedingungen sowieso nicht weitermachen, keinen Versuch unternommen, ihren Unterricht fortzusetzen. Aber ein leises Schuldgefühl beschlich Tama jetzt; er schämte sich, daß er drei Tage lang nicht versucht hatte, den alten Mann zu besuchen. Er schwor sich, ihn gleich am nächsten Morgen aufzusuchen.

Überraschend träumte er in dieser Nacht ganz lebhaft von Rua. Sie waren gemeinsam in dem sonnigen Tal über dem versunkenen Dorf, wie an jenem Tag, als sie den Raum unter der Erde entdeckt und erforscht hatten. Sie trafen Vorbereitungen, um Fleisch über einem Feuer am Bach zu braten. Die Sonne stand im Westen schon tief; sie schien das Tal herauf und strahlte von den Felsen mit warmem, rötlichem Licht auf Ruas Rücken, während dieser neben dem Feuer hockte. Der Wind blies ihm durchs Haar. Jeder Halm des Büschelgrases, jedes Blatt an den Bäumen auf dem Hügel, jedes Schilfrohr, das im dahinströmenden Bach zitterte, die leichten Wolken hoch über dem Hügel – alles war so wirklich und greifbar, daß Tama staunte. Ein tiefer Frieden erfüllte sein ganzes Wesen. Da saß er an Ruas Seite, doch gleichzeitig war er auch losgelöst von dem Ganzen und beobachtete sich selbst als dessen Teil. Er fühlte weder Verlust noch Kummer, noch kam ihm das alles wie Einbildung vor. Er spürte einzig und allein die tiefe Überzeugung, daß dies alles echt war – keine Erinnerung an gestern, kein Traum, sondern ein klares und deutliches Erlebnis. Er hörte, wie seine Stimme Rua sanft beim Namen rief. Rua drehte seinen Kopf zu ihm herum und lächelte. Seine ruhigen, treuen Augen, die leicht geröteten Wangen, der Schwung seiner Lippen, alles war so, wie Tama sich an ihn erinnerte und wie er ihn geliebt hatte. Nur sein Ausdruck, die innere Kraft seines Wesens, die sich in jedem Blick offenbarte, war die des Geisterjungen, den allein Tama gesehen hatte. Während Tama noch träumte, wurde er sich traurig, doch ohne tiefen Schmerz bewußt, daß beide auf seltsame Weise ein und derselbe Junge waren.

Er wachte auf. Um ihn herum war es finster und eisig kalt, aber er fürchtete sich nicht und empfand keinen Verlust. Ruas Gegenwart war wirklich. Die Nacht und der Sonnenschein waren wirklich: Beide brauchten sich gegenseitig, beide waren gemeinsam gegenwärtig. Tama machte die Augen zu und schlief weiter in dem Wissen, daß Rua aus dem Land des Weißen Hirsches, wo die Toten hinter den Bergen des Morgens in Frieden ruhten, mit ihm in Kontakt getreten war.

Am nächsten Tag, als die Dorfbewohner erwachten, strahlte die Sonne gleißend hell auf den gefrorenen Schnee. In jedem Haushalt war eine ungeheure Erleichterung zu spüren, ein Gefühl, daß der Untergang gerade noch einmal abgewendet worden war. Überall herrschte geschäftiges Treiben und eitle Freude, als Da Nala die Nachricht verbreiten ließ, alle Männer und Jungen sollten Pfade von einem Haus zum anderen, zu den Kochgruben, Abfallhaufen und Latrinen freischaufeln. Mit den Hacken und den kleinen quadratischen Spaten, die sie zum Ackerbau benutzten, war dies eine langsame, mühevolle Arbeit, aber wenigstens wärmte es die Arbeitenden auf, die zu einem gleichmäßigen Singsang hackten, den Schnee hochwarfen und aufschichteten. Die Frauen waren weniger vergnügt, als sie die geschrumpften Nahrungsvorräte an getrocknetem Gemüse, Fisch und Fleisch durchsahen. In jedem Haus war die Nahrung knapp. Irgendwie gelang es den Männern und Jungen, sich über die eisigen Schneeverwehungen bis zu dem schwarzen Wasser des nahen Baches hinüberzukämpfen und zu -schlittern, doch ihre Versuche, Aale zu fangen, schlugen fehl. Jede Möglichkeit, auf die Jagd zu gehen, war fürs erste, bis zur Schneeschmelze, ausgeschlossen. Kein einziger Vogel war zu sehen, nicht einmal eine Möwe. Vor Mittag kam Südwind auf, und die Wasseroberfläche gefror von neuem.

Da erinnerte sich Tama plötzlich an seinen Entschluß vom Vortag, den Alten Weisen zu besuchen. Der gefrorene Schnee war zu beiden Seiten des Weges hüfthoch aufgeschichtet, so daß es eher wie ein Graben als wie ein Weg aussah. Er überlegte sich, wie lange der Schnee wohl so festgefroren bleiben würde. Doch in der trüben, freudlosen Landschaft um sich herum fand er keinen Trost.

Als er an die Tür des alten Mannes klopfte, kam keine Antwort. Er wartete, da er wußte, daß der Alte Weise manchmal lange brauchte, bis er zur Tür kam, und es nicht leiden konnte, wenn mehrmals geklopft wurde. Aber als er auf seinen Ruf: »Alter Vater, es ist Tama, der dich ruft«, weder eine Stimme noch eine Bewegung hörte, bekam er Angst. Ob der alte Mann wohl schlief? Er klopfte noch mal und rief seinen Namen. Im Haus rührte sich nichts. Nur der Wind rüttelte traurig an einem losen, gesplitterten Brett.

Tama begann, sich Sorgen zu machen. Sollte er zurückgehen und Hilfe holen? Er machte noch einen Versuch: »Alter Vater! Bitte antworte mir! Ich bin's, Tama!«

Als immer noch keine Antwort kam, tat er etwas, was er sich früher nicht im Traum getraut hätte. Er stemmte sich gegen die Tür, da er sich erinnerte, daß der innere Riegel nicht richtig schloß. Die Tür öffnete sich einen Finger breit und klemmte dann. Tama langte zu dem kaputten Brett hoch, brach ein Stück von dem im Wind zitternden Holz ab, schob es dann durch den Spalt hinein, drückte den Riegel zurück und langsam die Tür auf.

Er unterdrückte nur mühsam einen Schrei des Entsetzens.

Der alte Mann saß, das Gesicht ihm zugewandt, mit gekreuzten Beinen und den Händen auf den Knien mitten im Zimmer. Sein Mund stand offen, auch seine Augen waren geöffnet, jedoch schrecklich nach oben verdreht, so daß man nur das Weiße sehen konnte. Vor ihm auf dem Boden war ein Kreis aus Sand, in dem die Knochen eines kleinen Vogels verstreut lagen, und neben den Knochen lag ein großer Musterblock von derselben Art wie die, die Tama aus dem Zimmer unter der Erde mitgenommen hatte. Der Wind raschelte in den Blättern des Blocks, während der Junge sich am Türpfosten festklammerte und erschrocken das Bild, das sich ihm bot, anstarrte. Kein Feuer brannte. Das Zimmer war eiskalt.

Tamas Nackenhaare sträubten sich. Einen Moment lang blickte er noch entsetzt ins Haus, dann lief er so schnell ihn seine Füße tragen konnten zum Dorf, rutschte aus, fiel hin, rappelte sich wieder auf, und rannte weiter bis zu Horas Haus.

»Schnell! Kommt schnell! Holt Hilfe! Der Alte Weise liegt im Sterben! Vielleicht ist er sogar schon tot!«

Er hielt sich keuchend am Türpfosten fest, bis Horas Vater auftauchte, Tamas Hilfeschrei hörte, und Hora zurief:

»Lauf schnell zu Da Nala und sag ihm, daß der Alte Weise im Sterben liegt!«

Ein paar Minuten später kam Hora mit Ke Rala zurück, der seinem Vater den rutschigen Hang herunterhalf. Tama war entsetzt über die Langsamkeit, mit der der Häuptling sich bewegte. Begriff er denn nicht, daß der Alte Weise so schnell wie möglich Hilfe brauchte? Die Achtung vor Da Nalas Autorität verlangte es, daß er vorausging, während die anderen sich über seine Langsamkeit ärgerten.

Die Haustür stand noch genauso offen, wie Tama sie gelassen hatte. Da Nala spähte hinein und erstarrte; er drehte sich um und sprach streng:

»Tama, erzähl niemandem, was du gesehen hast. Geht alle wieder nach Hause. Ich bleibe bei dem Alten Vater. Er ist nicht krank. Er ist in Trance, sein Geist ist bei den Toten. Laßt mich mit ihm allein. Ich weiß, wie ich ihm helfen kann.«

»Aber Vater, du wirst erfrieren«, wandte Ke Rala ein. »Tama sagt, es sei kein Feuer an.«

»Ich bin nicht so hilflos, daß ich kein Feuer machen könnte. Laßt uns jetzt allein, aber kommt vor Einbruch der Dunkelheit zurück.«

Da Nala trat ins Haus und schloß die Tür.

»Komm, Tama, wir können hier nicht stehenbleiben. Komm mit mir zurück.«

Ke Rala nahm Tama am Arm, denn er spürte, daß Tama ärgerlich auf Da Nala war, weil er sie so weggeschickt hatte. Da es ihm verboten war, über das, was er gesehen hatte, zu sprechen, sagte er nichts zu Ke Rala, doch das Bild von dem aschgrauen Gesicht des alten Mannes mit den nach oben verdrehten Augen wich nicht aus seinem Bewußtsein. Gegen Abend kam Da Nala zurück und erzählte den Jungen, daß sich der Alte Vater erholt habe und es ihm besser ginge. Er würde am nächsten Tag vor dem ganzen Volk sprechen. Bis der Schnee wieder geschmolzen und das Wetter wärmer wäre, sei der Unterricht für Ke Rala und seine Clanbrüder ausgesetzt.

Obwohl es in der Nacht und bis in den Morgen hinein weiterschneite, hatte sich die Wolkenmasse am Nachmittag, als alle Dorfbewohner langsam und unter viel Gejammer über die fürchterlichen Unannehmlichkeiten zu dem offenen Platz vor dem Haus des Alten Weisen hochstiegen, etwas aufgelockert und ließ ein fahles Licht durchscheinen. Die Kräftigen stützten die Alten und trugen die ganz Jungen. Die Felle und Pelze, die sich Frauen und Männer gleichermaßen um ihre Kleidung gewickelt hatten, ließen sie düster und unförmig aussehen. Viele wirkten müde, manche ängstlich, andere verdrossen; so versammelten sie sich in diesen Zeiten zunehmender Not vor dem Weisen in ihrer Mitte. Tama konnte sich nicht erinnern, die Dorfbewohner jemals so feierlich gesehen zu haben wie jetzt, da sie in einer dunklen, regungslosen Masse auf ein Zeichen warteten, das Hoffnung verheißen würde. Alle waren sie dort versammelt außer zwei alten Frauen und Edda, die alle schlecht gehen konnten. Sie waren vielleicht halb so viele, wie es Tage im Jahr gab; dem Hirschvolk war es nicht gegeben, mit Zahlen zu rechnen, die weit über die Anzahl der Finger und Zehen hinausgingen.

Der Alte Vater stand in der Tür, bis auch der letzte sich eingefunden hatte und alle ihm ihre Aufmerksamkeit schenkten. Als er zu sprechen anhob, war es vollkommen still. Tama, der vorne in der Menge stand, blickte in die dunklen, tiefliegenden Augen in dem hageren Gesicht, betrachtete die kraftvollen Linien, die sich von den Nasenflügeln zum Mund herabzogen, und die grauen Haarbüschel, die im Wind um den kahlen Schädel wehten. Das starke, traurige Gesicht faszinierte ihn, und er wunderte sich, wie er jemals vor dem alten Mann hatte Angst haben können. Es gab nichts in seinem Antlitz, vor dem man sich fürchten müßte, trotz der Autorität, die er über das Volk ausübte.

»Ich werde euch nicht lange in der bitteren Kälte herumstehen lassen. Ich weiß nur zu gut um eure Leiden und eure Ängste in dieser Zeit grausamer Not. Ihr friert, ihr habt Hunger. Ihr könnt die Fragen eurer Kinder nicht beantworten, ihr habt Angst vor dem nächsten Tag. Aber in Zeiten wie diesen müßt ihr euch gegenseitig helfen, das Essen, das ihr habt, teilen, müßt euch besonders um die Alten und die Kinder kümmern. Ka Balu wird uns in diesem Elend, das sich über die Welt herabgesenkt hat, nicht vergehen lassen. Die Sonne wird die Nebel vertreiben und den Schnee im warmen Frühlingsregen schmelzen lassen.

Weil ich an Ka Balu glaube, habe ich die gefährliche Reise in das Land der Toten unternommen, um mit denen zu sprechen, die um die Pfeiler der Zeit sehen können. Ich kann euch nicht alles erzählen, was ich gesehen habe, aber ich bitte euch, euren Glauben und Mut in den kommenden Tagen nicht sinken zu lassen. Wir werden noch schwerer auf die Probe gestellt werden, wir werden versucht sein zu verzweifeln, aber das dürfen wir nicht. Ka Balu wird uns die Erlösung bringen, er wird uns einen Weg aus unseren Gefahren zeigen. Ihr müßt mir glauben. Haltet Ausschau nach dem Zeichen seiner Ankunft.«

Er hielt inne, und Tama spürte die Unruhe, die die Menge hinter ihm ergriffen hatte. Ein Mann in seiner Nähe brummte: »Ka Balu bringt kein Fleisch für meine Kinder. Sie weinen vor Hunger. Sie haben unser letztes Fleisch gegessen. Was werden sie morgen essen?«

Auch sonst ging ein Raunen durch die Reihen, nicht sehr laut, aber doch laut genug, um zu zeigen, daß die Leute mehr suchten als Ermahnungen zu Glauben und Mut. Der Alte Vater tat, als habe er nichts gesehen und nichts gehört, und nach ein paar Augenblicken der Stille, in denen er in sich selbst zurückgezogen und sich der Menge vor ihm gar nicht bewußt zu sein schien, nahm er seine Rede wieder auf.

»Was ich euch sage, sind keine leeren Worte. Ich habe die schmerzliche und einsame Reise zu dem Land der Geister unternommen, wie andere meiner Art in Zeiten der Spannung und Gefahr es vor mir getan haben. Und was ich gesehen habe, ist eine Zeit großer Not, anhaltender bitterer Kälte, bis dieser Mond vergangen und der nächste voll ist. Zur Zeit des Vollmondes wird uns das Zeichen der Erlösung offenbart werden, in welcher Form kann ich euch nicht sagen. Bis zu diesem Zeitpunkt, meine Kinder, gehorcht Da Nala und dem Ältestenrat, helft einander und betet zu Ka Balu, daß er uns retten möge. Der Friede Ka Balus sei mit euch.«

»Sein Friede sei mit dir«, murmelte das Volk, aber als sie sich zum Gehen wandten, beklagten sich einige, daß ihnen der Alte Vater nichts anderes als Versprechungen gegeben habe. Vielleicht wären die Götter verärgert, vielleicht sollte ein Blutopfer dargebracht werden wie in alten Zeiten. Aber andere, die diese Worte hörten, rügten sie für ihre düsteren Gedanken. Bald war das Dorf wieder menschenleer, alle waren in den Häusern verschwunden und suchten die glühende Wärme des schmalen Kamins.

Als ein Tag um den anderen verging, immer noch kein Tauwetter in Sicht war, sondern weiter Schnee fiel und am Boden festfror, wurde das Leben im Dorf wirklich hart. Jeder noch so winzige Rest an Wurzelgemüse oder Blättern, die man entdecken oder aus dem Schnee um die Häuser ausgraben konnte, wurde zu einer dünnen Suppe verkocht und an die hungrigen Familien verteilt. Wasser war durch Schmelzen von Schnee leicht zu bekommen, aber da es unmöglich wurde, sich weiter als ein paar Schritte von den Häusern zu entfernen, schwanden auch die Holzvorräte zum Feuermachen. Obwohl die Dorfbewohner immer große Mengen von gehacktem Holz und Zweigen am Haus trockneten und aufstapelten, war der Schnee zu einer Zeit gekommen, als die Vorräte schon mehr als zur Hälfte aufgebraucht waren. Da es jetzt aber unmöglich war, bis zum Waldrand vorzudringen, mußten die wenigen Bäume im Dorf gefällt werden. Das war ein gefährliches Unterfangen für Männer, die es nicht gewohnt waren, in eisiger Kälte zu arbeiten; doch mit Geduld und Geschick wurden sieben Bäume zwischen den Häusern gefällt und nur ein Dach leicht beschädigt. Die aufwendige Arbeit des Zerhackens der Bäume war eine gute Gelegenheit für die Männer und Jungen sich auszutoben, die des Nichtstuns müde waren, allerdings auch bereits erste Erschöpfungserscheinungen aufgrund des ungewohnten Hungers zeigten. Es kam jetzt öfter ein Schlag ins Leere vor, der viel Kraft kostete, oder man hörte die Männer fluchen, wenn sie ausgeglitten und auf den Boden gefallen waren. Wenigstens hatte man für einige Zeit für Wärme gesorgt – vielleicht bis zum nächsten Vollmond, für den der Alte Weise das Ende ihrer Mühsal prophezeit hatte.

Die reinlichen Leute unter den Dorfbewohnern litten darunter, daß sie die Latrinen und Waschmöglichkeiten nicht benutzen konnten. Da Nala ordnete an, jeden Tag Gräben in den Schnee zu ziehen, die jedoch mit Rücksicht auf die Kinder und die geschwächten Alten nicht allzuweit von den Häusern entfernt sein durften. Jeden Abend bei Dunkelheit schaufelten dann die Jungen Schnee über die Exkremente und den Abfall, der sich am Tage angesammelt hatte. Bis zum letzten Moment hofften sie darauf, daß ihnen diese Aufgabe durch einen neuerlichen Schneefall erspart bliebe. Als die letzten Überreste an Fleisch verzehrt, die letzten Knochen aufgebrochen waren, um das Mark herauszuholen, fingen die Leute an, im Schnee nach Büscheln von Wintergras zu buddeln. Einige hatten versucht, die Blätter der als Feuerholz gefällten Bäume zu essen, sich jedoch bald darauf übergeben und die Nacht unter Magenkrämpfen und Stöhnen zugebracht. Es zeichnete sich ab, daß der Hungertod nicht lange auf sich warten lassen würde, wenn nicht bald frische Nahrung, welcher Art auch immer, gefunden wurde.

An einem Morgen mit bleiernem Himmel, an dem der Wind Tama auf den Wangen brannte, als er aus seiner fellbesetzten Kapuze herausschaute, sah er zwei Gruppen erfahrener Jäger in den Wald hinausziehen. Da Nala hatte angeordnete, daß wenigstens einige den Versuch unternehmen sollten, Vögel, Opossums oder Fische zu finden. Die dunklen, unförmigen Gestalten mit den Bogen auf dem Rücken hielten sich an den Händen fest, um sich gegenseitig aufhelfen zu können, wenn sie hinfielen, und näherten sich so nur langsam dem Waldrand, der einmal nahe und vertraut gewesen war. Drei Männer sollten versuchen, zum Bach hinunterzugelangen, und drei andere, den Wald hinter dem Langhaus zu erreichen. Tama schaute ihnen angstvoll und bewundernd nach und fragte sich, wie es ihm wohl ergangen wäre, wäre er ausgewählt worden.

Vor Mittag ließ der Wind nach, doch wieder begann es stetig zu schneien. Tama, der kurz vor die Tür getreten war, fragte sich, wie er den Schnee jemals hatte schön finden können. Die Schneeflocken kamen ihm jetzt nicht mehr wie Federn, Blütenblätter oder Sternschnuppen vor, sondern wie eine Bürde und ein Totentuch, das sich auf sie herabsenkte, ohne Gewicht, endlos, jede Hoffnung erstickend.

Bald darauf kämpften sich die drei Männer, die zum Bach hinuntergegangen waren, Schritt um Schritt verbissen wieder zum Dorf zurück. Eine Weile gesellte sich Tama zu den Männern und Jungen, die sich im Haus von Oara, deren Anführer, zusammendrängten. Es war mitleiderregend, erwachsene Männer wie kleine Kinder winseln zu hören, als man sie aus ihren eisigen, zu Panzern gefrorenen Kleidern befreite. Während Oara seine Geschichte erzählte, stöhnte und schaukelte er vor Schmerzen vor und zurück, als das Blut in seinen gefrorenen Fingern und Zehen wieder zu pochen begann.

»Brüder, es ist grausamer als der Tod. Die Stärke eines Mannes sitzt bei dieser Kälte wie Stein in ihm fest, bis er nicht mehr atmen kann. Wir halfen uns gegenseitig zum Bach hinunter und trauten unseren Augen nicht. Er ist fest zugefroren, man kann auf ihm herumlaufen, oder besser gesagt darauf stehen, denn man rutscht schnell aus. Der Schnee am Rande des hohen Busches ist so hoch, daß ein Mann darin ertrinken könnte. Wir haben uns einen Weg freigehauen bis in den Schutz der Bäume. Sogar im Busch selbst liegt hoher Schnee. Es ist fast unmöglich, auch nur zwei Schritte zu tun, ohne dabei in den weichen Schnee einzusinken, weil er dort nicht die hartgefrorene Schale besitzt wie im offenen Gelände. Viele kleine Bäume sind eingegangen. Außerhalb des Waldes ist kein einziges grünes Blatt zu sehen, nur innerhalb des Busches gibt es immer noch ein paar Farne und Blätter – und ein paar wenige Beeren. Wir haben zurückgebracht, was wir konnten. Aber kein Vogel ist zu sehen, kein einziger. Allerdings haben wir zwei tote Opossums gefunden, die erfroren auf den unteren Zweigen saßen.«

Oara schaukelte weiter und stöhnte, die Hände unter die Achseln geklemmt. Die Opossums wurden bereits unter großen Schwierigkeiten gehäutet. Ein stark verdünnter Opossum-Eintopf würde wenigstens ein paar hungrige Kindermägen vor dem Abend satt machen.

Die Leute fingen mittlerweile an, ängstlich nach der zweiten Gruppe von Jägern Ausschau zu halten. Doch alles Pfeifen und Rufen blieb ohne Antwort. Auf den weißen Terrassen, die sich hinter dem Dorf zu der schwarzen Steilwand des Waldes erhoben, war kein Lebenszeichen zu erkennen. Die Dunkelheit verdichtete sich, und immer noch waren die Männer nicht zurück. Die Nacht senkte sich schwarz und erbarmungslos herab. Die Familien der drei Jäger warteten weiter, sorgten dafür, daß das Feuer hell brannte, aber sie warteten vergeblich. In der Nacht fing es wieder zu schneien an. Am Morgen befahl Da Nala einigen Männern, bis zum Waldrand hochzuklettern und nach den anderen zu suchen, aber nicht in den tückischen, schneevollen Wald hineinzugehen. Mittags kehrten die erschöpften Sucher zurück, ohne eine Spur von den vermißten Jägern entdeckt zu haben.

Jetzt wurde das ganze Hirschvolk von der Angst gepackt. Wie konnten drei starke, junge Männer in einem Wald, den sie von Kindesbeinen auf kannten, einfach verschwinden? Doch es war nicht mehr der vertraute Wald, den sie ihr ganzes Leben lang gekannt hatten. Alles hatte sich verändert. Stärke, Geschick und Wissen waren von Verwirrung und Verzweiflung getrübt.

In der Nacht, die nicht enden wollte und nur eine Fortsetzung der Agonie des Tages war, lag Tama hungrig zwischen seinen Fellen wach und hörte ein seltsames, auf- und absteigendes Geräusch durch die eisige Luft schweben; ein hohes, dünnes Heulen, als ob der Wind über die gefrorene Einöde pfiff, doch durchdringend menschlich. Als er verstand, schluchzte er und weinte allein in der Dunkelheit um die Frauen, die da ihre Toten beklagten und die wilde Qual eines Leids herausströmen ließen, das nicht zu lindern war.

Das tragische Unglück erfüllte jedes Haus mit tiefem Schrecken. Es war ein furchtbarer Beweis dafür, daß das Schlimmste eintreten konnte. Als der Große Schnee ohne ein Anzeichen auf Tauwetter weiter anhielt, begannen sich die Reihen der Jüngsten und Ältesten auf furchtbare Weise zu lichten. Nach dem Tod eines zweijährigen Jungen, nur zwei Häuser entfernt von Tama, humpelte Rini mit einer ihrer Kräutermischungen den festgestampften Schneepfad entlang, um den Schmerz der Mutter zu lindern. Da der Boden steinhart gefroren war, konnte das Kind nicht begraben werden, so wurde die mitleiderregende Leiche in Häute gehüllt und hinters Haus gelegt, bis das Tauwetter eine Beerdigung erlauben würde. Diesem Unglück folgte ein schauerliches Ereignis: Drei Tage später, als die Mutter hinausging, um dem Geist des Kindes zum Zeichen des Lebensflusses, der die Lebenden wie die Toten mit sich trug, Wasser darzureichen, sah sie plötzlich voller Schreck, daß die Häute aufgerissen waren und der Körper des Kindes herausschaute. Während sie sich bückte, um die gefrorenen Häute wieder festzumachen, erblickte sie zu ihrem Entsetzen, daß das linke Bein fehlte. Es war glatt vom Körper abgetrennt worden. Ihr schriller Schrei ließ ihren Mann herausstürmen. Er ging sofort zu Da Nala, der eine Suche im Dorf anordnete. Erst als die Männer die Abfallhaufen der Vortage durchwühlten, wurde man fündig. Doch als das Bein herausgeholt wurde, sah man, daß es angekohlt und das gebratene Fleisch fast vollständig vom Knochen abgenagt worden war.

Das Grauen ging im Dorf um. Was war in sie gefahren? Familien schlossen sich in ihre Häuser ein, Nachbarn wurden verdächtig. Nur wenige wagten sich überhaupt aus dem Haus und auch das nur, wenn es unbedingt nötig war, wie etwa um am Bach entlang bis zum Busch nach Blättern und Wurzeln zu suchen. Wenn überhaupt, könnten vielleicht gerade noch die Männer und Frauen in der Blüte der Jahre überleben; unter den Kleinkindern und den Älteren gab es bald noch mehr Tote. Beinahe alle Familien hatten schon die Leiche eines ihrer Mitglieder vor die Tür legen müssen. Da Nala hatte die Todesstrafe für jeden angeordnet, der sich an Menschenfleisch vergriff, und es kam daraufhin zu keinem weiteren Zwischenfall.

2

Die Hälfte der Zeit brachte Tama mit nebelhaften, traumähnlichen Phantasien über irgend etwas Eßbares zu. Er träumte, er wäre mit Rua auf der Jagd nach Mäh-mähs und Langohren, weit weg in den friedlichen Ebenen, nur um dann wieder aufzuwachen und sich der dumpfen Apathie des Hungers bewußt zu werden. Wäre da nicht Rini mit ihrem schwindenden Vorrat an Kräutertees und -süppchen gewesen, wäre er zu schwach gewesen, um überhaupt das Haus zu verlassen. Rini ging weiterhin ruhig und geschäftig ihrem Alltag nach, hielt den Funken Leben in Edda wach, dessen Schweigsamkeit und Unbeweglichkeit ihn mehr tot als lebendig erscheinen und dennoch nicht sterben ließen. Jeden Nachmittag brachte Rini den hilfsbedürftigsten Nachbarn ihre Kräutertees und meistens auch dem Alten Weisen, der in seinem Haus am Ende des Dorfes ganz allein war. Manchmal begleitete Tama sie bei ihrem Rundgang und tauschte die stickige Wärme seines Fellagers gegen den eisigen Wind ein, der ihm ins Gesicht schlug und am Anfang so kalt war, daß er sich nicht einmal zu atmen traute. Wenn er, gebeugt und angespannt, über die blauen Schatten des Schnees dahinlief, kam es ihm vor, als müsse jeder Atemzug seine Lunge verbrennen und jeder Schritt ihn ausrutschen und so hinfallen lassen, daß er niemals wieder würde aufstehen können.

Im Haus des Alten Vaters war es immer viel kälter als bei Tama daheim, und das Feuer glomm nur schwach vor sich hin, doch der alte Mann schien die Kälte weniger zu spüren als er. Irgendeine innere Willensstärke schien in ihm einen Widerstand wachzuhalten, sich der Grausamkeit der Natur zu ergeben, eine Zuversicht und Ausdauer, die den Jungen tröstete. Tama vermißte den Unterricht mit seinen Clanbrüdern, und als er sich an diesem Nachmittag vollkommener

Stille und Ruhe unter einem eintönigen grauen Himmel zum Haus des alten Mannes hochkämpfte, überlegte er, ob der Alte wohl auch die Gesellschaft seiner Schüler vermißte. Er schien über Tamas Besuch erfreut zu sein, stocherte in der Glut seines kärglichen Feuers und legte ein paar kleine Zweige auf. Selbst die gelbe Flamme, die an der knorrigen Rinde leckte, schien vor Kälte zu zittern.

»Wann wird es endlich vorüber sein, Vater? Glaubst du immer noch, daß wir den Himmel wieder sehen werden, wenn der neue Mond voll ist? Manchmal glaube ich fast, Sonne, Mond und Sterne sind für immer verschwunden und wir werden alle an Kälte und Hunger sterben.«

Der alte Mann, der die Hände auf seinen Knien verschränkt hatte, starrte eine Weile ins Feuer, bevor er antwortete. »Es ist für uns alle eine schlimme Zeit. Soweit ich mich erinnern kann, ist es bisher nie vorgekommen, daß man die Toten vor die Häuser legen mußte, weil die Erde zu Stein gefroren war und wir keine Grube graben konnten, um sie zur letzten Ruhe zu betten. Im Volk gehen Hunger und Krankheit um. Der Tod weilt unter uns. Aber auch das wird vorübergehen. Hab Vertrauen. Ich hatte eine Vision von Ka Balu, der zu unserer Rettung kam. Bald ist es soweit. Und dann wird auch der Regen kommen, der warme Frühlingsregen, und unseren Kummer von uns nehmen, wie der schmelzende Schnee die Erde freigeben wird. Dann wirst du mit deinen Clanbrüdern wieder zu mir in den Unterricht kommen. Es gibt noch viel zu lernen, besonders für dich, Tama.«

»Warum besonders für mich, Vater? Ich bin doch nicht anders als andere Jungen.«

»Bist du dir da so sicher?«

Tama blickte stirnrunzelnd ins Feuer.

»Ich verstehe nicht, was du meinst, Vater.«

»Sag mir, was dir am meisten am Herzen liegt. Was ist das Wichtigste für dich? Was möchtest du auf jeden Fall weitermachen, wenn du erst einmal ein Mann bist? Für die meisten Jungen ist das Wichtigste ihre Stärke, ihre Geschicklichkeit als Jäger, ihr Wunsch, Ehemann und Vater zu werden. Aber gilt das auch für dich, Tama? Kannst du ins Feuer blicken und das Gesicht deiner Männlichkeit schauen? Schau genau hin, Tama. Blicke nicht zu mir. Behalte nur die Flamme im Auge. Und lasse dann sachte, ganz sachte die Flamme deiner unbekannten Gedanken Gestalt annehmen. Laß dich langsam, ganz langsam hineingleiten. Sachte, sachte. Nun sag mir, was du siehst, in der Flamme. Was siehst du, Tama?«

Das Feuer schien weit zurückzuweichen, und doch blieben alle Einzelheiten erkennbar; dann schien es Tama, als befände er selbst sich in der Flamme, ohne daß sie ihm auch nur im geringsten etwas anhaben könnte. Was er sah, war er selbst und auch wieder nicht er selbst; eine winzige Gestalt aus Feuer, Holz und Asche, die jedoch lebendig war: Tama als erwachsener Mann, der über einem Muster aus Stöcken oder Knochen hockte und neben sich einen Musterblock liegen hatte, wie er ihn mit Rua vor langer Zeit gefunden hatte und in dessen Seiten der Wind raschelte – einer, wie er ihn neben dem Alten Weisen liegen gesehen hatte, als der über den auf dem Boden seiner Hütte verstreuten Knochen gehockt hatte.

Die Vision löste sich auf. Tama hockte neben dem Feuer des Alten Vaters. Er fror.

»Was hast du gesehen, Tama?«

Der Junge blickte dem alten Mann verwirrt ins Gesicht.

»Vater, da war ich – oder du – ich weiß es nicht. Das war ich – der du war ...«

»Hab keine Angst. Du besitzt die wahre Gabe. Du hast die Brücke der Zeit überschritten und dich selbst auf der anderen Seite gesehen. Es ist so, wie ich gehofft hatte. Du bist einer von uns.«

Tama starrte sprachlos die geschwungenen Augenbrauen, die mächtige Nase, die eingesunkenen Wangen und die durchdringenden Augen an. Er fühlte sich klein und unbedeutend neben einer so ungeheueren Macht, die über ihm schwebte.

»Hab keine Angst. Du besitzt die Gabe der Vision, die nur denen zuteil wird, die Ka Balu auserwählt hat, in das Dunkle Wissen einzudringen. Du mußt dich daran gewöhnen, dein Schicksal anzunehmen, du mußt dich in meine Hände begeben, damit ich dich zum Priester des Hirschvolks ausbilden kann.«

Tama hörte, was da gesagt wurde, und verstand, brachte jedoch kein Wort heraus. Irgendwo zwischen der unmittelbaren Erfahrung und ihrer Umsetzung schwebte er über den Tiefen seines eigenen Geistes. Und in diesem seltsamen Zustand hörte er den Alten Weisen erklären, wie Ka Balu seine Gaben unterschiedlich verteilte und diejenigen, die zu seinem besonderen Dienst auserwählt seien, von den Meistern an ganz bestimmten Eigenschaften erkannt würden: An ihrer großen Liebe zur Natur und ihrer Abneigung gegen Grausamkeit; an der frühzeitigen Prüfung ihres Mutes, am Ertragen von Einsamkeit und Erleiden von Schmerzen. Das seien nichts anderes als scharfe Steine auf dem Weg zur Erleuchtung und zum wahren Verstehen, zur Erlangung von Kräften, die anderen Männern versagt blieben, und zum Vordringen in Wissensbereiche, die weit über das allgemeine Verständnis hinausreichten.

Der Alte Weise redete lange. Tama fragte manchmal etwas, hörte jedoch meist völlig gebannt zu. Er konnte immer noch nicht ganz begreifen, welche Folge das, was ihm da unterbreitet wurde, haben würde. Nur eines wußte er, nämlich daß sein Leben, ohne daß er selbst etwas dazu getan hätte, plötzlich eine Wende in ganz neue Bereiche genommen hatte, in dunkle Weiten, die ihn dazu verlockten, sich selbst neu zu entdecken.

Als der Alte Weise schließlich andeutete, daß es nun für Tama Zeit zum Nachhausegehen sei, erhob er sich steif wie einer, der gerade aus dem Schlaf erwachte, und wurde sich plötzlich der trostlosen Wirklichkeit um ihn herum bewußt.

Draußen war es schon fast dunkel, und das Dorf leuchtete in einem eiskalten Blau. Nirgends war ein Lebenszeichen zu sehen. Doch als Tama sich vom Haus entfernte, glaubte er verschwommen die Gestalt eines Mannes zu erkennen, der sich vom Bach zum Dorf zurückkämpfte. Er konnte das vermummte Gesicht nicht sehen, verlangsamte jedoch seinen Schritt, damit er ihn einholen konnte. Erst als die Gestalt nur noch ein paar Schritte von ihm entfernt war, erkannte er zu seinem Mißfallen, daß es Nara war.

Plötzlich schien die Entfernung zum nächsten Haus oder zurück zum Haus des Alten Weisen ungeheuer weit und die Einsamkeit dieser zu Eis gefrorenen Szene erfüllt von bösen Mächten. Tama machte eine unentschlossene Bewegung, als bleibe er stehen, drehte sich dann aber um und ging weiter. Er hielt wieder an, damit Nara ihn überholen könne. Doch Nara überholte nicht.

Sein Gesicht schaute aus seiner fellgefütterten Mütze hervor, sein Mund war leicht geöffnet, und er atmete schwer, geschwächt von der nutzlosen Suche nach etwas Eßbarem. Langsam legte er seine Hand auf Tamas rechten Unterarm. Durch die Pelze spürte Tama, wie er sein Handgelenk umklammerte.

»Das ist ja Tama, oder nicht?«

Nara starrte Tama aus so kurzer Entfernung ins Gesicht, daß der Junge zurückwich. Er versuchte, seinen Arm frei zu bekommen.

»Laß mich los!«

»Nicht so hastig. Hab keine Angst vor Nara. Du magst Nara nicht, oder? Was hast du dort oben mit dem Alten getrieben?«

»Laß mich los! Laß meinen Arm los!«

Seine Versuche, sich loszureißen, ließen Nara nur noch näher herankommen. Tama hörte auf, sich zu wehren und versuchte, innerlich ganz ruhig zu werden und Nara zu beschwichtigen.

»Wir können hier nicht stehenbleiben. Laß uns weitergehen und im Gehen reden.«

»Aha, du bist also bereit zum Reden, wie? Du bist also nicht zu stolz, um jetzt mit Nara zu reden? Also zur Sache – warum bist du vor mir weggelaufen?«

Brutal riß er an Tamas Arm, ohne seinen Griff zu lockern. Mit wutverzerrtem Gesicht schrie er den Jungen an.

»Du bist es, der das ganze Unheil über uns gebracht hat! Schnee und Hunger und Hungertod! Das Böse ist in dir! Du redest mit Dämonen, oder etwa nicht? Ka Balu bestraft uns, weil du seine Gesetze gebrochen hast! Man hätte dich im Käfig lassen sollen, bis du gestorben wärst!«

Verzweifelt trat Tama ihm gegen das Schienbein, doch Nara verdrehte ihm den Arm so schmerzhaft, daß er mit einem gellenden Aufschrei zur Seite stolperte und auf den Boden fiel. Bevor er wieder auf die Beine kommen konnte, saß Nara schon rittlings auf seiner Brust, hielt mit einer Hand den Mund des Jungen zu, um seine Schreie zu ersticken, und schwang in der anderen plötzlich ein Messer. Da seine Hände nun frei waren, griff Tama nach dem herabstoßenden Arm und stemmte seinen ganzen Körper mit der Kraft der Panik dagegen, doch er konnte Nara nicht abwerfen. Es gelang ihm nur, in die Hand zu beißen, mit der Nara ihm den Mund zuhielt. Nara zog seine Hand weg und versuchte, Tamas Griff um den Arm, mit dem er das Messer hielt, zu lockern. Ein schriller Schrei entfuhr Tama, als er das Messer über seinem Gesicht zucken sah. Er spürte, wie seine Abwehr nach oben immer schwächer wurde und seine Armmuskeln zu schmerzen begannen. In einer kurz aufblitzenden, schrecklichen Vision sah er seinen Körper seltsam still und blutüberströmt im Schnee in der trostlosen Landschaft liegen; erst ein letzter Ruck gab ihm die Kraft, seine Knie hart in Naras Rücken zu schlagen, als der sich zur Seite drehte. Doch Nara ließ nicht locker, und durch sein Gewicht und die bessere Position hatte er den Jungen schon fast überwältigt. Dann sah Tama, wie sich der Himmel hinter dem verzerrten Gesicht verdunkelte, hörte ein leises Krachen, und dann schien Nara zur Seite zu kippen. Tama stieß ihn weg, wand sich unter ihm hervor, befreite sich und kam langsam hoch. Nara lag mit dem Gesicht nach unten im Schnee. Über ihm stand der Alte Vater, dessen Hände immer noch den Stock umklammerten, den er mit aller Kraft seitlich gegen Naras Schädel geschlagen hatte.

Schwer atmend und zitternd spürte Tama, wie sein Kopf zwischen die Hände des Alten Vaters genommen wurde, und sah das ernsthafte, von tiefem Mitleid erfüllte Gesicht ihm in Augenhöhe entgegenblicken. Dann hörte er eine Stimme, die ihn fragte, ob er verletzt sei. Bevor er antworten konnte, lösten sich die Stimme und das Gesicht in nichts auf. Seine Sinne schwanden, und er spürte, wie er in eine tosende Dunkelheit glitt. Als er, gegen den Schenkel des Alten Vaters gestützt, wieder zu sich kam, schämte er sich und murmelte nur:

»Vielen Dank, Vater. Jetzt geht es mir schon wieder besser.«

»Einen Moment, mein Sohn, und dann mußt du mir helfen. Wir können Nara nicht hier im Schnee sterben lassen. Ich glaube, ich habe ihm mit meinem Schlag den Schädel zersplittert.«

Tama kaute sich vor Angst und Ekel auf der Lippe herum, während er dem Alten Vater half, Nara aus dem Schnee aufzuheben. Halb tragend, halb ziehend schafften sie ihn zu dem Haus des alten Mannes und legten ihn dort auf den Boden neben das Feuer. Während Tama das Feuer anfachte, zog der Alte Nara die Pelzmütze ab, die ihn zwar vor dem sofortigen Tod bewahrt hatte, nicht jedoch vor einem Schädelriß, aus dem noch immer dickflüssiges Blut sickerte. Sobald er merkte, daß Tama zu zittern aufgehört hatte, drängte ihn der Alte Weise, nach Hause zu eilen und seine Mutter heraufzuschicken, damit sie nach Nara sehen könne. Dann solle er weitergehen zu Da Nalas Haus und ihm erzählen, was geschehen sei. Tama wollte sich nur in sein Bett verkriechen, traute sich jedoch nicht, dem Mann, der ihm das Leben gerettet hatte, zu widersprechen. Nachdem er Rini die ganze Geschichte erzählt hatte und sie mit ihrer Felltasche voller Kräuter losgezogen war, bekam er Angst, Da Nala alles zu berichten, zwang sich jedoch dazu, den steilen, rutschigen Pfad zum Häuptlingshaus hochzuklettern.

Inzwischen war es ganz dunkel geworden. Niemand war außer ihm unterwegs. Zweimal rutschte er aus, und beim zweiten Mal schlug er sich das Knie auf. Zitternd vor Kälte und Furcht klopfte er laut gegen Da Nalas Tür.

Ke Rala öffnete ihm.

»Tama! Komm herein. Ist etwas passiert?«

Während Tama sich stotternd durch seinen Bericht kämpfte, spürte er, wie ihn die Augen des alten Da Nala mit Feindseligkeit und Verdacht fixierten, doch er hielt sich trotz seines Zitterns tapfer an die Wahrheit. Eine Weile sagte der Häuptling nichts und starrte nur ins Feuer, dann wandte er sich an seinen Sohn und sprach:

»Es überrascht mich nicht. Komm zum Feuer, Tama, und wärme dich auf. Mein Sohn, geh mit jemand anderem, vielleicht Hora, zum Weisen Vater, sprich mit ihm und bring mir Neuigkeiten von Naras Verletzung. Nimm Tama auf dem Weg mit nach Hause. Und du, Tama, gehst morgen nicht aus dem Haus, bis du etwas von mir hörst. Im Volk wird über diesen Zwischenfall viel geredet werden, und manches davon wird dummes Geschwätz sein. Morgen werde ich mit dem Alten Vater und den Ältesten sprechen. Wenn Männer zusehen müssen, wie ihre Kinder an Hunger sterben, verlieren sie den Verstand und vergessen, was Ehre, Pflicht und Gehorsam ist. Es ist für uns alle eine Zeit großen Leids, aber wir müssen es wie Männer ertragen.«

Wieder daheim lag Tama lange angstvoll wach, sah wieder und wieder Naras haßerfüllte Augen vor sich, spürte, wie die Kraft in seinen Armen nachließ, als das Messer über seinem Hals zuckte. Als dann Rini schließlich nach langer Zeit zurückkam, fragte er ängstlich nach Naras Befinden.

»Er ist nicht mehr zu sich gekommen. Der Alte Vater befürchtet, daß er stirbt.«

Tama empfand nur wenig Mitleid mit Nara, doch bei der gegenwärtigen Stimmung im Volk hatte er Angst um den Alten Vater. Einem Priester war es verboten, in irgendeiner Weise Blut zu vergießen; daß er einen Mann getötet haben sollte, war undenkbar. Würden die Leute denn verstehen, daß der Alte Vater nur so gehandelt hatte, um Tamas Leben zu retten? Noch während er sich das alles durch den Kopf gehen ließ, wußte er, daß es außer Nara auch noch andere gab, die ihm sein Weglaufen vor der Männerweihe nicht verziehen hatten, ihm die Schuld dafür gaben, daß er Rua in den Tod geführt hatte. Eine plötzliche, kurze und scharfe Vision von Ruas braunem Gesicht und seinem breiten, sanften Lächeln ließ Tama die Tränen in die Augen schießen. Wäre Rua mit ihm heimgekehrt, wie anders wäre dann sein Leben verlaufen! Dann hätte es keine Folter im Käfig gegeben, und er müßte sich nicht ängstlich unter Menschen bewegen, die er sein ganzes Leben lang gekannt hatte. Vor sich sah Tama nur Angst: Angst vor dem Hunger, wenn der Schnee nicht bald schmelzen würde, und Angst, gehaßt oder gar verletzt zu werden.

Er schlief bis tief in den Morgen hinein; als er erwachte und sich die Erinnerungen an den Vortag zu einem schmerzenden Knoten in seiner Brust verdichteten, verspürte er nur wenig Lust zum Aufstehen. Erst als er Rini hörte, die in der Glut herumstocherte und vor sich hinbrabbelte, drehte er seinen Kopf zu ihr. Sie stand über das Feuer gebückt und legte kleine Ästchen in die fast erloschene Asche. Im Zimmer war es eiskalt. Tama lag mit angezogenen Knien in seinem Bett. Er hatte die Felle eng um seinen Körper gewickelt und wünschte sich nur, nie aufstehen und sich den unbekannten Gefahren des Tages stellen zu müssen. Draußen war es totenstill. Schneite es wieder, oder war es die schreckliche Stille einer in Schwarz und Weiß gefrorenen Welt? Würde der Schnee denn nie schmelzen, die Sonne nie wieder scheinen?

Tama seufzte, Rini drehte sich zu ihm um.

»Hast du sie gehört?«

»Wen gehört?«

»Die Männer von Naras Clan, wie sie zum Haus des Alten Vaters hochgegangen sind.«

Tamas Stimme zitterte. »Aber warum nur? Wollen sie ...?«

»Ich weiß es nicht, aber ich glaube, daß es falsch ist.«

Tama wollte am liebsten in seine Felle versinken, aber

auch dort fand er keinen Frieden. Einer Bedrohung mußte man ins Auge sehen. »Was gibt's zu essen?« fragte er.

»Ich habe ein kleines Stück getrockneten Fisch gefunden.«

Aus ihren letzten Vorräten an Kräutern und Heilmitteln holte Rini einen fingerdicken Streifen dunklen, brüchigen Fleisches und tunkte es in eine dünne, köchelnde Suppe. Tama zog es aus dem Bett zu dem auflodernden Feuer hin.

Während er langsam auf dem widerlichen Bissen herumkaute, überlegte er sich, was wohl passieren würde, wenn ihre ganzen Essensvorräte aufgebraucht waren. In jeder Familie im Dorf ging bei jedem Mundvoll bitterer Blätter, alter Streifen getrockneten Leders, die aus irgendeiner dunklen Ecke ausgegraben wurden, oder dem seltenen, wertvollen und sorgfältig verteilten Fleisch eines toten Vogels dieselbe Angst um. Lustlose Kinder lagen mit stumpfen Augen auf Stapeln von verschmutzten Fellen, ihre geschwollenen Bäuche ein bestürzender und schrecklicher Anblick für die leidenden Eltern.

Ein hoher, durchdringender Klageruf ließ Rini und Tama auffahren. Sie sahen sich entsetzt an. Wieder war er zu hören, dieser schmerzliche Klageruf, mit dem im Hirschvolk die Toten beweint wurden. Rini ging zur Tür, machte sie einen Spaltweit auf und horchte, dann schloß sie sie rasch wieder.

»Es ist die Totenklage vom Haus des Alten. Nara ist gestorben.«

Tama spürte, wie sich sein Magen zusammenzog und sein Mund vor Angst trocken wurde. Wieder hob der Klageruf an. Kurz danach rannte jemand stolpernd und weinend am Haus vorbei in Richtung des Hauses des Alten Vaters. Als das Klagen schließlich in der eisigen Düsterkeit erstarb, hielt die bedrohliche Stille Rini und Tama in einer Trance des Wartens. Tama war so angespannt, daß er unkontrolliert zu zittern begann. Obwohl er Rini zumurmelte, daß ihm kalt sei, konnte er das fürchterliche Grauen, das seinen Geist erstickte, nicht verscheuchen.

Nach einer Ewigkeit, wie es schien, hörten sie Stimmen

und schlitternde Schritte näherkommen, vorbeigehen und sich wieder entfernen, doch öffneten sie die Tür nicht.

»Geh heute nicht nach draußen«, riet Rini, doch ihre Warnung war unnötig, da die Erfahrungen vom Vortag nur allzu lebhaft das Gefühl von Angst und Feindseligkeit in Tama wachgerufen hatten, das ihn während seiner Leidenszeit im Käfig ständig verfolgt hatte. Ohne Sonne und ohne Schatten bot der Tag nur sein eigenes bitteres, graues Verharren ohne Hoffnung. Irgendwann, mitten am Nachmittag, hörten sie laute, wutentbrannte oder streitende Stimmen. Und dann waren Schritte zu vernehmen, die auf die Tür zurannten, und Fäuste, die dagegen hämmerten. Eine Stimme rief: »Tama! Laß mich herein! Ich bin's, Hora.«

Er drängte sich an Rini vorbei ins Zimmer und schüttelte Tamas Schulter.

»Steh auf und komm mit mir mit. Ein paar Männer von Naras Clan sind auf dem Weg hierher. Sie sagen, du hättest Nara getötet.«

Tama war völlig verwirrt und konnte einen Moment lang nur zu Hora hochstarren, bevor er die Felle zur Seite warf und aufstand.

»Aber ich hab doch nicht ...«

»Ich weiß. Aber sie weigern sich zu glauben, daß dir der Alte Weise zu Hilfe kam. Sie sagen, du hättest dich von hinten an Nara herangeschlichen und ihn niedergeschlagen. Du mußt mit zu mir nach Hause kommen oder zu Ke Ralas Haus.«

Tama schaute Rini an und sah die Angst in ihren Augen. »Nein, ich werde hierbleiben.«

»Aber sie werden hier eindringen. Du kannst sie nicht aufhalten.«

»Ich bleibe hier.«

»Du Dummkopf. Dann bleibe ich bei dir.«

Die beiden Jungen sahen sich schweigend an. Horas kräftiger Körper schien das kleine Zimmer nahezu auszufüllen. Tama war nur ein dünner Schatten neben ihm. Während sie sich noch anblickten, fiel ein weiterer Schatten über die

Schwelle. Der Raum verdunkelte sich, als ein Mann in den Türrahmen trat, der das ganze Licht verdeckte.

Im selben Augenblick rief ihm Hora wütend zu: »Was willst du hier? Man hat dich nicht zum Eintreten aufgefordert.« Er stieß den Eindringling gegen die Brust.

»Nimm deine Hände von mir«, bellte ihn der Mann an. »Nicht mit dir will ich sprechen.«

Hora versetzte ihm noch einen Schlag, und der Mann fiel fluchend nach hinten. Tama knallte die Tür zu. Sie hörten ihn draußen alle möglichen Schimpfwörter schreien. Dann hörten sie Schritte, die sich schwerfällig entfernten.

Tama sah seinem Freund in die Augen. »Glaubst du, er wird zurückkommen?«

»Auf jeden Fall. Und diesmal wird er Verstärkung mitbringen. Du kannst nicht hierbleiben. Komm mit zu mir nach Hause.«

»Ich kann meine Mutter und meinen Vater doch nicht verlassen.«

»Die können dir auch nicht helfen.«

»Aber was habe ich denn getan? Was wollen diese Männer von mir?«

»Das hab ich dir doch gesagt. Sie sagen, du bist schuld an Naras Tod. Sie wollen Rache nehmen.«

»He, Tama und Hora, hört mal her, ihr beiden.«

Rini hatte sich den beiden Jungen zugewandt.

»Dank für deine Hilfe, Hora. Du hast recht: Tama kann nicht hierbleiben. Ich kann ihn vor den gewalttätigen Männern nicht schützen. Vielleicht können nicht einmal du und seine Clanbrüder ihm helfen. Aber es gibt einen, der es kann.«

Tama blickte in Rinis scharf geschnittenes Gesicht, das vor Sorge um ihn zusammengekniffen war, und verstand. »Du meist den Alten Vater. Ja, vielleicht könnte er mir helfen.«

»Ein Verfolgter hat immer das Recht, bei dem Alten Weisen Zuflucht zu suchen. Niemand wagt es, ihm dort etwas zuleide zu tun. Hora, du bringst Tama auf der Stelle dorthin, schnell. Ich werde zu Da Nala gehen und ihm alles erzählen.

Beeil dich, Tama. Nimm nur das Nötigste mit. Trödel nicht herum.«

Zitternd gehorchte Tama. Hora half ihm beim Zusammenrollen seines Fellbündels, reichte ihm Bogen und Pfeile. Vorsichtig öffneten sie die Tür. Niemand war zu sehen. Glücklicherweise mußten sie auf dem Weg zum Haus des Alten Weisen nicht an Naras Haus vorbei. Die eiskalte Luft raubte ihnen den Atem, als sie den Hang hinaufeilten. Plötzlich überkam Tama die Angst, der Alte Vater könnte ihn nicht einlassen, und es schnürte ihm die Kehle zu; er rannte, halb von Hora gezogen, weiter, der, sobald sie sich dem Haus genähert hatten, rief:

»Sei gegrüßt, Alter Vater! Der Friede Ka Balus sei mit dir! Es ist Hora, der dich ruft. Ich bringe Tama, der eine Zuflucht sucht.«

Tama sah, wie sich die Tür öffnete und sich ihm eine Hand entgegenstreckte.

»Ist es so, wie ich befürchtet habe? Will Naras Clan Vergeltung üben?«

»Ja«, antwortete Hora. »Sie haben versucht, Tama aus seinem Haus herauszuholen.«

»Hora, geh zu Da Nala, und erzähle ihm, was los ist. Ich kann Tama hier nicht allein lassen.«

»Ich glaube, Rini ist schon zu Da Nala gegangen, Alter Vater. Hab keine Angst, Tama. Wir werden dich beschützen.«

Als Hora sich umdrehte und in Richtung des Dorfes davonsprang, fühlte sich Tama einen Moment lang allein gelassen, doch die Hand des Alten Vaters auf seiner Schulter beruhigte ihn; so gingen sie zusammen ins Haus zurück.

Der Junge blickte den alten Mann an und versuchte, das Zittern in seiner Stimme zu unterdrücken, als er den Alten Vater fragte: »Vater, was werden sie mir antun? Wie kann ich nur heil aus der ganzen Sache herauskommen?«

»Du wirst hier bei mir bleiben. Sie werden es nicht wagen, dich aus meinem Haus zu holen. Da Nala wird herkommen. Wir werden mit Naras Clan sprechen, falls sie kommen sollten.«

Die freundlichen, beruhigenden Worte des alten Mannes halfen Tama nur wenig. Er fühlte sich plötzlich unwohl an diesem Ort und wünschte sich, er wäre zu Hora nach Hause gegangen. Hier, im Haus des Alten Vaters, empfand er die Angst des Schülers vor dem Lehrer. Er stand verlegen mitten im Zimmer herum, bis der Alte Vater das Feuer schürte und ihn aufforderte, sich zu wärmen. Es störte ihn, daß er für den Schutz des Alten Vaters nicht die gebotene Dankbarkeit empfinden konnte. Er hockte sich neben dem Feuer nieder und streckte seine Hände aus, um sie zu wärmen. Eine Weile redeten weder der Mann noch der Junge etwas, sondern verfolgten mit Auge und Ohr geistesabwesend das sanfte Zischen des Feuers, lauschten jedoch zugleich in gespannter Bereitschaft auf jedes Geräusch außerhalb des ruhigen Raums, als könne jeden Moment ein Sturm losbrechen.

Doch trotz all seiner Angst konnte Tama nicht verhindern, daß die Wärme des Feuers seine Wachsamkeit einlullte. Als der alte Mann sah, daß der Junge am Einnicken war, sagte er sanft:

»Tama, ruh dich auf dem Lager dort in der Ecke aus. Ich werde Wache halten.«

Der Junge machte keine Einwendungen. Er ging zu dem Haufen Felle in der Ecke und legte sich dazwischen. Bald darauf fiel er in einen leichten Schlaf.

Stimmen weckten ihn. Mit klopfendem Herz lauschte er und erkannte mit Erleichterung die Stimmen von Ke Rala und Hora. Er schob die Felle zur Seite und setzte sich auf. Seine beiden Clanbrüder hockten beim Feuer in einer Unterhaltung mit dem Alten Vater, der auf einem Hocker neben ihnen saß. Ke Rala lächelte zu ihm herüber.

»Aha, du stellst dich also nur schlafend, was? Wie lange bist du schon wach?«

Tama war glücklich, seine Clanbrüder zu sehen, daß er nur scheu zurücklächeln konnte. Dann fragte er: »Wo ist Tula?«

»Sein Vater erlaubt ihm nicht zu kommen. Ich glaube, der ist auf der Seite von Naras Leuten.«

Die Bedrohung in diesen Worten ließ sie alle verstummen.

Sie warteten einfach, obwohl sie nicht wußten, auf welche Weise sich die Bedrohung äußern würde. Sie saßen zusammen mit dem Alten Vater ums Feuer herum, der auf einmal nicht mehr seine einseitige Autorität ausstrahlte. Erst jetzt, da Tama sich durch die Anwesenheit seiner Clanbrüder geschützt fühlte, ging ihm auf, in welcher Gefahr der Alte Vater schwebte. Wenn Naras Freunde wutentbrannt hier auftauchen würden, gegen wen würde sich dann ihre Wut richten – gegen ihn oder den alten Mann?

Am Wendepunkt des trüben Nachmittags, kurz bevor das kalte Licht verblaßte, stand Hora auf, streckte sich und schüttelte seinen zerschundenen Körper, der vor lauter Anspannung ganz steif gefroren war. Er ging erneut zur Tür, um sie zu öffnen und zum Dorf hinunterzuschauen.

»Sie kommen«, sagte er.

Als Tama dann mit Horas Hand auf der Schulter und Ke Rala an seiner anderen Seite in der Tür stand, wußte er, wie gut es war, Freunde zu haben. Naras Clanbrüder kamen tatsächlich den Hang herauf. Doch nicht allein. Hinter ihnen folgten alle Dorfbewohner, die noch kräftig genug waren, um sich bei diesem Schnee überhaupt hinauszuwagen. Nur die Kranken und Sterbenden sowie ein paar Mütter und Kinder waren zu Hause geblieben. Der ganze Rest kam, in ein unheilvolles Schweigen gehüllt, den Berg herauf.

Der Alte Vater schaute die Jungen an.

»Ich werde ihnen ein paar Schritte entgegengehen. Tama, du gehst neben mir, Ke Rala und Hora folgen uns in ein oder zwei Schritten Entfernung. Unternehmt nichts, außer wenn ich es euch ausdrücklich befehle.«

»Mein Vater konnte nicht rechtzeitig zu uns stoßen«, sagte Ke Rala mit Angst in der Stimme.

»Es gibt nichts, vor dem wir uns fürchten müßten. Bleibt einfach ruhig stehen und macht keine drohende Bewegung.«

Inzwischen konnte Tama die einzelnen Gesichter der Anführer unterscheiden: alles Männer von Naras Clan. Sie kamen grimmig und schweigsam den Berg heraufgestapft und hielten erst an, als sie sich bis auf zehn Schritte genähert hatten. Die Menge verteilte sich in einem breiten Halbkreis. Als alle sich aufgestellt hatten, begrüßte ihr Sprecher Ruti den Alten Vater.

»Der Friede Ka Balus sei mit dir, Alter Vater.«

»Sein Friede sei mit dir.«

»Vater, ich spreche im Namen der Männer von Naras Clan, seinen Brüdern, die um seinen Tod trauern. Wäre Nara an Hunger, Kälte oder Krankheit gestorben, hätten wir ihn ebenso betrauert, doch sein Tod durch die Hand des Jungen Tama ist eine Wunde für uns alle, die nach Rache verlangt. Der Junge ist von einem bösen Geist besessen, der ihm ausgetrieben werden muß, bevor er uns alle ins Verderben stürzt. Er hat den guten Rua in den Tod geführt und Ka Balu durch sein Eindringen in dessen heiliges Land erzürnt – das hat den Zorn des Himmels über uns gebracht, deshalb werden unsere Frauen und Kinder krank, deshalb liegen die Leichen der Unseren gefroren und unbestattet vor unseren Häusern. Ai-jeee! Ist es nicht so, meine Brüder?«

In den Reihen der Männer kam Unruhe auf, und Schreie wurden laut: »Ai-jeee! So ist es!«

Rutis kleiner gedrungener Körper zitterte vor Wut, und er hob in einer drohenden Geste seinen Dolcharm, als er fortfuhr.

»Und nun hat das Böse in ihm wieder zugeschlagen. Wo ist Nara, unser Bruder? Frage ihn das, o Vater! Warum hat er Nara zu Boden geschlagen? Ich werde es euch sagen. Weil Nara, als der Junge von seinem unbefugten Vorstoß in das Reich der Götter zurückkehrte, zu Recht verlangte, daß der Gerechtigkeit gegen Tama Genüge getan werde.«

Als Ruti nun fortfuhr, seiner Wut Luft zu machen und häßliche Ängste und Rachegelüste in der ausgehungerten Menge zu schüren, blickte Tama hilfesuchend in das Gesicht des Alten Vaters, wo einzig und allein Trost zu erwarten war. Er war erstaunt, darin keine Angst zu entdecken, sondern eher eine Heiterkeit, ein fast freudiges Gefühl der Macht und Autorität. Er wurde von einer Ehrfurcht ergriffen, die seine Angst um sich selbst weit überstieg. Als Ruti, von dem Schweigen und dem entrückten Ausdruck des Alten Vaters immer irritierter, zu stottern und zu stammeln begann, trat ein anderer von Naras Clan vor, um Rache an dem Mörder ihres Bruders zu verlangen.

Die Menge rückte enger zusammen. Ihr Atem ließ kleine Rauchsäulen in der eisigen Luft aufsteigen, und ihre eingefallenen Gesichter waren angespannt vor Gier nach Grausamkeit. Tama lief es eiskalt über den Rücken, und er wich einen Schritt zurück. Im selben Moment spürte er die Hand des Alten Vaters fest auf seiner Schulter. Der alte Mann und die drei Jungen stellten sich entschlossen dem sich schließenden Halbkreis des Hasses entgegen: wie ein Fels, der sich unverrückbar der Brandung entgegenstemmt, die ihn zu überspülen droht. Doch die Wellen brachen nicht, die aufwallende See der Leidenschaft wurde plötzlich und dramatisch zurückgeworfen. Zurück blieb Verwirrung.

»Ai-jeee!«

Der gellende Schrei des Alten Vaters hatte alle anderen Stimmen verstummen lassen. Mit erhobenen Armen drehte er sich langsam und beeindruckend von einer Seite zur anderen und überblickte die sich auflockernde Menge mit solcher Macht und Größe, daß sich niemand getraute, ihn zu unterbrechen. Ohne seine Stimme zu erheben, aber mit durchdringender Klarheit, sagte er: »Niemand soll sprechen oder mich stören. Mein Geist sucht Ka Balu. Paßt auf und schweigt.«

Zu Hora, Ke Rala und Tama gewandt, sagte er leise: »Bleibt, wo ihr seid. Euch wird nichts passieren.«

Er machte von der Türe aus ein paar Schritte nach vorn. Die Anführer der Menge wichen nach und nach zurück, als er andeutete, daß um ihn herum Platz gemacht werden solle. Langsam hob der alte Mann seine Hände mit den Handflächen nach oben bis in Hüfthöhe, als würde er um Almosen bitten, dann wandte er sein Gesicht dem eintönigen, grauen Himmel über dem Wald zu. Keiner bewegte sich, das Schweigen war erfüllt von einer spannungsgeladenen Erwartung. Die ganze Aufmerksamkeit konzentrierte sich auf den Alten Weisen, und Tama war erst einmal vergessen. Er verspürte einen Augenblick lang den wilden Impuls, sich um das Haus herum davon zu machen, so schnell wie möglich wegzurennen, wurde sich jedoch im selben Moment bewußt, daß er damit nur in die Hände von Naras Blutsbrüdern spielen würde, die ihn augenblicklich niederschlagen würden. Was wollte der Alte Vater machen? Tama folgte dem nach oben gerichteten Blick des alten Mannes, starrte in den Himmel über dem Wald und zuckte verblüfft zusammen. Horas Hand auf seiner Schulter ballte sich vor Aufregung fest zusammen.

Hoch über dem zackigen Rand der Baumwipfel, in der aschgrauen Leere der Luft, waren die Wolken in Bewegung geraten. Ein riesiger lautloser Wirbel schien die Wolke von innen auszusaugen; zuerst ganz langsam, dann mit zunehmender Geschwindigkeit begann sie sich in ihrer Mitte geräuschlos aufzuspalten. Vor den Augen der von Ehrfurcht und Scheu ergriffenen Beobachter eröffnete eine unsichtbare Macht einen Durchbruch durch die Wolkendecke, einen Hohlweg, dessen Seiten, Wände und Dach die wirbelnde Wolke selbst bildete, und der so festgefügt war, daß er nicht zusammenstürzte, sondern immer weiter in die dunklen Schwaden, die die Welt verdeckten, hineintrieb. Während die Menge wie versteinert zuschaute, wurde der wirbelnde Durchgang von innen her mit einem in allen Regenbogenfarben schillernden Licht erfüllt. An manchen Stellen glänzte es stärker, in der Mitte verdichtete es sich zu einem golden aufblitzenden Lichtstrahl, und dann riß es auf. Auf einmal war eine Öffnung in der Wolke, dahinter erblühte das ruhige, sanfte Blau des frühen Abendhimmels, das den Menschen so lange versagt geblieben war. Es gab ihn also noch, den Himmel über den Wolken, die Schönheit der Götter lebte noch! Ka Balu blickte voller Mitleid aus seinem Reich auf die dunkle und leidende Erde herab.

Eine schmerzgequälte Stimme schrie laut auf in Ekstase, dann brachen alle in Freudenschreie aus, weinten, fielen sich gegenseitig in die Arme oder lachten zum erstenmal seit vielen Tagen. Mit tränenüberströmtem Gesicht stand Tama stocksteif da, die Augen auf dieses unendliche, friedliche

Blau am Ende des wirbelnden Tunnels gerichtet. Das Schauspiel hielt nur kurze Zeit an, dann stürzte die Öffnung wieder in sich zusammen, die wirbelnden Schwaden verlangsamten sich zu einem Strudel, verflüchtigten sich und verschmolzen erneut mit dem düsteren Himmel über ihnen.

Der Alte Vater, dessen Arme in ehrfürchtiger Anbetung zum Himmel erhoben waren, stand mit gebeugtem Kopf bewegungslos da, zitternd und schweißüberströmt. Tama und Hora rannten zu ihm hin, nahmen seine schweißnassen Hände und führten ihn behutsam zur Schwelle seines Hauses zurück. Er bebte am ganzen Körper wie Espenlaub. Als er wieder sprechen konnte, hob er sein fahles Gesicht und blickte die Dorfbewohner an. Mit vor Anstrengung kraftlos gewordener Stimme sprach er: »Die Wahrheit soll gesprochen werden. Nara starb von meiner Hand, nicht von Tamas. Ein Priester greift keinen anderen an, außer um ein Leben zu retten. Ihr wißt das. Hätte ich nicht zugeschlagen, hätte Nara Tama erstochen. Jetzt ist Nara tot. Vielleicht hatte die Kälte und der Hunger ihm den Verstand geraubt. Laßt seinen Geist in Frieden ruhen. Laßt Tama in Frieden ziehen … Geht auch ihr hin in Frieden, mein Volk. Ka Balu vergibt mir. Seine Gnade wäscht meine Hände rein von Naras Blut. Laßt die Toten ruhen. Die Zeit unserer Erlösung ist nahe. Laßt Tama in Ruhe leben. Ka Balu ist mit uns.«

Noch zögerte die Menge, doch sie zeigte keine Feindseligkeit mehr. Die Leute wandten sich zum Gehen. Ruti und seine Gefolgsleute, deren Wut zu einem unartikulierten Gemurmel herabgesunken war, wagten es nicht, den Worten des Alten Vaters etwas zu entgegnen. Vielleicht waren sie sogar erleichtert, auf so eindrucksvolle Weise von der Notwendigkeit der Rache entbunden worden zu sein. Ka Balu selbst hatte eingegriffen.

Der Alte Vater und die Jungen beobachteten, wie die Leute sich langsam zurück zum Dorf kämpften. Der Abend brach herein, und über der trostlosen Landschaft erhob sich ein klagender Wind, als hätte es dies Wunder niemals gegeben.

3

Die nächsten beiden Tage gab es keinen Neuschnee, aber die Wolkendecke, die der Alte Vater mit seinen magischen Kräften für kurze Zeit zurückgerollt hatte, riß auch nicht wieder auf. Der Begeisterungstaumel, der die Dorfbewohner bei der Vision ergriffen hatte, hatte sich wieder gelegt und war einer dumpfen Lethargie gewichen, einem schicksalsergebenen Erdulden des Unglücks, welches über sie hereingebrochen war. Bei Nacht schliefen sie mit Krankheit und Tod in einem Bett, bei Tag kannten sie nur Hunger und Verzweiflung. Die Toten lagen noch vor ihren Haustüren, ohne daß sie begraben werden konnten.

Tama blieb bei dem Alten Vater. Er ging nur jeden Morgen eine Weile zu Rini, um ihr zu helfen, genügend Feuerholz für den Tag zu finden, und wunderte sich über das Flämmchen Leben, das immer noch in Eddas hilflosem Körper flackerte, aus dem dessen eingesperrte Augen auf die Nichtigkeit dieser Tage starrten. Angeregt durch die langen Gespräche mit dem Alten Vater glühte Tamas Geist voll von Eindrücken. Besonders schmerzlich empfand Tama den langen Aufschub von Eddas Lebensende. Er hatte schon lange keinen eigenen Willen mehr und lebte nur noch aufgrund von Rinis unerschütterlicher Überzeugung, daß ihre Heilmittel ihn wieder soweit herstellen könnten, daß er eines Tages sich von seinem Bett erheben und wie früher mit ihr schweigend vor der glühenden Wärme des Kamins sitzen könnte.

Rinis Vorrat an getrockneten Kräutern und zu Pulver gemahlenen Wurzeln war auf nicht mehr als eine Handvoll würzigen Staubes zusammengeschrumpft. Weder sie noch Tama wußten, woher sie in zwei Tagen etwas Eßbares nehmen sollten. Sie hatten mit ihren Kräften besser gehaushaltet als viele andere Familien, aber auch sie waren nun fast am Ende.

Die Menschen waren in dieser harten Zeit sich selbst fremd geworden, wie man es aus Träumen kennt. Die ermüdende Vertrautheit mit dem Schnee und die vom Hunger hervorgerufene Gefühllosigkeit nagten an der Willensstärke, sich von dem Alptraum zu befreien. Nur ab und zu flackerte bei Tama die Erinnerung an die andere Welt auf, in der er einstmals gelebt hatte: eine grüne und warme Welt, die ihm jetzt so vorkam, als wäre sie ein dauerndes Fest gewesen.

»Ich träume jede Nacht vom Essen«, gestand er reuevoll dem Alten Vater. »Ich rieche das heiße Fleisch, das auf den Steinen brutzelt. Ich denke an die salzigen Fischklöße, die mir meine Mutter zum Frühstück machte. Mein Bauch trauert um sie. Wie lange können wir noch durchhalten, Vater?«

»Ka Balu hat uns nicht vergessen. Er wird bald zu uns sprechen. Seine Stärke wird uns retten.«

In der Stimme des alten Mannes lag eine ruhige Beherrschtheit, eine unanfechtbare Sicherheit, die von seinem Amt erwartet wurde; doch Tama, der neben dem Kamin hockte, blickte nicht auf. Er war nur ein Junge, verwirrt, einsam und voller Angst, unfähig über das Unheil hinauszublicken, das seinem Volk Hunger und Tod gebracht hatte. Er hegte keinen Zweifel daran, daß in ein paar Tagen auch er sich auf sein Bett niederlegen und dem Tod zum Opfer fallen würde.

Als er so dasaß und in das flackernde Feuer im Kamin blickte, entrang sich seiner Kehle ein qualvoller Schluchzer, den er nicht zu unterdrücken vermochte. Plötzlich war es, als lodere eine Lebensgier in ihm auf, eine unendliche Sehnsucht durchzuhalten, zu überleben, durchströmte seine Adern wie feurige Glut. Er stand mit wackeligen Beinen auf. Tränen glitzerten auf seinen Wangen, als er sich mit geballten Fäusten dem alten Mann zuwandte.

»Vater! Ich werde leben!« schrie er innig. »Ich werde noch viele Jahre leben! Ich werde zu einem Mann heranwachsen ...«

Seine Stimme überschlug sich, und er wischte sich wütend die Tränen aus dem Gesicht.

Der alte Mann schaute ihn voller Mitleid an. »Ja, mein Sohn. Du wirst leben. Viele Jahre liegen noch vor dir.«

»Ich gehe hinaus. Nur ein Stückchen spazieren.«

Tama war im Kopf wie berauscht, und seine Stimme zitterte. Er zog sich seine Sandalen an und legte seinen Umhang um. Schließlich griff er sich seinen Bogen und zwei Pfeile von der Wand über seinem Bett.

»Vielleicht sehe ich einen Vogel.«

Der Alte Vater machte keine Anstalten, ihn zum Bleiben zu bewegen, und Tama trat hinaus. Die kalte Luft stach ihn wie Nadeln in die glühenden Wangen und Ohren. Er ließ das Haus hinter sich und stapfte entschlossen über den festgefrorenen Schnee auf die dunkle, stille Wand des Waldes neben dem Bach zu. Beim Anblick der trostlosen Landschaft, in der es keine Lebenszeichen gab, bedauerte er es einen kurzen Augenblick lang, die Wärme des Hauses verlassen zu haben, aber irgend etwas in ihm drängte ihn vorwärts, ein starrköpfiger Stolz, der sich dem scheinbar unabwendbaren, in der Luft lauernden Tod nicht ergeben wollte.

Als er sich den Bäumen näherte, hielt er an und spähte vorsichtig nach vorne, halb fürchtend, einer von Naras Clanbrüdern könnte im Schatten auf ihn lauern. Das Teilen der Wolken durch den Alten Vater hatte kein Essen vom Himmel regnen lassen, und immer noch wäre es möglich, daß ein Mann aus Rache und Bitterkeit sich dazu verleiten ließe, den Jungen, der die Götter erzürnt hatte, niederzuschlagen. Nichts bewegte sich, kein Lüftchen wehte. Tama trat in den Schatten der Bäume und strebte weiter in Richtung Bach.

Alles, was vor drei Monaten noch grün, jung und zart gewesen war, war jetzt zusammengeschrumpelt und von der Kälte vernichtet. So viele junge Pflanzen waren eingegangen, daß der Wald wie ein Skelett wirkte. Nur die starken Stämme waren übriggeblieben und streckten ihre schwarzen Säulen aus dem Gewirr von toten Kletterpflanzen und Unterholz empor. Mit einem Pfeil kratzte Tama Rindenstückchen von einem Stamm in der Hoffnung, Asseln oder eingesponnene Motten darunter zu finden, doch vergeblich. Er ging durch die Bäume zu dem zugefrorenen Bach weiter und kam bald zu dem ruhigen Bachbett, das sich vom Hügel herabschlängelte. Die Stille bedrückte ihn. Da waren weder das fröhliche Gurgeln von herunterrauschendem Wasser noch irgendein Vogel zu hören oder zu sehen; nur die atemlose, gefrorene Stille der großen Bäume, die gleich den Menschen darauf warteten, daß endlich wieder Wärme und Leben zurückkehren möge.

Dann wurde Tama auf ein Geräusch aufmerksam, das so unerwartet kam, daß ihm die Haare im Nacken zu Berge standen und sein Herz aufgeregt zu pochen begann. Ein kurzes, hustendes Grunzen drang von der anderen Seite des Baches zu ihm herüber. Tama wandte den Kopf und starrte mit offenem Mund und weit aufgerissenen Augen ungläubig auf das, was er da sah. Ob das nun lebendig oder ein Geist aus Schnee war – die Gestalt war auf jeden Fall unverwechselbar die eines großen weißen Hirsches, dessen mächtiges Geweih über seinen ganzen Rücken reichte, wenn er den Kopf nach oben reckte, um vom Baumstamm Flechten abzuknabbern. Der Junge zitterte, aber nicht vor Angst, sondern vor Ehrfurcht. Er konnte nicht glauben, daß es sich bei diesem Tier um ein sterbliches Wesen handeln sollte. Er war größer und kräftiger als jeder Hirsch, den er jemals gesehen hatte, mit Schultern, die sogar höher standen als seine eigenen. Sein Fell sah in dem trüben Licht bis auf einen strohgelben Fleck am Rumpf und eine dicke Mähne dunklerer Haare weißlichgrau aus. Als sich das prachtvolle Tier, das Tama anscheinend nicht bemerkt hatte, streckte, um am Baum zu knabbern, schoß es Tama wie ein Blitz durch den Kopf, daß dies die Gestalt eines Gottes sein mußte. Das war niemand anderes als Ka Balu selbst, der Herr des Waldes, Herrscher über die Berge des Morgens – Ka Balu, der Himmelsgott, der sich auf die Erde herabbegeben hatte.

In diesem Moment hielt das Tier inne, drehte seinen Kopf herum und blickte dem Jungen am anderen Bachufer, dessen Umrisse sich dunkel gegen das Weiß des Schnees hinter den Bäumen abzeichneten, voll ins Gesicht. In der Majestät dieses alles erfassenden Blicks lag auch die heilige Unschuld, die noch nicht durch den fragenden Verstand vom Einssein mit der wilden Natur getrennt war. Aber noch etwas anderes lag darin, das Tamas Geist in Bann hielt: Ein edles Mitleid strahlte aus diesen Augen, wie er es noch nie bei einem Lebewesen gesehen hatte. Unter der gütigen Macht dieses Blicks zitterte der Junge und empfand doch gleichzeitig höchste Begeisterung, daß er an einem Ritual teilhaben durfte, daß das Leben immer und immer wieder von seinen Geschöpfen verlangte. Er brauchte weder Schuldgefühle zu haben noch traurig zu sein über sein Vorhaben, er empfand nur eine tief gefühlte und bescheidene Dankbarkeit für ein großes Geschenk. Der Gott konnte sich nur aus einem Grund auf die Erde herabbegeben haben: zur Erlösung seines leidenden Volkes. Und Tama war der auserwählte Empfänger seines Opfers.

Ohne Hast und Furcht nahm er die richtige Haltung ein, spannte seinen Bogen, zog den Pfeil zurück, hielt ihn einen Moment gespannt und ließ die Sehne los.

Der Hirsch warf seinen Kopf nach hinten, als Blut aus der durchtrennten Halsvene schoß und sich ein qualvolles, blubberndes Röhren seiner Kehle entrang. Er kniete nieder, reckte seinen edlen Kopf nochmals in die Höhe und fiel dann auf die Seite. Behende hielt Tama nach einer Stelle Ausschau, an der er den Bach überqueren könnte, doch mußte er erst ein Stück stromaufwärts rennen, bevor das Bachbett enger wurde, und es möglich war, einen Sprung zu wagen. Einen Moment lang hatte er fürchterliche Angst, in das Eis einzubrechen, doch dann war er schon auf allen vieren am anderen Ufer gelandet.

Der verendende Hirsch versuchte nicht zu kämpfen, als er den Jungen näherkommen sah.

»Vergib mir, Ka Balu. Es ist für unser Volk. Sie sind am Verhungern.«

Einen Moment blitzte eine Vision des Alten Weisen in seinem Geist auf, und er hörte wieder die Worte, die er zu ihm und seinen Clanbrüdern gesprochen hatte. »Ka Balu nimmt viele Gestalten an. Durch sein Sterben wird er immer wieder neugeboren.«

Eine Weile kniete Tama neben dem Hirsch, bis die Flanken aufgehört hatten, sich zu heben, und kein Blut mehr aus der Kehle strömte; er teilte, tief in den Mysterien des Todes verloren, dessen Qualen. Als er, von kaltem Schweiß überströmt, aufstand, wußte er, daß dieses Ereignis die restlichen Tage seines Lebens bestimmen würde.

Und dann rannte er los, stolperte, suchte den Bach wieder nach einer Stelle ab, an der er zurück konnte, schlitterte über den Schnee, erzählte keuchend dem Alten Vater seine Geschichte, fühlte sich plötzlich erschöpft und matt. Die Aufregung, die folgte, schien ihn kaum noch etwas anzugehen. Inmitten der Freudenrufe seiner Clanbrüder, der Versicherung des Alten Weisen, daß er, Tama, vom Gott dazu auserwählt worden sei, seinem Volk neue Hoffnung zu bringen, des Schreiens und des Gesangs der Männer, die den toten Hirsch ins Dorf trugen, fühlte sich Tama immer noch versunken in die einsame Herrlichkeit des Moments, als er und der weiße Hirsch gemeinsam das Wissen über den Tod im Leben und das Leben im Tod geteilt hatten. Und später, als die Dorfbewohner um das große Feuer herum eng beieinandersaßen und genüßlich die kleinen, wertvollen Portionen Hirschbraten verzehrten, als Ruti ihn um Vergebung bat, Da Nala eine Lobrede hielt und seine Heldentat zu der durchdringenden Musik von Flöten in die Nacht hinausgesungen wurde, spürte Tama immer noch, daß sich sein Geist weit weg sehnte, hin zu dem, der seinem Pfeil zum Opfer gefallen war.

Nachdem auch die letzten Stücke restlos verzehrt und Knochen und Finger saubergeleckt waren, kehrte das Hirschvolk gestärkt und ermutigt in die Häuser zurück. Als schließlich der Feuerschein in der Dunkelheit immer schwächer wurde, richtete Tama seinen Blick zum Himmel und sah hinter den Rauchschwaden und emporfliegenden Funken erstmals seit Mitte des Winters die unauslöschliche Gemeinschaft der Sterne auf sich herabfunkeln.

4

Den ganzen nächsten Tag saßen die Dorfbewohner vor ihren Häusern im Freien, besuchten ihre Nachbarn und ließen sich von der ungewohnten Sonne bescheinen, deren Licht so intensiv und gleißend war, daß sie die Augen zusammenkneifen mußten. Tama saß mit seinen Clanbrüdern vor Horas Haus, sonnte sich zufrieden in der Wärme und ließ die Gesprächsfetzen seiner Freunde an sich vorüberziehen. An der Stelle, an der das Feuer letzte Nacht triumphierend gebrannt hatte, war unter der dunklen Asche und dem geschmolzenen Schnee die nackte Erde zum Vorschein gekommen. Zwei Frauen saßen in gebückter Haltung über dieser Stelle und klopften auf den Hirschknochen herum, um sie aufzubrechen und zu einer kräftigen Brühe zu verkochen, die noch vor Abend verteilt werden sollte. Die Männer beredeten mit gedämpfter Stimme die Bedeutung von Tamas Heldentat und das gute Omen des darauffolgenden Sonnenscheins. Sicher würde der Schnee jetzt schmelzen, und die Jahreszeiten nähmen wieder ihren gewohnten Lauf.

»Mein Vater«, sagte Ke Rala, »glaubt, daß der Hirsch wirklich der fleischgewordene Ka Balu war, sonst wäre es ein Rothirsch gewesen. Weiße Hirsche sind äußerst selten. Und Ka Balu trifft seine Wahl, wem er sich enthüllt, immer mit höchstem Bedacht. Er hat dich erwählt, ihm zu dienen. Hat dir das der Alte Vater schon gesagt?«

»Ja, ich glaube. Als die Männer den Hirsch ins Dorf trugen, war ich zu benommen, um richtig aufzupassen, aber ich glaube, der Alte hat davon geredet, daß ich von den Göttern auserwählt und von nun an sicher sei.«

»Ja, das ist wahr. Niemand wird jetzt mehr versuchen, sich gegen dich zu verschwören. Du bist ein Gottesdiener, und als solcher muß dir Respekt und Wohlgefallen erwiesen werden. Wenn der Alte erst einmal unseren Unterricht, der durch den Schnee unterbrochen wurde, abgeschlossen hat, wird er dich noch weiter unterweisen und in das Dunkle Wissen einführen. Möchtest du gerne Priester werden?«

Tama schaute mit einem Ausdruck von Traurigkeit nach unten. »Früher hatte ich Angst vor dem Alten, aber jetzt nicht mehr. Ke Rala, ich habe gesehen, daß es ein Wissen gibt, das weit über das unsere hinausgeht – dort drüben, hinter den Bergen. Irgendwann möchte ich dorthin zurückkehren und diese Dinge verstehen, wenn es irgend möglich ist.«

»Lieber du als ich«, grinste Hora. »Ich brauche meine ganze Zeit dafür, um zu lernen, wie man jagt und sich mit den Mädchen vergnügt. Von mir aus kannst du deine dunklen Geheimnisse haben.«

Tama schaute seine Freunde reihum an. Da war Ke Rala, dem die Grausamkeit des Winters wenig angetan zu haben schien; Hora, der zwar einen rauhen Umgangston hatte und sich wild gebärdete, vor dem er sich aber nicht mehr zu fürchten brauchte; dann noch Tula, dessen Augen gequält aus einem dünnen Gesicht schauten und der versuchte, die Schmerzen in der Brust zu verbergen, die ihn bei jedem Hustenanfall schüttelten.

»Vergeßt mich nicht, wenn ich vom Alten Vater dazu auserwählt werde, als Priester zu dienen. Ich werde immer noch euer Bruder sein.«

»Wenn du noch mehr Fleisch für uns besorgst, kannst du meinen besten Bogen haben«, bot Hora an. »Ich hoffe, die Suppe wird gut.«

Durch die Unterhaltung mit seinen Freunden und die freundlichere Behandlung von seiten der anderen Dorfbewohner fühlte sich Tama jetzt ruhiger und sicherer; er überlegte, ob er noch länger beim Alten Weisen wohnen bleiben sollte. Später am Nachmittag fragte er ihn: »Vater, nun da ich außer Gefahr bin, sollte ich da nicht nach Hause zu meinen Eltern zurückkehren?«

Überraschenderweise verdüsterte sich das Gesicht des alten Mannes. »Hast du es so eilig, von mir wegzukommen?«

Tama merkte, daß es geklungen hatte, als sei er undankbar. »Ich bin dir für deinen Schutz aufs Tiefste verbunden und werde tun, was du sagst. Aber meine Eltern brauchen von Zeit zu Zeit meine Hilfe.«

»Wenn du mir folgst, mußt du deine Eltern und Freunde hintanstellen. Die Wahrheit kann nicht jedem kundgetan werden.«

Wieder hatte Tama das unangenehme Gefühl, als habe er den alten Mann beleidigt. Er spürte einen Groll in sich aufsteigen und sagte eine Weile nichts, aber der alte Mann ließ nicht locker.

»Vielleicht hältst du dich jetzt für einen großen Jäger. Ist es das? Du möchtest also am liebsten mit Hora herumstolzieren und mit deinem überragenden Können als Bogenschütze angeben: Tama, der Töter des Weißen Hirsches, der mächtige Jäger! Ja, das ist es.«

Tama starrte den alten Mann erstaunt an und war so erschüttert über den Spott, daß er kein Wort herausbrachte.

»Es war gut, zu mir zu kommen, als du Angst um deine Haut hattest, was? Aber jetzt brauchst du mich nicht mehr. Du willst weggehen und deine Zeit mit seichtem Geschwätz und läppischem Kinderkram zubringen. Ah! Ich hätte es wissen müssen, daß von einem grünen Bürschchen keine Treue zu erwarten ist!«

Vor lauter Herzklopfen konnte Tama kaum atmen. Er drehte sich weg, um die Tränen zu verbergen, die ihm in die Augen geschossen waren. Lange Zeit blieb er unentschlossen stehen, wo er war, sagte nichts und machte sich dann ruhig daran, die Felle auf seinem Bett zusammenzuschnüren. Dann nahm er seinen Umhang, schulterte seinen Bogen und seinen Köcher mit den Pfeilen und zog sich die Sandalen an. Als Tama dem alten Mann wieder in die Augen sah, war sein Blick sicher, seine Stimme leise und ruhig.

»Für alles, was du für mich getan hast, Vater, möchte ich dir danken. Ich werde es nie vergessen.«

Er wandte sich zum Gehen und erreichte die Schwelle.

»Tama, Sohn meines Geistes, hör mir zu.«

Der Junge blieb in der Tür stehen und blickte auf die Abenddämmerung über dem Schnee.

»Vergib mir, Tama. Ich weiß, was ich tue. Ich habe nur auf eine von vielen Arten geprüft, ob du dich dazu eignest, ein Priester zu werden. Ka Balu hat dich zu seinem Dienst auserwählt. Ich bin sein Diener: Ich bin dein Diener. Der Lehrer verehrt die Wahrheit in ihrem Wachsen. Dein Geist ist das Gefäß, in das ich die Wahrheit gießen werde, die nur wenige zu hören bekommen, – die wenigen, die im Lichte dieser Wahrheit die Wege unseres Volkes bestimmen. Dreh dich um, Tama, und lerne den Meister deines Wachstums kennen.«

Langsam gehorchte Tama. Als er das tiefe Mitgefühl auf dem dunklen, von Falten überzogenen Gesicht sah, kniete er nieder und beugte seinen Kopf. Von den Händen, die ihn berührten, spürte er eine heitere Stärke in seinen Körper und seinen Geist überfließen, so daß Wut keine Wut und Stolz kein Stolz mehr war, sondern sein ganzes Wesen von einer ungeheuren Ruhe durchströmt wurde, die von ihm selbst auszustrahlen schien. Mit diesem Augenblick begann seine wahre Weihe als Priester des Hirschvolks.

Der nächste Morgen war glasklar und sonnig, doch gegen Mittag zogen wieder Wolken auf. Vom Horizont stieg ein hoher Nebel auf, der langsam über den Himmel bis zu den Bergen zog. Noch vor dem Abend kam eine frische Brise vom Meer herauf, und eine tiefhängende, wild durcheinanderwirbelnde Wolkenmasse wurde rasch landeinwärts getrieben. Eine schwache Hoffnung erwachte im Hirschvolk. Es war der Begrüßungswind, der den warmen Frühlingsregen vom Meer hereintrieb, einen heftigen, reinigenden Regen, der das Leben der gesamten grünen, bergigen Küste bestimmte.

»Er wird den Schnee zum Schmelzen bringen«, sagte einer.

»Die Fische werden wieder zu ihren Laichplätzen ziehen«, sagte ein anderer.

Die ersten Tropfen fielen kurz nach Einbruch der Dunkelheit. Die ganze Nacht hörten die Dorfbewohner den Regen gnädig auf ihre gefrorene Welt herunterströmen. Die erstarrende Kälte verschwand aus ihren Häusern. Sie schliefen so gut wie seit vielen Nächten nicht mehr.

Am nächsten Morgen trauten sie ihren Augen kaum. Die Erde war wieder zum Vorschein gekommen. Steine und Baumstämme, Flecken mit dürrem Sommergras, Haushaltsgegenstände, die man im Schnee verloren hatte – alles zeigte sich wieder in der gewohnten Gestalt und Farbe. Schlimm war jedoch, daß die in Tierhäute eingewickelten Toten vor den Häusern plötzlich zu übelriechenden Kadavern wurden, die so schnell wie möglich begraben werden mußten. Die Totenfeiern wurden hastig heruntergesprochen. Dann trugen die Familien ihre Verstorbenen im strömenden Regen auf den Friedhof hinter dem Dorf, wo freilich der Grund unter der aufgeweichten Erde immer noch steinhart war. Aber sie hielten aus und verrichteten, in stillem Kummer versunken, unnachgiebig, was zu tun war.

Der Regen hielt den ganzen Tag und die ganze Nacht an. Endlich gab es wieder genügend Wasser. Zum erstenmal, seit die Welt im Frost erstarrt war, konnten die Dorfbewohner ihre Körper ausgiebig waschen. Hatten sie aber erst einmal dieses Vergnügen hinter sich gebracht, so blieb ihnen nicht viel anderes übrig, als den hungrigen Körper auszuruhen und dem unablässig herabströmenden Regen zuzuschauen.

Sie erwachten am nächsten Morgen von einem ungewohnten, donnernden Tosen. Zuerst dachte Tama, es wäre die wild heranrollende Brandung, aber es kam aus der verkehrten Richtung, nämlich vom Wald her. Der Bach! Plötzlich überfuhr ihn die Erinnerung an den Tag, als er und Rua von den durch eine enge Gebirgschlucht herunterdonnernden Wassermassen eines angeschwollenen Wildbachs fast mitgerissen worden wären. Schnell schlüpfte er in seinen Umhang, tappte zur Tür, öffnete sie und spähte hinaus.

Der Regen hatte aufgehört, doch überall glänzten im fahlen Licht des Morgens kleine Teiche. Und unter der Terrasse, auf der das Dorf stand, kräuselten sich die Wellen auf einem See, wo gestern noch keiner war. Hatte das Meer das Land überschwemmt? Wo war der Strand? Nur unter Schwierigkeiten konnte Tama den dünnen Rand von Steinen und Treibholz erkennen, wo sich normalerweise weite Kiesflächen und mit Büschelgras überwachsene Hänge ausdehnten. Die Wassermassen des angeschwollenen Bach waren weiter heruntergekommen als je zuvor und überschwemmten die ganze Fläche hinter dem Strand, wo das Hirschvolk gewöhnlich seine zeremoniellen Feste abhielt.

»Ai-jeee!« murmelte Tama. »Welche neue Gefahr lauert da nur wieder auf uns?«

Den ganzen Morgen blieb der Regen aus, obwohl die Wolken immer weiter herunterzusinken und jederzeit loszubrechen drohten. Die Männer und Jungen beobachteten aufmerksam das aufgewühlte braune Wasser des Baches, das sich in den neuen See ergoß. Der Bach war auch beim Haus des Alten Vaters über die Ufer getreten und rauschte direkt an dessen Rückwand vorbei, wo Tama in den Käfig eingesperrt gewesen war. Zur allseitigen Freude wurde entdeckt, daß Aale im Wasser schwammen. Sobald dies ausgerufen war, paddelte auch schon jeder Mann und jeder Junge, von dem man annehmen konnte, daß er nicht ertrinken würde, in dem schlammigen Wasser umher und versuchte mit dem Speer oder dem Netz sein Glück. Für gewöhnlich fing das Hirschvolk Aale mit ausgeworfenen Netzen oder dem fünfzackigen Speer, doch das Wasser war so dreckig, daß unter der Oberfläche nichts zu erkennen war. Erfolg war reine Glückssache, doch es schien, als seien die Aale hungriger und dreister als sonst, was denn doch zur Folge hatte, daß viele gefangen wurden. Die einzige Verletzung zog sich ein unvorsichtiger Junge zu, der unter einem erhobenen Speer hindurchsprang und sich den Fuß dabei durchbohrte; doch da jede Familie an diesem Abend Aalsuppe aß, ließen sie sich ihre Freude nicht durch diesen einen verletzten Fuß verderben.

Nachts regnete es wieder, erst der Morgen brachte strahlenden Sonnenschein, der nur gelegentlich von Schauern unterbrochen wurde. Ermutigt von der Schneeschmelze gingen die Dorfbewohner auf die Suche nach mehr Nahrung. Wieder wurden Aale gefangen und ein paar vergessene, eßbare Wurzeln in den Gärten auf der oberen Terrasse ausgegraben. Doch kein Vogel war zu hören oder zu sehen, außer ab und zu eine Möwe, die jedoch nicht nahe genug herankam, um sie mit dem Speer herunterzuholen. Die Jäger, die sich in den Wald gewagt hatten, brachten ein paar Handvoll Raupen und getrocknete Beeren zurück. Opossums waren nicht gesichtet worden. Die Kälte hatte fast das ganze Leben im Wald ausgelöscht.

Von der erhöhten Position der Häuser aus, wo die Überschwemmung überblickt werden konnte, gab die immer wieder durchbrechende Sonne, den Blick auf eine aufgewühlte Masse trüben, braunen Wassers frei, soweit das Auge den Ozean überschauen konnte. Die ganze Küste entlang donnerte jeder Bach und jeder Fluß voll von Schmelzwasser in brausendem Toben zum Meer hinter. An diesem Abend standen die Dorfbewohner vor ihren Häusern und beobachteten, wie die Sonne in einer feurigen, glutroten Wolkenmasse unterging, während weit im Süden der schneebedeckte Gipfel der Götter vor einem Himmelsstreifen in eindringlichem Grün im Abendlicht glänzte.

Als Tama mit Rini, in den Anblick des blutrot gefärbten Meeres versunken, dastand, trat Hora hinzu.

»Haben sie es dir schon gesagt? Der Alte will den Unterricht mit uns wieder aufnehmen, jetzt, da das Wetter sich wieder gebessert hat. Ich hab keine Lust hinzugehen, du etwa?«

Tama lächelte über Horas besorgtes Gesicht.

»Ich schon«, sagte er, »ich freue mich, daß es wieder losgeht.«

Ihre Aufmerksamkeit wurde von der Stimme eines singenden Mädchens abgelenkt. Das Lied war ein Liebeslied wie die meisten Lieder des Hirschvolks, und schrecklich traurig.

»Wer ist das?« fragte Tama.

Hora grinste seinen Freund verschmitzt von der Seite an.

»Das ist Mariti. Ich glaube, sie hat mich vorbeigehen sehen. Ich mache mich besser auf den Rückweg.«

Und schon stolzierte er pfeifend in die Dämmerung davon.

Tama spürte, daß ihm das einen Stich versetzte, doch er versuchte, die Eifersucht zu unterdrücken. Hora war sein Freund. Ein Priester sollte eigentlich nicht heiraten, obwohl der Alte Weise gesagt hatte, daß es nicht ausdrücklich verboten war. Aber ich werde nicht heiraten, dachte Tama. Ich werde ein weiser Mann werden. Ich werde den Menschen helfen, ein glückliches Leben zu führen, stark und gesund zu sein, sanftmütig und gut. Morgen werde ich wieder anfangen, bei dem Alten Vater in den Unterricht zu gehen, und wenn unser Clanunterricht vorbei ist, wird er beginnen, mich in die Geheimnisse des Dunklen Wissen einzuweisen. Ich brauche keine Angst mehr zu haben. Der schreckliche Winter ist vorüber, der Schnee geschmolzen, die Toten sind bestattet, die Kranken können jetzt, wo wir wieder Nahrung finden können, geheilt werden. Es wird hart, aber das Schlimmste ist vorüber. Wir sind das Hirschvolk, wir sind von Ka Balu auserwählt, wir werden überleben.

Die Tage vergingen, das Wetter besserte sich allmählich. Ein später Frühling zog übers Land, doch es war ein Frühling ohne die gewohnten Blüten, ohne silbrige Fische in der Flut, ohne Vogelgezwitscher. Der Winter hatte tiefe Narben im ganzen Land hinterlassen, wie er auch tiefe Narben in der Erinnerung eines jeden hinterlassen hatte, der seine Härte überlebt hatte.

Als Tama und seine Clanbrüder wieder beim Alten Vater in den Unterricht gingen, fingen sie an, die Macht der Gesetze besser zu verstehen, mit denen eine Gemeinschaft geführt wird, und die Schönheit von Ordnung und Verantwortung. Weshalb mußte zum Beispiel täglich frische Erde über die Latrinen und Abfallhaufen geschaufelt werden, wenn reichlich Platz zur Verfügung stand, die menschlichen Exkremente und Haushaltsabfälle anderweitig loszuwerden? Bei jeder

Art von Zerfall, so erklärte der Alte Weise, entstünden Gifte, die durch die Luft schwebten und von bösen Geistern dazu benutzt werden konnten, Krankheiten oder gar den Tod zu verursachen. Das Böse benutze Böses, um zu mehr Macht zu gelangen. Deshalb müßten die Menschen, wenn es um Ernährung und Heilung gehe, stets auf Sauberkeit und Licht bedacht sein. Das gehöre zur Achtung vor jeder Art Leben. Der Mensch habe kein Recht, seine Kräfte und Fähigkeiten gegen andere Lebensformen einzusetzen, außer es sei für sein eigenes Überleben notwendig. Ein Jäger müsse das Wild, das er töte, um Verzeihung bitten und dem Baum, den er wegen des Holzes schlage, zuerst erklären, wozu sein Sterben nötig sei. Verschiedene Kenntnisse der Körperpflege, des Anbaus von Feldfrüchten oder der Zeremonien des Pflanzens und Erntens würden von allen Mitgliedern des Hirschvolks erwartet. Den Mädchen brächten die Mütter die Kunst der Kleiderherstellung und des Heilens der leichteren Krankheiten bei, für die das Eingreifen des Priesters nicht nötig sei. Die Geheimnisse des Gebärens seien ausschließlich Frauensache, der Tod hingegen Männersache, denn das Schicksal des Geistes sei abhängig von der Vermittlung des Priesters zwischen Menschen und Göttern.

Weiter gehöre zur praktischen Ausbildung der Clanbrüder im ersten Jahr auch die Unterweisung in der Kunst der Herstellung von Pfeilspitzen, Speeren sowie einer Axt. Dies seien die Symbole der Männlichkeit, die als Gebrauchsgegenstände ein Leben lang verwendet und hoch geschätzt würden. Zur Herstellung seien viele Regentage und lange Abende am Feuer nötig, da der harte dunkelgrüne Stein, aus dem die Axtschneide gefertigt werde, äußerst schwierig zu bearbeiten sei; doch sei die scharfe Kante einmal geschliffen, hielte die Schneide einige Jahre. Der Alte Vater erklärte den Jungen außerdem, wie wichtig es sei, daß für diesen Zweck jeder von ihnen seinen eigenen Stein fände, denn unter ihren eigenen, formenden Händen würden auf den Stein auch ihre besonderen Fähigkeiten und ihr Mut übertragen, welche der Stein in sich behalte, um ihnen in schweren Zeiten Kraft zu geben.

»Du aber, Tama, der du ein Priester und kein Jäger werden wirst, brauchst einen besonders ausgezeichneten Stein für Zwecke, die nicht enthüllt werden dürfen. Bleib also heute noch ein Weilchen bei mir, wenn deine Clanbrüder nach Hause gehen, dann werde ich dir mehr über den Stein erzählen, den du finden mußt.«

Der Unterricht hatte am Nachmittag stattgefunden. Als seine Freunde gegangen waren, blieb Tama bei dem Alten Vater und half ihm bei der Zubereitung eines kleinen Fisches. Da es ein milder Abend war, saßen sie danach vor dem Haus und beobachteten den sich langsam rötenden Abendhimmel. Der Rauch aus den Kaminen stieg gerade in die windstille Luft auf. Vier Arbeiter stapften erschöpft von den Gärten zurück, die jetzt neu bestellt waren und nur darauf warteten, mit den wenigen verschrumpelten und zugleich so wertvollen Kartoffeln bepflanzt zu werden, die man im Abfall gefunden hatte. Eine der schlimmsten Folgen dieses Winters war nämlich die Zerstörung des Saatguts.

»Du mußt deinen Stein bald finden, Tama. Die Zeit ist kurz.«

»Ich verstehe nicht, was du meinst, Vater. Sagtest du nicht, es könne lange dauern, bis man den richtigen Stein fände?«

»Doch, das habe ich gesagt, aber genau das ist der Grund, weshalb du bald mit der Suche beginnen mußt. Höre mir jetzt genau zu. Ich will dir erklären, woran du deinen Stein, den Stein der Wahrheit, erkennen kannst. Zuerst ist da seine Größe. Der Stein sollte nicht kleiner sein als eine geschlossene Männerfaust, nicht zu rund und so geformt, daß er zu einem flachen Gefäß ausgehöhlt werden kann, ähnlich einer Schale oder einer hohlen Hand. Wähle die Farbe sorgfältig. Er sollte aus einem tiefen, aber klaren Grün sein, in dem du die Wälder und Flüsse der Welt sehen kannst und den Geist, der durch sie atmet. Aber das Wichtigste ist: Glaubst du, du hast den richtigen Stein gefunden, trenne dich von den anderen, halte alles außer diesem Stein von deinem Geist fern und führe ihn gegen deine Stirn. Wenn die Vision, die er dir bringt, von Stärke und Freude, Friede und Weisheit zeugt, hast du gut gewählt. Wenn keine Stimme in dem Stein ist, setze deine Suche fort.«

»Und was passiert, wenn ich keinen solchen Stein finden kann?«

»Red kein dummes Zeug. Weißt du denn nicht, daß schon jetzt, während du sprichst, der Stein auf dich wartet? Alle wichtigen Ereignisse in deinem Leben kommen zu dir – nicht du kommst zu ihnen.«

»Wenn das so ist, Vater«, sagte Tama langsam, »dann wäre da noch eine Frage, die ich dir gerne stellen würde.«

»Was denn?«

»Vor einem Jahr, als ich mit meinen Clanbrüdern von der Langen Wanderung zurückkam, habe ich etwas gesehen, von dem zu sprechen du mir verboten hast. Darf ich jetzt darüber sprechen, Vater?«

»Du darfst.«

Tama schaute den alten Mann direkt an, konnte jedoch in dem dämmrigen Licht nicht erkennen, was er für ein Gesicht machte.

»Ich habe dir von der Steinmauer erzählt, die ich gesehen habe. Eine Mauer aus riesigen Steinblöcken, die quer über einem Bach aufgeschichtet waren, um das Wasser aufzustauen. Die Menschen, die diese Mauer gemacht haben, müssen Kenntnisse besessen haben, die wir nicht besitzen. Als ich dir davon erzählte, Vater, hast du mir verboten, jemals wieder davon zu reden. Doch auf der anderen Seite der Berge des Morgens haben ich und Rua noch viel, viel mehr Gebäude aus Stein gesehen. Wenn diese von Menschenhand gemacht sind, müssen diese Menschen weiser gewesen sein als wir. Vater, sind diese Dinge Teil des Dunklen Wissens, und werde ich sie eines Tages verstehen?«

Der Alte schwieg eine Weile. Es war jetzt fast dunkel. Hier und da funkelte bereits ein Stern am Himmel, während Tama auf eine Antwort wartete.

»Ich glaube, die Zeit ist reif, mein Sohn, dir bestimmte Dinge zu erzählen, die tatsächlich zum Dunklen Wissen gehören. Große Veränderungen kommen auf das Hirschvolk zu, und du mußt bereit sein, mir zu helfen, sie herbeizuführen. Hol mir meinen Umhang, und nimm auch deinen mit. Ich möchte lieber unter den Sternen mit dir darüber reden als unter einem Dach.«

Tama brachte den Umhang des alten Mannes, aber er hatte seinen eigenen zu Hause gelassen, deshalb nahm er gerne die Opossumfelldecke von dem Haufen in der Ecke an, auf dem er ein paar Tage zuvor geschlafen hatte. Er fröstelte ein wenig – mehr vor Aufregung als von der angenehm kühlen Abendluft.

Der Alte zeichnete rätselhafte Muster in den Sand, bevor er zu reden begann; als er schließlich anfing, sprach er mit leiser Stimme und blickte dabei nicht den Jungen neben sich an, sondern auf die Landschaft hinaus.

»Wer waren wir, Junge, bevor wir Jäger und Fischer an dieser Küste wurden? Ich kann dir kaum mehr dazu sagen als du mir. Aber deine Vermutungen sind richtig. Wir konnten einst nicht nur Gebäude aus Stein erbauen, sondern auch aus anderen Materialien, die aus den Steinen der Erde herausgeschmolzen wurden. Nahezu das gesamte Wissen jener Zeit ist verlorengegangen, aber ein wenig will ich dir mitteilen. Das Übrige kann ich dir erst erzählen, wenn du geweiht und ein Mann geworden bist und ich mit deiner Ausbildung zum Priester anfangen kann. Paß jetzt genau auf.

Die Steinmauer, auf die du bei deiner Langen Wanderung gestoßen bist, ist mir und den Dorfältesten bekannt. Wir wissen jedoch weder, wozu sie diente – vielleicht um Wasser zum späteren Gebrauch aufzustauen –, noch wann und von wem sie erbaut wurde. Es gibt noch ein paar andere Steinruinen in unserem Land, die manche von uns gesehen haben, aber ich glaube nicht, daß diese Seite der Berge je so dicht besiedelt war wie die Ebenen auf der anderen Seite. Was du mir von deiner Reise mit Rua erzählt hast, stimmt. Es hat früher auch schon Menschen gegeben, Tama, die die Berge überquert haben. Allerdings nur ganz wenige, und noch weniger sind wieder zurückgekommen. Die Leute vom Hirschvolk haben immer Angst vor denen gehabt, die wieder zurückgekommen sind, haben sie für verrückt gehalten; diesen Männern wurde auch verboten, über das zu reden, was sie gesehen hatten …«

»Aber warum?«

»Weil die Zeit nicht reif war für dieses Wissen. Unterbrich mich nicht. Du wolltest mich gerade fragen, warum du nichts erzählen durftest, außer Ruas Eltern über ihren Sohn zu berichten. Sehr bald wirst du dies alles besser verstehen. Ich kann es dir jetzt noch nicht sagen. Ich war selbst nie auf der anderen Seite der Berge, aber ich habe die Geheimnisse von jenen gehört, die hinübergegangen und zurückgekehrt sind. Was ihr, du und Rua, gefunden habt, sind die Ruinen eines großen Dorfes, das einmal von Menschen bewohnt war, die großes Wissen besaßen. Sie waren unsere Vorfahren. Nur wir sind übriggeblieben, obwohl sie einst so zahlreich wie die Blätter im Walde waren.

Sie konnten nicht nur mit Steinen bauen, sondern auch in hohlen Schiffen übers Meer segeln, in die unser ganzes Volk und mehr gepaßt hätte. Kannst du mir glauben, wenn ich dir erzähle, daß sie sogar noch größere Taten vollbracht haben, daß sie sich über große Entfernungen hören und sehen konnten, daß sie Häuser mit Flügeln gebaut haben, die durch die Luft fliegen konnten? Sie konnten die Stimme eines Menschen stehlen, sie in einer schwarzen Schachtel verschließen und dem Träger auch Jahre, nachdem er ins Grab gelegt worden war, befehlen, wieder zu sprechen. Sie kleideten sich in wunderschöne Gewänder aus Fasern, die wir nie gesehen haben, aßen köstliche Speisen, die wir nie gekostet haben, und ihre Kinder waren gelehrter als unser weisester Mann. Doch all ihr Wissen war umsonst. Nicht nur konnte es sie nicht retten, sondern es zerstörte sie. Alle ihre Reichtümer, alle ihre großen Gebäude, alle ihre schwimmenden und fliegenden Häuser, all ihr Wissen, all diese Männer, Frauen und Kinder gingen außer ein paar wenigen, denen die Flucht gelang, im Feuer zugrunde.«

Tama erschauerte und schrie unwillkürlich vor Entsetzen auf. »Alle wie ...«

»Wir wissen weder wie noch warum. Die Geschichten haben sich über viele Generationen hinweg verändert. Doch was ist am wichtigsten, Tama? Was ist das wertvollste Gut im Leben? Kannst du mir das sagen? Was schätzen wir mehr als alles andere auf der Welt?«

Tama dachte sorgfältig nach. »Unsere Freunde? Am meisten schätzen wir die Menschen, die wir lieben.«

»Ai-jeee! Du bist ein wahrer Sohn des Geistes. Ja, am meisten von allem schätzen wir das menschliche Wesen, das Kind, das junge Mädchen, den Mann, den Vater, die Mutter. Das Leben ist hart für uns. Falsches Handeln muß bestraft werden, Schwäche darf nicht geduldet werden, wir leben von unseren Fähigkeiten und geben uns gegenseitig unsere Kraft, aber was uns überleben läßt, ist einzig und allein die Liebe. Und deshalb zerstörten sich unsere Vorfahren, das vergaßen sie. Sie waren nur auf eines aus – Macht, immer nur Macht. Macht über andere, egal mit welchen Mitteln. Macht über die Erde und das Universum, Macht selbst über die Götter. Sie wurden so überheblich, selbstsüchtig und grausam, daß es die Götter nicht mehr länger ertragen konnten, die Sonne in ihrem Zorn auf sie herabstieß und sie in einem Feuerblitz verbrannte, wie ihn die Welt noch nicht gesehen hatte. Von einem Augenblick auf den anderen war das große Dorf – oder vielleicht viele große Dörfer, das können wir nicht wissen – zu einem Häufchen heißer weißer Asche verbrannt. Die Erde wurde schwarz, die Wälder brannten, und das Wasser in den Flüssen kochte. Über viele Jahre, vielleicht Generationen hinweg, veränderte sich das Klima. Das Land wurde unbewohnbar. Nur die Menschen, die außerhalb der Dörfer in kleinen Gruppen weiter im Landesinneren gewohnt hatten, überlebten und wurden von Ka Balu aus dem Land der Zerstörung weggeführt, hierher, ins Land der lebensspendenden grünen Wälder und des gütigen Regens, in die ruhige Sicherheit und den Frieden dieses einsamen Gebietes. Und langsam bauten sie hier ein neues Leben auf und vergaßen die alte Lebensweise. Das Wissen des Bösen verging bis auf die wenigen Fragmente, die wir gerettet und weitergegeben haben.«

»Aber warum sollte man so ein Wissen überhaupt retten?« fragte Tama ängstlich.

»Die Götter besitzen die allumfassende Weisheit. Nur sie können sie richtig anwenden. Wissen für sich ist nicht schlecht. Es ist wie eine scharfe Schneide, die für gute Zwekke benutzt werden kann wie zum Kleinschneiden von Essen oder Zuschneiden von Holz, aber auch zum Verwunden und Töten. Unsere Vorfahren haben ihr Wissen für schlechte Zwecke mißbraucht, deshalb nennen wir das wenige, an das wir uns noch erinnern, das Dunkle Wissen, das nicht unbedacht an Leute von mäßigem Geist weitergegeben werden, sondern nur den Wissenden unter uns offenstehen darf – bewahrt für jenen Tag, an dem wir vielleicht unter der Führung der Götter wieder von ihm Gebrauch machen werden. Dieses Wissen ist es, Tama, was du, solltest du dich als würdig erweisen, eines Tages besitzen wirst.«

Der Mann und der Junge saßen eine Weile schweigend beisammen. Tama hielt seine Knie mit den Armen umschlungen. Er konnte den Rauch von einem Kamin riechen und das leise Donnern der Brandung vernehmen, doch sein Geist nahm von alledem nichts wahr. Er war völlig in die Worte des Alten Weisen versunken.

»Es gibt noch etwas, was du sehen solltest, bevor du wieder nach Hause gehst. Komm mit mir ins Haus, dann zeige ich es dir.«

Aus einer hölzernen Kiste in der Ecke neben seinem Bett nahm der Alte Weise ein in Hirschfell verpacktes Bündel und fing an, die Schnur, mit der es zusammengehalten wurde, aufzumachen. Er legte die Tierhaut auf einen Hocker, bettete die Hände auf das Bündel und sagte, zu Tama gewandt: »Du darfst nichts davon berühren, aber du kannst es dir ansehen. Und du darfst niemandem erzählen, was du gesehen hast.«

Ganz vorsichtig faltete der Alte Weise die Tierhaut auf

und zeigte Tama den Inhalt – einen großen Musterblock mit schwarzem Einband, wie ihn Tama bei dem Bach verloren hatte, in dem Rua umgekommen war. Als Tama den Gegenstand sah, erinnerte er sich daran, daß er ihn schon einmal neben dem alten Mann gesehen hatte, als der sich in Trance befunden hatte, und es wurde ihm bewußt, welch kostbarer Schatz dies war.

»Vater, das ist ein Musterblock wie jener, von dem ich dir erzählt habe, den Rua und ich in dem Raum unter der Erde auf dem Hügel gefunden haben. Verstehst du seine Bedeutung?«

Der alte Mann schüttelte traurig den Kopf. »Nein, aber ein Priester weiß, daß in diesen Zeichen eine große Kraft enthalten ist. Diese winzigen Gesichter, die zu uns aufschauen aus diesen Bildern, sind Spiegelbilder unserer selbst im dunklen Wasser der Zeit. Wir können nicht hören, was sie sagen, doch ein Priester kann manchmal diese Blätter, die vom Baum des Wissens herabgefallen sind, auf vielerlei Arten deuten, damit sie doch eine Hilfe für uns sind. Du mußt dir in aller Demut darüber klarwerden, Tama, daß du eines Tages der Hüter der Schätze unserer Vergangenheit sein wirst.«

Und als sich die gelblichen Blätter, so dünn und knisternd wie die feinste Holzhaut, die manchmal aus der inneren Rinde von Bäumen geschält wurde, unter der Hand des Alten Weisen öffneten, sah Tama wieder die geheimnisvollen Symbolreihen, die ihn an jenem Tag im letzten Sommer so fasziniert hatten, als er sie zum erstenmal zu Gesicht bekommen hatte. Wieder spürte er in sich die Sehnsucht aufsteigen, zu erfahren, was sie wohl bedeuteten, einzudringen in das Leben dieser winzigen Menschen, die da bloß zu ihm heraufschauten. Er achtete sorgfältig darauf, ja nichts zu berühren, und schaute in stiller Verwunderung alles an, bis der Alte Weise die Blätter wieder in ihre viereckige Blockform zusammenklappte, sie vorsichtig in die Häute einwickelte und wieder in der Kiste verstaute.

»Danke, Vater«, sagte er und hatte das Gefühl, er müßte

eigentlich mehr sagen, doch er fand keine Worte. Denn er hatte diese verlorene Vergangenheit in der Gegenwart des Geistjungen, den er am Bach bei den stillen Hügeln über dem versunkenen Dorf gesehen hatte, am eigenen Leib gespürt. Es war eine tröstliche Erinnerung, eigentümlich und wertvoll, die er gemeinsam mit der Verkörperung Ka Balus in Gestalt des weißen Hirsches im Gedächtnis bewahrte. Tama wußte, daß die Vergangenheit sich entschlossen hatte, zu ihm zu sprechen, und es vielleicht wieder tun würde. Vielleicht würde es ihm mit der Zeit vergönnt sein, mehr von dem verlorenen Wissen zu verstehen, das über Generationen von Priestern ehrfürchtig im Verborgenen weitergegeben worden war.

Er war bereit zu warten.

5

Die Sonne tanzte flirrend auf den sich kräuselnden Wellen des Flusses, blinkte von glänzenden Blättern, die sich im Winde bewegten, und ergoß die azurne Weite des Himmels über zwei Jungen, die sich langsam das Flußtal hinaufbewegten. Von Zeit zu Zeit bückte sich einer von ihnen, hob einen Stein auf, prüfte ihn sorgfältig und warf ihn dann wieder weg. Mit ihrem gemächlichen Schlendern schienen sie kein besonderes Ziel zu verfolgen. Nichts deutete darauf hin, daß es sich hier nicht bloß um zwei Jungen handelte, die an einem sonnigen Nachmittag ziellos und träge einen Fluß entlanggingen. Und in der Tat war das das Schöne bei dieser Suche – das zwanglose, gemütliche Wandern, das ihnen Zeit ließ, sich ganz dem Vergnügen der warmen Steine unter ihren nackten Füßen, der Sonne auf ihren Schultern und dem seltenen Vogelgezwitscher aus dem Busch hinzugeben.

Dennoch achteten Tama und Ke Rala aufmerksam auf Form und Farbe jener Steine, die sie in die Hand nahmen und untersuchten. Keiner von beiden hatte bisher einen Stein mit den ganz besonderen Eigenschaften gesehen, die der Alte Weise ihnen beschrieben hatte und nach denen sie Ausschau halten sollten – für Ke Rala den zukünftigen Häuptlingsstab, für Tama die leicht vertiefte Schale der unendlichen Empfänglichkeit. Doch konnte die Entdeckung nicht erzwungen werden; so machten sie sich keine weiteren Gedanken und überließen es Ka Balu, sie zu ihrem Stein zu führen, wann es ihm beliebte. Sie waren zufrieden, in einer Welt, auf die endlich wieder die Sonne des Frühsommers herabschien, gemeinsam unterwegs zu sein.

»Das alles erinnert mich an unsere Zeit der Langen Wanderung«, bemerkte Tama. »Einfach losziehen, angeln, jagen und jeden Tag nehmen, wie er kommt. Das war eine schöne Zeit. Ich wünschte ...«

Er hielt inne und erinnerte sich daran, daß die Zeit der Langen Wanderung nie wiederkehren würde. Es schien viel länger als nur ein gutes Jahr her zu sein, was der Junge, der Tama einmal gewesen war, damals vor langer Zeit, erlebt hatte. In den letzten Tagen hatte er seine Männlichkeit stärker gespürt, nicht nur in seinem kräftiger werdenden Körper, sondern auch in den Anfängen einer geistigen Disziplin, wie sie durch die Lehren des Alten Weisen entwickelt wurde. Und obwohl Ke Rala und er noch einmal etwas von der Freiheit der Langen Wanderung spürten, hingen doch Schatten darüber. Rua war tot, und ihr rauhbeiniger Freund Hora war diesmal nicht mit auf die Suche nach seinem ganz speziellen Stein der Wahrheit gekommen. Er hatte es vorgezogen, bei Tula zu Hause zu bleiben, der, täglich schwächer, von einem Husten geschüttelt wurde, bei dem blutiger Schleim aus seinen Lungen geschleudert wurde. Tama hatte ihn nicht verlassen wollen, doch der Alte Weise hatte darauf gedrängt, daß Tama und Ke Rala sich ohne weitere Verzögerung auf die Suche nach ihrem Stein machen sollten. Wenn nötig, könnten sie mehrere Tage wegbleiben. Heute war der zweite Tag, den sie zusammen verbrachten, und Tamas Sorge um Tula wurde zum Großteil von dem Glücksgefühl überlagert, mit Ke Rala gemeinsam den Frieden und die Freiheit der sommerlichen Welt zu genießen.

Ke Rala blieb stehen und schaute auf eine sandige Stelle zwischen den Steinen hinunter. »Sieh dir das an!«

Tama blieb stehen und sah im Sand die klar erkennbaren Spuren eines Vogels. Ke Rala bückte sich.

»Eine Weska, glaube ich. Das ist gut. Also sind doch nicht alle der Kälte zum Opfer gefallen. Sogar vor dem Großen Schnee muß dieses Tal ziemlich geschützt gewesen sein. Wir haben ja auch schon ein oder zwei Glockenvögel gehört. Es ist gut zu wissen, daß einige überlebt haben.«

Tama dachte an Tula. »Wir haben auch überlebt, aber nichts ist mehr so wie früher. Spürst du das, Ke Rala? Daß wir nicht mehr sicher sind? Die Welt hat sich verändert.«

»Wir werden diesen Winter nie vergessen. Zu viele sind

gestorben, zu viele sind immer noch krank. Der Winter ist für uns immer eine Zeit der Krankheit gewesen, aber noch nie war es so schlimm. Zu viele haben den Weißen Hirsch zu den Bergen des Morgens geritten.«

»Aber es ist gut, jetzt hier mit dir zu sein. Heute abend werden wir wieder von der Stimme des Flusses in den Schlaf gesungen werden, und die Sterne durch die Zweige sehen. Hier ist es so friedlich. Ich könnte für immer hierbleiben.«

Ke Rala lächelte. »Der Alte Vater hat uns ungefähr drei Tage gegeben, um unsere Steine zu finden. Auf, komm! Wir müssen weitersuchen.«

So suchten sie also weiter, doch ohne Erfolg. Als die Sonne sich langsam über den Hügel herabsenkte, machten sie kehrt und gingen zu ihrem Unterschlupf aus Blättern und Zweigen im Windschatten einer großen überhängenden Felsplatte zurück, die vom Rauch ihres Lagerfeuers vom Tag zuvor geschwärzt worden war.

Ke Rala nahm den Aal, den er am Morgen gefangen hatte, ging mit ihm zum Fluß hinunter und fing an, ihn zum Kochen vorzubereiten. Tama hatte sich gegen den Felsen gelehnt, beobachtete seinen Freund unten am Ufer und ließ gedankenverloren Sand durch die Finger rinnen. Er grub einen Stein aus, wollte ihn gerade übermütig nach Ke Rala werfen, als er seltsamerweise einen unwiderstehlichen Drang verspürte, aufzustehen, seine Faust fest um den Stein zu schließen und weiterzugehen. Als wäre nichts geschehen, schlenderte er gemächlich am Rand des Busches flußaufwärts. Ke Rala, der vom Fluß zurückkam, sah ihn, sagte jedoch nichts. Langsam bewegte sich Tama zum Wasser hinunter.

Er hockte sich an den Rand einer klaren, tiefen Stelle des Flusses, wusch Schmutz und Sand von dem Stein, bevor er ihn sich genauer ansah. Er hatte eine ovale Form, war etwa so lang wie seine Handfläche, nicht viel dicker als die Hand, und hatte auf einer Seite eine leichte Vertiefung. Er war von wunderschöner grüner Farbe, tiefgrün aber klar, mit einer glasigen Oberfläche über einem dunkleren, geheimnisvollen Herzen aus unendlichen Farbabstufungen und Tiefen. Es war, als blicke man durch klares Wasser in eine winzige Landschaft aus Bergen und Wäldern. Form, Gewicht, Größe und Farbe – alles paßte. Tama zitterte. Er ließ sich auf einen Baumstamm nieder, preßte sich langsam die hohle Seite gegen die Stirn und schloß die Augen.

Sofort war es, als fiele er von einer hohen Klippe in eine Art langen Hohlraum aus Luft, als zöge es ihn, ohne daß er verletzt würde oder Angst hatte, in eine Reise des Geistes hinein. Er wurde erfüllt von einem wunderbar berauschenden Gefühl der Schnelligkeit und Macht, das von außen auf ihn einwirkte, durch ihn hindurchfloß und ihn zu der Vision im Herzen des Steines zog.

Wie ein Vogel schwebte er hoch über der Welt auf reglosen Schwingen über einem riesigen Berggipfel, der aus dem Ozean aufragte. Die bewaldeten Flanken des Berges fielen steil zu den Wellen des Meeres hin ab. Die Sonne glitzerte auf den spitzen Zacken des Berges und ließ die üppige Vegetation mit ihrem saftigen Grün hervortreten, während purpurne Schatten die Täler füllten, in denen Wasser sprudelte und Vögel sangen. Obwohl er hoch über dem Gipfel schwebte, konnte er das sanfteste Blätterrascheln vernehmen und in seinem eigenen Körper die ungeheure kalte Kraft des Felsgesteins spüren, das tastende Suchen der Wurzeln des Waldes in der schwarzen Erde, das geschmeidige Schieben und Biegen der Zweige. Aber am seltsamsten war, daß er durch den Berg zu dem Ozean dahinter hindurchsehen konnte; er konnte sogar sehen, daß die Wellen durch den Berg flossen, als ob dieser nichts als ein Schatten auf dem Wasser wäre. Und doch spürte er in seinem eigenen Körper die ungeheure, uralte Wirklichkeit, die seit Anbeginn aller Zeiten existierte. In einem Gedankenblitz verstand er plötzlich, daß das, was er da sah, der Lauf der Zeit selbst war, der Zeit, die alle erschaffenen Dinge durchströmte und sich doch selbst so wenig änderte wie das Meer. Alle Dinge existierten in der ewigen Gegenwart der Zeit, nichts war je für den Geist verloren, dessen Bewußtsein beständig wuchs.

Als Tama diese Dinge spontan klar wurden, ergriff ihn eine tiefe Freude, eine Sicherheit, daß letzten Endes alles in ein gerechtes Gleichgewicht gerückt und nichts ausgelassen würde. Sofort fühlte er sich von einem enormen Schlag getroffen, der ihn starr vor Schreck zu der glitzernden See und dem durchsichtigen Berg hinunterwirbeln ließ. Dann kam Dunkelheit und Vergessen über seinen Geist; er wußte nichts mehr, bis er sich, erschöpft und vor Durst halb wahnsinnig, auf einer weiten, dürren Ebene wiederfand, auf die der Himmel herabbrannte. Er erinnerte sich nicht – nicht an die Vision von dem Berg und nicht einmal daran, wer er selbst war. Er wußte nur, daß die ausgedörrte Erde seine mit Blasen übersäten Füße verbrannte, die unbarmherzige Sonne ihm Höllenqualen bereitete und seinen Kopf aufzubrechen schien und die dick geschwollene Zunge in seinem Mund ihn zu ersticken drohte. Die Suche nach etwas Unbestimmten ließ ihn weiterstolpern, trieb ihn sogar dazu, bis zur Grenze des Erträglichen auf Händen und Füßen weiterzukriechen. Als er schließlich nach scheinbar unendlichen Qualen mit dem Gesicht nach unten zusammenbrach, blieb er lange Zeit bewußtlos liegen.

Nach und nach wurde sich sein zurückkehrender Geist einer Veränderung bewußt, die er zuerst nicht bestimmen konnte, jedoch nach einer Weile als ein Geräusch erkannte, und zwar als die wunderbare Musik fließenden Wassers. Als er seinen Kopf hob, merkte er, daß er sich nur um Armeslänge entfernt von einem klaren Bach befand, der über Steine dahinplätscherte. Er kroch nach vorne, langte mit den Händen ins Wasser, senkte sein Gesicht in das segensreiche Naß hinab und trank. So kehrte das Leben in ihn zurück. Als sein Durst gestillt war, hob er langsam den Kopf und schaute über den Bach hinüber.

Verblüfft richtete er sich auf. Der Bach floß aus den Wurzeln eines Baumes heraus, doch so einen Baum hatte er noch nie gesehen. Der mächtige Stamm reckte sich wie ein graubrauner Fels gen Himmel und verlor sich in einem Gewirr von riesigen Ästen, die hoch aufragten und über und über mit rosafarbenen Blüten von so unbeschreiblicher Schönheit übersät waren, daß Tama seine Arme in tiefer Anbetung in die Höhe reckte und ihm die Tränen über die Wangen liefen. Es gab nichts anderes auf der Welt als diese weite, dürre Ebene unter dem sengenden Himmel und die winzige menschliche Gestalt, die die Herrlichkeit des Baumes anbetete. Erst als Tama seinen Blick wieder den knorrigen Stamm herabgleiten ließ, wurde er gewahr, daß er mit unendlich vielen nackten Menschenleibern bedeckt war oder gar daraus bestand, die in endlosem Ringen einer auf dem anderen herumkletterten. In der pulsierenden Masse wurde jedes erdenkliche, menschliche Verhalten vorgestellt: Vor Hunger schreiende Männer; Frauen und Kinder, Essen in sich hineinschlingend; Babies, die in der Geburtsflüssigkeit schreiend, ihren ersten Atemzug taten, fahle, uralte Gesichter, in einfältigem Unverständnis ihres Leidens vor sich hingaffend; junge Männer, die ihr steifes, angeschwollenes Glied in die willige Umarmung süßen Fleisches trieben; und die ruhig und stark blickenden, heiteren Augen jener, die im Besitz ihrer eigenen Seele waren – das ganze menschliche Leben in all seiner Schönheit, seiner Qual, seinem Geheimnis, seinem Leiden und seiner Würde war in diesem Baum zusammengefaßt.

Tama wußte, daß es nur wenigen Menschen gegönnt war, den Baum des Lebens in seiner ganzen Pracht zu schauen. Eine unendliche Dankbarkeit erfüllte ihn. Noch einmal warf er einen Blick auf das rosa Blütenmeer des Baumes, aus dessen Wurzeln der Fluß des Lebens entsprang. Er hätte sich diesem Anblick für immer hingeben können, aber er wußte, daß er lernen mußte, ihn nur in Gedanken mit sich zu tragen. Er senkte den Kopf, schloß die Augen und sank auf die Erde nieder.

Nachdem auch Ke Rala seinen Stein gefunden hatte, kehrten die Jungen zwei Tage später ins Dorf zurück und erstattetem dem Alten Vater Bericht. Als dieser Pflicht Genüge getan war, blieb Tama noch ein Weilchen bei dem alten Mann, um sich mit ihm zu unterhalten.

»Es war schön am Fluß. Es erinnerte mich an unsere Lange Wanderung im letzten Jahr. Wie lange es schon her zu sein scheint. Und als ich so mit meinem Clanbruder am Wasser entlanggewandert bin, Vater, habe ich gemerkt, daß es mir nicht mehr so schwerfällt, an Rua zu denken, daß es mir nicht mehr so weh tut. Fast wünschte ich mir, wieder gemeinsam mit ihm in die Berge aufzubrechen und über die Großen Ebenen zu der Morgensee zu wandern. Ob ich dieses wunderschöne Land wohl jemals wiedersehen werde?«

»Du hast mir von den großen Herden erzählt, Tama, die auf den Ebenen weideten. Glaubst du, es wäre für unsere Jäger dort drüben leichter, Nahrung zu finden als hier?«

»O ja, es gibt dort Wild im Überfluß. Und das Aufspüren von Tieren ist im offenen Gelände einfacher als hier im Busch.«

Eine Weile schwiegen beide, bis Tama eine wagemutige Frage stellte. »Vater, glaubst du ... Wir haben diesen Winter so gelitten, und Nahrungsmittel sind knapp – glaubst du, ich könnte ... daß die Ältesten mir erlauben würden, eine Gruppe von Jägern durch die Berge zu führen, um auf der anderen Seite Langhörner und Mäh-mähs für unsere Fleischversorgung zu schießen?«

»Hast du dir denn überlegt, wie lange es dauern würde, bis ihr dort wäret und die erlegten Tiere wieder zurückgetragen hättet? Das Fleisch wäre bis dahin längst verfault.«

»Daran habe ich nicht gedacht.«

Tama schaute traurig nach unten, seine Fröhlichkeit war verflogen. Doch dann stellte er noch eine Frage, die sogar noch dreister war als die erste. »Vater, wenn der Schnee hier so viele Tiere getötet hat, daß wir nicht genug zu essen finden können, könnten wir dann nicht ... vielleicht ein paar von uns – nein, vielleicht sogar alle von uns ...«

»Ja, mein Sohn?«

»Könnten wir nicht alle die Berge des Morgens überqueren und auf der anderen Seite leben anstatt hier?«

Tama hatte fast erwartet, daß der Priester wütend werden oder ihn verspotten würde, und war deshalb erstaunt über dessen gemäßigte Antwort.

»Es ist eine Idee, die der Überlegung wert ist, über die ich aber nicht allein entscheiden kann. Du müßtest vor dem Ältestenrat sprechen und ihn überzeugen.«

»Oh, das wäre fast unmöglich.«

»Nicht unbedingt. Er besteht aus vorsichtigen aber vernünftigen Männern, die in diesem Winter viel Leid gesehen haben. Ich glaube, sie würden sich jeden sinnvollen Vorschlag, der uns helfen könnte, anhören.«

Tama schaute zweifelnd, denn seine Erinnerungen an den Ältestenrat waren nicht gerade die besten und flößten ihm nicht die notwendige Zuversicht ein, um dort einen solchen Vorschlag zu unterbreiten. Der Alte Weise bemerkte sein Widerstreben, weiter darüber zu reden.

»Tama, nehmen wir einmal an, ich könnte Da Nala dazu bringen, ein Treffen mit den Dorfältesten einzuberufen, und ich wäre auch dabei. Könntest du dir dann vorstellen, ihnen offen und ehrlich zu sagen, wie du die Überlebensmöglichkeiten unseres Volkes im Land hinter den Bergen einschätzt?«

»Würdest du das tun, Vater? O ja, ich würde es ihnen erzählen. Wenn du dabei wärst, wäre alles in Ordnung.«

Zwei Tage später wurde eine Versammlung einberufen, und Tama hockte – etwas ängstlich, was nicht weiter überraschend war – auf dem Boden des Langhauses und hörte Da Nala zu, der zu den Ältesten sprach.

»Wir sind hier versammelt, Brüder, um zu entscheiden, wie wir weiter vorgehen sollen. Der Winter hat viele Opfer unter den Tieren und Vögeln gefordert, und viele unserer Samenvorräte wurden während des Großen Schnees aufgegessen, so daß wir sogar im kommenden Sommer Schwierigkeiten haben werden, uns mit genügend Nahrung zu versorgen. Und was wird danach? Was wird im nächsten Winter? Womöglich fällt wieder Schnee in der Zeit der kurzen Tage und langen Nächte. Wie viele von uns würden einen zweiten solchen Winter überleben?

Meine Brüder, Ka Balus Wege sind unergründlich, und wir verstehen nicht immer, was er vorhat. Könnte es sein, daß dem Jungen Tama von Ka Balu erlaubt wurde, in das Land hinter den Bergen vorzudringen, um uns von dessen Weiten und großen Tierherden zu berichten, die unsere hungrigen Bäuche für den Rest unserer Tage füllen könnten? Ka Balu, der alle Dinge weiß, hatte dieses Wissen für uns vorbereitet, damit es uns Hoffnung geben möge in der Zeit der Finsternis und des Schnees. Doch in unserem Kummer um Ruas Tod haben wir das Geschenk nicht erkannt, das Tama uns mitgebracht hatte. Erst mußte Ka Balu für uns in Gestalt des Weißen Hirsches durch Tamas Pfeil sterben, ehe wir wieder mit Weisheit darüber nachdenken konnten, welche Bedeutung diese Dinge für uns haben könnte.

Tama, wir haben dich hierhergebracht, damit wir dir nochmals Fragen stellen können und du uns von dem Land hinter den Bergen berichten kannst. Steht auf, rede laut und deutlich, und hilf uns zu verstehen, wie wir unserem Volk am besten helfen können.«

Ermutigt durch die Worte des Häuptlings stand Tama auf, doch er fürchtete sich, vor den Ältesten zu sprechen. Leise fing er an zu sprechen, bis er von einem alten Mann scharf angefahren wurde: »Sprich lauter, Junge. Ich kann dich nicht hören.«

Er fuhr kräftiger fort, und die Männer hörten zu, stellten manchmal Fragen zu der Art von Pflanzen oder der Anzahl von Tieren, die er beschrieb, äußerten auch ihre Zweifel darüber, daß es wirklich so viele Fische in der Bucht gegeben habe, wie Tama erzählte. Menschen, die auf der Wetterseite lebten, hatten keine Vorstellung von der Vielfältigkeit und der Fülle des Lebens in den flachen Küstengewässern.

Er merkte bald, daß sie besonders von seiner Beschreibung der Landschaft um die Höhle am Meer angetan waren, wo Rua und er so glücklich gewesen waren. Sie fragten ihn nach allen Einzelheiten und brachten ihn manchmal ganz durcheinander, so daß ein- oder zweimal der Alte Weise eine Beschreibung weiterausführte, da er sich an das erinnerte, was Tama ihm ganz zu Anfang berichtet hatte. Als Da Nala schließlich die letzte Frage ankündigte, ihm seinen Dank aussprach und ihn aufforderte, jetzt nach Hause zu gehen, war Tama zwar erschöpft, aber auch erleichtert. Die Männer blieben noch im Langhaus und diskutierten bis tief in die Nacht hinein, auch am nächsten Tag noch den ganzen Abend, ohne daß die Dorfbewohner wußten, worum es ging. Tama war verboten worden, mit irgend jemanden darüber zu sprechen.

Tamas Zuversicht wurde freilich von seiner Sorge um Tulas Zustand gedämpft. Zu einem lebendigen Skelett abgemagert, lag der Freund stumm und regungslos auf seinem Bett, bis er wieder von einem seiner furchtbaren Hustenanfälle geschüttelt wurde. Er hatte nicht mehr lange zu leben. In seinen dunklen Augen, die früher immer gelacht hatten, lag ein sanfter, schmerzlicher Ausdruck der Bestürzung, den Tama nicht ertragen konnte. Es war, als müsse er eine gräßliche Strafe für irgendeine längst vergessene Verfehlung seiner Kindheit erleiden.

Während Tama neben seinem Clanbruder in dem düsteren Zimmer saß, in das kein Sonnenstrahl eindrang, konnte er wenig tun, um Tula zu trösten; er fürchtete sich ständig vor Tulas Mutter, einer schmächtigen, dunklen, kleinen Frau, die vor lauter Unruhe und Anspannung die ganze Zeit vor sich hinmurmelte. Einmal, als es eine Weile still war, bat Tula Tama, ihm mehr von dem Land hinter den Bergen des Morgens zu erzählen, doch das Schlurfen und Brabbeln der Frau lenkten Tama so ab, daß es ihm nicht möglich war, Tula diese wunderbare Vision so bunt und lebendig zu beschreiben, wie er es gerne getan hätte.

Neben Tulas Lager lag in Reichweite seiner Hand seine stumme Flöte in ihrer Lederhülle. Tama blickte zu ihr hin und erinnerte sich, wie gerne Tula auf seiner Flöte gespielt hatte, als er bei der Langen Wanderung mit seinen Clanbrüdern ums Lagerfeuer gesessen hatte. Als hätte er Tamas Gedanken gelesen, gab Tula seinem Freund ein Zeichen, sich zu ihm herunterzubeugen, um zu vernehmen, was er zu sagen hatte.

Er wisperte: »Du kannst meine Flöte haben.« Tama brachte kein Wort heraus, nahm jedoch Tulas feuchte Hand innig in die seine. Wäre es ihm möglich gewesen, hätte er die ganze Kraft seines eigenen gesunden Körpers in seinen sterbenden Freund fließen lassen. Doch jetzt konnten weder Kameradschaft noch Musik den Zerfall seines Fleisches am Feuer des Todes länger aufhalten. Das einzige, was Tama tun konnte, war, kühles Wasser zu bringen, um Tulas Durst zu löschen und seine Stirn zu erfrischen, oder seine Decken auszuschütteln und ihm das Haar sanft aus der Stirn zu streichen.

Im Laufe des Abends kam Ke Rala, um Tulas Eltern zur Seite zu stehen, und Tama ging nach draußen, weil er eine Weile allein sein wollte. Er setzte sich vor einen Felsen hinter dem Dorf und beobachtete ruhig, wie der Tag über den Horizont in die Höhle der Nacht glitt. Es hatte so viele Tote in diesem Winterschnee gegeben, dachte Tama traurig, daß der Weiße Hirsch sicher überdrüssig war, die Toten durch den Wald in die Welt der Geister zu tragen. Er hätte doch Tula-mit-dem-glücklichen-Herzen verschonen können, der mit seiner Freude und seiner Musik immer eine fröhliche, heitere Stimmung um sich herum erzeugt hatte. Doch obwohl Tama bisher erst ein paar Schritte in den Wald des Dunklen Wissens vorgedrungen war, verstand er bereits, daß jedes Blatt von jedem Baum der Welt zu seiner Zeit fallen mußte, um wieder zu einem Teil der unvergänglichen Erde zu werden. Immer noch jungenhaft strengte er sich an, sich über seine Ängste zu erheben, und murmelte: »Ich werde mich immer an dich erinnern, Tula. Noch im Alter werde ich deinen Namen nennen. Ich werde das Flötenspiel lernen und deine Lieder spielen. Ich werde nicht zulassen, daß man dich vergißt.«

Über die ganze einsame, bewaldete Welt warf die Nacht das Netz der Dunkelheit und fing alle Erregung, alles Weinen, alle Liebe und alles angsterfüllte Leben ein, um eins mit dem anderen zu verbinden im Schlaf.

Kurz vor der Morgendämmerung schrie Tula auf und wollte sich mühsam aufsetzen. Ke Rala legte einen Arm um ihn, als das heiße Blut in einem Schwall aus seinem Mund schoß. Würgend machte er noch eine schwache Bewegung mit der Hand, als wolle er irgend jemanden abwehren, doch dann fiel er gegen Ke Rala und war tot.

Es sollte sich als der Tag herausstellen, an dem die Dorfältesten zum Volk sprechen wollten. Tama war zwar aufgeregt über diese Nachricht, erwartete jedoch, daß die Angelegenheit aufgrund von Tulas Tod verschoben würde. Aber Da Nala befahl, die Versammlung wie vorgesehen abzuhalten. In höchstem Maße aufgebracht über den ihrer Ansicht nach mangelnden Respekt für ihren toten Clanbruder überlegten Ke Rala, Hora und Tama, was sie tun sollten. Hora wollte den traditionellen Brauch der Totenwache bei einem Clanbruder bis zum Begräbnis nicht brechen. Im Hirschvolk glaubte man, daß die Seele einer unbestatteten Leiche, die man allein ließ, ihre Reise in die Geisterwelt nicht fortsetzen könne. Erst wenn sie zufrieden sei, da alle Riten ordnungsgemäß ausgeführt worden wären, könne sie sich abwenden und in Frieden von dannen ziehen.

»Ich werde bei Tula bleiben«, wiederholte Hora dickköpfig.

Unglücklich überlegte Tama, ob er den Alten Weisen um Rat fragen sollte.

»Ich gehe zu meinem Vater und frage, was wir tun sollen«, sagte Ke Rala tapfer und lief bereits den Hang hinauf.

»Ist nicht nötig«, brummte Hora. »Wir bleiben bei Tula.«

Ke Rala kam rasch zurück und rannte auf seine Clanbrüder zu.

»Der Häuptling sagt, einer von uns solle bei Tula bleiben, die anderen müßten zu der Versammlung kommen – es muß etwas ungeheuer Wichtiges sein, was die Alten Männer uns zu sagen haben.«

»Geht ihr beiden«, sagte Hora. »Ich bleibe bei Tula.«

Kurze Zeit später begannen sich alle Dorfbewohner auf der Terrasse unterhalb des Dorfes zu versammeln. Es war ein milder Morgen, und sie hockten auf dem Boden oder standen in kleinen Grüppchen beisammen und rätselten über den Grund, weshalb die Ältesten sie herbestellt hatten. Sogar ein paar Kranke wurden zu der Versammlung getragen, andere freilich, die wie Edda bettlägrig waren, wurden allein zu Hause gelassen. Die versammelte Menge verstummte, als sich die Ältesten näherten, die langsam hintereinander herschritten, wie es das Ritual verlangte. Voraus ging Da Nala mit seinem Häuptlingsstab, dahinter kamen der Alte Weise und die zwölf Ältesten, die sich in einem Halbkreis hinter ihre Anführer setzten. Wie es der Brauch war, folgte zuerst eine kurze Stille, in der das arglose Geplapper eines Kindes hell über das rhythmische Brechen und Zischen der Wellen hinwegschwebte.

Als sich einer der Dorfältesten erhob und die Dorfbewohner ihn vortreten sahen, ging eine raschelnde Bewegung, eine Art unwillkürliche Unruhe durch die Reihen, da sie sich bewußt wurden, daß nach der langwierigen Prozedur verfahren würde, die allen Ältesten, einem nach dem anderen erlaubte, seine Meinung zu äußern. Da es Da Nala und dem Alten Weisen überlassen sein würde, später den Kern der Angelegenheit auszuführen, schenkte niemand den ersten Sprechern viel Beachtung, die noch einmal die altbekannten Geschichten von der Ankunft des Hirschvolks an der Küste, von den Heldentaten längst verstorbener Jäger sowie den Sitten und Gebräuchen, die das Hirschvolk zusammenhielten, im Gedächtnis der Dorfbewohner wachriefen. Worauf lief dies wohl alles hinaus? Als die Sonne den Zenit erreicht hatte, wurden Essen und Trinken vorbereitet, und die Familien genossen die angenehme Stimmung unter freien Himmel, ohne den wirklichen Grund der Versammlung bisher erfahren zu haben. Aber als die Menschen nach dem Essen den Alten Weisen vor sich stehen sahen, verfielen sie in respektvolles Schweigen, denn sie wußten, daß er wie immer klar und überzeugend sprechen würde, ohne Zeit zu vergeuden.

Als der alte Mann noch einmal auf das Leid zu sprechen kam, das in diesem Jahr über das Hirschvolk hereingebrochen war, wanderten Tamas Gedanken zu seinen eigenen Sorgen, die jetzt durch Tulas Tod noch schwerer auf ihm lasteten. In solchen Momenten schien es ihm, als hätte ihn der Gott ganz besonders dazu auserkoren, Leid zu ertragen. War der schreckliche Unfall, bei dem seine Eltern vor langer Zeit ertrunken waren, nur der Anfang dieser Erfahrung gewesen, von anderen getrennt zu sein, anders zu sein als seine Kameraden, ein Gefühl, das im vergangenen Jahr auf so grausame Weise verstärkt worden war?

Er hielt seine angezogenen Beine mit den Armen umschlungen, und hatte seinen Kopf auf die Knie gelegt, als schliefe er. Das Auf und Ab der Stimme des Alten Vaters glich den Wogen des Meeres und war Teil der niemals endenden und oftmals unbegreiflichen Rhythmen, die das Leben des Hirschvolks bestimmten. Doch auf einmal hörte er, wie sein eigener Name über die Versammlung geschleudert wurde, und er war plötzlich gespannt und aufmerksam. Sein ganzer Körper war hellwach.

»... sein mutiges Auskundschaften des Weidelandes mit den seltsamen Tieren, von den Bergen des Morgens bis zu den Küsten, die von den ersten Sonnenstrahlen des neuen Tages getroffen werden; dies alles war kein Zufall, sondern Teil des göttlichen Plans zur Erweiterung unseres Wissens und des Horizonts unserer Welt. Erinnert euch, daß Tama weder Vater noch Mutter hat. Er ist deshalb der Sohn jedes Mannes und jeder Frau. Das sind die Auserwählten der Götter. Als er von seinem langen Umherziehen allein zurückkehrte, waren wir blind vor Kummer über Ruas Tod, gaben Tama die Schuld dafür und bestraften ihn. Und es gab sogar Leute unter uns, die glaubten, daß der Große Schnee ein Übel sei, welches von dem Geist des Jungen über uns gebracht worden wäre. Aus diesem Grund, meine Brüder, hat Ka Balu selbst sein Leben dem Pfeil Tamas geopfert, damit unser Hunger gestillt würde und sich unsere Herzen für die Wahrheit öffneten. Auf diese Art und Weise wählt Gott seine Diener aus, und ich sage euch, daß er in Tama gut gewählt hat. Aus dem Leiden, das er während dieses Jahres ertragen mußte, erhebt sich sein Geist jung, rein und stark, um uns in ein neues Leben zu führen. Nicht ich allein, sondern auch die Ältesten, in deren Namen ich hier spreche, bitten euch: Seid versichert, daß in diesem Jungen Ka Balu zurückgekehrt ist, um sein Volk aus der Einöde zu führen.«

Tama hatte das Gefühl, die ganze Versammlung starre ihn an, und hielt deshalb den Blick auf den Boden geheftet. Doch obwohl viele Leute zu ihm hersahen, waren sie damit beschäftigt, nur ja nichts von der Rede des Alten Vaters zu versäumen. Worauf wollte er hinaus? Anstatt ihre Neugierde zu befriedigen, wandte er sich unversehen um und nahm wieder seinen Platz etwas abseits von den Ältesten ein. Aufgeregtes Gemurmel erhob sich unter den Dorfbewohnern, Fragen wurden laut und Vermutungen ausgesprochen, doch dann verstummten sie wieder, als sich Da Nala mit seinem Häuptlingsstab in der rechten Hand erhob und nach vorne auf den freien Platz trat, wo die Redner gut zu sehen und zu hören waren. Er sprach leise, die Leute verstummten schnell, und die murmelnden Stimmen der See und des Waldes gingen über die Versammlung hinweg.

Da Nala redete lange, und was er zu sagen hatte, traf die Menschen des Hirschvolks so tief, daß sie in starres Schweigen verfielen, das aus Tradition und Achtung solange aufrechterhalten wurde, bis er schließlich nach hinten wegtrat und seinen Platz wieder einnahm. Dann aber brachen die Schreie los wie ein aufgewühltes Meer, und die Männer und Frauen fingen an, Fragen zu stellen, sich zuzurufen, Vorhaltungen zu machen, aufgeregt mit den Armen in der Luft herumzufuchteln, mit der Faust in die Hände zu schlagen; andere wiederum saßen schweigsam und mit hängendem Kopf da oder hielten sich abseits der Menge, als hätten sie einen Hieb auf den Kopf bekommen. Vielleicht war Tama der einzige, bei dem die Worte des Häuptlings eine überschäumende Freude auslösten. Er schaute Ke Rala an und wollte seine Begeisterung mit ihm teilen, doch sein Freund sah besorgt drein, auch wenn er Tamas Lächeln erwiderte.

»Freust du dich denn nicht?« fragte Tama.

»Schau dich einmal um und sieh dir an, was es für unsere Leute bedeutet«, antwortete er.

Tama tat, wie er gesagt hatte und seine Begeisterung wurde sofort gedämpft.

»Unsere Toten zurücklassen?« schrie eine alte Frau ganz in der Nähe. »Nein, nein, ihnen bin ich näher als irgendeinem neuen Land.«

»Wie kann ich mit zwei kleinen Kindern eine solche Reise machen, ohne einen Mann, der mir dabei hilft?«

»Die wilden Tiere in den Bergen werden uns verschlingen …«

»Der Schnee wird uns unter sich begraben …«

»… wir sollen nur das Nötigste mitnehmen? Und was wird aus den Sachen meiner Schwester? Wie soll ich die noch tragen können?«

»Da Nala sagt, wir werden dort drüben mehr Essen finden, aber er war selbst noch nie dort.«

»Schon beim nächsten Vollmond aufzubrechen ist viel zu früh. Wir werden die Kartoffeln, die wir gepflanzt haben, nicht ernten können.«

»… wir haben hier zu lange gelebt, um diesen Ort zu verlassen. Der Wald ist unsere Heimat.«

Die Debatten und Auseinandersetzungen, die losgebrochen waren, nachdem Da Nala seine Rede beendet hatte, hielten den ganzen Tag und die folgenden bis zum Tag der Abreise an und waren selbst dann noch nicht abgeschlossen. Daß das Unglück, das im letzten Jahr über sie hereingebrochen war, ungewöhnlich war, darüber waren sich alle einig; daß es ein Verlassen des angestammten Landes des Hirschvolks und eine Rückkehr in das Land ihrer weit zurückliegenden Ursprünge rechtfertigte – eine Reise, die den Mythos Wirklichkeit werden ließe –, das verstanden dagegen nicht alle. Im allgemeinen waren die jungen Männer, angestachelt von den ständig wiederholten Erzählungen Tamas über die riesigen Tiere, die man dort jagen könne, begierig, sich in das Abenteuer zu stürzen. Doch die Frauen mit Kindern und besonders die Älteren erfüllte die Aussicht auf die Veränderung mit schlimmen Vorahnungen. Wann immer Tama mit Rini über das Thema sprechen wollte, kniff sie stur ihre Lippen zusammen, schaute weg oder brummte: »Ich will nicht darüber reden.«

Doch als die Tage vergingen, der Mond abzunehmen begann, und die Ältesten weiterhin unbeugsam an ihrer Entscheidung festhielten, begannen die Dorfbewohner, ihre Besitztümer zu ordnen, Kleider zu flicken, Werkzeuge, Äxte und Pfeile zu schärfen. Alle Kinder, die angeln konnten, verbrachten Stunden am Bach und trugen die gefangenen Fische dann zum Räuchern oder Trocknen mit nach Hause, wo sie anschließend als Reiseproviant verpackt wurden. Es gab immer noch so wenig Nahrungsmittel, daß der Proviant nur langsam zunahm und keiner wußte, ob es weiter im Landesinneren mehr oder weniger Vögel und Tiere geben würde. Da Nala entschloß sich, eine Gruppe von acht der besten Jäger auf einen Streifzug in die Berge zu schicken, um Wild aufzutreiben. Tama hatte halb gehofft, man würde ihm erlauben, sie zu begleiten, doch wurden weder er noch Hora – zu dessen großer Enttäuschung – ausgewählt. Nach sechs Tagen kamen die Jäger mit zwei langen Schnüren zurück, an denen Tauben, Enten, mehrere Opossums und eine Hirschkuh hingen. Sie berichteten, daß es weniger Wild gebe als früher, aber genug, um das Hirschvolk zu ernähren, wenn es den Jägern langsam folgen würde.

Diese Neuigkeiten gaben den Menschen des Hirschvolks frischen Mut und verscheuchten einige ihrer Zweifel, auch wenn sie nicht über die Ängste derjenigen hinweghelfen konnten, die fürchteten, sie würden die Mühsal der Reise nicht überleben.

Bis ins Innerste erregt über die Veränderung, folgte Tama den täglichen Unterrichtsstunden beim Alten Weisen fast widerwillig, doch er nahm nicht an, daß seine Unaufmerksamkeit so offensichtlich war. Er war deshalb überrascht, als der alte Mann ihn unvermittelt fragte: »Wenn wir uns im Land des Sonnenaufgangs niedergelassen haben, willst du dann deine Ausbildung zum weisen Mann des Volkes fortsetzen oder lieber Jäger werden wie dein Freund Hora?«

»Ich habe meine Meinung nicht geändert, Vater. Es ist

mein ganzer Wunsch, alles zu lernen, was du mich lehren kannst. Zugegeben, ich bin in letzter Zeit etwas unaufmerksam gewesen, aber es ist nur, weil ich so aufgeregt bin über die große Veränderung, die auf uns zukommt.«

»Was hältst du von dieser großen Veränderung?«

»Ich bin froh darüber. Ich bin ja schon im Land hinter den Bergen gewesen. Es ist gutes Land. Unser Volk wird dort glücklich sein.«

»Tut es dir nicht leid, das Land zu verlassen, in dem unsere Vorfahren über Generationen gelebt haben?«

Tama zögerte. Er hatte nie daran gezweifelt, daß er die weiten Wälder und Berge seiner Heimat liebte. Weshalb also wollte er dann weggehen? »Der Gedanke, daß unser gesamtes Volk in ein neues Land aufbricht, erfüllt mich mit Freude. Vielleicht habe ich keine Angst, weil ich schon dort gewesen bin. Aber ich werde die Heimat nie vergessen. Ich lasse meine Kindheit hier zurück.«

»Und du hast immer noch vor, Priester zu werden. Warum?«

»Um das Dunkle Wissen zu meistern und es zum Wohle des Volkes zu gebrauchen. Vielleicht auch, um neues Wissen aus den geheimnisvollen Musterblöcken in den Ruinen des großen Dorfes zu gewinnen.«

»Tama, ich habe großes Vertrauen in dich gesetzt, dich als meinen geistigen Sohn angenommen. Enttäusche mich nicht.«

»Ich will nur dir dienen und von dir lernen.«

»Ich glaube, du sprichst die Wahrheit. Du mußt hart arbeiten und gewissenhaft aufnehmen, soviel du kannst. Hora und Ke Rala werden dich jeder auf seine Weise schützen, wenn Da Nala und ich den Weißen Hirsch geritten haben.«

Erschreckt fing Tamas Herz zu pochen an. Er warf einen Blick auf das zerfurchte, alte Gesicht über ihm. Der Alte Weise lächelte sein seltenes Lächeln.

»Hab keine Angst. Ich werde noch eine ganze Weile an deiner Seite bleiben. Ich werde diese Reise überleben und dem Hirschvolk helfen, ein neues Dorf im Land des Sonnenaufgangs zu errichten. Aber Veränderungen sind für alte Leute schwerer zu ertragen als für die Jungen. Für manche von unserm Volk wird es zu schwer sein, sie auf sich zu nehmen. Beim Abschiednehmen wird es viel Kummer geben.«

Tama spürte, wie sich sein Herz vor Angst zusammenschnürte. »Aber Vater, was meinst du nur? Wir werden doch alle zusammen gehen?«

»Das ist leider nicht möglich. Die große Reise ist nur für diejenigen mit einem kräftigen Körper und einem starken Geist, die schwere Lasten tragen und mit wenig Nahrung auskommen können. Es ist keine Reise für die Alten, Kranken und Schwachen. Sie müssen im Land ihrer Ahnen zurückbleiben.«

Tama stand zitternd auf.

»Vater, ich muß noch etwas tun. Meine Mutter Rini braucht mich.«

»Ka Balu sei mit dir, mein Sohn. Komme morgen wieder zu mir.«

Schweren Herzens eilte Tama zum Haus seiner Pflegemutter hinunter, stürzte zur Tür hinein und stellte sich vor Rini hin, die auf einem Hocker vor dem Kamin saß. Er keuchte.

»Was ist los?« fragte Rini.

Tama schaute suchend in ihr besorgtes, freundliches Gesicht und platzte dann heraus: »Ich werde dir helfen! Du mußt mit mir mitkommen! Du mußt!«

Rini stand auf. »Was hat dich so aus der Fassung gebracht?«

»Der Alte Vater sagt … Er sagt, daß nicht alle Leute mit über die Berge können. Er sagt, die Kranken und Alten – werden zurückbleiben müssen! Mutter Rini, du mußt mit mir mitkommen!«

Rini stellte zwei Hocker nebeneinander. »Setz dich mit mir hin, Tama, und hör mir einmal genau zu. Ganz ruhig. Hör auf zu zittern und setz dich.«

Der Junge gehorchte, doch er saß stocksteif und aufrecht, und seine Augen flehten um Hilfe.

»Es kommt einmal eine Zeit«, sagte Rini, »in der man Veränderungen nicht mehr begrüßt. Als ich jung war, wachte ich morgens auf und wußte, daß im Laufe des Tages irgend etwas Schönes passieren würde, und so war es auch. Wird man älter, kommt die Freude über die Kraft, die das Leben stärkt und die Sorgen schmälert. Aber irgendwann schließlich kommt eine Zeit, da suchen wir nur noch Frieden und Ruhe in unserer gewohnten Umgebung. Ich könnte diesen Ort nie frohen Herzens verlassen, aber ich würde mit dir gehen, wenn niemand anderes zurückbleiben würde. Doch kann ich deinen Vater Edda nicht allein lassen, der niemand anderen hat, der für ihn sorgen könnte. Und es gibt noch weitere, die zu alt oder zu krank sind, um diese Reise zu machen. Meine Kräuter können ihre Leiden mildern. Wir werden uns gegenseitig helfen. Du mußt nicht um uns trauern. Die Menschen unseres Volkes brauchen deine Vision. Eines Tages wirst du ihr Alter Vater sein, sie werden dich lieben und deinem Wissen und deiner Weisheit vertrauen. Oh, wie stolz hätte es mich gemacht ...«, ihre Stimme stockte. »Du wirst ein guter Mensch werden, Tama.«

Der Junge schluckte die Tränen hinunter. »Ich werde zurückkommen. Sobald wir uns niedergelassen haben, werden Hora und ich zurückkommen, um nach euch zu sehen und euch Geschenke mitzubringen.«

Rini lächelte traurig. »Du bist ein braver Junge. Geh jetzt hinunter zu deinen Reusen im Bach, während ich Eddas Suppe zubereite, und sieh nach, ob du einen Aal für uns gefangen hast.«

Doch in der Reuse war kein Aal. Tama hockte lange Zeit zusammengekauert am Bachufer. In seinem Hals saß ein Kloß, und seine Augen brannten vor unvergossenen Tränen. Er wußte nun, wieviel es ihn kosten würde, diesen Ort seiner Geburt und Kindheit zu verlassen. Da er den Kindesbeinen kaum entwachsen war, brannte der Schmerz in ihm um so schärfer und heißer. Doch er wurde nun ein Mann, und so bemühte er sich, sein Los mit Tapferkeit zu tragen, auch wenn er allein war.

6

Der Morgen des Tages, an dem sich das Hirschvolk auf die erste Etappe seiner gefährlichen Reise machen wollte, war angebrochen. Eine kleine Gruppe von Jägern war schon am Tag zuvor losgezogen und sollte den anderen immer einen Tag voraus sein. Läufer würden den Kontakt zwischen den Jägern und dem großen Pulk aufrechterhalten und die langsam vorankommende Hauptgruppe zu den Stellen führen, wo Essen für sie bereitlag. Alles, was vorbereitet werden konnte, war ausgeführt worden. In der Nacht zuvor hatte ein Pukeko mit drei Küken erfolgreich den Angriff eines Habichts abgewehrt, was der Alte Weise als gutes Omen wertete. Er sagte eine wohlbehaltene Ankunft der Reisenden nach vielen Tagen voraus. Aus den Häusern waren alle verderblichen Dinge entfernt worden, und alles, was man über die Jahre angesammelt hatte und nicht mitnehmen wollte, war entweder vergraben oder verbrannt worden. Die Ältesten hatten darauf bestanden, das Dorf zum Wohle der wenigen alten Menschen, die zurückbleiben und ihre letzten einsamen Tage zwischen den leeren Häusern verbringen mußten, so sauber und ordentlich wie nur möglich zu hinterlassen. Die letzten Kartoffeln und Samen waren in neue Gärten gepflanzt worden, die näher beim Dorf lagen. Tagelang hatten die Jungen Äste vom Wald hergeschleppt, Holz gehackt und mitten im Dorf zu einem riesigen, gemeinschaftlichen Haufen aufgeschichtet, der höher war als ein Haus. Manche der alten Leute konnten noch angeln gehen oder eine der vorwitzigen Wekas erwischen, die sich zu nahe heranwagte. Den Sommer würden sie auf jeden Fall überleben können, vielleicht sogar länger.

Jetzt trugen die Leute Bündel und Körbe mit ihrem Hab und Gut aus den Häusern und stapelten sie ordentlich, damit sie anschließend verteilt werden konnten. Die Bündel mußten entweder auf dem Rücken festgebunden oder mit einem Polster auf dem Kopf balanciert werden. Manche wurden auch an einem Stab befestigt, den dann zwei Männer oder Jugendliche auf den Schultern zwischen sich trugen. Jedem wurde soviel aufgeladen, wie er nur tragen konnte; das war bei vielen mehr, als sie sich zutrauten. Man erwartete auch nicht, in den ersten Tagen große Fortschritte zu machen, solange nicht alle an die Lasten gewöhnt waren.

Ein flammend roter Sonnenaufgang verschwand langsam hinter aufziehenden Wolken; ab und zu trieben leichte Regenschauer aus dem Süden vorbei.

Tamas Sachen lagen ordentlich zusammengeschnürt hinter der Haustür. Er ging ständig ein und aus, suchte Ke Rala und Hora, eilte dann schnell wieder unter dem Vorwand, Rini helfen zu müssen, zurück ins Haus. Horas ganze Familie kam mit, und die trostlose Leere ihres Hauses im Gegensatz zu seinem eigenen, wo alle Gegenstände seiner Pflegeeltern am gewohnten Platz waren, traf Tama tief. Gerade die Vertrautheit der Räume trug dazu bei, den Gedanken, daß er jetzt dabei war, sie für immer zu verlassen, noch unwirklicher erscheinen zu lassen. Untätig stand er auf einem Bein in der Tür, während Rini hinter ihm irgendwelche alltäglichen Belanglosigkeiten vor sich hinmurmelte. Er zupfte an einem losen Holzsplitter am Türrahmen, brach ihn ab und versuchte, ihn mit dem Daumennagel zu spalten.

Auf dem Versammlungsplatz vor den Häusern kamen nun Männer, Frauen und Kinder nach Familien und Geburtsclans zusammen. Tama ging zu Ke Rala und Hora. Tula kam ihm in den Sinn, und es gab ihm einen Stich ins Herz, wenn er daran dachte, daß in etwas mehr als einem Jahr von fünfen nur noch drei übriggeblieben waren.

Er wünschte, sie könnten ohne lange Vorreden von den Ältesten und Da Nala aufbrechen und rasch und unauffällig zum Strand hinuntergehen, ohne sich nochmals umschauen zu müssen. Doch die Führer des Hirschvolks waren anderer Meinung und hatten nicht die Absicht, ein so bedeutungsvolles Ereignis ohne kunstvolle Reden und Anrufung der Götter verstreichen zu lassen. Die Ältesten hatten sich nach ihrem Rang aufgestellt; sie trugen zum Zeichen der Würde ihre Hirschfellumhänge, während Da Nala auf einem Hokker saß und ungerührt auf den geeigneten Moment wartete, um mit den Ansprachen zu beginnen. Die vorbereiteten Speisen und Getränke waren an alle verteilt worden, aber erst nachdem auch der letzte Eßkorb gelehrt war, erhob sich der vorderste der Ältesten und begann mit seiner Rede.

Tama hing seinen eigenen Gedanken nach, und das Herunterbeten der Stammesgeschichte diente ihm dabei ähnlich dem unablässigen Rauschen des Meeres als Untermalung. Er erinnerte sich an einen Zwischenfall, als er neun Jahre alt gewesen war. Er hatte sich geweigert, mit den anderen Jungen Vogelnester plündern zu gehen, nicht weil er Angst vor dem Busch gehabt hätte, wie die anderen vermuteten, sondern weil er es nicht ertragen konnte, sich die Qual der Vogeleltern vorzustellen. Einmal war er furchtbar wütend geworden und auf einen viel größeren Jungen losgegangen, der einem Schmetterling ganz langsam und genüßlich die Flügel ausriß. Ich konnte es einfach nicht ertragen, irgendeinem Lebewesen etwas zuleide zu tun, ging es Tama durch den Kopf. Aber als ich weggerannt bin, mußte ich töten, um zu überleben, ich wurde mehrmals verletzt. Und Rua mußte sterben! Warum lassen uns die Götter leiden? Warum sind in diesem Jahr so viele gestorben? Angenommen, die Reise durch die Berge ist zu anstrengend für manche, was werden sie dann tun? Auf all diese Fragen gab es keine Antwort, weder jetzt noch später, allein der Alte Vater mit seiner Weisheit konnte ihn zum Verstehen führen. Ich werde durchhalten, schwor sich Tama. Was auch immer passiert, ich werde nicht aufgeben, ich werde durchhalten …

Vielleicht dachten andere in der Versammlung ähnlich, denn die Menschen des Hirschvolks hörten den Ältesten ruhig zu und gaben gesittet die vorgeschriebenen Antworten auf die rituellen Fragen. Erst als der Alte Vater seine ergreifende Rede beendete, in der er die Einheit des Volkes unterstrich, ungeachtet der Berge und der Wildnis, die sie bald trennen würden, fingen einige Frauen leise zu weinen an, und eine alte

Großmutter, die zurückbleiben mußte, hob mit der durchdringenden Totenklage an. Sie wurde von den Umstehenden zum Schweigen gebracht, als Da Nala aufstand, um die letzte Ansprache zu halten. Zur Überraschung aller sagte er nur wenig, rief den Segen Ka Balus auf die Versammlung herab, fügte noch ein paar gezielte Anweisungen an die Gruppenleiter hinzu und gab dann das Zeichen zum Aufbruch.

Es war ein Augenblick, den Tama nie vergessen würde. Die ruhige Stärke und Weisheit von Da Nalas Haltung, seine Gelassenheit und vollkommene Beherrschung trafen ihn plötzlich tief ins Herz. Der Wind blies durch die grauen Haare des Häuptlings, der den verkrüppelten Arm am Körper angewinkelt hatte und mit dem anderen den Häuptlingsstab hoch in die Luft hob. Dann neigte er ihn zu den Gesichtern herab, die gebannt zu ihm aufschauten, wandte sich um und deutete nach Süden, in Richtung der ersten Etappe ihrer Reise. Niemand rührte sich. Männer, Frauen und Kinder waren gleichermaßen von einem tiefen Schweigen ergriffen. Allein in Tama regte sich eine Stimme, und ein tiefer Sinn stieg in ihm auf. Seine Nackenhaare sträubten sich, seine Lippen verzogen sich zu einem schmerzlichen, fast tierisches Zähnefletschen, er sprang mit zurückgeworfenem Kopf und geballten Fäusten auf, und der Geist Ka Balus ließ seine heilende Kraft in die offenen Wunden der Menschenherzen fließen.

»Aj-jeee!«

Der kehlige Schrei kam aus dem Munde von Tama, nicht dem Jungen Tama, sondern dem werdenden Mann Tama, dem Priester und Visionär, der dazu ausersehen war, der geistige Führer seines Volkes zu werden. In sein Lied ließ er seinen Kummer um die Alten und Kranken einfließen, die zu Ausgestoßenen in ihrem eigenen Heimatland wurden, aber auch den verschütteten Schmerz, den er seit Ruas Tod nicht herausgelassen hatte. Schließlich fand er in diesem Abschiedsschmerz auch die Musik, die den Übergang des Menschen von der Geburt zum Tod, von der Finsternis vor der Dämmerung bis zum unvermeidlichen Ende des kurzen Tages allein erträglich machte. Nochmals erhob sich der Schrei über die Versammlung, und dann begann die kräftige, rauhe junge Stimme mit ihrem Klagelied.

Ai-jeee! Aj-jeee!
Weine nicht, alter Mann, alte Frau,
reibt euch nicht die tränenfeuchten Augen wund.
Der Schnee ist geschmolzen
im Wald,
der magere Jäger kehrt heim
mit leeren Händen und vollem Köcher,
sein Schritt ist schwer, seine Augen sind traurig.
Auf jedem Herd
ist der Kochtopf leer
und kein heißes Fett
tropft von den Haken.
Die Zeit ist gekommen
für den alten Mann, die alte Frau,
nach dem Großen Hirsch Ausschau zu halten,
der die Blätter wendet
mit seinem Geweih,
dessen Hufe vom Berg her schallen.
Fürchte dich nicht vor seinem eisigen Atem,
weine nicht, wenn du sein Röhren vernimmst.

Alle Menschen müssen ihn reiten
auf der letzten Reise,
der langen Reise durch das Große Dunkel,
durch den schneebedeckten Wald.
Ai-jeee! Ai-jeee!
Die lange Reise, die wir antreten,
ist auch die eure
mein Vater, meine Mutter.

Am verlassenen Feuer
in den zerfallenen Häusern
ohne Menschen,
wenn der Nachtwind kommt

und euch den Schlaf stiehlt,
horcht auf sein Schnauben,
wenn er dann kommt,
der Große Hirsch, der Himmelskönig.
Dann steigt auf und haltet euch fest,
er trägt euch sicher auf der letzten Reise.
Ai-jeee!
Das lange Dunkel steht euch bevor,
das lange Dunkel.

Klammert euch nicht an die Kinder,
hört nicht das Weinen der Frauen,
eure Söhne sind stumm,
alle Tränen vergossen.
Alle müssen sie reisen in ein anderes Tal,
wo kein Hunger und kein Wintertod lauern.
Rückt zusammen,
alter Mann, alte Frau,
tröstet euch alle,
bis der Große Hirsch kommt.
Das lange Dunkel steht euch bevor,
die große Reise
zu dem Land unter der Sonne.
Ich lasse euch meine Liebe zurück,
um euch zu wärmen
auf dem Weg ins Geisterland,
bis ich mich zu euch geselle.

Schon wenden wir uns zum Gehen,
schauen nicht zurück,
zusammen kommen wir auf Erden nach diesem Abschied nimmermehr.

Ai-jeee! Ai-jeee!
Das lange Dunkel steht euch bevor,
mein Vater, meine Mutter,
das lange, lange Dunkel.

Während Tama sein Lied sang, waren die Menschen in ehrfürchtiges Schweigen verfallen; als er geendet hatte, ging ein Seufzen durch die Reihen, das sich zu einem Murmeln und Weinen aufschwang, da die Fortziehenden sich noch einmal zu den Männern und Frauen umdrehten, die man zurückließ. Einer tröstete den andern, so gut es ging. Die ersten Gruppen nahmen ihre Bündel auf, wendeten sich zum Gehen, machten unter irgendeinem Vorwand noch etwas herum, drehten sich nochmals um, gingen dann in Richtung Strand davon. Tama war immer noch von der Ekstase des Gottes ergriffen, als er zu Rini trat, um sich von ihr zu verabschieden. Sie schaute ihrem geliebten Pflegesohn ins Gesicht, ein letztes Mal, und sah, daß er von dem Geheimnis der Erfüllung durch den göttlichen Geist noch ganz verändert und verklärt war. Seine Augen glänzten vor ungeweinten Tränen.

Er kniete sich vor ihr nieder, ergriff ihre Füße mit den Händen, neigte seinen Kopf auf sie hinab. Sanft berührte sie seine Schulter. Er sah zu ihr auf.

»Tama, mein lieber Sohn, du gehst dahin, erfüllt von der Kraft Ka Balus. Er ist mit dir, auf allen Wegen und immerdar, sogar bis ans Ende der Welt. Meine Gebete werden dir folgen. Trauere nicht um mich. Ich werde genug zu tun haben, mich um die zu kümmern, die zurückgeblieben sind. Wir werden uns gegenseitig trösten. Dein Platz ist an der Seite deiner Clanbrüder. Bleibe Da Nala treu. Lerne alles, was der Alte Vater dir beizubringen hat. Geh jetzt, und verabschiede dich noch von deinem Vater.«

In dem schummrigen Licht des Zimmers, in dem der kranke Mann lag, kniete Tama nieder und bat um den Segen seines Vaters. Die Gestalt auf dem Bett rührte sich nicht, und in den Augen war nicht abzulesen, ob er ihn erkannte und verstand. Tama nahm sein Gepäck auf den Rücken, rückte seine Bogen zurecht, prüfte seinen Köcher mit den Pfeilen, sein Messer in der Scheide und seine Wasserflasche am Gürtel. Mit ernstem Gesicht hob er seine gefalteten Hände als letzten Gruß für Rini an die Stirn, drehte sich um und schritt entschlossen den Pfad zum Strand hinunter. Er schaute nicht mehr zurück.

Er war einer der letzten, die das Dorf verließen. Rini stand mit dem verlorenen Häufchen der Zurückgebliebenen bei den Häusern am Rand des Dorfes, und sie beobachteten schweigend, wie das Hirschvolk zum Strand hinunterzog. Sie sahen ihnen so lange nach, bis die schwerbeladenen Gestalten in unregelmäßiger Ordnung immer kleiner wurden und schließlich in der Wildnis aus Sträuchern und dem Treibholz, das, soweit das Auge reichte, den Strand entlang lag, verschwanden.

Ein leichter Wind kam auf und blies Sand gegen die Hauswand, an der Rini stand. Sie blickte nach unten und sah, wie der Sand Fußspuren verwischte, die vielleicht von Tama stammten. Dann gab es nur noch die Einsamkeit des Windes über den verlassenen Häusern und das Wogen der rastlosen See.